Fynn Haskin
Der Mondmann – Rote Spur

Weitere Titel des Autors:
Der Mondmann – Blutiges Eis

FYNN HASKIN

DER
MOND
MANN

ROTE SPUR

GRÖNLAND-THRILLER

Lübbe

Die Bastei Lübbe AG verfolgt eine nachhaltige Buchproduktion.
Wir verwenden Papiere aus nachhaltiger Forstwirtschaft und verzichten
darauf, Bücher einzeln in Folie zu verpacken. Wir stellen unsere Bücher
in Deutschland und Europa (EU) her und arbeiten mit den Druckereien
kontinuierlich an einer positiven Ökobilanz.

Originalausgabe

Die Veröffentlichung dieses Werkes erfolgt auf Vermittlung
der literarischen Agentur Peter Molden, Köln

Copyright © 2023 by Fynn Haskin
Bastei Lübbe AG, Schanzenstraße 6 – 20, 51063 Köln

Textredaktion: Valérie Thieme
Umschlaggestaltung: Massimo Peter-Bille
Einband-/Umschlagmotiv: © shutterstock: Jane Rix | river34 |
Sergey Uryadnikov | WHITE RABBIT83
Satz: Dörlemann Satz, Lemförde
Gesetzt aus der Minion
Druck und Verarbeitung: GGP Media GmbH, Pößneck

Printed in Germany
ISBN 978-3-7857-2247-3

2   4   5   3   1

Sie finden uns im Internet unter luebbe.de
Bitte beachten Sie auch: lesejury.de

Irgendwo las ich von einem Eskimojäger, der den
Priester der örtlichen Missionsstation fragte:
»Wenn ich nichts von Gott und der Sünde wüsste,
würde ich dann in die Hölle kommen?«
»Nein«, antwortete der Priester. »Nicht, wenn du
nichts davon wusstest.«
»Warum«, fragte der Eskimo in aller Ernsthaftigkeit,
»hast du mir dann davon erzählt?«

aus:

Annie Dillard
Pilgrim at Tinker Creek

New York, 1974

ERINNERUNGEN

Sie kommen.

Er kann ihre Schritte hören, die sich über das knirschende Eis nähern, und ihre Stimmen, die sich in einer anderen, fremden Sprache unterhalten.

Angstvoll klammert er sich an die Hand seiner Mutter, wie er es stets tut, wenn er sich fürchtet. Doch dieses Mal vermag sie ihm keinen Trost zu spenden, zieht sie ihn nicht an sich heran, schließt sie ihn nicht in die Arme und singt kein leises Lied wie in den langen dunklen Nächten des Winters. Und obwohl er erst acht solcher Winter gesehen hat, erkennt er den Grund dafür.

Auch seine Mutter hat Angst.

Ihre Hand bebt in seiner, so wie ihre ganze gedrungene Gestalt bebt, während sie mit geweiteten Augen auf die Tür starrt. Das Geräusch der Schritte wird lauter, dann verstummt es. Ein Schatten ist unter der Tür zu sehen, im nächsten Moment fliegt sie auf. Seine Mutter gibt einen Laut von sich, wie er aus ihrer Kehle noch keinen gehört hat. Es ist kein Schrei, eher ein Stöhnen, hilflos und leer.

Der Junge zweifelt keinen Augenblick, dass die Gestalt auf der Schwelle ein Dämon ist, ein Seelenfresser, wie die Ältesten ihn in ihren Geschichten beschreiben.

Riesig groß ist er und rabenschwarz im Gegenlicht der jetzt offenen Tür, die Glieder dürr wie die einer Krabbe. Er sagt nichts, starrt sie nur aus blauen Augen an, die denen eines Haifischs ähneln. An ihrer zitternden Hand zieht die Mutter den Jungen hinter sich, um ihn mit ihrer ganzen bebenden Gestalt zu beschützen – doch der Dämon streckt einen langen Arm aus und greift mit der

Klaue nach ihm, die nichts Menschliches hat, besitzt sie doch nur drei Finger. Schon im nächsten Moment spürt er, wie sie sich in seine Schulter bohren, wie sie ihn packen und fortreißen wollen, weg von seiner Mutter.

»Nein!«, ruft sie und wehrt sich, will verhindern, dass man ihr den Sohn entreißt.

Doch der Dämon ist stärker.

Erbarmungslos schlägt er seine Klaue in sein Opfer und zieht es an sich. Der Junge beginnt zu schreien, klammert sich mit allem, was er hat, an seine Mutter, nicht nur mit den Händen, auch mit aller Liebe, aller Furcht und aller Verzweiflung, die sein junges Herz zum Bersten füllt.

Aber weder seine Liebe noch die seiner Mutter reicht aus, um die Macht des Eindringlings zu brechen. Seine kleine Hand entringt sich ihrem Griff, ein inneres Band scheint zu zerreißen. Der Junge schreit und brüllt seine Angst laut hinaus, worauf seine Mutter einen letzten verzweifelten Versuch unternimmt, ihn festzuhalten und vor dem Zugriff des Dämons zu bewahren. Doch die Klaue mit den drei Fingern zieht den Jungen von ihr weg, während die andere Hand sie grob zurückstößt.

»Mama!«, brüllt der Junge, während er seine Mutter zurücktaumeln und gegen den Herd prallen sieht, wo die offene Flamme brennt.

Ihre Kleidung, der wollene Pullover und die Weste aus Robbenfell, fangen sofort Feuer. Sie schreit entsetzlich, während sie die Flammen zu löschen versucht, indem sie wild mit den Armen schlägt. Doch dadurch entfacht sie den Zorn des Feuers nur noch mehr.

Der Junge kreischt vor Entsetzen, gleichzeitig schießen ihm Tränen in die Augen und legen sich wie ein gnädiger Schleier über das grässliche Geschehen, während ihn der Geist nach draußen zerrt, ins helle Tageslicht, wo noch mehr von seiner Sorte warten. Sie rufen aufgeregt durcheinander, einige von ihnen drängen in die von Robbenhaut überspannte Behausung, die einmal das Zuhause des Jungen gewesen ist und über der jetzt eine dunkle Rauchwolke steht.

Gellende Schreie sind das Letzte, was ihm von seiner Mutter in Erinnerung bleibt.

Er sieht sie niemals wieder.

1

»Ich sollte mich bei dir melden?«

Kommissar Jens Lerby hatte die Tür zu Sørensens Büro einen Spalt weit geöffnet, gerade so, dass er den Kopf hineinstecken und einen Blick ins Büro seines Vorgesetzten werfen konnte.

In seinem braunen Maßanzug hinter dem großen Eichenholz-schreibtisch sitzend, hob *Chefpolitiinspektør* Birger Sørensen den Blick von den Akten, die er inspiziert hatte. Über den Rand seiner Lesebrille hinweg sah er Lerby an.

»In der Tat«, bestätigte er dann und winkte ihn mit einer Hand herein, während er mit der anderen die Brille abnahm und sich die Nasenwurzel massierte.

»Gibt's Probleme?« Lerby trat ein und schloss die Tür hinter sich, dann nahm er unaufgefordert auf dem Besucherstuhl Platz. Sørensen und er waren im gleichen Alter. Sie kannten einander praktisch schon eine Ewigkeit, hatten gemeinsam die Polizeiakademie besucht. Danach allerdings hatten sich ihre Laufbahnen recht unterschiedlich entwickelt. Während Birgers Karrierekurve steil nach oben verlaufen war – nicht von ungefähr besetzte er dieses museal anmutende holzgetäfelte Büro im ehrwürdigen *Politigård* von Kopenhagen –, hatte sich Lerbys Laufbahn eher verhalten ent-wickelt. Und das, obwohl er als Fallanalytiker der Mordkommis-sion auf eine durchaus stolze Aufklärungsrate verweisen konnte.

Das Problem bestand darin, dass Jens Lerby schon immer etwas an sich gehabt hatte, was sich mit dem regelbestimmten Dasein eines Staatsdieners nur schwer in Einklang bringen ließ – auch wenn er sich in letzter Zeit redlich bemühte, seine rebellische, zum Widerspruch neigende Seite zu beherrschen.

»Warum fragst du das? Erwartest du Ärger?« Sørensen sah Lerby forschend an, während er den Aktendeckel zuklappte und den Ordner beiseiteschob. »Wie geht es dir, Jens?«

Lerby schürzte die Lippen. Mit manchem hatte er gerechnet, aber nicht damit, dass sich der sonst eher auf seine eigene Person bedachte Birger nach seinem Befinden erkundigen würde. »Kann nicht klagen«, erwiderte er lakonisch. »Und selbst?«

»Nicht zu glauben.« Sørensen lehnte sich in seinem ledergepolsterten Schreibtischstuhl zurück, dabei strich er die grün gestreifte Krawatte über seinem ansehnlichen Bauch glatt. »Gerade mal achtzehn Monate ist es her, dass ich dich in dieses Büro zitiert und dir die Leviten gelesen habe – und nun sieh dich an. Du bist ein wahrer Musterpolizist geworden!«

Lerby lächelte dünn. »Du warst eben sehr überzeugend.«

»Blödsinn. Du warst am Ende, in so ziemlich jeder Hinsicht: Deine Karriere hattest du an die Wand gefahren, mit den meisten Kollegen standest du auf Kriegsfuß, die eigene Familie hielt dich für einen Idioten und du hingst entschieden zu oft an der Wodkaflasche.«

»Danke für die Zusammenfassung.« Lerby nickte. Es war zwar keine besonders schmeichelhafte, dafür aber durchaus zutreffende Beschreibung des Mannes, der er noch vor eineinhalb Jahren gewesen war.

»Ich hätte keine fünf Kronen mehr auf dich gesetzt, als ich dich nach Grönland schickte, schließlich hast du eine Aversion gegen Eis und Schnee, und gegen Autoritäten sowieso. Und dann klärst du nicht nur diese mysteriösen Mordfälle auf, sondern kehrst auch noch als geläuterter Mann zurück.«

»So geläutert nun auch wieder nicht«, versicherte Lerby. »Es sind immer noch genügend Laster übrig.«

»Was ist da oben im Norden passiert? Hat irgendein Schamane dir das Hirn auf Eis gelegt?«

Lerby lächelte matt. Er hatte sich daran gewöhnt, dass Kollegen und Vorgesetzte Scherze über den Wandel machten, den er durchlaufen hatte und der ihnen ziemlich seltsam vorkommen musste. Für ihn dagegen war es die konsequente Folge dessen, was er bei den Inuit gesehen und erlebt hatte.

Und was er von ihnen gelernt hatte …

»Wie oft willst du mir diese Frage noch stellen?«, fragte er achselzuckend. »Es ist gar nichts passiert, Birger. Ich habe nur die Chance erhalten, das Leben aus einer anderen Perspektive zu betrachten. Solltest du vielleicht auch mal probieren.«

»Ja, vielleicht sollte ich das«, erwiderte Sørensen schnaubend. »Immerhin hast du noch Kontakt zu deinen Kindern und bist auch wieder mit deiner Frau zusammen. Meine dagegen sieht mich nicht mal mehr mit der Kehrseite an.«

»Weil du dich mehr für die Kehrseiten anderer Frauen interessiert hast, wenn ich mich recht erinnere.«

»Richtig.« Sørensen schnaubte abermals und zuckte mit den breiten Schultern. »Jeder tut eben das, was für ihn am besten ist, nicht wahr? Damit habe ich grundsätzlich kein Problem, musst du wissen – aber was ist das hier für eine Scheiße?«, hob er unvermittelt an und wandte sich dem Bildschirm auf seinem Schreibtisch zu. »Du hast einen Versetzungsantrag gestellt? Zum Erkennungsdienst?«

»Bin ich deshalb hier?«, wollte Lerby wissen.

»Darauf kannst du wetten. Warum, verdammt nochmal, wusste ich nichts davon?«

»Weil du nur versucht hättest, es mir auszureden.«

»Verdammt richtig. Ich kann doch nicht tatenlos zusehen, wie einer meiner besten Ermittler einfach kneift und sich in den Innendienst versetzen lässt!«

»Es wird dir nichts anderes übrigbleiben«, konterte Lerby gelassen. »Außerdem hast du diesen Schritt doch schon vor zwanzig Jahren vollzogen.«

»Das stimmt. Allerdings bin ich niemals auch nur halb so gut wie du gewesen.«

»Was dich nicht davon abgehalten hat, Karriere zu machen«, konnte Lerby sich nicht verkneifen zu erwidern, schließlich hatte er nicht alle seine alten Gewohnheiten abgelegt. Außerdem kannte er Birger lange genug, um zu wissen, dass ein Kompliment aus seinem Mund nur dann zu hören war, wenn er etwas damit bezweckte. In diesem Fall vermutlich, einen Mitarbeiter in seiner Abteilung zu halten, dessen hohe Aufklärungsquote auch ihm selbst gut zu Gesicht stand.

»Ist das der Grund für das Versetzungsgesuch?«, fragte Sørensen gereizt. »Bist du neidisch auf meinen Posten?«

Lerby zuckte mit den Schultern. »Noch vor ein paar Jahren hätte ich wahrscheinlich Ja gesagt, aber darauf kommt es mir inzwischen nicht mehr an. Manche Dinge sind nun einmal, wie sie sind, Birger, und es hat keinen Sinn, sich darüber aufzuregen. Auch das habe ich übrigens von den Inuit gelernt. Ich habe keine Lust mehr, zu nachtschlafender Zeit aus dem Bett geklingelt und an einen Tatort bestellt zu werden. Ich habe meinen Beitrag geleistet und mehr als genug krankes Zeug gesehen. Sollen sich in Zukunft andere an die Front begeben. Ich werde ihnen gerne zuarbeiten und ihnen meine Erfahrung zur Verfügung stellen, aber …«

»Blödsinn«, fiel sein Vorgesetzter ihm barsch ins Wort. »Das allein ist es nicht. Was steckt wirklich dahinter?«

Lerby sah Sørensen an. Eine Weile hielt er seinem prüfenden Blick stand. dann hob er resignierend die Hände. »Also schön, du hast mich erwischt«, gab er sich seufzend geschlagen. »Ich will auch kürzertreten. Eva ist erneut befördert worden und wird künftig die Kopenhagener Kanzlei leiten.«

»Was willst du tun?« Der Spott in Birger Sørensens Stimme war unüberhörbar. »Den Hausmann spielen?«

»Ihr den Rücken freihalten«, fuhr Lerby unbeirrt fort. »Mich ein wenig mehr um die Dinge kümmern, die in meinem Leben bislang zu kurz gekommen sind. Und um die Menschen«, fügte er etwas leiser hinzu.

»Was redest du da? Deine Kinder sind beide erwachsen! Dein Sohn ist schon lange ausgezogen und lebt in Hamburg, und deine Tochter wird zum Wintersemester nach Aarhus ziehen, um dort ihr Studium fortzusetzen. So jedenfalls hast du es mir erzählt.«

»Zugegeben.«

»Also was soll der Blödsinn? Du kannst nicht einfach den Schwanz einziehen und hinschmeißen. Oder hast du deine Eier bei den Eskimos gelassen?«

»Inuit«, verbesserte Lerby, alles andere schlicht überhörend. »Ich gehe also davon aus, dass mein Antrag bewilligt wurde? Andernfalls wärst du wohl nicht so sauer.«

»Haarscharf kombiniert.« Sørensen gab ein Knurren von sich, das auch aus der Kehle eines Wolfs hätte stammen können. »Mit Wirkung vom ersten November arbeitest du nicht mehr in meiner Abteilung. Es sei denn, du widerrufst deinen Antrag.«

»Habe ich nicht vor«, versicherte Lerby.

»Du würdest auch ein eigenes Büro bekommen.«

»Klingt reizvoll. Aber danke, nein.«

»Stures Arschloch.«

»Vorsicht«, warnte Lerby, während er sich aus dem Besucherstuhl erhob und zum Gehen wandte. »Als ich das letzte Mal ein solches Kompliment vom Stapel ließ, hat es mir eine zeitweilige Versetzung nach Grönland eingetragen.«

»Sehr witzig.« Sørensen blies die Wangen auf und atmete geräuschvoll ein und aus. Dann wechselte er abrupt das Thema. »Wollen wir wenigstens nach Dienstschluss noch einen heben gehen? In der Bar um die Ecke, wie in alten Zeiten? Ich würde dir gerne Lana vorstellen.«

Lerby war schon an der Tür. Mit hochgezogenen Brauen wandte er sich noch einmal um. »Hieß sie nicht Lena?«

»Das ist vorbei.« Sørensen grinste. »Lena arbeitet bei Starbucks, Lana ist Fitnesstrainerin. Sie sagt, sie will sich um meinen Körper kümmern.«

»Ach du Scheiße.«

»Und? Bist du dabei?«

»Nein danke.« Lerby schüttelte den Kopf. »Es ist Freitagabend, ich habe eine Verabredung mit Eva. Teures Restaurant in Carlsberg. Romantischer Abend und so.«

»Verstehe.« Sørensen nickte, das anzügliche Grinsen verschwand aus seinem roten Gesicht. »Du hast wirklich Glück, weißt du das?«, fragte er.

»Stimmt«, räumte Lerby ein, während er die lederbeschlagene Tür öffnete und nach draußen ging, »aber Glück zu haben, ist nicht genug, Birger. Du musst auch klug genug sein, es zu erkennen, wenn es dir begegnet.«

2

Der Schrei war so laut, dass er bis in den letzten Winkel drang.

»Großvater!«

Pallaya Shaa, die damit beschäftigt gewesen war, in der kleinen Küche das Geschirr vom Frühstück zu spülen, erschrak bis ins Mark. Sie ließ die Tasse zurück ins Spülwasser fallen, den Lappen behielt sie in den Händen, aus welchem Grund auch immer.

Atemlos rannte sie die Stufen zum ersten Stock hinauf, wo sich die beiden Schlafzimmer befanden, und stürzte durch die offen stehende Tür in das ihres Großvaters.

»Um Himmels Willen, was …?«

Sie verstummte, als sie den alten Mann erblickte, der halb aufgerichtet im Bett saß und sie mit fiebrigen Augen anstarrte. Der Schlafanzug aus kariertem Flanell, den sie ihm zu Weihnachten geschenkt hatte, klebte förmlich an ihm, sein langes graues Haar hing in schweißnassen Strähnen.

»E-es waren zwei«, stieß er hervor.

Pally war bereits an seinem Bett, mit sanfter Gewalt drückte sie ihn wieder auf sein Lager zurück. »Es ist gut, Großvater«, redete sie dabei beruhigend auf ihn ein. »Der Arzt hat gesagt, dass du dich nicht aufregen darfst. Dein Herz …«

»Aber sie waren zu zweit«, protestierte er und sah sie dabei an, als müsste er ihr dies unbedingt sagen. »Sie waren wie Brüder, das ist wichtig, Pally! Wir dürfen es nicht vergessen!«

»Werden wir nicht«, versprach sie, während sie ihn wieder zudeckte und sich auf die Bettkante niederließ. Daraufhin schien er sich ein wenig zu beruhigen. »Hast du wieder geträumt?«, fragte sie leise.

Der alte Magnus sah sich in dem kleinen Schlafzimmer um, ließ seinen Blick von der Tür zum Kleiderschrank schweifen, von dort zum Fenster und schließlich zu dem Nachtkästchen, das neben dem Bett stand. Verschiedene Talismane lagen darauf: kleine Gegenstände, die aus Federn, Fischknochen und Robbenflossen gefertigt waren und von denen jeder eine andere Bedeutung besaß. Pally hatte versucht, sie alle zu erlernen und zu verstehen – ein beinahe aussichtsloses Unterfangen.

Erst jetzt schien ihr Großvater zu realisieren, wo er sich befand, in seinem Schlafzimmer, in dem kleinen Haus, das sie gemeinsam in Illokarfiq bewohnten. Doch in der Sache blieb er unnachgiebig.

»Das war kein Traum«, stieß er hervor, wobei er sie durchdringend aus seinen dunklen Augen ansah. »Es sind die Ahnen, die mir diese Bilder schicken, Pally.«

»Ich verstehe«, sagte sie nur und biss sich auf die Lippen. Sie wollte nicht respektlos erscheinen und widersprechen, wollte ihm keinen Grund geben, sich wieder aufzuregen. Aber sie bezweifelte, dass das, was der alte Magnus neuerdings in seinen Träumen sah, Visionen aus der anderen Welt waren. Vermutlich eher das Ergebnis eines schwachen Herzens, das Gehirn und Körper nur noch unzureichend mit Blut versorgte. Wäre es nach den Ärzten im Krankenhaus gegangen, hätten sie ihm schon im Frühjahr einen Schrittmacher eingesetzt, aber der alte Magnus hatte dies rundheraus abgelehnt mit der Begründung, dass sein Herz ihm stets zuverlässig gedient habe und auch weiterhin in bestem Zustand sei. Doch in letzter Zeit war sein Schlaf unruhig und von Albdrücken geplagt, tagsüber wirkte er müde und abgeschlagen. Er schien sich um etwas zu sorgen, das ihm keine Ruhe ließ, im wahrsten Sinn des Wortes.

»Du glaubst mir nicht«, deutete er ihre verkniffene Miene richtig. An seiner tiefen Kenntnis der menschlichen Natur änderte auch sein angeschlagener Zustand nichts. »Dabei solltest gerade du mir glauben, Enkelin. Schließlich bist du die beste Schülerin, die ich jemals …«

Er unterbrach sich, als eine Welle von Schmerz seinen alten Körper zu durchlaufen schien. Pallys Großvater schloss für einen Moment die Augen und biss die spärlich gewordenen Zähne zusammen.

»Du darfst dich nicht aufregen, Großvater«, schärfte sie ihm ein. »Dr. Abelsen hat gesagt …«

»Interessiert mich nicht«, fiel der alte Magnus ihr mit der alten Starrköpfigkeit ins Wort. »Nur zwei sind noch übrig, nach all den Jahren, verstehst du? Verletzte Seelen, die in der Kälte nie mehr nach Hause gefunden haben … einsam …«

Die Erschöpfung war bereits wieder dabei, ihn zu übermannen. Noch während er sprach, fielen ihm die Augen zu, seine Worte wurden leise und undeutlich.

»Es ist gut, Großvater«, sagte Pally sanft. »Alles wird gut, du wirst sehen.«

»Nein, Kind!« Jäh schlug er die Augen wieder auf, und seine knochige Hand fasste die ihre. »Du verstehst mich nicht. Es wird über uns kommen! Nach allen den Jahren wird das Grauen zurückkehren, wir müssen davor auf der Hut sein! *Du* musst auf der Hut sein, Kind. Dunkelheit steht uns allen bevor, Kälte und Eis werden kommen, und mit ihnen …«

Was auch immer er noch hatte sagen wollen, es blieb sein Geheimnis. Der Schlaf hatte den alten Magnus erneut übermannt, eine Folge des Medikaments, das er zweimal täglich bekam und das dem Arzt zufolge müde machte.

Noch eine Weile blieb Pally an seiner Seite, hielt seine Hand und sah dabei zu, wie sich die Bettdecke unter seinen Atemzügen jetzt wieder gleichmäßig hob und senkte. Schließlich beugte sie sich vor, so dass ihre Stirn die seine berührte und sie seinen Atem spüren konnte, dabei flüsterte sie einen Segen. Dann erhob sie sich und verließ das Schlafzimmer auf Zehenspitzen.

An der Tür wandte sie sich noch einmal um und betrachtete den Mann, der ihr leiblicher Großvater war und sie an Eltern statt aufgezogen hatte – und doch noch so viel mehr war als das. Als *angakkoq* von Illokarfiq war der alte Magnus eine von allen respektierte Persönlichkeit. Er fungierte als spirituelles Oberhaupt, als verständnisvoller Berater und als kollektives Gedächtnis, symbolisierte die Verbindung zur Vergangenheit und zu den Ahnen und verkörperte den Weg in die Zukunft. Doch seit einigen Tagen fragte sich Pally bang, wie lange dieser Weg noch sein würde.

Es war nicht die Art der Inuit, über Dinge wie diese nachzusinnen. Der Tod war ein Teil des Lebens, ein unabdingbarer Teil im Kreislauf der Natur, dem alle Lebewesen unterworfen waren, von *timiaq*, dem kleinsten Vogel, zu *arfeq*, dem großen Wal. Das Leben mit allen Freuden und Entbehrungen so zu nehmen, wie es nun einmal war, war die alte Art der *livi*, wie sich die Menschen an der Ostküste Grönlands nannten. Doch Pally war ein Kind beider Welten. Sie war gebürtige Grönländerin und in Illokarfiq aufgewachsen, hatte jedoch in Kanada Ethnologie studiert und sprach nicht nur Grönländisch, sondern auch fließend Englisch und Dänisch, wodurch sich ihr auch die moderne westliche Kultur erschlossen hatte, mit all ihren Vorzügen, aber auch ihren Ängsten und Befürchtungen.

Flüchtig wischte sie die Tränen weg, die ihr in die Augen gestiegen waren, dann ging sie wieder hinab. Die Tür zum Schlafzimmer ihres Großvaters ließ sie zur Sicherheit angelehnt.

Erst in der Küche stellte sie fest, dass sie noch immer den Spüllappen hielt. Mit der einen Hand hatte sie sich daran geklammert, während sie mit der anderen die Rechte ihres Großvaters gehalten hatte. Es entbehrte nicht einer gewissen Symbolik, über die sie schmunzeln musste. Kein anderer als der alte Magnus hatte sie gelehrt, das Leben in Bildern zu sehen und diese zu deuten, der universellen Wahrheit auf diese Weise vielleicht ein wenig näher zu kommen. Was ihren Großvater betraf, so glaubte er felsenfest an diese Dinge, an die Traditionen und den alten Weg. Auch Pally wollte gerne daran glauben, aber der moderne Mensch in ihr stellte Fragen und hatte mitunter auch Zweifel … nur in einer Hinsicht sah sie wirklich klar.

Der Zustand ihres Großvaters verschlechterte sich. Den Sommer über war es ihm gut gegangen, hatte er noch zur Trommel getanzt und die alten Lieder gesungen, doch seit etwa zwei Wochen war er nicht mehr derselbe. Sein Zustand verschlimmerte sich zusehends, doch eine Operation kam für ihn nach wie vor nicht in Frage …

Gedankenverloren beendete Pallaya den Abwasch, dann legte sie den Lappen weg. Während sie nach dem Geschirrtuch griff und mit dem Abtrocknen begann, sah sie zum Küchenfenster hinaus. Dunkle Wolken ballten sich am Himmel über Illokarfiq und verhießen baldigen Schnee. Schon in Kürze würde das letzte Frachtschiff den Hafen verlassen, danach würde Eis den Fjord unpassierbar machen, und Illokarfiq würde bis zum frühen Sommer weitgehend von der Außenwelt getrennt sein.

So viele Male hatte der alte Magnus in seinem Leben den Wechsel der Jahreszeiten erlebt, und Pally glaubte zu wissen, wovor er sich in Wahrheit fürchtete; wofür die Dunkelheit und die Kälte standen, die ihn bis in den Schlaf hinein verfolgten, und die Träume von verlorenen Seelen.

Es war die Angst vor der langen Nacht.

Dem letzten, kalten Winter.

3

Der Name des Restaurants war schlicht *Studio.*

Nachdem es sich einige Jahre lang in einem umgebauten Art-déco-Gebäude in Havnegade befunden hatte, war es unlängst nach Carlsberg Byen umgezogen, so benannt nach der Brauerei, die ihre Gebäude dort aufgegeben und auf diese Weise Platz für die Schaffung eines neuen Stadtteils geschaffen hatte.

Eva hatte das alte *Studio* sehr gemocht, und so war Lerby die Idee gekommen, dass sie sich über einen Besuch des neuen freuen würde. Also hatte er ihr nur die Adresse am Ottilia Jacobsens Plads genannt und ihr gesagt, dass sie sich nach der Arbeit von einem Taxi dorthin chauffieren lassen solle. Er würde dort auf sie warten, so als seien sie weder verheiratet noch ein Paar, sondern einfach nur ein Mann und eine Frau, die sich dort träfen.

Lerby nahm an einem kleinen Zweiertisch Platz und ließ seinen Blick durch den nordisch schlicht, aber stilvoll eingerichteten Gastraum schweifen. Das Lokal war gut besucht, Küche und Kellner hatten alle Hände voll zu tun. Die Stimmung war dennoch entspannt, nicht zuletzt dank der relaxten Jazzklänge, die aus verborgenen Lautsprechern säuselten. Da just an dem Ort, an dem sich heute das Restaurant befand, einst die Wasserquelle für die Brauerei gesprudelt hatte, hatten die Betreiber einen Künstler damit beauftragt, die eindrucksvolle Skulptur einer Kaskade anzufertigen, die von innen beleuchtet war und für stimmungsvolles Licht sorgte.

Lange zu warten brauchte Lerby nicht, Pünktlichkeit hatte schon immer zu Evas Eigenschaften gehört. Ein Restaurantbediensteter nahm ihr den Trenchcoat ab, darunter trug sie noch ihre Bürokleidung, die aus einem knielangen grauen Rock, einem schwarzen Rollkragenshirt und einem dazu passenden Blazer bestand. Ihr blondes Haar hatte sie hochgesteckt, und Lerby fand, dass sie einfach umwerfend aussah. Hübsch war sie auch schon damals gewesen, als sie sich kennengelernt hatten, er ein aufstrebender junger Polizeianwärter und sie eine angehende Jurastudentin. Aber in den letzten Jahren war noch etwas dazugekommen, dass man nur als Klasse bezeichnen konnte. Dass Lerby eine Zeitlang nicht mehr gewusst hatte, was er für Eva empfinden sollte, hatte nie damit zu tun gehabt, dass er sie nicht mehr als attraktiv empfunden hätte. Eher damit, dass er irgendwann das Gefühl gehabt hatte, sie nicht mehr zu verdienen.

Sie lächelte, während ein Kellner sie an ihren Tisch geleitete. Lerby erhob sich höflich.

»Ist der Platz noch frei?«, erkundigte sie sich.

»An sich wollte ich mich mit meiner Frau treffen«, entgegnete er schlagfertig und zur sichtlichen Verwirrung des Bediensteten. »Aber da Sie schon mal hier sind …«

Sie setzten sich, und der Kellner schenkte ihnen von dem Champagner ein, den Lerby bestellt hatte, eine 2005er Vertus Cuvée von Pascal Doquet.

»Gibt es denn etwas zu feiern?«, fragte sie verwundert.

»Ich denke schon.« Lerby hob feixend sein Glas. »Glückwunsch zur Beförderung!«

»Das ist der Grund?« Sie ließ ihren Blick über das stilvolle Ambiente schweifen, einschließlich der leuchtenden Kaskade. »Deshalb veranstaltest du das alles hier?«

»Warum nicht?«, fragte er und errötete ein wenig dabei. »Bei deiner letzten Beförderung bin ich schließlich nicht gerade in Hochform gewesen …«

»Nein, warst du nicht«, gab sie in Anspielung auf jenen Abend zu, den er lieber aus seinem – und vor allem auch aus ihrem – Gedächtnis gestrichen hätte. Andererseits hatte an jenem Abend die Reise begonnen, die sie beide letzten Endes hierhergeführt hatte.

»Auf das Leben«, sagte er und hob sein Glas.

»Auf das Leben«, bestätigte sie. Sanft stießen ihre Gläser aneinander, und sie tranken. Dann stürzten sie sich gemeinsam in das kulinarische Abenteuer, als das Lerby die Mischung aus nordischer und französischer Küche empfand, die traditionell im *Studio* serviert wurde. Es gab gebratene Garnelen, danach Jakobsmuscheln mit grünen Erdbeeren, später dann mit Bärlauch gewürzten Kabeljau, dazu einen deutschen Riesling von 2014.

Es war nicht so, dass Lerby keinen feinen Gaumen gehabt oder ein delikates Menü nicht zu schätzen gewusst hätte. Aber noch ungleich mehr genoss er, dass Eva und er ihre Sprache wiedergefunden hatten. Einst hatten sie stundenlang miteinander reden, sich von ihrer Arbeit erzählen, über Gott und die Welt plaudern und sich gegenseitig ihr Innerstes offenbaren können, und sie hatten sich über jene Paare lustig gemacht, die einander im Restaurant gegenübersaßen und ihrer Serviette oder ihrem Smartphone mehr Aufmerksamkeit zukommen ließen als ihrem Gegenüber. Doch irgendwann waren sie selbst zu einem dieser Paare geworden – die Arbeit, die Kinder, der Alltag. Während Eva noch eine ganze Weile versucht hatte, ihre Beziehung am Leben zu halten, war Lerby zu einem zynischen, sich im Selbstmitleid suhlenden Armleuchter verkommen. Vermutlich hätte ihre Ehe wie so viele andere im Kreis ihrer Freunde und Bekannten geendet, nämlich beim Scheidungsanwalt, doch dann war geschehen, was man, wenn Lerby an dergleichen Dinge geglaubt hätte, wohl als kleines Wunder hätte bezeichnen können.

Zur Klärung einer Reihe ungeklärter Mordfälle hatte man ihn nach Grönland geschickt, in ein verlassenes Nest namens Illokarfiq, was übersetzt schlicht »Siedlung« bedeutete. Und ausgerechnet dort, am eisigen Rand der Welt, hatte Jens Lerby wieder zu sich selbst gefunden. Wie es dazu gekommen war, wusste er selbst nicht recht zu sagen. Er war wohl einfach zur richtigen Zeit am richtigen Ort gewesen, um zu begreifen, dass sie alle nur Schneeflocken im Wind des Schicksals waren, dass deshalb jeder Tag zählte und das Leben wertvoll war.

Dank dieser neuen Philosophie hatte Lerby nicht nur zurück nach Hause, sondern auch zurück zu Eva gefunden, in jeder denkbaren Hinsicht.

»Danke«, sagte sie. Über den Rand ihres Glases hinweg sah sie ihn aus ihren wasserblauen Augen an. »Das bedeutet mir wirklich viel.«

»Ich denke, das war ich dir schuldig, schließlich wird man nicht alle Tage Seniorchefin seiner Kanzlei. Das hast du dir wirklich redlich verdient.«

Nun war sie es, die ein wenig errötete, während sie ihr Glas abermals an seines stieß. »Nicht nur mir«, schränkte sie bescheiden ein. »Ich profitiere auch ein wenig von Kevins ... Ungeschick.«

Lerby blies durch die Nase.

Kevin Wilberg war Evas direkter Vorgesetzter in der Kanzlei gewesen: alleinstehend, sportlich, gutaussehend und ungemein smart. So hatte es jedenfalls ausgesehen. Bis sich herausgestellt hatte, dass Kevins private Bankkonten Unregelmäßigkeiten aufwiesen und er sich offenbar großzügig aus dem Spesenkonto der Firma bedient hatte. Die anderen Partner hatten nicht lange gefackelt und ihn hochkant hinausgeworfen, und Eva, die schon zuvor Seniorpartnerin gewesen war, rückte nun an seine Stelle nach.

Es hatte eine Zeit gegeben, da hatte Lerby Eva verdächtigt, eine Affäre mit dem schönen Kevin zu haben. Angesichts der Tatsache, was er selbst für ein Trottel gewesen war, hätte er es ihr nicht einmal zum Vorwurf gemacht.

»Ich will nicht behaupten, ich hätte immer gewusst, dass der Typ ein Schleicher ist.«

»Aber du hast es immer gewusst«, ergänzte sie lachend, und sie tranken beide.

»Übrigens ist mein Versetzungsgesuch bewilligt worden«, meinte Lerby beiläufig.

»Wirklich?« Sie hob die Brauen.

»Ja, Sørensen hat es vorhin bestätigt.«

»Und? Was hat Birger gesagt?«

Lerby grinste. »Er war stinksauer.«

»Kann ich mir vorstellen. Man verliert nicht gerne seinen besten Mann.«

»Vielen Dank.«

»Und das ist wirklich in Ordnung für dich? Ich meine, wenn du es dir noch einmal anders überlegen möchtest, dann …«

»Nein.« Er drehte das Glas in seiner Hand, stellte es dann entschlossen auf den Tisch zurück. »Früher dachte ich, ich könnte als Polizist die Welt retten.« Er blickte auf und lächelte matt. »Heute weiß ich, dass ich nur ein Mensch bin. Und darüber bin ich eigentlich ganz froh.«

»Trotzdem würde ich nicht wollen, dass du alles für mich aufgibst«, wandte Eva ein.

»Ich weiß.« Er nickte. »Aber ich habe auch das Gefühl, dass es Zeit ist zu gehen. Jemand hat mal gesagt, wenn man zu lange in den Abgrund blickt, dann sieht der Abgrund auch irgendwann in dich hinein. Ich möchte aufhören, bevor es so weit ist.«

»Donnerwetter.« Sie schob die Unterlippe vor. »Wer hat das gesagt?«, wollte sie wissen. »Ein Schamane der Inuit?«

»Nein, Nietzsche.« Er grinste, und sie musste herzlich lachen. Lerby wollte noch etwas zur Erklärung hinzufügen, als sich sein Handy mit heftigem Vibrieren meldete.

»Verdammt«, knurrte er.

»Du solltest rangehen«, meinte Eva. »Noch bist du nicht versetzt worden.«

Er nickte und entschuldigte sich mit einem verlegenen Lächeln, dann erhob er sich rasch und verließ den Gastraum, wobei er das Handy zückte und das Gespräch entgegennahm.

»Ja?«

Er hatte in der Eile nicht aufs Display gesehen, aber natürlich erwartete er, dass sich der Anrufer meldete. Doch das war nicht der Fall. Beim Durchgang zur Garderobe und den Toiletten blieb Lerby stehen, hier konnte er telefonieren, ohne die anderen Gäste zu stören.

»Birger?«, fragte er. »Bist du das?«

Erneut erhielt er keine Antwort. Gleichwohl hörte er am anderen Ende der Verbindung jemanden mit leisem Keuchen atmen.

»Hallo? Wer ist da?«

Wieder ein rasselnder Atemzug.

Aber keine Antwort.

»Hören Sie«, meinte Lerby ein wenig genervt, »wenn Sie etwas zu sagen haben, dann sollten Sie es jetzt loswerden. Andernfalls …«

Ein Klicken war zu hören.

Wer immer seine Nummer gewählt hatte, hatte aufgelegt. Lerby schnaubte, warf einen Blick auf das Display.

Unbekannter Anrufer stand dort zu lesen.

Darunter die Dauer des höchst einseitigen Gesprächs.

Sechsundzwanzig Sekunden.

Lerby ließ das kleine Gerät wieder in der Innentasche seines Sakkos verschwinden, dann kehrte er zu Eva zurück.

»Seltsam«, meinte er.

»Was ist?«

»Wer immer mich angerufen hat, hat es vorgezogen, nichts zu sagen. Und es war auch keine Nummer in der Anzeige.«

»Vielleicht verwählt?«, mutmaßte Eva.

»Vermutlich«, stimmte Lerby zu. »Wie wär's mit Dessert?«, wechselte er dann abrupt das Thema und winkte einen Kellner heran. »Du hast sicher Lust auf Süßes?«

»Habe ich«, versicherte Eva. Dabei bedachte sie ihn mit einem vielsagenden Blick, während sie ihn unter dem Tisch sanft, aber bestimmt mit der Fußspitze stupste. »Muss aber nicht unbedingt hier sein ...«

»Noch einen Wunsch?«, erkundigte sich der Kellner und sah Lerby erwartungsvoll an.

»Die Rechnung«, verlangte dieser. »Und bitte schnell.«

4

»Verdammtes Eis.«

Khalid Lazrad stieß eine Verwünschung aus. Der warme Rauch der Zigarette war noch in seinen Lungen, aber die Kälte kroch bereits unter seine Kleider. Selbst nach all den Jahren hatte er sich nicht daran gewöhnt und würde es wohl auch nicht mehr tun. Er fröstelte, während er die unter dicken Eisschichten liegenden Reihen abschritt, um die Bestände zu prüfen. Seine Schritte knirschten auf dem mit Reif überzogenen Boden, bei jedem Atemzug formte sich weißer Dampf vor seinen Lippen.

»Verdammtes Eis«, knurrte er noch einmal.

Er passierte die schmutzigen Kunststofflamellen und drang in den nächsten Raum vor, wo sich Kisten aus weißem Hartschaum stapelten. Kabeljau, wohin das Auge blickte.

Mit dem kleinen Lesegerät scannte er die aufgeklebten Balkencodes. Das Display war kaum zu lesen, das Gerät schien die Kälte ebenso wenig zu vertragen wie er selbst. Manchmal funktionierte der Lesevorgang nicht auf Anhieb, und er musste es ein zweites und ein drittes Mal versuchen, und er wünschte sich Handschuhe, deren Finger nicht abgeschnitten wären – aber wie sollte er dann das verdammte Gerät bedienen?

Mit einer Laune, die noch weit unter der Temperatur seiner Umgebung lag, ging er weiter. Gerade wollte er sich dem nächsten Gang zuwenden, verharrte dann jedoch abrupt.

Dort, inmitten des Eises und jenseits der dampfenden Schwaden, die er selbst beim Atmen ausstieß, lag etwas am Boden. Etwas, das sich in Größe, Form und Farbe deutlich von den kantigen weißen Behältern unterschied.

Es war …

Mit der freien Hand fuhr Khalid sich über die vor Kälte tränenden Augen – nur um seine Entdeckung bestätigt zu finden. Es war ein Körper, der dort auf dem Boden lag, von weißem Frost überzogen.

Ein menschlicher Körper.

Reglos und steif gefroren.

»Hallo?«, fragte Khalid, während sein Verstand noch Mühe hatte, mit dem Schritt zu halten, was seine Augen sahen. Es passte nicht, wirkte auf groteske Weise komisch, zumal es so aussah, als würde der Fremde – es war ein Mann – dort liegen und lediglich schlafen. »Können Sie mich hören?«

Khalid Lazrad spürte die Kälte nicht mehr. Sein Gesicht war heiß, und er hörte seinen eigenen hämmernden Herzschlag. Mit der Zunge fuhr er sich über die spröden Lippen, schmeckte das bittere Nikotin. Ein Teil von ihm hoffte noch immer, dass alles nur ein Irrtum wäre, dass die reglose Gestalt sich jäh wieder erheben und sich alles als ein Scherz herausstellen würde, den sich seine Kollegen mit ihm erlaubten.

Aber das war es nicht.

Der Mann, der dort lag, war so wirklich wie Khalid selbst. So wirklich wie das Eis und die Kälte. Und jetzt sah Khalid auch die dunkle Spur, die sich über den Boden zog, und ihm dämmerte, dass es Blut war.

Seine Knie begannen zu zittern. Der Scanner entrang sich seinem Griff und fiel zu Boden, das Display ging zu Bruch. Khalid bekam davon nichts mit. Wie in Trance bewegte er sich auf den leblosen Körper zu. Grauen schüttelte ihn, und doch konnte er nicht anders, als nachzusehen.

Der Fremde war alt.

Das spärliche Haar war schlohweiß, der hagere Körper steckte in einem dunklen Anzug, der an diesem Ort völlig fehl am Platz wirkte. In seiner Kehle, unmittelbar unterhalb des Kinns, klaffte eine breite Wunde wie ein bizarrer Mund. Das Blut war infolge der Kälte gefroren, wie überhaupt die faltige Haut des Fremden weißlich grau und von einer Eisschicht überzogen war.

Dann – er hatte sich bis auf zwei Schritte genähert – erheischte Khalid einen Blick auf das Antlitz des Fremden.

Da waren Augen, deren Lichter man gelöscht hatte.

Und ein Mund, der niemals wieder sprechen sollte.

Einen endlos scheinenden Moment lang stand Khalid Lazrad wie vom Donner gerührt. Dann packte ihn das nackte Grauen, und er fuhr auf dem Absatz herum und begann zu laufen.

Dabei schrie er wie von Sinnen.

5

Aus dem romantischen Abend war eine romantische Nacht geworden. Dass früh am Morgen das Handy trillerte und ein aufgeregter Birger Sørensen Lerbys sofortige Anwesenheit im Büro verlangte, passte so ganz und gar nicht.

»Verdammt, Birger«, knurrte Lerby, während er auf der Bettkante saß und sich den Schlaf aus den Augen zu reiben suchte. Dass Eva neben ihm lag und unter der Bettdecke nichts trug als das Parfum, dessen betörenden Geruch er noch immer in der Nase hatte, machte es nicht besser. »Schon mal was von Wochenende gehört?«

»Nicht für dich«, gab Sørensen bekannt.

»Kann nicht Vigga oder einer von den Jungs, die Dienst haben ...?«

»Du bewegst deinen Hintern in die Dienststelle, und zwar sofort! Bis zum Ende des Monats arbeitest du noch für mich, Lerby, also schwing dich gefälligst aus den Federn! Besprechung um Null-Achthundert«, fügte er wie der Platoon-Kommandant in einem amerikanischen Kriegsfilm hinzu. Dann war das Gespräch auch schon zu Ende.

»Ärger?« Eva blinzelte aus ihrem Kopfkissen.

Lerby zuckte nur mit den Schultern, doch etwas an Birgers Stimme hatte ihm nicht gefallen. Entweder ärgerte ihn die Sache mit dem Versetzungsgesuch noch ungleich mehr, als es zunächst den Anschein gehabt hatte.

Oder es gab ein echtes Problem.

Lerby duschte sich rasch und zog sich an. Gewöhnlich fuhr er umweltfreundlich mit dem *S-tog* zur Arbeit. Doch da es schnell gehen musste und am frühen Samstagmorgen mit keinem großen Verkehrsaufkommen zu rechnen war, nahm er den Renault Zoe, den sonst meist ihre Tochter Emma benutzte (sofern sie sich nicht von einem ihrer Verehrer chauffieren ließ). Vom Kopenhagener Vorort Lingby aus, wo Lerby wohnte, betrug die Fahrzeit über die Route 19 keine halbe Stunde, so dass er nicht erst zur verlangten Zeit, sondern sogar schon etwas früher am Banegårdspladsen eintraf. Birger Sørensen machte dennoch ein Gesicht, als hätte er sich hoffnungslos verspätet, und verstärkte damit den Eindruck, den Lerby schon vorhin am Telefon gehabt hatte.

Etwas stimmte nicht.

Und nicht etwa, weil sein Vorgesetzter ganz offenbar noch dieselben Klamotten wie am Vortag trug. Weil dessen Hemd und Krawatte zerknittert waren und sein schütteres Haar vom Kopf abstand wie die Federn des Gemeinen Wiedehopfs – vermutlich hatte er mal wieder hier in seinem Büro geschlafen, was häufiger vorkam, seit seine Frau ihn endgültig hinausgeworfen hatte. Da war noch etwas anderes, eine seltsame Nervosität, die von Sørensen Besitz ergriffen hatte. Seine Gesichtszüge waren feuerrot, und der gehetzte Ausdruck in seinen Augen legte nahe, dass dies nicht nur die Folge einer anstrengenden Nacht mit einer lebenslustigen Fitnesstrainerin war.

»Heute Morgen gegen vier Uhr dreißig«, begann er ohne jeden Gruß, nachdem Lerby sich gesetzt hatte, »wurde der Leichnam eines sechsundsiebzigjährigen Mannes aufgefunden. Es deutet alles darauf hin, dass er ermordet wurde.«

»Wo?«, wollte Lerby wissen.

»In Helsingør, in einem Kühlhaus der örtlichen Fischfabrik.«

Lerby hob fragend die Brauen. Helsingør befand sich etwa eine Autostunde nördlich von Kopenhagen, an der schmalsten Stelle des Øresund, und es gab dort eine eigene Polizeidienststelle, die für den Distrikt Nord zuständig war. Wenn der Fall also bei der Kopenhagener Mordkommission gelandet war, und das noch dazu so schnell, musste es eine besondere Bewandtnis damit haben, die vermutlich auch der Grund für Birger Sørensens Nervosität war.

»Bevor du etwas sagst, sieh dir das hier an«, sagte dieser und drehte den Bildschirm auf seinem Schreibtisch so, dass auch Lerby hineinschauen konnte.

Was er sah, schlug ihm auf den Magen. Und das nicht nur, weil es acht Uhr morgens war und er noch nichts gefrühstückt hatte. Der Anblick war grauenvoll.

Es war der Leichnam eines alten Mannes.

In einen dunklen Anzug gehüllt lag er auf dem Rücken, vermutlich so, wie man ihn aufgefunden hatte. Der Körper schien gefroren zu sein, die Haut hatte sich bläulich verfärbt und war von Reif überzogen. In der Kehle, die offenbar durchschnitten worden war, klaffte eine scheußliche Wunde, aber sie war nicht der wirkliche Grund, weshalb Lerbys Magen rebellierte. Sondern das Gesicht.

Wie eine ganze Reihe von Nahaufnahmen belegte, war es grausam entstellt worden. Statt der Augen waren da nur dunkle, schwarze Höhlen, die dem verstörten Betrachter entgegenblickten. Der Mund hingegen war mit wenigen Stichen und einem schwarzen Faden zugenäht worden, so als hätte der Täter sein Opfer selbst noch im Tod am Sprechen hindern wollen.

Lerby fluchte lautlos in sich hinein. Genau wegen dieser Art von Mist hatte er seine Versetzung beantragt.

»Da hat jemand offenbar eine Menge Wut im Bauch«, kommentierte er tonlos. »Der Tod allein genügte ihm offenbar nicht, der Täter wollte das Opfer auch noch zusätzlich bestrafen. Vielleicht war auch irgendein Ritus oder ein Fetisch im Spiel …« Er unterbrach sich, als er sah, dass Sørensen ihn prüfend ansah. »Was ist?«

»Ich will, dass du nach Helsingør fährst und dir die Sache ansiehst.«

»Warum ich? Ich werde die Mordkommission verlassen, wie du weißt. In zwei Wochen bin ich weg.«

34

»Aber noch bist du hier. Und ich will jemanden mit Erfahrung an der Sache dran haben.«

»Dann nimm doch Vigga, sie ist mindestens ebenso qualifiziert wie ich.«

»Ich will dich«, sagte Sørensen mit einer Endgültigkeit, die keinen weiteren Widerspruch zuließ. »Du wirst nach Helsingør fahren und den Kollegen vor Ort jede Unterstützung geben, die sie brauchen.«

Lerby sah seinen Vorgesetzten prüfend an. So lange, wie er ihn schon kannte, hatte er geglaubt, alle Nuancen in Birger Sørensens Mienenspiel genau zu kennen. Doch in diesem Moment war er sich nicht sicher, was sich hinter den rundlichen und noch immer ein wenig geröteten Gesichtszügen abspielte. Ging es wirklich nur darum, den Kollegen vor Ort Amtshilfe zu leisten? Oder wollte der gute Birger ihm zum Abschied noch einmal eine wirklich harte Nuss zu knacken geben?

»Verstanden«, sagte er nur. »Welche Informationen liegen bislang über das Opfer vor?«

Sørensen drehte den Bildschirm wieder zu sich herum, setzte seine Lesebrille auf und klapperte mit dicken roten Fingern über die Tastatur. »Alfred Vestergaard, wohnhaft in Helsingør«, las er dann vor. »Geboren am 28. April 1947, verwitwet. Keine Kinder und offenbar auch sonst keine Verwandten. Bei der Polizei ist er ein unbeschriebenes Blatt, nicht mal ein Strafzettel wegen Falschparkens.« Er schob sich die Brille auf die breite Stirn und wandte sich wieder Lerby zu. »Der Fall gehört dir.«

»Danke«, entgegnete Lerby und schnitt eine Grimasse.

»Nichts zu danken. Die Kollegen in Helsingør erwarten dich bereits, dein Kontaktmann bei der Kriminalpolizei ist ein gewisser Hauptkommissar Moller.«

»Verstanden.«

Sørensen grinste breit. »Am besten, du rufst gleich Eva an und sagst ihr, dass es ein arbeitsreiches Wochenende wird ...«

6

»Und jetzt wollen Sie Ihr Geld zurück?«

Von ihrem Platz hinter dem Empfangstisch aus, auf dem sie ein halbes Dutzend Prospekte und Flyer ausgebreitet hatte, schickte Pally Donald Greene einen fragenden Blick.

»Verdammt richtig.« Der US-Amerikaner und seine Frau Trish, die Pally am Tisch gegenübersaßen, nickten grimmig. Mit einem dicken kurzen Finger deutete er auf einen der Prospekte. »Hier steht ausdrücklich, dass man auf der Tour von einem ortskundigen Jäger begleitet wird.«

»Das ist richtig«, räumte Pally ein. »Nuka Lynge ist einer von Illokarfiqs besten und erfahrensten Jägern, er …«

»Miss«, fiel Greene ihr ins Wort, wobei er seinen breiten, bereits haarlosen Schädel drohend vorschob, »glauben Sie, ich weiß nicht, was hier gespielt wird? Der alte Donald merkt verdammt genau, wann er übers Ohr gehauen wird, und im Augenblick ist es gerade so weit.«

»Inwiefern?«, fragte Pally verständnislos. »Ich fürchte, ich verstehe nicht …«

»Dann will ich Ihnen ein Geheimnis verraten.« Das bärtige Gesicht dehnte sich zu einem Grinsen. »Ihr ach so erfahrener Jäger arbeitet auf dem örtlichen Postamt!«

»Leugnen Sie es erst gar nicht«, fügte Donalds Ehefrau in scharfem Tonfall hinzu. In ihrem schneeweißen Overall und mit dem auffälligen Goldschmuck hätte sie eher in ein Fünf-Sterne-Ressort in Aspen gepasst als in das schlicht möblierte Tourist Office von Illokarfiq. »Ich habe Nuka Lynge dort heute Morgen hinter dem Schalter gesehen!«

»Nun … natürlich«, räumte Pally bereitwillig ein. »Seit die kommerzielle Robbenjagd verboten wurde, gibt es in Grönland kaum noch professionelle Jäger. Ich habe auch nie behauptet, dass Nuka *beruflich* auf Robbenjagd geht.«

»Also haben wir zweihundert Dollar bezahlt, um mit einem Amateur auf die Pirsch zu gehen«, fiel Greene ihr ins Wort. »Kein Wunder, dass wir nichts gefangen haben. Ich verlange mein Geld zurück.«

»Das ist unser gutes Recht«, fügte Trish hinzu, auf die AGBs deutend, die auf dem Flyer zusammengefasst waren. »Hier steht's ausdrücklich.«

Pally merkte, wie sie von Unmut ergriffen wurde. Dennoch griff sie geduldig nach dem Flyer und las sich die entsprechende Passage noch einmal durch.

»Tut mir leid, aber hier steht nichts darüber, dass sie von einem Berufsjäger begleitet werden. Lediglich von einem erfahrenen und ortskundigen Jäger ist die Rede. Und beides trifft auf Nuka zu.«

»Ist das so?« Greene blies die bärtigen Backen auf. »Dann sagen Sie mir doch mal, Schätzchen, wieso wir den ganzen Tag über nicht ein einziges Tier zu sehen bekommen haben. Wenn Sie mich fragen, weiß der Kerl nicht, ob er sich die Uhr kratzen oder sich den Hintern aufziehen soll. Wie soll er da eine Robbe von einem Stück Treibeis unterscheiden?«

Trish lachte albern, zur sichtlichen Freude ihres Gatten.

»Aber Sir«, wandte Pally ein, nun schon etwas bestimmter, »soweit ich weiß, ist es am späteren Nachmittag doch zu einer Sichtung gekommen.«

»Allerdings.« Greene schnaubte. »Kurz vor Ende der Tour. Und als es endlich so weit war, verbot mir dieser alberne Kerl doch tatsächlich zu schießen. Er hat mir das Gewehr förmlich aus der Hand gerissen!«

»Das war ein tätlicher Angriff«, fügte Trish hinzu.

»Und es war *sein* Gewehr«, merkte Pally an.

»Was macht denn das für einen Unterschied?«, blaffte Greene. »Zu Hause in den Staaten habe ich einen ganzen Schrank voller Schusswaffen, und ich trainiere zweimal die Woche mit ihnen, also werde ich doch wohl in der Lage sein …«

»Darum geht es nicht«, unterbrach ihn Pally. Sie atmete tief ein und aus und zwang sich zur Ruhe. »Hören Sie«, startete sie dann einen Versuch zur Erklärung, »ich weiß nicht, ob Sie sich das vorstellen können, aber für Leute wie Nuka Lynge ist die Jagd kein Freizeitspaß, sondern etwas, das sie von ihren Vätern erlernt haben, die es wiederum von ihren Vätern lernten. Es ist ein Lebensgefühl, eine uralte Tradition, weitergegeben von einer Generation zur anderen. Und sie töten auch nicht, weil sie Spaß daran haben oder ihnen mal eben danach ist, sondern weil sie das Fleisch der Robbe essen wollen, und ihr Fell und ihre Knochen verwerten, um Kleidung und Werkzeuge daraus zu fertigen, so wie es schon ihre Ahnen …«

Sie verstummte, als sie das Unverständnis in den Mienen der beiden Amerikaner sah.

»Was soll das?«, fragte Greene sichtlich unbeeindruckt. »Versuchen Sie jetzt, uns irgendwelches Schamanen-Zeug zu erzählen? Von Ahnen, die vom Himmel zusehen? Wissen Sie was, Miss? Behalten Sie den ganzen woken Folkloremist für sich und geben Sie uns einfach unsere zweihundert Dollar wieder.«

Aus seiner feisten, bärtigen Miene blickte er sie verkniffen an. Neben ihm seine Frau, weniger bärtig, aber ebenso feist und verkniffen.

Pallys Pulsschlag hatte sich beschleunigt. Ihre Hände bebten leicht, Schweiß war ihr auf die Stirn getreten, obwohl die Heizung in der Baracke ausgefallen war.

Es hatte eine Zeit gegeben, da hätte sie geschwiegen. Sich in offenem Streit auseinanderzusetzen war nichts, das den Inuit in die Wiege gelegt war. Das Land, in dem sie Jahrtausende lang gelebt hatten, war stets groß genug gewesen, um einander aus dem Weg zu gehen. Doch dann waren Fremde gekommen, Menschen wie Donald und Trish Greene. Und mit ihnen auch die Notwendigkeit, sich zu behaupten.

In einem jähen Entschluss hieb sie mit den Händen auf die Tischplatte, erhob sich dann und trat an den kleinen Tresor an der Rückwand des Büros, öffnete ihn und nahm zwei Hundertdollarscheine heraus. Die offizielle Währung Grönlands war die Dänische Krone, aber es kam immer wieder vor, dass Touristen lieber in Dollar oder Euro bezahlten, daher hatte sie immer ein paar Scheine im Safe. Mit den beiden Banknoten in der Hand wandte sie sich wieder zu den Greenes um, dabei ein dünnes Lächeln im Gesicht.

»Na also«, meinte Donald sichtlich zufrieden. »Das ist genau das, wovon ich rede. Siehst du?«, wandte er sich an seine Frau. »Ich hab's dir doch gesagt, man muss diesen Einheimischen nur zeigen, wo es langgeht.«

»Kein Problem, Sir«, meinte Pally freundlich und setzte sich wieder. »Nur noch eine Kleinigkeit, wenn Sie gestatten. In Wahrheit sind Sie nicht hier, weil Nuka kein Berufsjäger ist oder weil sie eine Weile warten mussten, bis sie da draußen auf dem Fjord eine Robbe zu sehen bekommen haben, nicht wahr? Sie wollen Ihr Geld nur aus einem einzigen Grund zurück: weil Nuka Sie nicht hat schießen lassen. Weder wollten Sie das Fleisch dieser Robbe noch wollten Sie ihr Fell, sondern es ging Ihnen lediglich darum zu töten. Und ich frage mich, was für ein erbärmlicher kleiner Kerl sich hinter diesem Ungetüm von Bart verstecken muss, dass er so etwas nötig hat, um sich wie ein Mann zu fühlen.«

Donald Greenes rundes Gesicht war rot geworden, sein Mund war weit offen. Aber er war zu perplex, um etwas zu erwidern, ganz zu schweigen von seiner Gattin, unter deren blonder Mähne Funkstille zu herrschen schien.

»Im Prospekt stand nichts davon, dass sie auf ein Tier schießen oder es gar töten dürfen«, fuhr Pally fort, während sie ihm die beiden Scheine hinlegte, »dennoch bekommen Sie jetzt Ihr Geld zurück, weil ich inständig hoffe, dass Sie es nehmen, dieses Büro, diesen Ort und am besten dieses Land verlassen und niemals wiederkehren werden. Und Ihre Frau«, fügte sie mit einem bedeutsamen Blick in Trishs Richtung hinzu, »tut mir offengestanden leid. Denn ich denke, wir wissen alle, was Sie mit all Ihren Waffen und den Schießeisen zu kompensieren versuchen.«

Noch eine endlos scheinende Sekunde lang saßen die Greenes wie angewurzelt. Dann schossen sie von ihren Sitzen hoch und verließen unter einer wüsten Tirade das Büro – natürlich nicht, ohne sich vorher noch die zweihundert Dollar unter den Nagel gerissen zu haben. Pally atmete auf, als die gläserne Tür hinter ihnen ins Schloss fiel.

Sie stellte fest, dass sie vor Aufregung am ganzen Körper zitterte und ging nach hinten in die kleine Küche, um sich eine Tasse Tee zu machen – als das über dem Eingang angebrachte Glöckchen schon wieder bimmelte. Pally seufzte tief und verdrehte die Augen. »Hören Sie«, sagte sie auf dem Weg zurück in den Empfangsraum, »wenn Sie sich offiziell beschweren möchten, dann steht Ihnen das …«

Sie brach ab, denn anders als befürchtet waren es nicht die Greenes, sondern ein gutaussehender junger Mann in der dunkelblauen Uniform der örtlichen Polizei.

»Polizeimeister Keldsen!«, rief Pally aus. »Was für eine Überraschung!«

»Polizei*ober*meister Keldsen«, verbesserte er mit einem Grinsen und nahm einen Schluck aus dem dampfenden Pappbecher, den er in der Hand hielt. »Ich bin schließlich letzten Monat befördert worden.«

»Dass ich das doch immer wieder vergesse.« Sie kam um den Empfangstisch herum und trat auf ihn zu. »Habe ich dir überhaupt schon gratuliert?«

»Wenn du so fragst – ich denke nicht.«

Daraufhin trat sie zu ihm, stellte sich auf die Zehenspitzen und küsste ihn auf den Mund. Daavi Keldsen erwiderte die spontane Zärtlichkeit, doch nach dem guten Jahr, das sie nun zusammen waren, kannte er sie auch gut genug, um zu merken, wenn etwas nicht stimmte.

»Alles in Ordnung?«, fragte er.

»Ja, alles okay.« Sie grinste freudlos. »Ich bin nur froh, dass ich nicht wie du im Dienst eine Waffe trage. Sonst gäbe es jetzt wahrscheinlich zwei Tote zu beklagen.«

»Wirklich?« Ein wenig betroffen blickte Keldsen auf die Heckler & Koch USP, die im Holster an seinem Gürtel steckte.

»Nur ein Scherz«, beteuerte Pally.

»Ich weiß, aber darüber macht man eigentlich keine Scherze«, meinte er und nahm einen weiteren Schluck Kaffee aus dem Becher. »Sprichst du von dem amerikanischen Pärchen, das ich gerade noch habe davongehen sehen? Waren die beiden so schlimm?«

»Schlimmer«, beteuerte Pally und machte eine resignierende Geste, die das ganze Büro einschloss. »Ich fürchte, ich bin für diesen Job einfach nicht geeignet.«

»Das bezweifle ich.«

»Dann solltest du die Greenes fragen. Ich habe ihnen geraten, sich gefälligst vom Acker zu machen und möglichst niemals wiederzukommen.«

»Hm«, machte er und sah sie aus seinen dunklen Augen an. »Wenn sie dich geärgert haben, ist das auch besser so. Außerdem, jemand muss den Job hier ja machen, nachdem dein Vorgänger im Amt des Tourismusbüroleiters ins Gefängnis gewandert ist.«

»Und das muss ausgerechnet ich sein?« Pally kehrte auf ihre Seite des Tisches zurück und ließ sich müde in den Stuhl fallen. »Ich habe doch nun wirklich schon genug um die Ohren.«

Keldsen sah Pally an und begriff, dass die beiden bornierten Touristen nicht der eigentliche Grund für ihre Niedergeschlagenheit waren.

»Wie geht ihm?«, fragte er sanft.

»Wenn ich das wüsste.« Sie zuckte mit den Schultern. »Er schläft viel, und er scheint unentwegt zu träumen, wirres Zeug. Manchmal ist er ganz klar, und alles ist wie früher, und dann wieder ist er kaum ansprechbar.«

»Dein Großvater macht eine Krise durch«, war Keldsen überzeugt. »Vielen von uns geht das so in den Wochen vor dem Winter. Das letzte Schiff hat den Hafen verlassen. Das Wissen, auf sich gestellt zu sein, setzt den Leuten zu.«

»*Manchen* Leuten vielleicht, aber doch nicht dem alten Magnus«, wandte Pally ein. »Als Junge hat er noch miterlebt, wie sich die ganze Sippe in einem winzigen Erdhaus zusammendrängte und den Gesängen der Alten lauschte, während draußen der Schnee fiel und der Wind heulte.«

»Zugegeben.« Keldsen nickte.

»Ich habe Angst, Daavi. Zum allerersten Mal mache ich mir wirkliche Sorgen um ihn. Wenn er aufwacht, erzählt er immer dieselben Dinge … irgendwas von zwei Jungen und von Seelen, die im Eis verloren gegangen sind. Und er sagt immerzu, dass etwas geschehen werde.«

»Du meinst … er sieht diese Dinge?«

Pally konnte die Furcht hören, die in Daavis Frage mitschwang. Anders als sie war er Grönländer durch und durch. Die alten Gebräuche und Traditionen, vor allem aber die Geschichten, die man ihm als kleinem Jungen erzählt hatte, wirkten bei ihm noch ungleich stärker fort.

»Ich weiß, was du denkst«, versicherte sie, »aber das sind keine Visionen, okay? Sein Herz ist schwach, Daavi, und sein Gehirn bekommt mitunter zu wenig Blut, das hat Dr. Abelsen deutlich gesagt. Wenn Großvater nicht bald operiert wird, dann wird er wohl daran sterben.«

Daavi Keldsen senkte den Blick. »Vielleicht«, sagte er leise, »ist das ja sein Weg.«

»Ja, vielleicht«, räumte Pally ein. »Wenn er diesen Weg gehen will, muss ich das wohl akzeptieren. Ich weiß nur nicht, welchen Pfad ich dann einschlagen soll. Ich meine, es gab eine Zeit, da wollte ich seine Nachfolgerin als *angakkoq* werden, aber es gibt noch so viel, das ich nicht weiß. Und ich habe Zweifel, Daavi«, fügte sie leise hinzu und sah ihn mit ihren geröteten Augen an. »Große Zweifel sogar.«

»Das tut mir leid«, versicherte er, und man konnte ihm ansehen, wie ernst es ihm in diesem Moment war. »Die Sache ist nur … ich muss zurück auf die Wache und Marie Lynge ablösen. Sie will nach Hause zu ihrem Jungen, und ich muss unbedingt pünktlich sein.«

»Natürlich.« Pally lächelte tapfer. »Sag ihr liebe Grüße von mir – und dass ihr Mann für mich ein echter Held ist.«

»Äh – was?«

»Sag es ihr einfach. Er wird es verstehen.«

»Okay.« Die Zeit drängte, dennoch konnte Keldsen sich nicht überwinden zu gehen. »Pally, ich …«

»Ich bin okay, keine Sorge«, versicherte sie. »Wir sehen uns heute Abend.«

Er nickte und lächelte ihr zu, dann beförderte er mit einem gekonnten Wurf den leeren Becher in den Papierkorb neben dem Eingang und verließ das Büro, von Glöckchenklang begleitet.

Durch die gläserne Tür sah Pally ihm nach und fühlte sich seltsam dabei.

Manchmal wünschte sie sich beinahe, es wäre noch wie früher gewesen, dass sie mit ihren Liebsten eng aneinandergedrängt in einer schützenden Behausung saß, während draußen der Sturm heulte. Zumindest, sagte sie sich, war man damals nicht allein gewesen, wenn man Angst hatte.

43

7

Gegen 10 Uhr morgens kam Lerby bei der Kühlhalle an, die sich unweit des Nordhafens von Helsingør befand – nur um festzustellen, dass die Kollegen ihre Arbeit vor Ort bereits weitgehend beendet hatten. Die Beweisaufnahme war so gut wie abgeschlossen, der Leichnam von Alfred Vestergaard bereits abtransportiert und der gerichtsmedizinischen Untersuchung überstellt worden. Lerby unterhielt sich mit der Beamtin vor Ort, einer jungen Polizeiobermeisterin, die zusammen mit einem Kollegen mit den Aufräumarbeiten beschäftigt war. Von ihr erfuhr er, dass ein gewisser Khalid Lazrad die Polizei alarmiert hatte, ein marokkanischer Gastarbeiter, der im Kühlhaus jobbte und im Zuge seines frühmorgendlichen Rundgangs auf den grausigen Fund gestoßen war. Da er sichtlich unter Schock gestanden hatte, sei Lazrad nach einer ersten kurzen Vernehmung ins örtliche Krankenhaus gebracht worden. Der in der Sache ermittelnde Beamte sei *Politikommissær* Pitter Moller, der Lerby auch als Kontakt bei den örtlichen Behörden genannt worden sei.

Lerby machte für seine eigenen Zwecke ein paar Aufnahmen des Tatorts mit dem Handy, dann fuhr er zum Prøvestensvej, wo die Polizeiwache von Helsingør in einem dreistöckigen Flachbau mit gläsernem Portal untergebracht war. Lerby stellte den Dienstwagen, einen zivilen Volvo V90 auf dem Parkplatz ab, ließ an der Pforte seinen Ausweis sehen und verlangte Kommissar Moller zu sprechen.

Er brauchte nicht lange zu warten.

Moller war ein jovial wirkender, sportlicher Typ Ende dreißig, der ziemlich erleichtert darüber zu sein schien, dass ihm ein erfahrener Beamter bei den Ermittlungen zur Seite gestellt wurde. Da Lerbys Karriere nach der Beförderung zum *Politikommissær* aufgrund wiederholter Insubordinationen eine längere Flaute durchlitten hatte, bekleideten beide trotz der Altersdifferenz denselben Rang; in ihrem Auftreten unterschieden sie sich allerdings beträchtlich, denn während Moller einen blauen Anzug trug, wenn auch ohne Krawatte, bot Lerby in Jeans und schwarzlederner Fliegerjacke ein eher saloppes Erscheinungsbild.

»Ich bin froh, dass unserem Ersuchen um Amtshilfe so rasch entsprochen wurde, Kommissar Lerby«, gestand Moller, der offenbar kein Problem damit hatte, eigene Schwächen zuzugeben. In Lerbys Augen machte ihn das nur sympathisch. »Ein Fall wie dieser ist mir tatsächlich noch nie untergekommen.«

»Ich werde tun, was ich kann«, versicherte Lerby, während sie einander die Hände schüttelten. »Und ich heiße Jens.«

»Pitter.« Ein flüchtiges Grinsen huschte über die schmalen Gesichtszüge des anderen, damit war die gegenseitige Vorstellung abgeschlossen. Moller berichtete, dass er auf dem Weg zur gerichtsmedizinischen Abteilung gewesen sei, und lud Lerby ein, ihn doch gleich dorthin zu begleiten. Und so fand sich Lerby noch vor Mittag und noch immer ohne einen Bissen gegessen zu haben in einem bis zur Decke gekachelten Raum wieder, dessen Mitte ein metallener Untersuchungstisch einnahm. Darauf lag der ebenso nackte wie bleiche Leichnam Alfred Vestergaards.

Obschon Lerby durch die Bilder auf Sørensens Computer bereits vorgewarnt war, fühlte sich der Anblick des realen Opfers wie ein Schlag in die Magengrube an. Es hatte eine Zeit gegeben, da Dinge wie diese an ihm abgeprallt waren, an der Rüstung, die er sich im Lauf seiner langen Dienstzeit für die Mordkommission zugelegt hatte. Da diese Rüstung mitverantwortlich dafür gewesen war, dass er auch im privaten Leben abgestumpft war, hatte er sie teilweise wieder abgelegt, hatte die Deckung fallen lassen wie ein Schwergewichtsboxer in der zwölften Runde … Was andererseits aber auch bedeutete, dass man getroffen werden konnte. Der fensterlose Raum, der Leichnam, der antiseptische Geruch – Lerby hätte auf Anhieb ein Dutzend Orte nennen können, an denen er sich im Augenblick lieber aufgehalten hätte. Zumal da auch noch ein anderer, ekelhaft süßlicher Gestank in der Luft lag, der von dem zunächst gefrorenen und nun allmählich wieder auftauenden Körper rührte. Und noch eine weitere, seltsam bittere Note, die Lerby zunächst nicht zuordnen konnte.

»Sind Sie in Ordnung?« Ein kleines graues Männchen im Laborkittel war vor ihn getreten und sah durch die dicken Gläser einer Hornbrille zu ihm hoch. »Sie sehen blass aus. Wollen Sie ein Glas Wasser?«

Lerby schüttelte den Kopf. »Es geht mir gut«, versicherte er. »*Politikommissær* Jens Lerby, Mordkommission.«

»Dr. Urban Dahl, Gerichtsmedizin«, stellte sich das Männchen vor, das unter seinem Kittel über eine beträchtliche Leibesfülle verfügte. Seinem ergrauten, schütteren Haar nach war der Pathologe seiner Pensionierung nicht mehr allzu fern. Sein Verstand jedoch schien ebenso messerscharf zu sein wie seine Zunge.

»Können Sie bereits eine erste Einschätzung abgeben, Doktor?«, erkundigte sich Moller.

»Ich denke, dass wir Selbstmord definitiv ausschließen können«, eröffnete Dahl, um gleich darauf ein seltsam zischendes Lachen vernehmen zu lassen, das von den gekachelten Wänden widerhallte. »Der Tod trat durch vollständige Durchtrennung beider Stränge der *Arteria Carotis Communis* ein. Die Attacke muss das Opfer völlig unerwartet getroffen haben, es gibt keinerlei Hinweise auf einen Kampf. Nach Länge und Tiefe der Läsion zu schließen, war das Tatwerkzeug ein höllisch scharfes Messer mit einer rund dreißig Zentimeter langen Klinge, die mit großer Körperkraft geführt wurde, was auf einen männlichen Täter hindeuten dürfte. Die Art und Weise, wie das Tatwerkzeug angesetzt und der Schnitt vorgenommen wurde, lässt zudem auf gewisse anatomische Kenntnisse des Täters schließen. Oft genug wird bei Mordversuchen nur die Kehle durchschnitten und die Arterie allenfalls verletzt. Liegt vermutlich an diesen furchtbaren Hollywoodfilmen, die im Fernsehen rauf und runter laufen.«

»Wir haben es also mit einem medizinisch geschulten Täter zu tun?«, erkundigte sich Lerby.

»Das denke ich, ja – wobei es sich aber nicht zwangsläufig um einen Mediziner handeln muss. Ein Metzger verfügt ebenso über diese Kenntnisse. Oder ein gut ausgebildeter Jäger … von gewissen Einheiten beim Militär ganz zu schweigen. Der Bursche wusste, was er tat, er hat den Schnitt so angesetzt, dass das aus der Halsschlagader austretende Blut nach unten abfloss und von der Kleidung des Opfers wohl weitgehend aufgesogen wurde. Allerdings fand die Tat selbst sicher nicht dort statt, wo das Opfer aufgefunden wurde. Bei den im Kühlhaus herrschenden Temperaturen wäre das Blut schon weitaus eher geronnen. Außerdem belegen Schleifspuren auf dem Boden, dass das Opfer erst nach seinem Tod dorthin verbracht wurde.«

»Gibt es Hinweise auf den Tatort?«, fragte Lerby.

»Noch nicht«, verneinte Moller kopfschüttelnd. »Die Kollegen von der Forensik haben die Umgebung des Kühlhauses abgesucht, jedoch keine Hinweise gefunden. Der Täter scheint einigen Aufwand getrieben zu haben, um keine Spuren zu hinterlassen.«

»Weil er wollte, dass sein Opfer genau dort gefunden wird, in dieser Kühlhalle«, folgerte Lerby. »Aus irgendeinem Grund war ihm dies wichtig.«

»Und was für ein Grund könnte das sein?« Der jüngere Kommissar blickte ihn zweifelnd an. »Ich meine, aus welchem Grund sollte jemand so etwas tun? Das ergibt doch keinen Sinn!«

»Für uns mag es nicht nachzuvollziehen sein, das bedeutet aber nicht, dass dem Handeln des Mörders nicht eine gewisse Logik zugrunde liegen würde. Nicht nur, dass er äußerst sorgfältig zu Werke gegangen sein muss, er hat das Opfer offenbar auch über eine längere Strecke getragen oder auf sonst eine Weise transportiert. Und er hat sich Zugang zu diesem Kühlhaus verschafft. Wer so großen Aufwand betreibt, der will damit etwas aussagen.«

»Dass er ein kranker Mistkerl ist?«, startete Moller einen Interpretationsversuch.

»Wir haben es hier nicht mit einem gewöhnlichen Täter zu tun, Pitter«, stellte Lerby klar. »Das hier ist nicht die Folge eines Raubüberfalls und war ganz sicher auch kein Totschlag im Affekt. Aber das ist dir und deinen Vorgesetzten vermutlich klar, sonst wäre ich nicht hier.«

»Richtig«, bestätigte der Kollege, wich seinem Blick jedoch aus. »Kommt nicht so oft vor, dass ein Täter sein Opfer für Stickarbeiten missbraucht.«

»Glücklicherweise«, knurrte Lerby. »Was können Sie über die Art und Weise der Verstümmelungen sagen, Doktor?«

»Nun, zuallererst können wir wohl davon ausgehen, dass sie sämtlich post mortem herbeigeführt wurden. Wie gesagt existieren keine Hinweise darauf, dass sich das Opfer zur Wehr gesetzt hätte. Die genaue Rekonstruktion des Tathergangs wird zwar durch die Tatsache erschwert, dass der Leichnam in gefrorenem Zustand war, wodurch gewisse Veränderungen eingetreten sind. Aber aufgrund der schweren Verbrennungen und des daraus resultierenden Gewebeverlusts würde ich sagen, dass die Augen des Opfers mit einem stumpfen, sehr heißen Gegenstand ausgebrannt wurden. Ich denke an einen Lötkolben.«

»Scheiße«, knurrte Möller.

Lerby beugte sich über den Leichnam und nahm die Wunden genauer in Augenschein. Spätestens jetzt wurde ihm klar, woher der grässlich bittere Geruch kam.

Der Täter hatte ganze Arbeit geleistet.

Die Augäpfel und Teile des Gehirns waren förmlich verdampft, so tief hatte er hineingestochert. Für einen Moment versuchte Lerby sich vorzustellen, wie viel Hass und Menschenverachtung jemand wohl empfinden musste, um so etwas zu tun, und sein Magen beschwerte sich einmal mehr.

»Der Mund wurde mit acht Stichen zugenäht«, fuhr Dahl ungerührt fort, »die Nadel dürfte gebogen gewesen sein, das Gewebe ringsum weist nur wenige Fehlstiche auf, was bei einer geraden Nadel sicher anders gewesen wäre. Ausführung und Gleichmäßigkeit der Naht lassen zudem darauf schließen, dass der Täter nicht nur mit einer gewissen Routine, sondern vor allem auch mit großer Kaltblütigkeit gehandelt hat.«

»Weil er wusste, was er tat«, ergänzte Lerby grimmig. »Er hat sich sein Opfer gezielt ausgesucht und eine Tat begangen, die er vermutlich schon lange geplant hatte.«

»Vielleicht hat er es ja auch nicht zum ersten Mal getan«, mutmaßte Möller. »Ich habe unsere Datenbank zwar gecheckt, aber …«

»Richtig.« Lerby nickte. »Wir sollten auch die Kollegen in Norwegen, Schweden und Deutschland kontaktieren und nach ähnlich gelagerten Fällen fragen.«

»Schon notiert«, bestätigte Moller.

»Die genaue Analyse des verwendeten Fadens steht noch aus«, fuhr Dahl in seinem Vortrag fort, »ich habe eine Probe davon ans Labor geschickt. Auf den ersten Blick würde ich aber sagen, dass es sich um Nylon oder etwas Vergleichbares handelt.«

»Angelschnur?«, mutmaßte Lerby nach einem näheren Blick.

»Darauf würde auch die Art des Knotens hindeuten«, bestätigte der Mediziner. »Wenn es so ist, werden wir innerhalb weniger Tage Fabrikat und Herkunft wissen, vielleicht hilft das weiter.«

»Was können Sie über den Zeitpunkt der Tat sagen, Doktor? Vermutlich nicht allzu viel, wegen der Minusgrade …«

»Sie haben Erfahrungen damit?«, fragte Dahl.

Lerby nickte. »Ein wenig.«

»Anhand der üblichen Parameter wie Blutgerinnung und Einsetzen der Leichenstarre lässt sich der genaue Todeszeitpunkt hier in der Tat nicht ermitteln«, räumte der Pathologe ein, »aber infolge des Blutverlusts, den das Opfer bereits erlitten hatte, als es ins Kühlhaus gebracht wurde, würde ich davon ausgehen, dass sich der Mord wenigstens eine Stunde zuvor ereignet haben muss. Unter Berücksichtigung des Aspekts, dass auch innere Organe bereits gefroren waren, würde ich außerdem vermuten, dass der Leichnam an die sechs bis sieben Stunden in jenem Kühlhaus gelegen hat, ehe er dort aufgefunden wurde. Was im Umkehrschluss bedeutet, dass der Todeszeitpunkt gegen 21 Uhr gewesen sein muss.«

21 Uhr, hallte es in Lerbys Kopf nach.

Zu dieser Zeit hatte er mit Eva im Restaurant gesessen und die schöne Seite des Lebens genossen.

In diesem Moment erklang Mollers Handy. Der eingestellte Klingelton war der eines klobigen alten Wählscheibentelefons, der schaurig von den gekachelten Wänden widerhallte.

»Ja?«

Möller lauschte in das kleine Gerät. Dabei nickte er und wiederholte eine Adresse, die sich offenbar irgendwo in Helsingør befand, denn die Straße schien ihm bekannt zu sein. »Verstanden«, sagte er daraufhin und beendete das Gespräch.

Lerby warf ihm einen fragenden Blick zu.

»Das waren die Kollegen von der Forensik. Sie haben sich Zugang zu Vestergaards Wohnung verschafft. Wir sollen sofort kommen, um uns das anzusehen.«

»Also los«, bestätigte Lerby grimmig. Er ahnte bereits, dass sein Magen wohl nicht so rasch zur Ruhe kommen würde.

8

Die Befürchtungen waren berechtigt.

Das Haus, das Alfred Vestergaard bewohnt hatte, befand sich am Hellebækvej, unweit eines üppig grünen Parks und nur einen halben Kilometer vom Strand entfernt. Es verfügte über eineinhalb Stockwerke und war damit weder besonders klein noch besonders groß, und weder die sandgelbe Backsteinfassade noch die weiß gestrichenen Fensterrahmen hätten vermuten lassen, welches Drama sich in der vergangenen Nacht hinter diesen Mauern abgespielt hatte.

Die gute Nachricht war, dass sie nicht länger nach dem Ort der Bluttat zu suchen brauchten: Alfred Vestergaard war in seinem Haus ermordet worden, genauer in seinem Arbeitszimmer, das sich im Erdgeschoss befand und hinaus zum Garten blickte. Über die Terrassentür hatte sich der Mörder Zugang verschafft und Vestergaard überfallen, als er am Schreibtisch saß und irgendwelche Unterlagen gesichtet hatte, die nun unleserlich waren, weil Unmengen von Blut sie durchtränkt hatten. Die Spurensicherung würde sie mitnehmen und sich darum kümmern, aber Lerby bezweifelte, dass sich daraus ein Hinweis ergeben würde. Der Mörder, so kam es ihm jedenfalls vor, war darauf aus, seine eigene Geschichte zu erzählen.

»Die Attacke muss ihn völlig unvorbereitet getroffen haben«, stellte Moller beklommen fest. »Man kann nur hoffen, dass er nicht mehr allzu viel mitbekommen hat.«

Lerby verkniff es sich zu sagen, dass eine solche Bemerkung unangebracht war und man es als ermittelnder Beamter tunlichst vermeiden sollte, sich mit dem Opfer oder der Art und Weise

51

seines Ablebens zu identifizieren. Er wollte Moller nicht bevormunden, jeder musste einen eigenen Weg finden, mit Dingen wie diesen umzugehen. Und wenn man es mit dem Selbstschutz übertrieb, war da immer auch die Gefahr, abzustumpfen und ein zynischer Scheißkerl zu werden.

»Der Teppich ist geradezu von Blut durchtränkt«, stellte einer der Forensiker fest, die in weißen Overalls das Haus nach Spuren absuchten und Beweise sicherstellten. »Sieht so aus, als hätte der Täter sein Opfer regelrecht ausbluten lassen, bevor er es nach draußen geschleppt hat.«

Lerby nickte. Die dunklen Spuren, die vom Schreibtisch zur Terrassentür führten, waren mehr als deutlich auf dem Boden zu sehen. Auch die Verstümmelungen schien der Täter schon vor Ort vorgenommen zu haben, ehe er den entstellten Körper seines Opfers in einen Wagen gepackt und zum Kühlhaus gefahren hatte. Der ekelerregende Gestank verdampfter Körpersäfte und verbrannten Fleisches hing noch immer in der Luft und paarte sich mit dem des verrottenden Blutes auf dem Teppich.

Lerby ließ seinen Blick über die Wandregale schweifen, die mit Büchern vollgestopft waren. Es waren Publikationen in dänischer Sprache darunter, aber auch zahlreiche Titel in deutscher und englischer Sprache. »Was hat Vestergaard eigentlich beruflich gemacht?«, wollte er wissen.

»Er war Psychiater«, entgegnete Moller. »Bis vor ein paar Jahren hatte er eine kleine Praxis hier in der Stadt, dann hat er sich wohl zur Ruhe gesetzt.«

»Existieren noch Unterlagen aus dieser Zeit? Gibt es eine Patientenliste oder dergleichen?«

»Du meinst, der Mörder könnte ein ehemaliger Patient sein? Womöglich einer, bei dem die Therapie versagt hat?«, fügte Moller mit hörbarem Schaudern hinzu.

»Jedenfalls ist es nicht auszuschließen«, räumte Lerby ein. »Eine Tat wie diese passiert nicht einfach so. Ich bin sicher, dass es irgendeine Art von Verbindung zwischen Mörder und Opfer gibt.«

»Ich werde meine Kollegen darauf ansetzen«, versprach Moller. »Im Augenblick sind sie dabei, die Nachbarn zu befragen. Vielleicht haben sie etwas gesehen oder gehört.«

»Gut.« Lerby nickte. »In der Zwischenzeit sollten wir uns Vestergaards persönliche Aufzeichnungen ansehen – Unterlagen, Fotoalben, Verträge, was auch immer. Wenn es tatsächlich eine Verbindung zwischen ihm und seinem Mörder gibt, müssen wir sie finden. Es ist unsere einzige Chance, an den Täter heranzukommen. Vermutlich ist er, wie häufig in solchen Fällen, in einer Art Trauma gefangen, aus dem er durch seine Tat zu entkommen suchte.«

»Und wenn es ihm nicht gelungen ist? Wird er dann wieder zuschlagen?«

Lerby blieb eine Antwort schuldig. Aber der düstere Blick, den er seinem Kollegen zuwarf, sprach Bände.

»Was ist mit dem Telefon?«, fragte er, auf das Festnetzgerät deutend, das auf der blutbesudelten Platte des Schreibtischs stand. »Wurde das schon untersucht?«

»Noch nicht«, erwiderte der Forensiker, der jetzt dabei war, die gläserne Tür zum Garten nach Fingerabdrücken zu untersuchen. »Wir sind nur drei Mann und mit einer Sache in dieser Größenordnung ziemlich überfordert.«

Lerby zog sich die Latexhandschuhe über, die man ihm bei Betreten des Hauses gegeben hatte, und griff nach dem Hörer. Es war nicht das neueste Modell, aber modern genug, um einen Rufnummernspeicher und ein kleines Display zu besitzen. Lerby rief die ein- und ausgegangenen Anrufe ab.

Alfred Vestergaard schien ein ziemlich einsamer Mensch gewesen zu sein. Nicht nur, dass seine Gattin verstorben war und er keine lebenden Verwandten hatte, er schien auch nicht sehr kommunikativ gewesen zu sein. Nicht ein einziger Anruf war während der letzten beiden Wochen bei ihm eingegangen. Er selbst hatte das Telefon in dieser Zeit nur zweimal benutzt.

Einmal vor einer Woche.

Das andere Mal am Vorabend, exakt um 20.37 Uhr. Als Lerby die angerufene Nummer sah, hatte er das Gefühl, als würde der Boden unter seinen Füßen schwanken.

Er kannte diese Nummer, wusste sie sogar auswendig.

Es war seine eigene!

Im ersten Moment glaubte Lerby, nur falsch gelesen zu haben, und er ging die Zahlen noch einmal durch, eine nach der anderen – aber es gab keinen Zweifel.

Es war seine Handynummer, die von diesem Apparat aus angerufen worden war. Um 20.37 Uhr …

Der anonyme Anruf, schoss es ihm durch den Kopf.

Das Telefonat, das ihn im Restaurant erreicht hatte.

Das war kein anderer als Alfred Vestergaard gewesen, nicht mal eine Stunde vor seiner Ermordung …

Was hatte er von ihm gewollt? Hatte er ihn um Hilfe bitten wollen? Wenn ja, woher hatte er seine Nummer gehabt? Und warum hatte er verdammt nochmal nichts gesagt …?

Lerby konnte nicht verhindern, dass die grausam entstellten Gesichtszüge Vestergaards vor seinem inneren Auge auftauchten, die in grobem Zickzackstich zusammengenähten Lippen grinsten ihm bizarr entgegen. Ein eisiger Schauer durchrieselte ihn.

Elender Mist …

»Alles in Ordnung?«, erkundigte sich Moller.

Lerby biss sich auf die Lippen. Ein Impuls drängte ihn dazu, seine Nummer einfach aus dem Speicher zu löschen und sich auf diese Weise eine Menge überflüssiger Fragen zu ersparen. Der Lerby von früher hätte es womöglich getan, der von heute war gewillt, ein wenig mehr nach den Regeln zu spielen. Allerdings beschloss er, die Sache vorerst für sich zu behalten. Erstens hatte er im Lauf seiner langen Dienstzeit gelernt, dass ein erfolgreicher Ermittler niemals sein ganzes Blatt sehen lassen durfte. Und zweitens wollte er nicht, dass Moller zu seinen Vorgesetzten liefe, die Lerby dann womöglich Befangenheit unterstellen und einen anderen Beamten zur Unterstützung anfordern würden.

Noch vor ein paar Stunden hätte Lerby ganz und gar nichts dagegen gehabt, diesen hässlichen Fall so rasch wie möglich wieder los zu sein. Aber nun, da er wusste, dass sich das Opfer offenbar kurz vor seinem Tod an ihn gewandt hatte, verspürte er einen unwiderstehlichen Drang danach, die Wahrheit herauszufinden und den Mörder zu fassen.

Wie schnell sich die Dinge ändern konnten ...

»Ich bin okay«, versicherte er. »Kannst du rasch diese Nummer überprüfen lassen?« Er las Moller die andere Nummer vor, die sich im Speicher befand – den acht Stellen nach ebenfalls ein Festnetzanschluss –, worauf der Kollege sofort in der Zentrale anrief.

»Die Nummer gehört einer gewissen Dufina Nielsen, wohnhaft in Kopenhagen«, gab er prompt bekannt.

»Dann sollten wir die Dame dringend anrufen«, meinte Lerby. »Denn möglicherweise ist sie der letzte Mensch, mit dem Vestergaard vor seinem Tod gesprochen hat.«

ERINNERUNGEN

»Glaubst du, sie werden uns finden?«

Die Stimme des achtjährigen Jungen ist zaghaft und kaum zu verstehen, wie ein zartes Wispern im heulenden Eiswind.

»Ich weiß es nicht, Kleiner«, erwidert der andere Junge. Er nennt ihn so, weil er zwei Jahre älter ist und zudem einen ganzen Kopf größer. Eng aneinander gekauert sitzen sie im hintersten Winkel des Kellers, jenseits des Lichtscheins, der durch ein schmutziges Oberlicht fällt. Es ist finster dort, doch das macht ihnen nichts, im Gegenteil. Die Dunkelheit beschützt und ist vertraut … anders als so vieles andere.

Alles ist bedrohlich.

Alles ist fremd.

Die Menschen und ihre Umgebung, selbst das Licht. *Qallunaat* haben ihre Eltern sie genannt, doch die Jungen wissen nicht, was das bedeutet. Ist das der Name dieser Erwachsenen, die stets bei ihnen sind und sie beobachten? Die ihnen sagen, was sie tun und was sie lassen sollen? Die ihnen verboten haben, sich so zu unterhalten, wie sie es zu Hause tun, in der Sprache der Menschen dort?

»Mi-mir ist kalt«, flüstert der Jüngere.

»Ich weiß, mir auch.« Der andere legt seinen Arm um ihn, um ihn gleichermaßen zu wärmen und zu beschützen. So wie seine Mutter es stets bei ihm getan hat, bis zu dem Tag, da die *qallunaat* kamen.

Wie lange ist das her?

Einen Mond oder schon mehr?

Und wie weit ist ihre Heimat von ihnen entfernt? Werden sie je dorthin zurückkehren können?

Jedes Gefühl für Zeit und Raum ist ihnen verloren gegangen, so wie in den langen Wintern, von denen ihre Eltern erzählten. In denen die Sippe Zuflucht in Erdhäusern suchte, um in Dunkelheit und Enge das Ende des Eises abzuwarten. Dunkelheit und Enge … beides haben sie auch hier gefunden, in diesem schäbigen Keller, in dem es nach feuchtem Stein und Fäulnis riecht. Und hin und wieder bewegt sich etwas im Halbdunkel jenseits des Lichtscheins, huscht rasch über den Boden, kleine graue Schatten mit leuchtenden Augen.

»Sieh nicht hin«, schärft der ältere der beiden Jungen seinem Freund ein. »Sie werden dir nichts tun, wenn du nicht hinsiehst.«

»Wi-wirklich?«

»Ja«, bestätigt der Ältere, obwohl er es selbst nicht weiß. Er wünscht es sich nur, hofft es inständig.

Dann sind plötzlich Stimmen zu vernehmen. Laute Stimmen, die durch das gekippte Fenster in den Keller dringen.

Die Jungen zucken zusammen.

Denn es sind *ihre* Stimmen.

Die Stimmen der *qallunaat*.

Heiser rufen sie die Namen der beiden, wieder und wieder … aber nicht ihre richtigen Namen. Nicht die, die ihre Mütter ihnen gegeben haben und die von ihren Ahnen auf sie gekommen sind, sondern ihre neuen Namen, die sie hier bekommen haben.

»Tolv!«, tönt es immer wieder. »Tretten!«

Es folgen weitere Worte, die die Jungen jedoch nicht verstehen. Aber den Tonfall haben sie fürchten gelernt in der Zeit, die sie nun hier sind.

Beide frösteln, nicht nur der Kälte wegen, sondern vor Furcht. Sie haben keine Heimat, keine Familien, keine Mütter, die auf sie aufpassen. Selbst die Ahnen, die durch die Löcher im Mantel der Nacht auf sie blicken, können sie nicht sehen in diesem finsteren, stinkenden Loch von Keller … und doch ist es besser, als oben zu sein bei den anderen.

Und bei ihnen …

»Ich habe Angst«, sagt der Jüngere.

Der andere überlegt einen Moment.

»Musst du nicht«, versichert er dann und zieht ihn noch ein wenig fester zu sich heran, »denn ich werde auf dich aufpassen. Ich werde immer auf dich aufpassen, hörst du?«, bekräftigt er, obwohl er selbst bis ins Mark erschaudert.

Vor Einsamkeit.

Vor Heimweh.

Und vor Furcht.

9

Es stellte sich heraus, dass ein längeres Telefonat mit Dufina Nielsen nicht möglich war.

Die alte Dame war zwar zu Hause, allerdings nicht gewillt, telefonische Auskünfte zu erteilen. Vermutlich alarmiert von den Berichten, die allenthalben durch die Presse gingen, war sie überzeugt, es mit einem Schwindler zu tun zu haben, der es auf ihre Rente abgesehen hatte. Weder Lerbys mehrfache Versicherung, dass er *Politikommissær* sei, noch die Nennung seiner Dienstnummer konnten sie vom Gegenteil überzeugen.

Sie nahmen also Lerbys Volvo und fuhren nach Kopenhagen. Mit dem Notebook auf den Knien suchte Moller unterwegs einige Informationen über die Zeugin zusammenzutragen.

»Dufina Nielsen, Jahrgang 1950, von Beruf Lehrerin«, las er vom aufgeklappten Bildschirm vor.

»Welches Fach?«, wollte Lerby wissen.

»Geschichte. Allerdings ist sie schon seit geraumer Zeit im Ruhestand.« Moller betätigte die Tastatur. »Hat an der Universität Kopenhagen studiert«, gab er dann bekannt. »Genau wie Vestergaard, wenn ich mich recht erinnere.«

»Damit hätten wir schon eine erste Gemeinsamkeit«, meinte Lerby. »Vielleicht haben sich die beiden ja dort kennengelernt.«

»Eine heiße Studentenliebe?«

Lerby zuckte mit den Achseln. »Was weiß ich?«

»Danach ist Nielsen offenbar im Schuldienst tätig gewesen. Mehr Informationen liegen über sie nicht vor.«

»Dann werden wir sie fragen«, kündigte Lerby an.

Wie sich zeigte, war Dufina Nielsen weit weniger mit materiellen Gütern gesegnet als ihr einstiger Kommilitone Vestergaard.

Die Wohnung, in der sie lebte, befand sich im fünften Stock eines Altbaus im Stadtteil Nørrebro, einem traditionellen Arbeiterviertel Kopenhagens, das sich zwar seit ein paar Jahren bei Kunstschaffenden und Studenten immer größerer Beliebtheit erfreute, jedoch auch immer noch einige zugige Ecken hatte. In der Nähe einer solchen wohnte Dufina Nielsen, unweit des Friedhofs, auf dem Hans Christian Andersen und Søren Kierkegaard begraben lagen. Eine illustre Gesellschaft, wie Lerby fand.

Der Aufzug war ein altes Vehikel, in dem es so stark nach gebratenen Zwiebeln roch, dass Lerby sich wünschte, er hätte die Treppe genommen. Er war froh, als das Ding endlich stehen blieb und die Tür sich teilte. Ein langer Gang lag vor ihnen, auf den zu beiden Seiten Wohnungstüren mündeten. Vor der mit »D. Nielsen« beschrifteten blieben sie stehen und betätigten die Klingel.

Ein langer Augenblick verstrich.

Aus einer der Wohnungen auf der anderen Seite hämmerte Rockmusik, irgendwo schrie ein Baby. Dann waren endlich Schritte hinter der Tür zu hören, der in das Blatt eingelassene Spion verdunkelte sich.

»Dufina Nielsen?«, fragte Lerby laut.

»Wer will das wissen?«

»Kommissar Jens Lerby, Kriminalpolizei. Wir haben vorhin telefoniert.«

Wieder dauerte es einen Augenblick. Dann wurden geräuschvoll zwei Riegel zurückgezogen, die offenbar zur zusätzlichen Sicherung angebracht worden waren, und die Tür öffnete sich einen Spalt. Das Gesicht, das dahinter erschien, wirkte verhärmt und vom Leben gezeichnet. Kinn und Nase waren auffallend schmal, mit faltig gelber Haut darüber, das kurz geschnittene Haar grau und dünn. Das kleine Augenpaar darunter schien geradewegs durch die Polizisten hindurchzublicken.

»Kommen Sie rein«, forderte sie Lerby und Moller dennoch auf, wobei sie die Tür vollends öffnete und beiseitetrat.

»Wollen Sie nicht unsere Ausweise sehen?«

»Nicht nötig. Sie hatten mir ja Ihre Dienstnummer genannt. Ich habe in der Zentrale angerufen und sie überprüfen lassen.«

Lerby und Moller wechselten einen Blick. So unscheinbar und beinahe gebrechlich Dufina Nielsen erscheinen mochte, ihr Verstand schien noch bestens zu arbeiten.

Durch einen kurzen Gang, von dem eine Tür zum Badezimmer und eine weitere in eine kleine Küche abzweigte, brachte sie die beiden Besucher ins Wohnzimmer. Der Eindruck, dass Nielsen nicht im Reichtum schwelgte, bestätigte sich hier. Die Möbel waren alt und abgewetzt, der miefige Geruch ließ darauf schließen, dass die alte Dame nur selten lüftete. Es gab ein schmales Regal mit Büchern, die allerdings Staub angesetzt hatten.

»Nehmen Sie Platz, meine Herren«, forderte sie Lerby und Moller auf und deutete auf das Sofa.

»Das wird nicht nötig sein, wir haben nur einige Fragen, die …«

»Und wenn Sie möchten, dass ich sie beantworte, sollten Sie sich setzen«, versetzte Nielsen resolut, während sie sich in den schäbigen Sessel auf der anderen Seite des runden Wohnzimmertischs fallen ließ. Ihre kleine, zerbrechlich wirkende Gestalt versank beinahe darin. Lerby und Moller taten ihr den Gefallen und setzten sich ebenfalls.

»Also, was kann ich für Sie tun, meine Herren?«, wollte Frau Nielsen wissen, während sie sie erneut auf jene seltsame Weise ansah. »Geht es um Alfred?«

Lerby und sein Kollege wechselten Blicke.

»Wie kommen Sie darauf, dass es um Herrn Vestergaard geht?«

»Nun, nach diesem Anruf von letzter Woche hatte ich mir gedacht, er wäre vielleicht in Schwierigkeiten.«

»Warum? Hat er etwas Entsprechendes gesagt?«

»Nichts Konkretes. Aber er schien ziemlich durcheinander

zu sein, hatte vor irgendetwas Angst. Offengestanden war es mir ziemlich gleichgültig nach all den Jahren, und das habe ich ihn auch wissen lassen.«

»Was wollte er von Ihnen?«

»Weiß ich nicht, ich habe vorher aufgelegt. Wollte nicht hören, was er mir zu sagen hat.«

»Sie sind wohl nicht sehr gut auf ihn zu sprechen?«, hakte Lerby vorsichtig nach.

»Wie man es nimmt.« Sie zuckte mit den Schultern. »Wir hatten jahrelang keinen Kontakt.«

»Wie lange?«, fragte Moller.

»Warum wollen Sie das wissen? Steckt er tatsächlich in Schwierigkeiten?«

Lerby zögerte einen Moment. »Er ist tot«, eröffnete er dann.

Nielsen stutzte für einen Moment. Sie wirkte überrascht, aber nicht bestürzt. »Sind Sie deshalb hier? Hat man ihm etwas angetan?«

»Herr Vestergaard wurde ermordet«, bestätigte Lerby. »Sein Leichnam wurde am frühen Morgen aufgefunden. Und wie es aussieht, sind Sie eine der Letzten, die vor seinem Tod noch mit ihm gesprochen haben.«

Die Reaktion, die Dufina Nielsen daraufhin zeigte, war unerwartet: Sie warf den Kopf in den Nacken und lachte. Kein hysterisches oder zynisches oder gar schadenfrohes Lachen. Sondern helles, heiteres Gelächter, so als hätte Lerby einen guten Witz erzählt.

»Darf man fragen, was dieser Ausbruch von Heiterkeit zu bedeuten hat?«, fragte Moller ein wenig säuerlich.

»Das dürfen Sie. Aber Sie würden es vermutlich nicht verstehen«, erwiderte die alte Dame, nachdem sie sich wieder etwas beruhigt hatte. »Es liegt eine gewisse Komik in der Tatsache, dass Alfred Vestergaard kurz vor Ende seines Lebens ausgerechnet mit mir gesprochen hat.«

»Warum?«

»Weil er das eigentlich niemals wieder tun wollte. Hat er jedenfalls gesagt.«

»Sie haben sich im Streit getrennt?«

»Sagen wir, jeder von uns ging seiner Wege, und das war auch besser so.«

»Wann ist das gewesen?«, erkundigte sich Lerby.

Dufinas Blick wurde noch leerer als zuvor, während sie angestrengt nachzudenken schien. »Irgendwann in den späten Siebzigern, denke ich. Bevor ich Lehrerin geworden bin.«

»Sie haben sich vom Studium gekannt?«

»In der Tat.«

»Waren Sie …?«

»Sie meinen, ob ich mit ihm zusammen war? Ob ich mit ihm geschlafen habe?« Sie lachte auf. »Und wenn?«

»Nichts weiter. Ich frage nur.«

»Eine Zeitlang waren wir zusammen, das stimmt. Dann allerdings hat der gute Alfred geheiratet. Eine gute Partie, wenn Sie wissen, was ich meine.«

»War das der Grund für Ihren Streit?«

»Nein.«

»Was ist es dann gewesen?«

»Warum fragen Sie? Vermuten Sie etwa, ich hätte den armen Alfred umgebracht?«

»Bitte beantworten Sie meine Frage«, beharrte Lerby sanft, aber bestimmt.

Mit ihren dürren Armen, die in einem engen schwarzen Rollkragenpullover steckten, ruderte Nielsen mit den Armen. »Es gab keinen konkreten Grund. Wir hatten uns an der Universität kennengelernt und eine Weile lang zusammengearbeitet, und es gab auch eine Zeit, da fühlte ich mich zu ihm hingezogen. Doch dann stellte sich heraus, dass wir beide – um es so zu nennen – sehr unterschiedliche Vorstellungen bezüglich unserer Karrieren hatten, und unsere Wege trennten sich.«

»Wann genau ist das gewesen?«

Sie überlegte einen Moment. »1978, wenn ich mich recht entsinne. Danach hatten wir kaum noch Kontakt.«

»Auf welchem Gebiet haben Sie zusammengearbeitet?«, wollte Moller wissen. »Wenn ich richtig informiert bin, hat Alfred Vestergaard Psychologie studiert, während Sie das Institut für Geschichtswissenschaften besuchten …«

»Verhaltensforschung«, erwiderte sie. »Historische Muster, unterschiedliche Erziehungsformen … solche Dinge. Die Siebziger Jahre waren eine Zeit des wissenschaftlichen Aufbruchs. Wir wollten die alten Denkstrukturen aufbrechen und überwinden. Interdisziplinäre Forschungsprojekte hatten Konjunktur, neben den Psychologen waren auch Mediziner und eine Juristin daran beteiligt. Wir alle waren jung und neugierig, und man gab uns Möglichkeiten zur wissenschaftlichen Entfaltung. Nachdem die Förderung unserer Projekte ausgelaufen war, wechselte ich dann aber in den Schuldienst, während Alfred vorerst noch in der Forschung blieb. Später hörte ich, er hätte seine eigene Praxis aufgemacht … würde jedenfalls zu ihm passen.«

»Inwiefern?«

Dufina Nielsen sah Lerby direkt an, aber er hatte das Gefühl, dass sie ihn nicht wirklich wahrnahm. »Er liebte es, recht zu haben«, antwortete sie. »Wissen Sie, wie wir ihn damals nannten? Unseren ›Ahab‹ nannten wir ihn, seiner Verbissenheit wegen. Eigentlich nicht verwunderlich, dass er Therapeut geworden ist – die haben schließlich immer recht.«

»Sprechen Sie aus Erfahrung?«

»Ein wenig. Aber das wissen Sie ja vermutlich schon längst«, beschied sie ihm kühl. »Ich hatte ein Alkoholproblem und wurde aus dem Schuldienst entlassen. Das ist auch der Grund, warum ich hier in dieser Bruchbude hause, statt von einer üppigen Pension zu zehren. Und als ob das noch nicht schlimm genug wäre, erwischt mich vor zwei Jahren auch noch dieser elende Schlaganfall.«

Lerby begriff. Das war der Grund, warum ihr Blick durch ihn hindurchzugehen schien. Der Schlaganfall, von dem sie sprach, hatte Spuren hinterlassen.

»Sie vermuten richtig«, sagte sie, als würde sie seine Gedanken erraten. »Ich bin beinahe blind. Nur auf dem rechten Auge sehe ich noch ein wenig, das andere ist futsch.«

»Tut mir leid«, sagte Lerby reflexhaft.

»Ich weiß, allen tut es leid, und mir auch.« Sie schnaubte. »Die Wahrheit ist wohl, dass wir alle für die Fehler bezahlen, die wir im Lauf unseres Lebens begehen, oder nicht?«

»Gilt das auch für Alfred Vestergaard?«

»Vermutlich.«

»Was genau hat er gesagt, als er Sie angerufen hat?«

»Er wollte über früher reden, über die alten Zeiten. Aber ich hatte kein Interesse daran, die alten Geschichten aufzuwärmen. Vorbei ist vorbei, wissen Sie.«

»Sie sagten vorhin, er hätte einen ängstlichen Eindruck auf Sie gemacht«, wandte Moller ein. »Hat er eine konkrete Bedrohung erwähnt?«

»Nein.« Sie schüttelte den Kopf. »Und ein nervöser Kerl ist er früher schon gewesen, stets besorgt um sein Ansehen und seine Karriere, von Ehrgeiz zerfressen.«

»Und Sie?«, fragte Lerby. Es war offensichtlich, dass Nielsen und Vestergaard mehr als nur unterschiedliche berufliche Vorstellungen voneinander getrennt hatten, doch aus irgendeinem Grund ließ sie es bei Andeutungen bewenden. Er musste versuchen, noch ein wenig mehr aus ihr herauszulocken …

»Das ist eine gute Frage.« Sie nickte und sinnierte einen Moment vor sich hin. »Früher einmal, ja«, gestand sie dann. »Da war mir der berufliche Erfolg auch wichtiger als alles andere. Aber das liegt lange zurück, ich habe meine Lektionen gelernt.«

»Gibt es noch Aufzeichnungen von damals? Vielleicht Filmaufnahmen oder Fotoalben?«

»Nein.« Sie schüttelte entschieden den Kopf. »Im Lauf der Jahre habe ich alles weggeworfen.«

»Falls Sie doch noch etwas finden oder Ihnen etwas anderes einfallen sollte, das wichtig sein könnte, zögern Sie bitte nicht, uns anzurufen«, sagte Moller und legte in gewohnter Routine seine Visitenkarte auf den Tisch.

»Sie denken, es besteht ein Zusammenhang mit Alfreds Tod?«

»Wir wissen es nicht«, versicherte Lerby. »Aber wir müssen alle Möglichkeiten prüfen.«

Wieder nickte sie. »Wie ist er gestorben?«, fragte sie dann.

Lerby zögerte. Er hätte sagen können, dass er nicht befugt war, Auskünfte zu erteilen, hätte sich hinter den Vorschriften verstecken können. Aber ein Gefühl riet ihm etwas anderes.

»Er wurde erstochen«, sagte er diplomatisch.

»Dann ist es gut.« Sie wirkte erleichtert. »Seine Befürchtung hat sich also nicht bewahrheitet.«

»Welche Befürchtung denn?«, erkundigte sich Moller.

»Alfred hatte eine Angst, die ihn schon damals verfolgte, und ich nehme an, er ist sie sein Leben lang nicht losgeworden. Ich glaube, sie war sogar einer der Gründe, weshalb er sich mit der menschlichen Psychologie befasst hat, nämlich um sich selbst zu therapieren.«

»In Bezug worauf?«

»In Bezug auf seine Pagophobie.«

»Pago*was*?« Lerby hatte das Wort noch nie gehört.

»Die Pagophobie, oder auch Kryophobie genannt, bezeichnet die Furcht vor Eis und Kälte, Kommissar«, klärte Dufina Nielsen ihn auf. »Der gute Alfred hatte panische Angst davor, zu erfrieren und als steif gefrorener Leichnam zu enden. Aber da hat er ja Glück gehabt, nicht wahr?«, fügte sie mit freudlosem Lächeln hinzu.

Weder Lerby noch sein Kollege wusste etwas darauf zu erwidern. Die plötzliche Stille wurde durch das Trillern von Lerbys Handy unterbrochen. Mit einer Verwünschung zog er das lärmende Gerät aus der Innentasche der A2 Fliegerjacke und warf einen Blick aufs Display.

Birger Sørensen.

Lerby unterdrückte eine weitere Verwünschung und ging ran.

»Ja?«

»Birger hier«, sagte der andere überflüssigerweise. »Wo bist du gerade?«

»In Nørrebro. Es gibt hier …«

»Was auch immer es ist, lass alles liegen und stehen und komm sofort zu mir ins Büro.«

»Was?« Lerby glaubte nicht recht zu hören. Er sah die fragenden Blicke, die sowohl Moller als auch Dufina Nielsen ihm zuwarfen, und zuckte nur mit den Schultern. »Aber wir sind gerade bei einer Zeugin, die das Mordopfer gekannt hat. Wir …«

»Vergiss es«, sagte Sørensen nur, und Lerby fand, dass er sich noch gehetzter anhörte als am Morgen. »Komm ins Hauptquartier, jetzt gleich. Das ist eine direkte dienstliche Anweisung, also befolge sie gefälligst.«

»Und die Ermittlungen?«

»*Jetzt gleich*«, wiederholte Sørensen nur.

Dann hatte er auch schon aufgelegt.

10

Im Laufschritt durchquerte Lerby die Innenrotunde des *Politigården* und stürmte durch das Portal.

Unter fadenscheinigen Begründungen, an die er selbst nicht glaubte, hatte er dem verblüfften Moller erklärt, warum er alles stehen und liegen lassen und augenblicklich ins Hauptquartier zurückkehren sollte. Dabei war er sich vorgekommen wie ein Idiot, entsprechend unterirdisch war seine Laune. Wütend stampfte er die Stufen des ehrwürdigen Treppenhauses hinauf. Eine junge Anwärterin, die man offenbar zum Wochenenddienst verdonnert hatte, flüchtete sich rasch in ihr Büro, als sie ihn den Gang heraufkommen sah.

Lerby hielt sich nicht mit Höflichkeiten auf.

Wortlos durchmaß er das Vorzimmer von Birger Sørensens Büro und platzte ungefragt durch die Tür.

»Verdammt, Birger, was hat das zu bedeuten?«

Lerby stutzte, als er sah, dass sein Vorgesetzter nicht allein war. Hinter seinem großen Schreibtisch thronend, unterhielt er sich mit jemandem, der im Besucherstuhl vor ihm saß. Ein blonder Mann mit weißen Schläfen und dunkelgrauem Anzug, der Lerby nicht weniger verblüfft anstarrte als *Chefpolitiinspektør* Sørensen.

»Jens«, sagte dieser hölzern, »darf ich vorstellen? Inspektor Mads Beck vom *Politiets Efterretningstjeneste.*«

»Es freut mich, Sie endlich persönlich kennenzulernen, Kommissar«, sagte Beck und nickte Lerby zu.

Das Grinsen, das dabei um sein bartloses Kinn spielte, wollte diesem nicht gefallen. Überhaupt, was hatte ein Inspektor des polizeilichen Nachrichtendiensts in Sørensens Büro zu suchen?

Lerby konnte sich keinen Reim darauf machen. Ein knappes »Hej«, war alles, was er zustande brachte, zum sichtlichen Unbehagen seines Chefs.

»*Politiinspektør Beck* ist hier, weil er dir etwas mitzuteilen hat«, begann Sørensen hölzern.

»In der Tat«, griff der andere den Faden ohne Zögern auf, »ich bin hier, um Ihnen mitzuteilen, dass Sie mit augenblicklicher Wirkung vom aktuellen Fall entbunden sind.«

»Was?« Lerby starrte zuerst Beck, dann Sørensen ungläubig an. »Aus welchem Grund?«

»Sagen wir einfach, dass ein vorgeordnetes Interesse besteht«, entgegnete der Mann vom Nachrichtendienst kaltschnäuzig. Er lächelte dabei, doch wären Blicke in der Lage gewesen zu töten, wäre Lerby mit durchbohrter Brust niedergesunken.

»Ein vorgeordnetes Interesse?« Lerby brauchte einen Moment, um das zu verdauen. »Erzählen Sie keinen Bullshit! Wieso wurde diese Abteilung überhaupt hinzugezogen, wenn der PET bereits an der Sache dran ist?«

»Ein Irrtum«, lautete die ebenso kurze wie unbefriedigende Antwort. »Inzwischen hat meine Behörde die Ermittlungen übernommen.«

»Übernommen? Sie reißen sie gerade an sich!«

»Jens, beruhige dich«, unternahm Sørensen einen halbherzigen Versuch zu beschwichtigen.

»Ich soll mich beruhigen? Noch vor wenigen Stunden warst du ganz erpicht darauf, mir diesen Fall zum Abschiedsgeschenk zu machen, und jetzt soll ich einfach die Finger davon lassen?«

»Ich habe darauf ebenso wenig Einfluss wie du. Und Inspektor Beck tut lediglich seine Pflicht.«

»Und worin besteht die?«, fragte Lerby gereizt. »Andere Polizisten in ihren Ermittlungen zu behindern? Die Kollegen aus Helsingør und ich hatten bereits einen ersten kleinen Erfolg zu verbuchen, und ...«

»Dafür sind wir dankbar«, versicherte Beck ölig, »und natürlich erwartet meine Behörde, dass ihr sämtliche bislang gesammelten Hinweise übergeben werden.«

»Natürlich«, wiederholte Lerby wie ein Echo. Seine Augen verengten sich, sein Blick wurde forschend. »Warum genau hat Ihre Behörde eigentlich ein – wie sagten Sie so schön? – vorgeordnetes Interesse an diesem Fall?«

»Das kann ich Ihnen nicht sagen. Geheimhaltung, Sie verstehen.«

»Hat es womöglich damit zu tun, dass diese Sache sehr viel größer ist, als es auf den ersten Blick erscheint?«

»Was meinst du damit?«, fragte Sørensen von seiner Seite des Schreibtischs aus.

»Komm schon, Birger, du weißt genau, wovon ich spreche. Das ist doch der Grund dafür, dass du heute früh so nervös gewesen bist und unbedingt mich an dem Fall dranhaben wolltest, den Mann mit der größten Erfahrung … und zufällig auch mit der bereits bewilligten Versetzung. Ist kein großes Problem, wenn der alte Lerby zum Abschluss nochmal ordentlich auf die Schnauze fällt, richtig?«

»Nun, ich …« Sørensens rundes Gesicht war fleckig geworden, wie immer, wenn er nervös wurde oder sich in die Ecke gedrängt sah. »Ich meine, ich habe …«

»Genau die Antwort, die ich erwartet habe.« Lerby nickte. »Vielen Dank auch, alter Freund.«

»Wie ich sehe, kann man Ihnen nichts vormachen.« Beck nickte in schlecht gespielter Anerkennung.

»Nicht, wenn es so offensichtlich ist. Sie haben die Kollegen aus Helsingør und mich nur zum Schein dorthin geschickt. In Wahrheit sollten wir dort nur gut aussehen und dem Schein genügen, aber nichts herausfinden, richtig?«

»Sieh an, Sie sind ja ein richtiger Teamplayer.« Beck lächelte grimmig. »In Ihrer Akte steht allerdings etwas anderes.«

»Menschen ändern sich«, meinte Lerby nur. »Hören Sie, die Leute in Helsingør machen einen verdammt guten Job, wenn man bedenkt, dass sie sich gewöhnlich nur um Kleinkriminelle zu kümmern haben.«

»Daran zweifle ich nicht.«

»Trotzdem erwarten Sie, dass diese Männer und Frauen, die gute Polizisten sind, jetzt einfach die Hände in den Schoß legen und nichts mehr tun, nur weil irgendwelche Bleistiftspitzer es so beschlossen haben? Wenn wir es wirklich mit einem Serientäter zu tun haben, dann spricht einiges dafür, dass er wieder zuschlagen wird.«

Noch immer reglos in seinem Besucherstuhl sitzend, sah Beck Lerby schweigend an. »Der Bleistiftspitzer«, erklärte er gelassen, »ist in diesem konkreten Fall der Justizminister, dem wir alle unterstehen. Ich würde Ihnen also raten, sich etwas zurückzuhalten.«

Lerby atmete tief ein und aus. Den Pfad des Zorns hatte er früher häufig beschritten, und er hatte sich als Sackgasse erwiesen. Er hatte es besser machen wollen. Für Eva und für die Familie ... und nicht zuletzt auch für sich selbst.

»Wie ich sehen kann, ist Ihr Mann sehr persönlich engagiert, Direktor«, stellte Beck fest.

»Ich fürchte, das ist Kommissar Lerbys Art«, kam Sørensen Lerby zur Hilfe, vermutlich aus schlechtem Gewissen, während er ihm zugleich einen warnenden Blick zukommen ließ. »Er ist stets sehr engagiert, was vermutlich auch der Grund für seine überdurchschnittlich hohe Aufklärungsquote ist.«

»Ich weiß, ich habe Ihren Bericht über die Ermittlungen in Grönland gelesen«, versicherte Beck. »Wirklich sehr beeindruckend.«

»Danke«, knurrte Lerby.

»Aber vielleicht ist das persönliche Engagement in diesem Fall ja auch der Tatsache geschuldet, dass Kommissar Lerby das Mordopfer gekannt hat«, fuhr der PET-Mann ungerührt fort.

71

»Was?« Sørensen ächzte wie ein gefällter Baum, der stürzte.

»Das ist Unsinn«, beharrte auch Lerby.

»So?« In Becks grauen Augen funkelte es listig. »Wann hatten Sie denn vor, Ihrem Vorgesetzten mitzuteilen, dass das Opfer Sie auf Ihrem Smartphone angerufen hat? Übrigens nur kurze Zeit vor seiner Ermordung ...«

»Aber das ist doch völlig absurd!«, rief Sørensen aus. Es klang allerdings mehr nach einem Wunsch als nach einer wirklichen Feststellung.

»Ja oder nein, Kommissar?«, fragte Beck, der seine Hausaufgaben offenbar ebenfalls gemacht hatte, und sah Lerby dabei durchdringend an. »Es ist Zeit, Farbe zu bekennen.«

»Na schön, es stimmt«, gab Lerby achselzuckend zu.

»Wie bitte?« Sørensen sprang auf. Sein Gesicht war puterrot. »Es ist wahr, dass Vestergaard mich vor seiner Ermordung angerufen hat. Aber ich habe es selbst erst vor Kurzem erfahren. Und ich habe ihn auch nicht gekannt, wie Sie es mir unterstellen wollen.«

»Ich unterstelle gar nichts«, stellte Beck klar.

»Was genau ist passiert?«, stöhnte Sørensen, der jetzt in seinem eigenen Film zu spielen schien. Den Mann vom PET nahm er, wenn überhaupt, nur noch am Rande wahr.

»Ich war mit Eva verabredet, ich hatte dir davon erzählt«, berichtete Lerby tonlos. »Im Restaurant erreichte mich gegen halb neun ein Anruf. Ich bin rangegangen und konnte hören, dass jemand am anderen Ende war, aber derjenige sagte nichts.«

»Und dann?«

»Ich forderte den Anrufer auf, sich zu melden, aber er – oder sie, das wusste ich zu jenem Zeitpunkt ja noch nicht – blieb stumm und hat wieder aufgelegt. Es war keine Nummer in der Anzeige, so dass ich nicht zurückrufen konnte. Ich ging von einem Versehen aus und hielt die Sache für erledigt, aber als ich heute Vormittag in Vestergaards Büro die Telefonverbindungen überprüfte ...«

»… da wurde Ihnen klar, dass Sie keinen anderen als ihn an der Strippe hatten«, vervollständigte Beck.

»Genau«, bestätigte Lerby und schickte dem Nachrichtendienstler ein schiefes Lächeln. »Aber das wussten Sie ja offenbar schon, denn Ihre Leute sind noch vor den Kollegen aus Helsingør am Tatort gewesen.«

»In der Tat.«

»Irgendwie hatten Ihre Leute von der Sache Wind bekommen. Sie waren in Vestergaards Wohnung und stellten fest, dass ein Mord geschehen war, aber Ihnen fehlte die Leiche. Und noch während sie danach suchten, hat ein unbedeutender kleiner Aufseher in einem Kühlhaus einen scheußlichen Fund gemacht und die Polizei alarmiert – und Ihnen damit mächtig in die Suppe gespuckt, war es nicht so? Denn noch ehe Sie es verhindern konnten, lief bereits die Ermittlungsmaschinerie an, einschließlich eines Gesuchs um Amtshilfe bei der Kopenhagener Mordkommission. Und nun haben Sie alle Hände voll damit zu tun, die Sache wieder einzudämmen, denn es soll niemand erfahren, dass sich da draußen ein Serienkiller herumtreibt.«

»Ich werde das nicht kommentieren. Aber Sie sollten dringend Ihren Fernsehkonsum reduzieren, Kommissar Lerby«, sagte der PET-Inspektor und seufzte wie jemand, der sich mit Dingen weit unter seiner Würde befassen muss. Dann wandte er sich wieder Sørensen zu. »Ich denke, ich habe Ihre Aufmerksamkeit lange genug in Anspruch genommen, Direktor. Sie haben nun sicher einiges mit Ihrem Mitarbeiter zu besprechen. Entschuldigen Sie mich bitte«, fügte er hinzu, während er sich erhob und korrekt sein Sakko zuknöpfte, »ich habe wichtige Ermittlungen zu führen.«

»Na-natürlich«, stammelte Sørensen beflissen und zog den Kopf zwischen die Schultern, was ihn in Lerbys Augen wie eine überdimensionale Schildkröte aussehen ließ. »I-ich hoffe sehr, dass Sie die Zusammenarbeit mit meiner Abteilung dennoch nicht in einem schlechten Licht …«

Beck war bereits an der Tür. »Keine Sorge, Birger«, versicherte er mit unverbindlichem Lächeln, dann empfahl er sich. Die lederbezogene Tür war kaum hinter ihm ins Schloss gefallen, als Lerby zischte wie ein kaputter Blasebalg.

»Scheiße«, sagte er.

»Verdammt, Jens!« Sørensens eben noch so unterwürfige Haltung schlug schlagartig in die des wütenden Vorgesetzten um. »Warum hast du mir das mit dem Anruf nicht gesagt? Du hast mich wie einen Trottel aussehen lassen!«

»Wann denn?«, fragte Lerby achselzuckend dagegen und ließ sich in den Besucherstuhl sinken. Er war noch warm von seinem Vorgänger, Lerby schüttelte sich innerlich. »Du hattest es doch so verdammt eilig, mich von dem Fall abzuziehen und mich diesem Möchtegern-James-Bond vorzustellen.«

Auch Sørensen setzte sich wieder, er schien am Ende seiner Kräfte. »Mads Beck ist ein einflussreicher Mann, Jens. Sich ihn zum Feind zu machen, ist keine gute Idee.«

»Dann kriech du ihm doch in den Arsch«, forderte Lerby seinen alten Weggefährten auf. »Für mich ist das nichts.«

»Fängst du wieder damit an? Hattest du dir nicht vorgenommen, die Dinge in Zukunft ein wenig anders anzupacken als früher? Hatten die Eskimos dich nicht verändert?«

»Es sind Inuit«, verbesserte Lerby. »Und du hast recht, ich hatte die besten Vorsätze – aber nicht in diesem Fall. Wir werden hier verschaukelt, Birger. Und tu nicht so, als ob dir das nicht von Beginn an klar gewesen wäre.«

»Jens, du weißt …«

»Komm mir nicht so. Wann hast du erfahren, dass uns die Ermittlungen wieder entzogen werden würden? Hast du es heute Morgen bereits gewusst?«

»Es … gab gewisse Anzeichen …«

»Und du hast es nicht für notwendig gehalten, mich darüber zu informieren? Du hast mich auflaufen lassen wie einen Polizeikadetten im ersten Jahr. Vermutlich als Revanche dafür, dass ich deiner Abteilung den Rücken kehre, aus gekränkter Eitelkeit. Birger?«

»Was?«, fragte der andere.

»Du bist ein Arschloch«, sagte Lerby, leise und gefasst, dafür aber jede einzelne Silbe sorgfältig betonend.

Sørensen erwiderte nichts. Der Wutausbruch, mit dem Lerby gerechnet hatte, blieb aus, stattdessen nickte der andere nur und starrte auf die Tischplatte des Schreibtischs.

»Das reicht jetzt, endgültig«, stellte er fest, wobei er den Blickkontakt weiter mied. »Geh nach Hause, Lerby. Lass deinen Ausweis und deine Dienstwaffe hier, und soweit es mich betrifft, brauchst du auch nicht mehr in der Mordkommission aufzutauchen. Mach Urlaub oder sonst was, bis du deine neue Stelle antrittst, aber komm mir nicht mehr unter die Augen.«

»Mit dem größten Vergnügen.«

Bereitwillig legte Lerby die verlangten Gegenstände vor sich auf den Schreibtisch, dann stand er auf und verließ das Büro seines langjährigen Vorgesetzten ohne Gruß und ohne sich auch nur ein einziges Mal umzudrehen. Durch den breiten Gang und über die steinerne Treppe verließ er das Gebäude und trat hinaus in das weite Rund des Innenhofs. Ein grauer Himmel spannte sich darüber, aus dem feiner Nieselregen fiel.

Lerby atmete tief ein und aus, sog die milde Luft in seine Lungen, die vom Ende des Herbsts kündete und vom beginnenden Winter. Er hätte in diesem Moment erleichtert sein, hätte alles hinter sich lassen und sich auf zwei Wochen unverhofften Urlaubs freuen können, die er zusammen mit Eva verbringen würde … nur leider tat er das nicht.

So sehr sich Lerby auch selbst dafür verwünschte.

Der Fall ließ ihm keine Ruhe.

11

Einmal mehr saß Pally auf der Kante von Großvater Magnus' Bett. Es war kurz nach Mittag. Das Tourismusbüro hatte um diese Zeit geschlossen, ohnehin waren um diese Jahreszeit kaum noch Gäste in Illokarfiq anzutreffen.

»Langsam, Großvater. Trink nicht so schnell, hörst du?«

Sie hatte ihm Kräutertee gebraut, wie er selbst es ihr erst vor wenigen Monaten beigebracht hatte. Magnus nahm ihn sehr viel bereitwilliger zu sich als die Tabletten, die Dr. Abelsen ihm verabreichte.

Den alten, aus einem Walrosszahn gefertigten Becher mit beiden Händen führend, trank Magnus mit raschen Schlucken. Als *angakkoq* wusste er nur zu gut um die Wirkung der Labrador-Pflanze – *Rhododendron groenlandicum* –, die in der traditionellen Medizin der Inuit von jeher eingesetzt wurde, um verschiedenste Gebrechen zu heilen. Vor allem kam es dabei auf die genaue Dosierung an: In geringer Konzentration entfaltete das in der Pflanze enthaltene Ledol seine wohltuende und bisweilen heilende Wirkung, in höherer Dosierung hingegen konnte es zu Lähmung und Herzstillstand führen.

Pally wusste nicht, ob es ein gutes Zeichen war, dass ihr Großvater den von ihr zubereiteten Sud so bedenkenlos trank. Vielleicht, sagte sie sich, war ihm auch nur alles gleichgültig geworden.

»Warum siehst du mich so an?«, fragte er, nachdem er den leeren Becher abgesetzt hatte. Mit dem faltigen Handrücken wischte er sich über den Mund.

»Wie denn?«

»Als ob du fürchtest, dass ich mich jeden Augenblick in Luft auflösen könnte.« Er lächelte dünn.

Pally fühlte sich ertappt. Selbst geschwächt und im Krankenbett liegend, vermochte er sie noch immer zu durchschauen. »Muss ich das denn?«, fragte sie dagegen.

Sein Lächeln dehnte sich zu einem Grinsen. »Noch nicht.«

»Da bin ich froh.« Sie erwiderte das Lächeln. Um die Mittagszeit war ihr Großvater stets am besten ausgeruht und ansprechbar. Und da er guter Laune zu sein schien, beschloss sie, einen neuen Anlauf zu wagen. »Wenn du nochmal über das nachdenken möchtest, worüber wir neulich gesprochen haben …«

»Meinst du damit das elende Ding, das mir dieser Quacksalber in die Brust setzen will?«

»Dr. Abelsen ist kein Quacksalber, sondern ein sehr guter Arzt, und er sorgt sich um dich«, widersprach Pally. »Der Schrittmacher würde dafür sorgen, dass dein Herz …«

»Ich brauche das verdammte Ding nicht. Mein Herz ist ausgezeichnet.«

»Und warum liegst du dann hier?«, fragte Pally dagegen.

»Du glaubst, dass es daran liegt? Dass ich krank bin?« Ihr Großvater lachte freudlos auf. »Wenn das so ist, Enkelin, dann hast du im letzten Jahr nichts bei mir gelernt.«

»Das ist nicht fair. Ich habe mir große Mühe gegeben.«

»Ich weiß, und du merkst dir gehorsam auch alles, was ich sage. Aber hast du es auch verstanden? Hast du mir wirklich zugehört?«

Pally biss sich auf die Lippen. Sie wusste nur zu gut, was er meinte. Bei allem Interesse, das sie der Kultur ihres Volkes entgegenbrachte, bei aller Wertschätzung, die sie für den alten Weg und seine Traditionen empfand, war sie doch auch Wissenschaftlerin … und sich in ihrer Eigenschaft als Ethnosoziologin mit einem kulturellen Phänomen auseinanderzusetzen, war etwas anderes, als daran *zu glauben*.

»Habe ich dir nicht Labrador-Tee gemacht?«, fragte sie ein wenig hilflos.

»Doch, und du machst ihn sehr gut.« Der alte Magnus nickte. »Du bist ein kluges Mädchen, das ist schon immer so gewesen – genau deshalb bist du auch so anfällig für Zweifel. Glauben, mein Kind, kannst du nicht mit dem Verstand, sondern nur mit dem Herzen. Und dies ist auch der Grund, warum das meine mir derzeit nicht dient, wie es sollte.«

»Was meinst du damit?«

»Hörst du nicht zu? Ich habe es dir schon gesagt, viele Male. Es liegt an dem Grauen, das uns alle erwartet. All die Jahre ist er da draußen gewesen und hat gewartet, zur Untätigkeit verdammt. Doch nun kehrt er zurück.«

»Ich weiß, dass du das schon viele Male gesagt hast, Großvater«, beteuerte Pally. »Aber wen meinst du damit? Wer kehrt zurück? Von wem sprichst du?«

»Noch kann ich sein Gesicht nicht sehen, denn er verbirgt es vor mir. Wann immer ich in meinen Visionen auf ihn blicke, wendet er sich von mir ab, denn sich zu verbergen liegt in der Natur des *qivittoq*.«

»Des *qivittoq*?« Pally legte die Stirn in Falten. Sie hatte dieses Wort ihrer Muttersprache lange Zeit nicht mehr gehört. Eine wirklich sehr lange Zeit …

Der alte Magnus lachte auf, ein Anflug von Heiterkeit blitzte in seinen kleinen Augen. »Natürlich. Oder was denkst du, was mein Herz derart schwächt, dass es mir meine Kräfte raubt und mir die Luft zum Atmen nimmt? Ich kann ihn fühlen, schon die ganze Zeit über, seine Furcht und seinen Zorn … und er wird kommen. Obwohl sie einst wie Brüder waren.«

Pally seufzte.

Da waren sie wieder, die beiden Schatten aus Großvaters Traum, dasselbe Motiv, das immer wiederkehrte. Oder … hatte er am Ende recht mit dem, was er sagte? Waren es mehr als nur

Traumbilder, die ihn verfolgten? Mehr als Ausgeburten eines Unterbewusstseins, das sich vor dem nahenden Ende fürchtete? Erneut kamen Pally Zweifel, diesmal an dem, was andere Menschen, und unter ihnen der geschätzte Dr. Abelsen, als gesichertes Wissen betrachtet hätten, als Wissenschaft.

Es war verwirrend, so zu empfinden.

Und es war beängstigend.

»Ich weiß, dass du dir Fragen stellst, schon dein ganzes Leben lang, und immer sind es dieselben«, sagte Magnus, während er bereits wieder schläfrig zu werden begann. Seine Lider wurden schwer, seine Stimme leiser. »Aber du solltest nicht zweifeln«, fügte er hinzu, »sondern deinem Volk vertrauen, den Ahnen und ihrem Wissen, das Tausende von Wintern alt ist. Lass dich von ihnen nach Hause führen durch die Dunkelheit und den Sturm, damit es dir nicht ergeht wie jenen Seelen, die in Kälte und Nacht verloren sind und denen nichts bleibt als …«

Der Rest von dem, was er hatte sagen wollen, kam nicht mehr über seine Lippen. Die Augen fielen ihm zu, und er schlief wieder ein, der Becher aus Walrosszahn entrang sich seinem Griff und fiel zu Boden.

Pally hob ihn auf und stellte ihn auf das Nachtkästchen, dann beugte sie sich über ihren Großvater und küsste ihn auf die Stirn. Seine geschlossenen Lider zuckten, er schien bereits wieder zu träumen. Und mit Bestürzung stellte Pally fest, dass sie nicht mehr nur Angst hatte, weil er diese Träume hatte.

Sondern auch davor, dass sie wahr sein könnten.

ERINNERUNGEN

Noch immer sitzen sie in ihrem Versteck, die Beine eng an die dürren Körper gezogen, sich angstvoll aneinander kauernd.

Draußen ist es dunkel geworden, durch das Kellerfenster fällt kein Licht mehr. Schweigend starren sie in die Schwärze und lauschen.

Dem Scharren der Nager, das bald hier und bald dort zu hören ist, aber stets ein wenig näher.

Dem Rauschen des Blutes in ihren Ohren.

Den Stimmen von draußen.

»Tolv! Tretten!«

Was die Stimmen sonst noch sagen, können die Jungen nicht verstehen, die Sprache ist ihnen noch zu fremd. Aber sie hören die Ungeduld, die aus den Worten spricht und immer noch größer wird. Und den Zorn …

»Was werden sie mit uns tun, wenn sie uns finden?«, fragt der Jüngere flüsternd.

»Weiß nicht.« Sein älterer Beschützer zuckt mit den Schultern, verdrängt den Gedanken rasch wieder. »Vielleicht wird das ja gar nicht geschehen.«

Die Augen des anderen glänzen in der Dunkelheit. »Du musst mich nicht belügen. Ich bin zwar kleiner als du, aber nicht dumm. Ich weiß, dass sie früher oder später auch hier unten nach uns suchen werden. Und dann entdecken sie uns.«

»Ich belüge dich nicht, Kleiner. Manchmal verschwinden Menschen und werden nie wieder gefunden.«

»Wirklich?« Jähe Hoffnung schwingt in der Stimme des anderen mit.

»Kennst du nicht die Geschichte vom *qivittoq*?«

»Wie geht sie?«

»Vor langer Zeit«, beginnt der Ältere, dankbar für die Gelegenheit, sich abzulenken, »wurde ein Jäger von seiner Sippe verstoßen.«

»Warum? Was hat er getan?«

»Ich weiß es nicht. Aber sie wollten ihn nicht mehr bei sich haben, also sagten sie ihm, dass er ihre Gemeinschaft verlassen und hinausgehen soll ins Eis.«

»Und dort ist er gestorben«, mutmaßt der jüngere Knabe enttäuscht.

»Nein«, widerspricht sein großer Freund und erhebt belehrend einen Finger, wie seine Mutter es seinerzeit getan hatte, als sie ihm die Geschichte erzählte. »Denn er war sehr klug und hat nicht nur seine Harpune ins Eis mitgenommen, sondern auch Feuersteine und eine Nadel und Darm. Und indem er eine Robbe erlegt und ihr Fleisch isst und sich aus ihrer Haut warme Kleidung und Stiefel macht, überlebt er den Winter. Doch im Frühjahr, als das Eis zurückweicht, sucht er nicht mehr die Nähe der Menschen, denn die Einsamkeit gefällt ihm jetzt. Mit drei Tropfen seines Blutes sagt er sich von den Menschen und ihren Gesetzen los und durchwandert von nun an ruhelos die Wildnis, Winter für Winter, bis sein Geist endlich eins wird mit ihr. Seither ist er dort draußen, ein ruheloser Wanderer, der auf Rache sinnt für das, was ihm angetan wurde. Manche Jäger behaupten sogar, dass sie ihm im Eis begegnet sind.«

»U-und?«, fragt der Jüngere mit wohligem Schaudern, jetzt ganz in der Geschichte gefangen. »Was ist passiert?«

»Er hat sie ziehen lassen, denn sie waren unschuldig und haben ihm Geschenke gemacht. Doch jene, die ihn einst verstießen, haben keine Gnade zu erwarten. Wenn er ihnen begegnet, wird er ihnen ihr Leben nehmen und ihre Seelen rauben, auf dass sie niemals, niemals zu ihren Ahnen finden.«

12

Dufina Nielsen war zufrieden.

Mit den Polizisten zu sprechen, war nicht einfach gewesen …
wie es überhaupt nie einfach war, über die Vergangenheit zu sprechen. Aber es war ihr doch gelungen.

Freilich hatte sie den Polizisten nicht alles gesagt. Was sie mit
ihrem Gewissen vereinbaren, was sie gefahrlos offenbaren konnte,
das hatte sie ihnen verraten. All das, was die beiden ohnehin nicht
verstanden hätten, was schon in der Vergangenheit zu Missver-
ständnissen geführt hatte und in diesen verrückten modernen
Zeiten nur auf Ablehnung gestoßen wäre, das hatte sie ausgelassen,
es schlicht übergangen. Und die Polizisten wussten zu wenig, um
danach zu fragen.

Ihr ganzes Leben lang hatte sie geschwiegen, hatte Zuflucht im
Alkohol gesucht, um das Schweigen zu ertragen. Und als sich das
Schicksal an ihr gerächt hatte, da hatte sie auch das hingenommen.
Sie würde ganz gewiss nicht ihr Schweigen brechen, nur weil ein
paar Polizisten ihr Fragen stellten.

Nach beinahe fünfzig Jahren …

Sie saß auf dem abgewetzten Sessel im Wohnzimmer und wartete. Draußen war es längst dunkel geworden, doch sie hatte kein
Licht angemacht. Ihre Sehkraft hatte sich so verschlechtert, dass es
kaum mehr einen Unterschied machte, ob es hell war oder dunkel.
Ganz abgesehen davon, dass sie jede Ecke, jedes Möbelstück und
jede Unebenheit in ihrer Wohnung inzwischen genau kannte. Ihre
Welt war klein geworden. Keine Reisen mehr, keine Begegnungen
mit anderen Menschen – und doch fühlte sie sich in mancher Hinsicht freier, als sie es früher je gewesen war.

Frei von äußerlichen Zwängen, frei von den Entscheidungen anderer. Und seit heute, und das konnte sie selbst kaum begreifen, auch frei von Angst.

Wie sehr hatte sie sich in all den Jahren gefürchtet … vor Entdeckung und vor der Demütigung, die damit einhergehen würde, aber auch vor Strafe. Irgendwie war ihr immer klar gewesen, dass sie eines Tages für die Vergangenheit bezahlen würde, und es entbehrte nicht einer gewissen Ironie, dass ausgerechnet sie, die überzeugte Atheistin, an ein strafendes Gericht glaubte.

Oder vielleicht, dachte sie, während sie in ihrem Sessel saß, allein und von Dunkelheit umgeben, hatte sie sich auch in dieser Hinsicht nur selbst betrogen. Womöglich hatte sie mehr und tiefer geglaubt als alle anderen, als Vestergaard, Olsen und selbst der Theologe, und wäre es nur, weil sie irgendwann begriffen hatte, dass nichts auf dieser Welt ohne Folgen blieb. Dass alles Ursache und Wirkung hatte … und vielleicht sogar einen Sinn.

Als sie das leise Geräusch im Hausgang hörte, krallten sich ihre dürren Hände in den weichen Stoff des Sessels. Sie spürte, wie ihr Puls sich beschleunigte, und rief sich selbst zur Ruhe. Im Grunde hatte sie immer gewusst, dass es dazu kommen würde, ganz egal, wie lange es dauerte.

Im selben Maß, wie ihr Sehvermögen nachgelassen hatte, hatten Dufina Nielsens übrigen Sinne die Aufgaben ihrer Augen zumindest teilweise übernommen. Trotz ihres Alters hatte ihr Gehör sich noch einmal geschärft, und sie hatte ein Gespür dafür entwickelt, ob Menschen oder Tiere in der Nähe waren. Und dieses Gefühl sagte ihr jetzt, dass sie nicht mehr allein war in ihrer Wohnung. Jemand hatte sich Zugang verschafft und stand jetzt auf der Schwelle des Wohnzimmers.

»Guten Abend«, grüßte sie leise.

Der Besucher antwortete nicht. Sie konnte nur seinen Atem hören, der unruhig war und schnell ging.

»Ich weiß, wer du bist«, sagte sie. »Deinen Namen kenne ich

nicht, aber ich erinnere mich an dich. Und ich weiß, warum du hier bist.«

Der Besucher trat ein. Das Licht ließ er ausgeschaltet, vermutlich genügte ihm das, was an Mondlicht und Widerschein der Straßenbeleuchtung durch die Fenster drang.

Dufina Nielsen konnte fühlen, wie der Besucher sich ihr näherte, ganz langsam, Schritt für Schritt. Er hatte keine Eile, natürlich nicht, nach all den Jahren, die er auf diesen Moment gewartet hatte.

Genau wie sie.

»Ich wusste, dass du zu mir kommen würdest«, versicherte sie, wobei sie den Kopf hob, so als würde sie an ihm emporblicken. »Die Polizisten haben es mir gesagt. Wie war es, Vestergaard zu töten? Hat er geweint wie ein Kind? Hat er dich gebeten, sein jämmerliches Leben zu schonen?«

Statt einer Antwort ließ er ein animalisches Geräusch vernehmen, ein Knurren wie aus der Kehle eines Raubtiers. Ihre Hände zitterten, als sie sie anhob, um nach ihm zu greifen, ihn zu befühlen. Warum er es gestattete, wusste sie selbst nicht. Vielleicht, weil es ihn überraschte. Vielleicht aber auch aus alter Gewohnheit ...

Was die Kuppen ihrer Finger ertasteten, war von einer rohen Fremdartigkeit, die Erinnerungen weckte. Leder und Fell ... Erneut fühlte sie sich an ein Tier erinnert, und ihre letzte Hoffnung, an die sie sich insgeheim noch geklammert hatte, nämlich dass der Besucher Mitleid haben würde mit einer alten und blinden Frau, schwand dahin.

Es war kein Mensch, der sie besuchte.

Es war ein Raubtier.

Und sie selbst hatte ihn dazu gemacht.

13

»Das hat er gesagt? *Qivittoq?*«

Seine Hand mit dem getrockneten Kabeljau ging noch zu Daavi Keldsens Mund, aber er biss nicht davon ab. Seine Augenbrauen hoben sich, seine Stirn legte sich in Falten. »Nun mach dir nicht gleich wieder Sorgen«, beschwichtigte Pally, die ihm am Esstisch gegenübersaß. Zum Nachtmahl gab es nach traditioneller Art getrockneten Fisch, den sie in weniger traditionelle Sojasoße dippten, die es im Supermarkt in der Ortsmitte zu kaufen gab. Aber obwohl *saarullik panertoq* zu Daavis erklärten Lieblingsgerichten gehörte, schien es ihm plötzlich nicht mehr zu schmecken. »Ich weiß, dass du dich vor solchen Dingen fürchtest«, fügte Pally hinzu, »aber ...«

»Ein *qivittoq* ist nichts, das man auf die leichte Schulter nehmen sollte«, entgegnete Keldsen. Er war eben erst vom Dienst gekommen und trug noch seine Uniform. Das kurz geschnittene schwarze Haar stand widerspenstig von seinem Kopf ab. »Weißt du nicht mehr? Die alten Geschichten?«

»Doch, ich kann mich gut daran erinnern«, versicherte Pally, während sie mit einem Stück Fisch in der Soße rührte. »Als ich zum ersten Mal davon hörte, konnte ich nächtelang nicht schlafen.«

»Und das war gut so, die Alten wollten uns mit diesen Geschichten warnen. Wenn dein Großvater vom *qivittoq* spricht, hat das gewiss einen Grund.«

»Allerdings – nämlich den, dass er krank ist«, versetzte Pally. »Manchmal fürchte ich, dass Großvater Magnus nicht mehr genau weiß, was er sagt.«

85

»So etwas darfst du nicht denken, Pally. Der *angakkoq* ...«

»In allererster Linie ist mein Großvater ein Mensch, Daavi. Er ist alt geworden, und es geht ihm nicht gut. Dr. Abelsen sagt, dass auch Großvaters Gehirn von der Herzinsuffizienz betroffen sein kann. Das würde durchaus erklären, warum er gewisse Dinge sieht und darüber spricht ...«

»... oder aber, er ist der Unterwelt näher als wir und sieht deshalb die Wahrheit. Er ist der *angakkoq*, Pally, vergiss das nicht!«

Über den Tisch hinweg sahen sie einander an. Pallaya konnte den Trotz in Daavis dunklen Augen sehen, die Furcht davor, dass ihm etwas genommen würde, woran er sein Leben lang geglaubt hatte, woran er unbedingt glauben wollte ... und sie beneidete ihn beinahe darum. Die moderne Welt hatte ihrem Volk schon so viel genommen. Manches war den Inuit regelrecht entrissen worden, anderes hingegen hatte sich leise davongestohlen, ohne dass sie es wirklich bemerkt hätten, ein Prozess steter Erosion, wie das Eis im Fjord, wenn es im Frühjahr schmolz.

So sehr sie auch in sich hineinhorchte, wusste Pally nicht zu sagen, auf welcher Seite sie stand. Sie liebte Daavi, das tat sie wirklich, dennoch war sie nicht in der Lage, die Dinge so zu sehen wie er. Die Wissenschaftlerin in ihr hinderte sie daran. Andererseits ertappte sie sich dabei, dass sie sich insgeheim vor dem fürchtete, was ihr Großvater geschildert hatte.

Den kommenden Winter.

Die lange Nacht.

Seelen, die ruhelos umherirrten.

Es weckte Assoziationen, Bilder, Empfindungen und Ängste, die so tief in ihr verwurzelt waren, dass Pally ihre Ursprünge nicht mehr zu ergründen vermochte. Vielleicht waren es auch gar nicht ihre eigenen Erinnerungen, sondern die ihres Volkes, die kollektive Erfahrung unzähliger dunkler Winter – aber auf eine unheimliche, archaische Weise machte es ihr Angst. Und sie ertappte sich dabei, dass sie sich insgeheim wünschte, dass nicht Daavi Keldsen, sondern die Medizin recht hätte. Selbst wenn es bedeutete, dass ihr Großvater sterben musste.

»Pally.« Daavi ruckte unruhig auf seinem Stuhl hin und her. Er fühlte, dass es ihr nicht gut ging, und das machte ihm zu schaffen. »Bitte entschuldige, ich wollte nicht ... Ich meine, das alles ist schließlich schon schwer genug für dich, Magnus ist ja wie ein Vater für dich.«

»Das ist er«, bestätigte Pally und nahm dankbar seine Hand, die er ihr über den Tisch entgegenschob, auch wenn sie fettig war und nach *saarullik* roch. »Aber ich ...«

Ihre Worte gingen in einen heiseren Schrei über, als die Tür aufgestoßen wurde und eine gebeugte Gestalt darin erschien.

»Pally ...«

Es war Großvater Magnus.

Er trug seinen karierten Schlafanzug, das von grauen Strähnen umrahmte Gesicht war schmerzverzerrt. Nach vorn gekrümmt, die rechte Hand auf seine linke Brusthälfte pressend, wankte er über die Schwelle des Wohnzimmers – und brach im nächsten Moment zusammen.

14

»Moller hier, was gibt es?«

Lerby stutzte für einen Moment, er hatte nicht damit gerechnet, dass der Kollege aus Helsingør so rasch am Telefon sein würde. Zwei Tage waren vergangen, seit sie das letzte Mal miteinander gesprochen hatten.

»Hej, Pitter«, sagte Lerby nur.

»Jens.« Es war nur eine Feststellung. Aber es schien auch ein unausgesprochener Vorwurf darin mitzuschwingen.

»Leg nicht gleich wieder auf«, bat Lerby, »ich wollte unbedingt noch einmal mit dir reden.« Mit dem Handy am Ohr ging er im Wohnzimmer seines Hauses auf und ab. Am hellen Montagvormittag zu Hause zu sein, fühlte sich seltsam an. »Ich weiß, dass du denkst, ich hätte gekniffen und mich auf eigenen Wunsch von dem Fall abziehen lassen, aber …«

»Vergiss es einfach«, sagte Moller nur. »Tut mir leid, dass ich zuerst so heftig reagiert habe.«

»Dazu hattest du jedes Recht. Du hattest dir Hilfe versprochen und fühltest dich im Stich gelassen. Die Sache ist nur, ich kann wirklich nichts dafür, es war gewiss nicht meine Entscheidung, die …«

»Das weiß ich inzwischen. Der Fall wurde auch meiner Dienststelle offiziell entzogen, irgend so ein geleckter Kerl vom PET hat meinem Chef erklärt, dass er sich nun wieder um kleine Fische kümmern soll.«

»Hieß der Kerl Beck?«, riet Lerby. »Inspektor Mads Beck?«

»Volltreffer.«

»Ein echter Sonnenschein, den muss man mögen«, bestätigte Lerby grimmig.

»Ein arrogantes Arschloch«, drückte Moller es anders aus. »Er hat so getan, als wären wir blutige Anfänger und er der einzige Erwachsene im Raum. Das stinkt mir ganz gewaltig, Jens. Außerdem kann ich mit diesem verdammten Fall nicht so einfach abschließen.«

»Geht mir genauso«, gestand Lerby.

»Der Anblick dieser ausgebrannten Augen verfolgt mich bis in den Schlaf hinein, weißt du.«

»Das legt sich«, wusste Lerby aus Erfahrung.

»Und das miese Gefühl? Legt sich das auch?«

»Nein, damit musst du leben. Es wird nur besser, wenn man den Mistkerl fasst, der so etwas getan hat. Zumindest vorübergehend.«

»Na wunderbar.«

»Darf ich dich noch etwas fragen, Pitter?«

»Klar doch.«

»Hat sich Dahl noch wegen der Laborergebnisse gemeldet?«

»Du kannst es wohl nicht lassen, was?« Moller lachte auf. »Wirklich lustig, dass du danach fragst. Der gute Doktor hat in seinem Bunker nämlich gar nicht mitbekommen, dass uns der Fall entzogen wurde, und munter weitergemacht. Heute Morgen hat er mir den Bericht geschickt, den ich natürlich pflichtschuldig weitergeleitet habe.«

»Ich nehme nicht an, dass du bei der Gelegenheit noch einen flüchtigen Blick hineingeworfen hast?«

»Natürlich nicht, wo denkst du hin«, beteuerte der andere. »Das ist ein reines Versehen gewesen.«

»Natürlich.« Lerby grinste. »Und?«

»Im Grund hat sich alles bestätigt, was Dahl bereits vermutet hatte. Und bei dem verwendeten Faden handelt es sich tatsächlich um ein Stück Angelschnur – von einem deutschen Hersteller, der seine Produkte jedoch weltweit vertreibt. Insofern ist das wohl eine Sackgasse.«

»Verstehe.«

»Und jetzt? Was wirst du tun?«

»Was soll ich schon tun?« Lerby war vor dem Terrassenfenster stehen geblieben. Gedankenverloren sah er hinaus in den spätsommerlichen Garten. »Mein Vorgesetzter hat mich praktisch aus der Abteilung geworfen, also kann ich nicht viel mehr tun, als zu Hause zu bleiben und das Laub im Garten zu rechen, bis ich meinen neuen Posten antreten kann.«

»Und was für ein Posten wird das sein?«

»Erkennungsdienst.«

Moller blies durch die Nase. »Was für eine Verschwendung.«

»Vielen Dank, aber ich wollte es selbst so.«

»Ein paar Albträume zu viel?«

»Etwas in der Art«, bestätigte Lerby. »Vielleicht sollte ich …«

Er unterbrach sich, als sein Handy plötzlich ein Piepsen von sich gab.

»Was ist?«, fragte Moller.

»Nichts weiter, da ist nur grad was reingekommen.«

Lerby warf einen Blick aufs Display.

Der Absender war anonym, die Nachricht nur kurz. Doch die wenigen Worte hatten es in sich: *Dufina Nielsen ist tot.*

15

Ein Herzinfarkt.

Während Daavi Keldsen sich um Magnus gekümmert hatte, hatte Pally die Ambulanz alarmiert. Innerhalb weniger Minuten war der Wagen da gewesen und hatte ihren Großvater in das ärztliche Versorgungszentrum gebracht, das sich am nördlichen Stadtrand befand, nicht weit entfernt vom kleinen Flugplatz. In Europa hätten sie wahrscheinlich die Nase gerümpft über die Sanitätsstation, die lediglich aus zwei rechtwinklig angeordneten einstöckigen Gebäudeflügeln bestand. Wie die meisten Häuser in Illokarfiq stand sie auf hölzernen Stelzen, teils, um den felsigen Untergrund auszugleichen, aber auch wegen des Schnees, der sich im Winter meterhoch türmte. Neben Einrichtungen zur routinemäßigen medizinischen Versorgung beherbergte die Station auch einen Operationssaal für Notfälle sowie für kleinere Eingriffe. In medizinisch komplizierteren Fällen war das Krankenhaus von Tasiilaq zuständig, oder man wich auf die wesentlich größeren Hospitäler von Nuuk oder Ilulissat aus, die sich jedoch jeweils knapp 700 Kilometer entfernt auf der anderen Seite des Großen Eises befanden.

Entsprechend angespannt war Pally, während sie im Wartezimmer auf und ab ging. Vor knapp zwei Stunden war ihr Großvater eingeliefert worden. Sie selbst war mit der Ambulanz mitgefahren, Daavi war mit dem Dienstwagen nachgekommen. Danach war er die ganze Zeit bei ihr geblieben, bis Ejnari Inasson, der Chef der Polizeidienststelle von Illokarfiq, ihn angerufen und wegen des akuten Personalnotstands auf die Wache gerufen hatte. Es war Daavi anzusehen gewesen, wie schwer es ihm fiel, Pally in dieser

Situation allein zu lassen, aber sie hatte ihm tapfer versichert, dass sie ein großes Mädchen sei und schon alles in Ordnung kommen würde …

Sie wünschte nur, sie hätte wirklich so empfunden.

In Wirklichkeit war sie verzweifelt und hatte Angst, und trotz ihres Wollpullovers fror sie erbärmlich und klammerte sich mit beiden Händen an den Pappbecher mit Kaffee, den sie aus dem Automaten gezogen hatte. Ihr Blick wanderte durch das kleine Fenster nach draußen, auf die Häuser von Illokarfiq. Wie bunte Würfel übersäten sie den kargen Hang, der sich zum Meer hin neigte und um diese Jahreszeit wenigstens an einigen Stellen noch grün war. Nicht mehr lange, und Schnee würde sich darüber breiten, und obwohl Pally es nicht wollte, drängte sich ihr der Vergleich mit einem riesigen, alles überdeckenden Leichentuch auf.

Sie riss sich von dem Anblick los und leerte den Becher mit Kaffee, in den sie weder Milch noch Zucker gegeben hatte. Das bittere Getränk brannte in ihrem Magen, was sie mit einer eigenartigen Genugtuung erfüllte, so als wollte sie sich selbst bestrafen. Dankbar dafür, eine Aufgabe zu haben, mit der sich die nächsten Sekunden totschlagen ließen, ging sie zum Papierkorb, zerknüllte ihren Becher und versenkte ihn. Dann kehrte sie zu der orangeroten Sitzbank des Wartebereichs zurück und ließ sich darauf nieder. Ihr Blick fiel auf die Uhr über dem Eingang. Die Zeiger waren wie festgefroren.

Gedanken gingen ihr durch den Kopf, von denen sie wusste, dass sie im Augenblick nicht zuträglich waren, aber sie hatte nicht die Kraft, sie zu verdrängen … Erinnerungen an ihren Großvater, die schlaglichtartig an ihr vorüberzogen.

Die Beerdigung ihrer Eltern, wie sie am offenen Grab stand und ins Leere starrte, und wie sie plötzlich Magnus' beruhigende Hand auf ihrer Schulter fühlte.

Ihr Großvater beim Trommeltanz … wie gerne sie ihm dabei zugesehen und seinen Worten gelauscht hatte. Im Grunde war er es gewesen, der ihr Interesse für die Kultur und Mythologie ihres Volkes geweckt hatte.

Ihr Großvater auf der Pirsch am Robbenloch, zusammen mit Natuk, der sein bester Freund gewesen war, und den anderen Jägern der Siedlung.

Ihr Großvater als *angakkoq* bei der Gemeindeversammlung, wenn aller Augen auf ihn gerichtet waren und jeder hören wollte, was er zu sagen hatte. Sein Wort hatte noch immer großes Gewicht bei den Leuten, so wie im letzten Jahr, als Lerby, der Mondmann, zum ersten Mal nach Illokarfiq gekommen war …

Und schließlich Magnus am Boden liegend, mit schmerzverzerrtem Gesicht um Atem ringend – und diese Erinnerung war nicht nur aktueller als alle anderen, sie überlagerte sie auch, schien laut und verzweifelt in Pallys Bewusstsein zu schreien.

Pally legte den Kopf in den Nacken und starrte auf die mit Kunststoffkassetten verkleidete Decke. Sie verschwamm, als ihre Augen sich mit Tränen füllten.

»Bitte nicht«, flüsterte sie. »Bitte geh nicht, Großvater, noch nicht. Da ist noch so viel, das ich von dir lernen muss, und nicht mit dem Verstand …«

Sie ließ ihren Worten ein ebenso geflüstertes Gebet folgen, einen Segenswunsch, eine Bitte, die ebenso an die Ahnen gerichtet war, wie an den Schöpfergeist im Himmel.

In diesem Moment wurde die Tür zum Wartezimmer geöffnet, und ein blonder Mann in steril wirkender hellgrüner Kleidung trat ein.

»Dr. Abelsen!«

Pally sprang auf, ihr Herz hämmerte. »Wie geht es meinem Großvater?«

»Er ist am Leben«, versicherte der Arzt. »Und soweit wir es aufgrund der vorgenommenen Untersuchungen sagen können, war es auch kein Herzinfarkt.«

»Nein?« Pally schöpfte jähe Hoffnung. Doch der Blick, mit

dem Abelsen sie durch die goldgeränderten Gläser seiner Brille ansah, blieb unverändert besorgt. »Aber?«, fragte sie deshalb.

Der Arzt seufzte, dann ließ er sich auf einen der orangeroten Sitze sinken. »Wir haben ein EKG vorgenommen und die entsprechenden Marker geprüft, die beide auf einen akuten Infarkt hindeuteten. Im Zuge einer Röntgenaufnahme wurde dann jedoch eine deutliche Verformung der linken Herzkammer festgestellt, die auf eine Kardiomyopathie hindeutet.«

»Und das bedeutet?«

»Die Symptome sind sehr ähnlich wie bei einem Myokardinfarkt und können ebenfalls lebensbedrohlich werden. Dass es nicht zu einem kardiogenen Schock gekommen ist, hat Ihr Großvater einzig und allein Ihrem schnellen Eingreifen zu verdanken.«

»Also … ist alles gut?«, fragte Pally unsicher.

»Das kann ich leider nicht behaupten. Die Kardiomyopathie wird nicht von ungefähr auch als Broken-Heart-Syndrom bezeichnet, Pally. Das Phänomen ist medizinisch noch nicht vollständig erforscht, aber man nimmt an, dass eine häufige oder gar dauerhafte Ausschüttung der Stresshormone Adrenalin, Noradrenalin und Cortisol dabei eine große Rolle spielt, die in Verbindung mit der ohnehin vorhandenen Bradykardie wohl zu diesem Anfall geführt hat.«

»Einen Moment«, hakte Pally nach. »Dann … ist mein Großvater nicht wirklich krank am Herzen?«

»Rein physisch entspricht der Zustand seines Herzens seinem Alter. Aber etwas setzt Ihrem Großvater offenbar schwer zu.«

»Er hatte also recht«, flüsterte sie.

»Wovon sprechen Sie?«

»Nichts, ich habe nur laut gedacht …«

»Dieses eine Mal hat Ihr Großvater Glück gehabt, Pally«, sagte Abelsen eindringlich, »aber die Attacke hat ihn sehr geschwächt, und ich weiß nicht, ob er eine weitere überleben würde.«

»Ich verstehe.«

»Mit dem von mir empfohlenen Eingriff könnte zumindest die Insuffizienz beseitigt werden, was das Risiko meiner Einschätzung nach signifikant reduzieren würde.«

»Sie meinen den Herzschrittmacher?«

»Ja, Pally. Das Risiko der Operation ist überschaubar, sie könnte sogar drüben in Tasiilaq vorgenommen werden ...«

»Das geht nicht.« Sie schüttelte den Kopf und sah zu Boden. »Großvater will es nicht.«

»Offengestanden glaube ich nicht, dass Ihr Großvater in der Lage ist, diese Dinge angemessen abzuwägen.«

»Dann erklären Sie es ihm.«

»Das geht nicht. Wie ich schon sagte, hat ihn die Attacke sehr geschwächt. Sein Zustand ist stabil, aber er hat das Bewusstsein noch nicht wiedererlangt. Es tut mir leid, Pally – aber als seine einzige lebende Angehörige werden Sie dies für ihn entscheiden müssen.«

»Bitte nicht, Doktor.« Pally schüttelte weiter den Kopf. Schon wieder stiegen ihr Tränen in die Augen. »Verlangen Sie das nicht von mir.«

»Ich fürchte, mir bleibt keine andere Wahl. Alles andere kann ich als Arzt nicht verantworten.«

Sie wandte den Blick, sah ihn aus ihren verheulten Augen an, innerlich zerrissen.

Wem sollte sie vertrauen? Der Wissenschaft und der modernen Welt, der sie sich selbst zugehörig fühlen wollte? Oder den Instinkten eines greisen Mannes, der Jahrtausende alten Traditionen folgte?

Mit aller Kraft dachte Pally an ihren Großvater – und plötzlich fielen ihm seine Worte ein. Sein Herz sei ausgezeichnet, hatte er ihr versichert, und ihr dann erklärt, dass es der *qivittoq* sei, der seine Kräfte raube und ihm die Luft zum Atmen nehme, ein ruheloser Geist ...

»Nein«, sagte sie leise.

»Wie bitte?«

»Es tut mir leid, Doktor«, entgegnete Pally, lauter und bestimmter jetzt, »aber mein Großvater hat entschieden, und ich werde seine Entscheidung nicht in Frage stellen.«

»Pally.« Abelsen rutschte an die vorderste Kante des Sitzes und rückte seine Brille zurecht. »Ich kann verstehen, dass das für Sie keine einfache Situation ist. Ich bin Däne und maße mir nicht an, auch nur annähernd zu verstehen, was Sie in diesem Moment bewegt. Aber ich weiß, dass Sie Ihren Großvater lieben, und deshalb sollten Sie jetzt in seinem Interesse handeln.«

»Nichts anderes tue ich«, versicherte Pally, und es war ihr lange nicht so ernst mit etwas gewesen, »und gerade *weil* ich ihn liebe und ihm vertraue, muss ich ablehnen.«

»Ich verstehe.« Abelsens Mund wurde zu einem schmalen Strich.

»Ich danke Ihnen für alles, was Sie getan haben, Doktor. Doch in diesem Punkt kann ich Ihrem Ratschlag nicht folgen, denn ich würde alles verraten, woran mein Großvater glaubt – und was er stets versucht hat, an mich weiterzugeben.«

»Das muss ich wohl akzeptieren.« Der Arzt nickte, während er sich steif erhob. Das Unverständnis war ihm weiter anzusehen.

»Darf … ich zu ihm?«

»Natürlich. Wie ich schon sagte, ist er noch nicht bei Bewusstsein, aber sprechen Sie dennoch mit ihm. Es kann ihm dabei helfen, wieder zu sich zu finden.«

Pally nickte und erhob sich ebenfalls. Dabei fühlte sie ein leises Schaudern, denn sie erinnerte sich abermals an Worte, die ihr Großvater erst unlängst gesprochen hatte.

Du solltest nicht zweifeln, hatte er gesagt, *sondern deinem Volk vertrauen, den Ahnen und ihrem Wissen. Lass dich von ihnen nach Hause führen, damit es dir nicht ergeht wie jenen Seelen, die in Kälte und Nacht verloren sind …*

16

Lerby konnte nicht anders.

Um Moller nicht in Schwierigkeiten zu bringen, hatte er ihm nichts von der Nachricht gesagt, die ihn auf seinem Handy erreicht hatte. Er für seinen Teil jedoch musste der Sache nachgehen. Wäre Eva zu Hause gewesen, hätte er sich vorher mit ihr besprochen – schließlich war das, was er vorhatte, mit einem gewissen Risiko behaftet, was seine berufliche Zukunft betraf. Aber sie war in der Kanzlei und zudem in einer Besprechung, so dass er allein hatte entscheiden müssen. Weder wusste er, wer ihm die Nachricht geschickt hatte, noch ob sie der Wahrheit entsprach. Aber wenn, dann wollte er wissen, wie Dufina Nielsen gestorben war. War sie ebenfalls ermordet worden? Hatte der Täter erneut zugeschlagen, zum zweiten Mal innerhalb kürzester Zeit?

Auch wenn es ihn offiziell nichts mehr anging: Lerby brauchte Gewissheit.

Mit dem Zoe fuhr er nach Nørrebro, in die Straße unweit des Friedhofs, wo Dufina Nielsen wohnte, – und stieß eine bittere Verwünschung aus. Die beiden Lieferwagen, die vor dem Eckhaus parkten, identifizierte sein geübtes Auge sofort als zivile Polizeifahrzeuge – und sie legten die Vermutung nahe, dass die alte Dame keines natürlichen Todes gestorben war. Lerby fühlte sich elend. Nicht, dass es in seiner Macht gestanden hätte, es zu verhindern. Aber die Tatsache, dass Moller und er erst vor zwei Tagen bei Nielsen gewesen waren und sie als Zeugin befragt hatten, bedrückte ihn.

Er parkte den Wagen in einer Seitenstraße und ging zu Fuß zum Eingang, den Fellkragen der Fliegerjacke hochgeschlagen und den Blick gesenkt. Die Gefahr, einem bekannten Gesicht zu begegnen, war allerdings nicht besonders groß. Die Wagen vor dem Haus gehörten nicht zum Fuhrpark seiner ehemaligen Abteilung, was wohl bedeutete, dass der PET auch hier die Ermittlungen leitete. Und abgesehen von Inspektor Beck kannte er dort kaum jemanden.

Die Eingangstür stand offen. Er mied den Aufzug und nahm diesmal das Treppenhaus, stieg gesenkten Hauptes die Stufen hinauf, die Hände in den Taschen seiner Lederjacke. Ab dem dritten Stockwerk konnte er gedämpfte Stimmen hören. Er verlangsamte seine Schritte und spähte vorsichtig am Geländer empor. Er sah einen Forensiker im weißen Overall und eine Beamtin in Zivil. Von Beck zum Glück keine Spur.

Lerby fasste sich ein Herz und ging weiter. Auf dem Treppenabsatz stand eine metallene Transportkiste mit Material zur Spurensicherung. Kurzerhand griff er danach und trug sie die übrigen Stufen hinauf, tat einfach so, als gehörte er dazu. Der Forensiker war schon wieder in die Wohnung gegangen, deren Tür weit offen stand, die Beamtin stand am Geländer und tippte eine Nachricht in ihr Smartphone.

»Hej«, sagte Lerby, während er die Kiste an ihr vorbei und den Gang hinab trug.

»Hej hej«, erwiderte sie gedankenverloren, ohne den Blick vom Display zu nehmen – im nächsten Moment war er schon im Eingang von Dufina Nielsens Wohnung verschwunden. Die Kiste stellte er kurzerhand auf zwei andere, die sich im Gang stapelten, dann ging er vorsichtig weiter.

Zu seiner Erleichterung stellte er fest, dass die ermittelnden Beamten – unter ihnen vermutlich auch Beck – bereits abgezogen waren, nur die Spurensicherung war noch da und ging ihrer Arbeit nach. Zwei Beamte waren im Wohnzimmer, zwei weitere in der Küche, deren gefliester Boden mit verschmiertem Blut besudelt war. An der linken Wand, der Küchenzeile gegenüber, stand eine

Kühltruhe für gefrorene Nahrungsmittel. Der Deckel war offen, eisiger Dampf quoll in dünnen Fahnen daraus hervor. Eine hässliche Ahnung begann Lerby zu beschleichen.

Noch auf der Schwelle stehend, beugte er sich ein wenig vor, um einen Blick ins Innere der Truhe zu werfen. Das Ding war leer, das Eis an den Innenseiten allerdings voll hellroter Flecke, was wohl nur einen Schluss zuließ …

»Darf man fragen, was Sie hier tun?«

Einer der Forensiker in ihren Overalls hatte ihn entdeckt und musterte ihn kritisch.

»Alf Norby-Larson, Gerichtsmedizin«, nannte dieser den ersten Namen, der ihm in den Sinn kam. »Jetzt sagen Sie bloß, der Leichnam wurde bereits abgeholt?«

»Allerdings, vor einer halben Stunde.« Im weißen Kranz der Kapuze erschien ein schiefes Grinsen. »Da wusste wohl die linke Hand mal wieder nicht, was die rechte tut?«

»Verdammt«, knurrte Lerby.

»Seien Sie froh«, sagte der andere Beamte, der auf dem Boden kniete und Proben von den Blutspuren nahm. »War kein schöner Anblick, das kann ich Ihnen sagen. Bin schon eine ganze Weile dabei, aber sowas sieht man nicht alle Tage.«

Lerby horchte auf. Das war seine Chance. »Na ja«, meinte er achselzuckend, »vor ein paar Tagen wurde ich an einen Tatort in Helsingør gerufen, dem Opfer wurden die Augen ausgebrannt und der Mund zugenäht, das ist auch nicht gerade …«

»Dann stimmt es also?«

»Was stimmt?«, fragte Lerby nach. Er sah, wie der Forensiker auf dem Boden seinem Kollegen einen warnenden Blick zuwarf, aber der redete dennoch unbeirrt weiter.

»Dass wir es mit einem verdammten Serientäter zu tun haben«, platzte er heraus. »Ich weiß, das will hier keiner hören, aber so ist es nun mal. Wo wurde der Leichnam in Helsingør aufgefunden?«

»Im Kühlhaus einer Fischfabrik.«

»Und der Leichnam der alten Dame wurde in diese beschissene Tiefkühltruhe gestopft«, bestätigte der Beamte tonlos. Er schien noch nicht lange dabei zu sein, die Sache ging ihm sichtlich an die Nieren. »Aber erst, nachdem der Täter ihr die Augen ausgestochen und ihr den Mund zugenäht hatte. Sie wirkte so klein und zerbrechlich ...«

Lerby biss sich auf die Lippen.

Sein Verdacht war also richtig gewesen, aber er empfand keinen Triumph darüber. Dufina Nielsen war tot, ermordet vom selben Täter, der auch Alfred Vestergaard auf dem Gewissen hatte, und die Vermutung, dass es mit ihrer gemeinsamen Geschichte zusammenhing, lag nahe.

Der nächste Schritt hätte nun darin bestanden, die Vergangenheit der beiden Mordopfer genau zu durchleuchten. Doch dazu würde Lerby keine Gelegenheit erhalten, und in diesem Moment hätte er manches darum gegeben, den Grund dafür zu erfahren.

War es so, wie der Kollege von der Forensik vermutete? Sollte verheimlicht werden, dass ein Serientäter sein Unwesen trieb? Wollte man eine Panik in der Bevölkerung vermeiden?

Aber weder hatte es den Anschein, als würde der Mörder wahllos vorgehen, noch war die dänische Bevölkerung besonders anfällig für öffentliche Hysterie, wie ihr Umgang mit der Pandemie hinlänglich gezeigt hatte. Warum also war der Nachrichtendienst mit dem Fall betraut worden? Hatte es in der Vergangenheit polizeiinterne Versäumnisse gegeben, die nicht ans Licht kommen sollten? Fürchtete jemand im Justizministerium um seinen guten Namen?

»Hallo, Jens«, sagte plötzlich jemand hinter ihm und riss ihn jäh aus seinen Gedanken.

Lerby stieß eine leise Verwünschung aus, denn er kannte die Stimme nur zu gut. Langsam drehte er sich um.

Sørensen stand vor ihm, in einem sandfarbenen Trenchcoat wie ein Ermittler aus dem Fernsehen. Er trug den Mantel offen, die Hände in den Taschen.

»Birger«, sagte Lerby nur. »Offengestanden weiß ich nicht, wann ich dich das letzte Mal in freier Wildbahn gesehen habe.«

Sørensen ging auf die Bemerkung erst gar nicht ein. »Ich wollte nicht glauben, dass ich dich hier finde«, sagte er nur. »Ich dachte mir, so dämlich kannst doch nicht einmal du sein. Und dennoch bist du hier.«

»Was soll ich sagen? Ich bin eben doch so dämlich«, meinte Lerby, dem in diesem Moment klar wurde, dass er in eine Falle getappt war. Mit einem Grinsen und einer Unschuldsgeste suchte er seine Bestürzung zu verbergen.

»Was heißt das?« Der Blick des jungen Forensikers wanderte von Lerby zu Sørensen und wieder zurück. »Sind Sie etwa nicht von der Polizei?«

»Doch«, versicherte Lerby, während Sørensen gleichzeitig ein entschiedenes »Nein« vernehmen ließ. Die Verwirrung des Kollegen wurde dadurch nicht gemindert.

»*Chefpolitiinspektør* Sørensen«, stellte dieser sich vor und ließ seine Dienstmarke sehen. »Wenn Sie uns jetzt bitte entschuldigen möchten.« Mit einem Wink bedeutete er Lerby, ihm nach draußen zu folgen. Gemeinsam verließen sie die Wohnung und gingen zum Aufzug. Sørensen drückte den Knopf.

»Weißt du«, sagte er, »ich dachte wirklich, dass du was dazugelernt hättest, dass die Zeit in Grönland dir dein Mütchen ein wenig gekühlt hätte. Aber das war wohl ein Irrtum. Du bist noch immer derselbe sture Mistkerl wie früher.«

»Du kennst mich eben.«

»Insubordination, Amtsanmaßung, unbefugtes Betreten eines Tatorts ... dir ist doch klar, dass das ein Nachspiel haben wird?«

»Und nicht nur eins, wie ich dich kenne«, bestätigte Lerby. Der Aufzug kam an, und die Tür öffnete sich. Beide stiegen in die enge Kabine, in der es noch immer nach Zwiebeln roch – oder schon wieder? Sørensen drückte den Knopf zum Erdgeschoss, und es ging nach unten.

»Bist du es selbst gewesen, der mir die Nachricht geschickt hat?«, wollte Lerby wissen. »Oder hast du jemanden damit beauftragt?«

»Wovon sprichst du?«

»Wovon wohl? Von dem anonymen Hinweis, den ich bekommen habe.« Lerby fischte das Handy aus der Innentasche, rief die Nachricht ab und hielt sie Sørensen hin.

Sein ehemaliger Vorgesetzter las die Worte, dann holte er mit einem Seufzen sein eigenes Smartphone hervor und ließ Lerby ebenfalls eine Nachricht lesen, die er so ziemlich zur selben Zeit bekommen hatte. Sie war ein wenig länger und verriet, dass sich ein gewisser Jens Lerby unberechtigt Zutritt zu einer Stätte polizeilicher Ermittlung verschafft hätte, danach wurde die vollständige Adresse genannt.

»Da hast sogar du dein geliebtes Büro verlassen«, meinte Lerby. »Alle Achtung, Birger.«

»Den Sarkasmus kannst du dir sparen.«

»Dir ist doch klar, dass wir verarscht wurden?«

»Nein, mein Freund. Du wurdest verarscht«, widersprach Sørensen ganz entschieden. »Offenbar meint es jemand nicht besonders gut mit dir.«

»Beck«, folgerte Lerby.

Sørensen schnaubte. »Glaubst du wirklich, ein Inspektor des PET hätte nichts Besseres zu tun, als gegen einen renitenten Kommissar zu intrigieren?«

»Wer soll es denn sonst gewesen sein? Der Nachrichtendienst versucht doch offenbar, etwas zu vertuschen.«

Der Aufzug hatte das Erdgeschoss erreicht und blieb rumpelnd stehen. Die Türen öffneten sich mit leisem Quietschen, aber Sørensen stieg noch nicht aus. Stattdessen gönnte er sich ein tiefes Seufzen.

»Jens«, sagte er im Tonfall eines Erwachsenen, der einem Kind erklärt, dass es den Julemand nicht gibt, »du hast noch nie gewusst, wann man aufhören muss. Geh nach Hause und träum dort weiter, in Ordnung? Ich brauche dir wohl nicht zu sagen, dass ich diesen Vorfall melden muss?«

»Nein«, versicherte Lerby mit dünnem Grinsen. »Musst du nicht.«

»Ich kann dir nicht sagen, was daraus wird. Aber womöglich brauchst du deinen Posten beim Erkennungsdienst gar nicht mehr anzutreten.«

»Verstehe.« Lerby schnitt eine Grimasse und trat aus dem Aufzug. »Gratulation, Birger.«

»Was denn? Glaubst du etwa, das macht mir Freude?«

»Genau das, Birger«, erwiderte Lerby, während er die Hände in die Taschen seiner Lederjacke rammte und dann wegging, ohne sich auch nur noch ein einziges Mal umzudrehen. »Genau das.«

17

Er kam aus der Dunkelheit.

Ein Schatten.

Ein Schrecken.

Ein Geist.

Lautlos bewegte er sich, das Fell seiner Schuhe dämpfte jeden seiner Schritte – oder berührten seine Füße den Boden nicht einmal? In gebückter Haltung verharrte er, lauschte in die Stille der Nacht, ein Jäger auf der Suche nach Beute. Dann, mit der Finsternis verschmelzend, setzte er seinen Weg fort, über die Terrasse und durch die gläserne Tür, die einen Spalt weit offen stand, ins Innere des Hauses.

Schon mehrmals hatte er zugeschlagen, empfand weder Lust noch Reue. Er tat, was seine Natur war, was auch die anderen vor ihm getan hatten. Er jagte – und tötete.

Mondlicht fiel durch die Fenster ein und beleuchtete die Fährte, die er im Haus hinterließ, eine Spur aus Blut. Quer über den Boden aus poliertem Holz zog sie sich, folgte ihm über die Treppe, die er lautlos nach oben stieg, das Mordwerkzeug in den Händen.

Der Geist brauchte nicht zu suchen. Er wusste, wohin sein Weg ihn führte, so als läge die Blutspur nicht hinter ihm, sondern vor ihm. Zeit hatte keine Gültigkeit für einen Schatten. Vorher war nachher ... und geschah doch im Augenblick.

Er erreichte den ersten Stock. Wieder Mondlicht, das in fahlen Schäften durch die Oberlichter fiel und flüchtigen Schein auf das blutige Fell des Jägers warf, als dieser lautlos zur nächsten Tür huschte.

Sie stand halb offen, der Raum dahinter lag in Dunkelheit.

Der Schatten glitt hinein und verschmolz mit der Finsternis. So lautlos wie tödlich, das Werkzeug bereits erhoben, näherte er sich dem Bett, in dem zwei Menschen lagen und schliefen, nichts von der Bedrohung ahnend.

Nur der Mann würde heute Nacht zur Beute werden, die Frau würde mit dem Schrecken davonkommen und leben. Es war der alte Weg des Jägers, stets nur so viel zu nehmen, wie für das Überleben notwendig war.

Der Geist beugte sich über sein Opfer. Seine Augen glänzten in der Dunkelheit, während er schnupperte wie ein Raubtier, das Witterung aufgenommen hatte. Die rote Glut des Werkzeugs in seinen Händen vertrieb die Schwärze.

In diesem Moment erwachte Jens Lerby.

Mit weit aufgerissenen Augen starrte er auf die leuchtende Glut und auf den Schatten, der über ihm drohte, und sein Mund öffnete sich zu einem Schrei.

Da stach der Jäger zu!

Vor Entsetzen wie erstarrt, wehrte Lerby sich nicht, als die Glut sich in sein rechtes Auge fraß, das zerplatzte wie eine überreife Frucht. Die Flamme brannte weiter, bohrte sich tief in den Schädel von Jens Lerby, der vor Schmerz und Entsetzen wie von Sinnen schrie ...

18

»Leribi!«

Der heisere Ruf, der dem alten Magnus entfuhr, kam aus dem tiefsten Seelengrund. Pally, die im Besucherstuhl neben dem Krankenbett eingeschlafen war, schreckte alarmiert in die Höhe.

»Großvater!«

»Leribi, es ist Leribi!«, rief der Alte und fuhr von seinem Lager hoch, die Augen weit aufgerissen, die Gesichtszüge schreckensbleich.

Pally war so erschrocken, dass sie ihre Erleichterung darüber, dass ihr Großvater endlich wieder zu sich gekommen war, glatt vergaß. »Ruhig«, sprach sie auf ihn ein, während sie ihn an beiden Schultern fasste und ihm in die Augen sah. »Es ist alles gut, hörst du? Du bist in Sicherheit.«

»Mein Kind«, war alles, was er hervorbrachte. Dabei sah er sich in dem Krankenzimmer um, ängstlich und scheinbar ohne Orientierung. Doch weder fragte er, wo er sich befand, noch was geschehen war. Nur eines schien für ihn in diesem Augenblick wichtig zu sein. »Leribi! Wo ist Leribi?«, wollte er wissen und sah sie fragend dabei an.

»Lerby ist nicht hier. Schon lange nicht mehr«, erwiderte Pally, während ein Schauer sie durchrieselte. Nicht nur, weil sie fürchtete, dass der Mann, zu dem sie ihr Leben lang aufgeblickt hatte und der wie ein Vater für sie gewesen war, den Verstand verloren haben könnte. Sondern auch, weil die Erwähnung des Namens Erinnerungen weckte … »Er ist zurückgegangen nach Dänemark, weißt du nicht mehr?«

Der Alte sah sie an, dass ihr ganz anders wurde, jetzt mehr

denn je Schamane. »Der Mondmann«, flüsterte er, und es klang beinahe beschwörend, »ist in Gefahr! Leribi ist in Gefahr.«

»Du hast geträumt, Großvater«, sagte Pally, während sie ihn vorsichtig dazu brachte, sich wieder niederzulegen. »Du hattest einen Anfall und bist auf der Sanitätsstation.«

»Es war kein Traum«, widersprach er. Seine Augen waren weit offen, er schien völlig wach zu sein, doch etwas Fiebriges lag in seinem Blick. »Leribi ist in Gefahr«, wiederholte er, alles andere schien ihn nicht zu kümmern. »Ich muss ihn warnen … die beiden Jungen sind noch da draußen … ruhelose Wanderer, jeder auf seine Weise, verlorene Seelen im langen Winter.«

»Beruhige dich, Großvater. Glaub mir, es ist alles in Ordnung.«

»Nichts ist in Ordnung, Kind.« Magnus warf den Kopf ruhelos auf dem Kissen hin und her. »Leribi ist in Gefahr! Und ich muss ihn warnen!«

Als sein Smartphone klingelte, war Jens Lerby unter der Dusche. Fluchend stellte er das Wasser ab und stieg aus der Kabine. Rasch warf er sich ein Handtuch über, damit er nicht fror, und ging ran.

»Ja?«

»Hallo, Leribi.«

Er hielt den Atem an.

Diesen Namen hatte er schon eine ganze Weile nicht mehr gehört. Ebenso wie diese Stimme …

»Pally«, sagte er.

»Du erinnerst dich?«

»Sehr witzig.« Lerby ließ sich auf den hölzernen Hocker nieder, der neben der Badewanne stand. »Wie geht es dir? Ich meine …« Er warf einen flüchtigen Blick auf die Zeitanzeige des Handys. Kurz nach neun. Das bedeutete, dass es in Illokarfiq gerade mal fünf Uhr morgens war.

»Danke«, erwiderte sie. Sie klang müde und ihre Stimme, die

sonst so weich und mädchenhaft klang – besonders, wenn sie in *tunumiutut* sprach, dem ostgrönländischen Dialekt –, war brüchig und rau. »Ich rufe wegen Großvater an.«

»Was ist mit ihm?« Lerby verkrampfte sich innerlich. Die frühe Uhrzeit, Pallys angegriffene Stimme – all das ließ nichts Gutes erahnen.

»Er hatte eine Herzattacke.«

»Pally, das ... das tut mir leid. Ich hatte keine Ahnung.«

»Wie auch?« Sie lachte leise auf.

»Wie geht es ihm? Wird er ...?«

»Der behandelnde Arzt sagt, dass er Glück hatte, weil es kein Infarkt war. Aber sollte es wieder passieren, könnte es vorbei sein. Ein Herzschrittmacher könnte das Risiko mindern, aber du kennst Großvater ja.«

»Allerdings« bestätigte Lerby.

Er kannte den alten Magnus.

Diesen verbohrten, störrischen, unverschämten, jedoch stets ehrlichen, hundertprozentig loyalen, klugen und aus sämtlichen vorgenannten Gründen so liebenswerten Schamanen ...

Während seines Aufenthalts in Grönland hatte Lerby ein paar Sträuße mit ihm ausgefochten, und es hatte eine Zeit gegeben, da hätte er den alten Mann am liebsten in eine Gefängniszelle gesteckt ... doch irgendwann hatte er feststellen müssen, dass der alte Magnus wohl der weiseste Mensch war, den er in seinem Leben kennengelernt hatte.

»Wir wissen nicht, wie es mit ihm weitergeht, auch die Ärzte trauen sich keine Voraussage zu«, fuhr Pally fort. »Aber Großvater hat einen dringenden Wunsch geäußert.«

»Welchen?«, fragte Lerby.

»Er möchte dich noch einmal sehen.«

Lerby schloss die Augen.

»Hallo? Bist du noch dran?«

»Ja, bin ich«, versicherte er, während er verzweifelt nach Worten suchte. »Es ist nur ... ich weiß nicht, ob ich kommen kann. Ich stecke hier mitten in einer Sache ...«

»Ein neuer Fall?«

»Sozusagen.« Lerby nickte – und schämte sich für die Lüge.

»Es tut mir leid, wir möchten dein Leben wirklich nicht stören ...«, sagte Pally in der ihren Leuten eigenen Bescheidenheit und beschämte ihn damit nur noch mehr.

»Das tut ihr nicht, Pally. Es ist nur ...«

»... aber ich weiß nicht, wie lange Großvater noch bei uns ist, und es ist sein sehnlichster Wunsch.«

»Ich verstehe«, sagte Lerby hölzern.

»Wirst du es dir überlegen?«

»Das werde ich. Aber ich kann nichts versprechen.«

»Das verstehe ich. *Inuulluarna*, Leribi. Gib auf dich acht.«

»Du auch, Pally. *Inuulluarna*«, wiederholte Lerby den traditionellen grönländischen Abschiedsgruß.

Dann beendete er das Gespräch.

19

»Warum zögerst du?«

Sie hatten sich in einem kleinen Bistro in der Nähe des Kopenhagener Rathauses zum Mittagessen getroffen. Eva hatte ihm sofort angesehen, dass etwas nicht stimmte. In aller Kürze hatte Lerby ihr von Pallayas Anruf berichtet und auch, wie es um ihren Großvater stand. Nun saß er an dem kleinen Fenstertisch und sah in Evas ungläubig geweitete Augen.

»Ehrlich gesagt verstehe ich dich nicht. Der Lerby, den ich mal kannte, wäre schon längst zum Flughafen gefahren und säße in der erstbesten Maschine nach Grönland. Vermutlich hätte er kein Sterbenswort gesagt und mich erst von Nuuk aus angerufen.«

»Vermutlich«, räumte Lerby ein.

»Meine Frage bleibt also bestehen«, sagte sie, während sie ihre Aufmerksamkeit von ihm ab- und wieder dem Tässchen mit Espresso zuwandte, das vor ihr stand. Ihr Smørrebrød hatte sie bis auf den letzten Krümel gegessen, anders als Lerby, der keinen Appetit hatte. »Warum zögerst du?«

»Aus verschiedenen Gründen«, gab er bekannt. »Erstens ist es verdammt weit … und dann ist da noch das Zeitproblem.«

»Welches Zeitproblem?« Zwischen zwei Schlucken Espresso sah sie ihn belustigt an. »Du bist praktisch arbeitslos.«

»Jedenfalls wenn es nach Birger geht«, räumte er ein.

»Da siehst du's.« Mit leisem Klirren stellte sie das Tässchen auf den Unterteller zurück. »Mangelnde Zeit kann also wohl kaum der Grund sein. Was also ist es dann?«

Lerby blieb die Antwort schuldig. Stattdessen wandte er den Blick und sah hinaus auf den Vorplatz des Rathauses, wo sich

Einheimische und Touristen einen hektischen Wettlauf zu liefern schienen, sowohl per Fahrrad als auch zu Fuß.

»Um die Entfernung geht es doch wohl auch nicht, oder?«, hakte Eva nach.

Lerby grinste unsicher. »Das ist ja wie vor Gericht.«

Sie lächelte. »Ich bin eben Anwältin.«

»Und das machst du wirklich gut.«

»Danke.« Ihr Lächeln wurde noch ein wenig breiter. »Also, worum geht es? Worüber sprechen wir hier wirklich?«

Lerby sah wieder hinaus. »Über emotionalen Ballast, schätze ich. Über Erinnerungen, die ich gerne hinter mir lassen würde. Ich bin nicht mehr der, der ich vor zwei Jahren gewesen bin.«

»Ich weiß, und das ist auch gut so.«

»Ich hatte mich verloren, Eva, niemand weiß das besser als du, und aus irgendeinem Grund habe ich mich dort am Ende der Welt wiedergefunden. Aber wieder dorthin zurückzugehen …« Er brach ab und schüttelte den Kopf.

»Was genau macht dir Sorgen?«

Er überlegte, dann schüttelte er abermals den Kopf. »Ich weiß es nicht genau. Schätze, ich bin einfach nur froh, dass ich diesen Lebensabschnitt hinter mir gelassen habe, das ist alles. Und ich weiß nicht, ob …«

»Ob was?«, hakte sie nach, als er abermals verstummte.

»Ob ich das nochmal kann«, erwiderte er leise. Ihm war bewusst, wie seltsam sich das anhören musste, aber es beschrieb das, was er empfand, noch am besten. Jene unheilvolle Ahnung, die sich in seinem Magen zusammenballte wie eine verdorbene, nur halb verdaute Speise.

Eva musste lachen. »Aber Jens, du sollst doch keinen Fall lösen! Nur einen Freund besuchen, der im Krankenhaus liegt, das ist alles.«

Lerby nickte. Er musste an das denken, was Pally ihm erzählt hatte, und er stellte sich den alten Magnus vor, wie er geschwächt und hilflos in einem Krankenbett lag. Erneut verspürte er einen tiefen Widerwillen, nach Grönland zu reisen, so als würde eine innere Stimme ihn warnen.

»Hör zu«, sagte sie, »ich weiß bis heute nicht, was genau dort geschehen ist oder was diese Leute mit dir gemacht haben. Wann immer du mir davon erzählt hast, waren deine Beschreibungen eher ... nun ja ... kryptisch.«

»Weil ich es selbst kaum verstehe.«

»Was auch immer es gewesen ist, ich bin den Inuit von Herzen dankbar dafür, dass sie den alten Jens Lerby wieder zurückgebracht haben, den Mann, den ich geheiratet habe und liebe. So dankbar, dass ich mich bei ihnen am liebsten persönlich dafür ...« Nun war sie es, die plötzlich verstummte.

»Was?«, wollte Lerby wissen.

Eva überlegte kurz. »Wie wäre es«, sagte sie dann, »wenn ich mitkommen würde?«

»Wie bitte?«

»Man hat mich ohnehin gefragt, ob ich nicht noch meine drei Wochen Resturlaub nehmen will, ehe ich meine neue Position in der Kanzlei antrete. Und wir hatten dieses Jahr auch noch keinen wirklichen Urlaub, sieht man von den paar Tagen ab, die wir bei Oliver in Hamburg waren.«

»Weißt du«, meinte Lerby, »Grönland ist nicht gerade das, was man als romantisches Urlaubsziel bezeichnen würde.«

»Ist mir egal«, erklärte sie. »Ich würde gerne sehen, wo du gewesen bist, und die Menschen kennenlernen, von denen du mir bereits so viel erzählt hast.«

»Es ist ziemlich einsam dort. Nur ein paar Häuser und nur ein einziges Hotel. Kaum Restaurants.«

»Damit kann ich leben.«

»Und es ist kalt. Der Winter steht dort bevor ...«

»Jens Lerby«, sagte sie und sah ihn streng dabei an. »Mache ich auf dich den Eindruck einer verwöhnten Großstadtzicke? Keine

Sorge, ich werde High Heels und Kostüme zu Hause lassen und dafür einen warmen Pullover einpacken. Wenn du mich fragst, wird es ganz guttun, mal für eine Weile auf den ganzen Schnickschnack zu verzichten. Nur wir beide, du und ich. Keine Polizei, keine Kanzlei.«

Lerby biss sich auf die Unterlippe, während er nachdachte. Vielleicht, sagte er sich, war es gar keine schlechte Idee, Eva mitzunehmen und ihr alles zu zeigen, Vergangenheit und Gegenwart auf diese Weise in Einklang zu bringen. Der Gedanke, ihr die Menschen von Illokarfiq vorzustellen, die Freunde, die er dort gefunden hatte, erfüllte ihn mit Vorfreude.

»Alle Achtung«, meinte er schließlich, »das war ein wirklich überzeugendes Plädoyer, Frau Anwältin. Und du bist dir sicher, dass du das tun willst? Zweifel ausgeschlossen?«

Eva hielt seinem forschenden Blick nicht nur stand, ihre Entschlossenheit schien mit jedem Augenblick noch zuzunehmen.

»Ganz sicher«, erklärte sie.

20

Es waren sieben.

Fünf Männer und zwei Frauen.

Der Jäger hatte keine Ahnung, von wie vielen die Polizei inzwischen wusste, und es war ihm auch gleichgültig. Es änderte nichts an dem, was er getan hatte. So wie es nichts änderte an dem, was er noch tun musste.

Im Licht der Schreibtischlampe betrachtete er die Fotos, die er nebeneinander aufgereiht hatte. Die meisten waren schwarz-weiß, einige verschwommen, Kopien von Kopien, aufgenommen in einer Zeit, die noch keine digitale Vervielfältigung kannte. Die Menschen, die darauf zu sehen waren, waren allesamt noch jung, kannten weder Schmerz noch Entbehrung und wussten nicht, was Verlust bedeutete ... Das hatte er jedoch inzwischen gelehrt, zumindest ein paar von ihnen.

Sie ausfindig zu machen, war nicht einfach gewesen. Ihre wahren Namen hatte er nie gekannt, und so hatte es ihn Jahre gekostet, ihre Identitäten zu ermitteln und sie aufzuspüren, und vielleicht wäre es ihm ohne fremde Hilfe nie gelungen. Doch wie es einem Schatten nie in den Sinn gekommen wäre, sich vom Objekt zu lösen, das ihn warf, hatte auch er niemals aufgegeben. Es war zum Inhalt seines Lebens geworden, zu seiner Aufgabe, seiner Mission, der er sich mit allem, was er war, verschrieben hatte, mit jedem Atemzug und jedem Augenblick seiner schattenhaften Existenz.

Sieben.

Einen hatte der Jäger bereits vor langer Zeit erlegt und schwer dafür bezahlen müssen. Drei weitere waren so weit geflohen, wie sie nur konnten, doch es hatte ihnen nichts genutzt. Die Last der

Zeit – oder war es die ihres Wissens gewesen, der Schuld, die sie auf sich geladen hatten? – war ihnen zum Verhängnis geworden und hatte sie getötet, noch ehe der Jäger zum Zug gekommen war.

Als der Schatten der Vergeltung auf Ahab gefallen war, hatte er gewinselt und um Gnade gefleht, geholfen hatte es ihm nichts. Jezebel hingegen hatte nicht gezetert und geheult, schien im Gegenteil nur auf ihn gewartet zu haben, so als hätte sie ihr Leben lang gewusst, dass ihr Handeln irgendwann Konsequenzen, eine Strafe nach sich ziehen würde ... Mit ihren glasigen Augen hatte sie ihn angestarrt, so als würde sie gar nicht ihn sehen, sondern die Wahrheit, die hinter ihm stand, die letzte Gerechtigkeit.

Der Schatten zählte die Fotos, wobei er eines nach dem anderen umdrehte. Nur noch eins blieb übrig.

Nummer sieben.

Der Letzte.

Noch einmal würde der Schatten ausziehen und seine Beute jagen müssen. Dann endlich würde seine Seele Ruhe finden. Der lange Winter und die Nacht würden enden, und er würde nach Hause kommen, endlich.

Nach so vielen Jahren.

21

Eva war bei ihrer Entscheidung geblieben.

Natürlich war sie das. In all den Jahren, seit Lerby und sie zusammen waren, war es nur selten vorgekommen, dass sie ihre Meinung geändert hatte. Anders als Lerby, der gerne aus dem Bauch heraus entschied, pflegte sie die Dinge stets sorgfältig abzuwägen, ehe sie entschied – und dabei blieb es dann.

Schon am Abend des darauffolgenden Tages reisten sie ab. Hatte Lerby bei seinem letzten Trip nach Grönland eine wahre Odyssee an Flügen absolvieren müssen (woran Birger Sørensen sicher nicht unschuldig gewesen war), gestaltete sich die Reise diesmal direkter, und auch die Gesellschaft an Bord war angenehmer. Von Kopenhagen-Kastrup aus ging es mit einer 757 von Iceland Air zunächst nach Keflavik, wo sie in einem Hotel am Flughafen übernachteten. Am Tag darauf setzten sie ihre Reise mit einer Turboprop-Maschine vom Typ De Havilland DHC-8 fort, die sie in knapp zwei Stunden nach Kulusuk brachte.

Während des Fluges nach Island hatte sich Eva noch sehr eingehend mit einem Grönland-Reiseführer beschäftigt, den sie in aller Eile am Kopenhagener Flughafen erstanden hatte. Nun jedoch sah sie nur noch aus dem Fenster, gefesselt von dem Anblick, der sich ihr bot: Die Dänemarkstraße in ihrer ganzen tiefblauen Pracht, in der leuchtend weiße Scherben schwammen, Vorboten des großen Eises, das folgen würde.

Auch Lerby war gefangen von dem majestätischen Bild. Dass ihm der Anblick von Eis einst unerträglich gewesen war und er es sogar in seinem Wodkaglas zutiefst verabscheut hatte, konnte er kaum noch nachvollziehen. Entsprechend ließ er sich anstecken von Evas Begeisterung, anders als bei seinem letzten Flug nach Grönland, wo er in depressiver Stimmung gewesen war und sie in reichlich Alkohol zu ertränken versucht hatte.

Tatsächlich war auch der Anblick, der sich ihm bot, ein gänzlich anderer als bei seinem letzten Besuch: War die Küste damals von Eis und Schnee bedeckt gewesen, war sie diesmal noch weitgehend frei davon. Fels war zu sehen und brauner Erdboden, hier und dort auch grüne und lilafarbene Flecken von Gras und Erika. Nur ganz im Westen zeichnete sich das weißgraue Band des Inlandeises ab, unwirklich und fern wie eine Verheißung. Die Bedenken, die Lerby zu Hause noch gehegt hatte, verloren sich in der scheinbar endlosen Weite. Vielleicht, sagte er sich, hatte Eva ja recht, und es war eine gute Idee, hierher zurückzukehren und alte Freunde zu besuchen ... was konnte es jedenfalls schaden?

Je näher sie der von Fjorden zerklüfteten Küste kamen, desto tiefer ging die Dash-8, bis sie schließlich eine der vorgelagerten Inseln ansteuerte. Gegen 13 Uhr Ortszeit landeten sie in Kulusuk, von wo sie nach zweistündiger Wartezeit ein grellrot lackierter Helikopter von Air Greenland noch das letzte Stück des Weges nach Illokarfiq brachte.

Als Lerby die Ansammlung kunterbunter Häuser sah, die sich scheinbar zufällig um die tiefblaue, von gestrandetem Eis gespren-kelte Bucht gruppierten und sich wie Flechten an den kargen Fels zu klammern schienen, weckte das Erinnerungen. Manches, das er im Verlauf der vergangenen achtzehn Monate vergessen hatte – oder hatte er es verdrängt? –, kam ihm jetzt plötzlich wieder in den Sinn.

»Ist es das?«, fragte Eva, aus dem Kabinenfenster deutend, wäh-rend die Maschine eine Schleife zog. »Das sieht ja malerisch aus.«

»Ist es auch«, versicherte Lerby. »Jedenfalls auf den ersten Blick ...«

Der Hubschrauber setzte zur Landung an. Sanft setzte der Pilot die Maschine auf dem Landefeld auf, und da Lerby und Eva die einzigen Passagiere waren, half er ihnen noch, ihr Gepäck auszuladen und zum Abfertigungsgebäude zu tragen, das zusammen mit einem gewölbten Hangar, einem kleinen Parkplatz sowie einem Windsack, der sich straff im Ostwind blähte, auch schon den ganzen Heliport bildete. Lerby hatte beinahe vergessen, wie einsam und entlegen Illokarfiq war, selbst für grönländische Verhältnisse. Dennoch wurden sie erwartet.

Sie hatten das Terminal, das aus wenig mehr als ein paar Schaltern und einem Kaffeeautomaten bestand, kaum betreten, als ihnen ein freudiger Ruf entgegenscholl: »Leribi!«

Lerby musste lächeln, als er in das vertraute Gesicht Daavi Keldsens blickte. In seiner blauen Polizeiuniform stand der junge Inuk da, das dichte rabenschwarze Haar vorschriftsmäßig kurz geschnitten, und grinste über das ganze Gesicht. Wie ein Kind, dass es am Heiligabend nicht mehr aushält, sprang er auf Lerby zu und umarmte ihn, klopfte ihm dabei ein dutzend Mal auf den Rücken wie einem lang vermissten Freund.

»Leribi, es ist so schön, dass du hier bist!«

»Ich freu mich auch, Daavi«, versicherte Lerby. »Wenn auch der Anlass kein freudiger ist …«

»Nein«, gab Keldsen zu und ließ von ihm ab, wirkte plötzlich peinlich berührt.

Lerby verwünschte sich dafür. Sorge und Trauer zu verspüren und sich gleichzeitig von Herzen über die Ankunft eines lieben Freundes zu freuen, war für die Inuit kein Widerspruch, sondern Teil ihrer Kultur, die den Augenblick zu schätzen wusste, anders als die ewig vorausplanenden Europäer.

»Das ist Eva«, stellte Lerby vor, begierig, rasch das Thema zu wechseln.

»*Kutaa*«, sagte Keldsen förmlich und verbeugte sich dabei. »Es freut uns, dass Sie uns ebenfalls besuchen, Madame Lerby.«

Eva machte große Augen, mit derlei Weltgewandtheit hatte sie nicht gerechnet. »Mich freut es ebenfalls«, versicherte sie. »Und ich heiße Eva.«

»Daavi.« Er grinste breit.

»Wo ist Pally?«, fragte Lerby.

»Bei ihrem Großvater im Krankenhaus. Sie hat mich geschickt, um euch abzuholen.«

»Im Dienst?«, fragte Lerby, auf Daavis Uniform deutend.

»Ejnari hat es erlaubt«, entgegnete Keldsen und winkte ab. *Politiassistent* Ejnari Inasson war sein direkter Vorgesetzter und Leiter der Dienststelle von Illokarfiq. Lerby und er hatten anfangs ihre Probleme miteinander gehabt, sich dann aber nicht nur zusammengerauft, sondern sogar erkannt, dass sie einander gar nicht so unähnlich waren. Lerby freute sich darauf, Inasson wiederzusehen, aber das würde vorerst noch warten müssen.

»Wie geht es dem alten Magnus?«, erkundigte er sich.

Keldsen verkniff das Gesicht und machte eine unbestimmte Handbewegung. Er schien nicht darüber sprechen zu wollen, was vermuten ließ, dass es nicht gut um den alten Schamanen stand.

»Kann ich gleich zu ihm?«

»Das wird ihn sehr freuen – und Pally auch«, fügte Keldsen mit einem Anflug von Traurigkeit hinzu. So sehr er sich vorhin mit Lerby gefreut hatte, so sehr schien er jetzt mit Pally zu fühlen. Aus den Mails, die sie ihm geschrieben hatte, wusste Lerby, dass die beiden inzwischen zusammen waren. Eine gewisse Zuneigung hatte sich damals schon angedeutet, und er freute sich für die beiden, dass etwas daraus geworden war. »Mein Wagen steht direkt vor der Tür«, fügte er hinzu.

»Könntest du mich zur Sanitätsstation bringen und Eva ins Hotel? Dann kann sie sich erstmal ein wenig ausruhen.«

»Und eine heiße Dusche nehmen«, fügte Eva lächelnd hinzu.

»Kein Problem«, meinte Keldsen, während er auch schon nach Evas Koffer griff und ihn davonschleppte.

»Danke, Polizei*ober*meister Keldsen«, erwiderte Lerby und

klopfte ihm auf die Schulter, während sie durch die gläserne Tür nach draußen gingen. »Stehen dir gut, die neuen Abzeichen.«

»Das hast du gleich gemerkt?«

»Ich bin auch Polizist, schon vergessen?«

»Natürlich nicht.« Keldsen schüttelte den Kopf. »Willst du bei uns anfangen? Wir sind zur Zeit völlig unterbesetzt.«

»Nein danke«, sagte Lerby, obwohl er, streng genommen, einen Job womöglich ganz gut hätte brauchen können.

Der dunkelblaue Toyota Hilux mit der Aufschrift *Politi* stand auf dem Parkplatz unmittelbar vor dem Terminal. Daneben, auf einer der steinernen Barrieren, die verhindern sollten, dass ein Fahrzeug zu weit nach vorn fuhr und in das aus Fertigteilen bestehende Gebäude krachte, kauerte ein junger Mann in einem schäbigen Militärparka. Er saß vornüber gebeugt, die verschränkten Arme auf den Knien, den Kopf dazwischen vergraben. Um ihn herum lag ein knappes Dutzend Bierdosen verstreut, leer und zerknüllt, und seine schäbige Jeans war im Gesäßbereich dunkel verfärbt.

Eva sagte nichts, als sie ihr Gepäck in den SUV luden und dann einstiegen, aber ihr Blick sprach Bände.

Lerby kniff die Lippen zusammen und nickte nur.

Auch das war Grönland.

ERINNERUNGEN

Das Versteckspiel endet so jäh, wie es begonnen hat.

Ohnehin ist es nicht ihr Plan gewesen, sich lange im Keller zu verbergen, es ist einfach über sie gekommen, als es hieß, dass alle zu dem Mann gehen sollten, den sie Nimrod nennen. Denn auf eine Weise, die sie nicht wirklich erklären können, fühlen die Jungen, dass es dieser Mann nicht gut mit ihnen meint. Also hat Tolv seinen jüngeren Freund bei der Hand genommen und ist mit ihm geflohen.

Eine der metallenen Türen, die es hier überall gibt, war unverschlossen, dahinter führte eine Treppe in die Tiefe, hinab in den Keller. Dort sitzen sie und halten sich versteckt, den ganzen Nachmittag über, bis plötzlich ein krachendes Geräusch erklingt und grelles Licht in die schützende Dunkelheit schneidet. Die Ratten spritzen auseinander, ergreifen entsetzt die Flucht, anders als die Jungen, die jetzt in der Falle sitzen.

Ohne Ausweg.

»Tolv? Tretten?«

Sie zucken zusammen. Ihre neuen Namen klingen in ihren Ohren wie Hundegebell, kaum etwas Menschliches ist noch daran. Das Licht erfasst sie und entreißt sie dem Dunkel. Beide schreien auf, klammern sich angstvoll aneinander, aber auch das vermag sie nicht vor dem Eindringling zu schützen.

Es ist der, den sie Ezechiel nennen.

Die Jungen wissen inzwischen, dass er kein Dämon ist, sondern ein Mensch aus Fleisch und Blut, aber sie fürchten sich dennoch vor ihm. Die Klaue mit den drei Fingern sticht herab wie die Pranke eines Raubtiers, packt den älteren der beiden an der Schulter und reißt ihn zu sich hoch.

»Hier seid ihr also«, zischt er, das können sie inzwischen verstehen. So wie sie das Lodern in seinen Augen verstehen und die Wut, die aus ihnen spricht.

Ezechiel packt sie beide und reißt sie mit, befördert sie grob aus dem Kellerraum wie eine Robbe, die man erlegt hat und aus dem Eisloch zerrt. Mit dem Unterschied, dass die Jäger der Inuit dem toten Tier Respekt und Dankbarkeit erweisen. Aber der Mann mit der Klaue hat nichts als Verachtung für die beiden Jungen übrig. Sie spricht aus seinen Blicken, seinen Worten, aus jeder einzelnen Bewegung. Er bringt sie hinaus auf den Gang, wo zwei seiner Kumpane warten. Ihre Namen sind Ahab und Jezebel. Ihr Mienenspiel ist weniger wütend als vielmehr erschöpft. Erleichterung ist darin zu lesen, wie bei jemandem, der etwas Wichtiges verloren und es nun wiedergefunden hat.

Sie unterhalten sich, und einen Moment lang ist Ezechiel unaufmerksam und lockert seinen Griff. Der kleinere der beiden Jungen entwindet sich seiner Hand, indem er sich flink um seine Achse dreht, und will erneut die Flucht ergreifen. Wohin, das weiß er nicht, nur rasch fort, die Treppe hinauf und hinaus ins Freie.

Doch er kommt nicht weit.

Ahab, der am Fuß der Treppe steht, stellt sich ihm in den Weg. Als der Junge Anstalten macht, an ihm vorbeizuschlüpfen, schlägt er zu.

Er erwischt Tretten mit dem Handrücken. Der Junge taumelt zur Seite, prallt in vollem Lauf gegen den eisernen Handlauf der Treppe, mit dem Gesicht voraus. Rotes Blut befleckt die weiß gekalkte Wand.

»Vill!«

Tolv will sich ebenfalls losreißen und dem Freund zur Hilfe kommen, der besinnungslos zu Boden sackt, doch Ezechiel hält ihn erbarmungslos gefangen, und so sehr er es auch versucht, er kann sich nicht von ihm losreißen.

Rufe werden laut, es ist Jezebel, ihre helle Stimme überschlägt sich. Ihre Hand deutet zunächst auf Ahab und dann auf den reglos am Fuß der Treppe liegenden Jungen, ihre Worte sind nicht zu verstehen … bis auf einen weiteren Namen.

Nimrod.

»Vill! Nein!«, ruft der Junge noch einmal und wehrt sich, wie zuvor ohne Erfolg, zumal sein Häscher nun auch noch die andere Hand zur Hilfe nimmt, um ihn festzuhalten. Wie ein Schraubstock legt sie sich um seine Schulter und lässt ihn nicht entkommen, Tolv schreit wie von Sinnen.

Nicht Nimrod!

Vor ihm sind sie geflohen!

Doch es gibt kein Entrinnen.

Wie lange er schreit und sich im Griff seines Peinigers windet, weiß er später nicht mehr zu sagen. Doch irgendwann sind Schritte zu hören, und eine Gestalt kommt die Treppe herab … es ist Nimrod.

Wie immer trägt er seinen weißen Kittel.

Und er hat die große Tasche bei sich.

Die schwarze Tasche mit den Nadeln.

Er stellt sie auf den Boden und öffnet sie, dann nimmt er eins der gläsernen Röhrchen heraus und füllt es mit dem Inhalt einer kleinen Flasche.

Tolv ist vor Entsetzen wie erstarrt.

Nicht länger setzt er sich zur Wehr, starrt mit vor Entsetzen geweiteten Augen auf die Nadel in Nimrods Hand, die bedrohlich näher kommt, immer näher.

Dann der Einstich.

Der Schmerz.

Und das Vergessen.

22

Die Sanitätsstation kannte Lerby noch von seinem letzten Besuch – ein zweiflügeliger Bau am westlichen Ortsrand, der neben einem kleinen Zentrum zur medizinischen Versorgung auch ein paar Krankenzimmer für Patienten beherbergte. Auf dem Weg zum Hotel setzte Daavi Keldsen ihn dort ab.

Mit gemischten Gefühlen stieg Lerby die Stufen zum Eingang empor. So wichtig und notwendig sie auch sein mochten, er konnte Krankenhäuser nicht leiden. Wann immer es möglich war, vermied er es, sie zu betreten, doch diesmal hatte er keine Wahl. Wie würde es sein, den alten Magnus wiederzusehen? Wie würde es sein, *sie* wiederzusehen?

Eine junge Einheimische versah am Empfangsschalter ihren Dienst. Lerby begrüßte sie in der Landessprache, was ihm ein Lächeln eintrug, und fragte dann nach Magnus. Sie schickte ihn den Gang hinab, in das vierte Zimmer auf der rechten Seite.

Lerby atmete noch einmal tief durch.

Dann klopfte er an.

»Ja?«, kam es von drinnen.

Er öffnete die Tür und trat ein. Das Zimmer sah aus, wie er es sich vorgestellt hatte, nüchtern, mit einem Krankenbett darin und einem Monitor zur Überwachung. Die Lamellen der Jalousie waren so gedreht, dass sie das Tageslicht dämpften.

Neben dem Bett stand ein Stuhl. Eine junge Frau saß darauf, in einem Hemd aus hellblau kariertem Flanell, das ihr ein wenig zu groß war, das blauschwarze Haar hatte sie zum Knoten aufgesteckt. Sie blickte auf, als Lerby eintrat, und er glaubte, Erleichterung in ihren Zügen zu erkennen.

Er nickte ihr zu, während er aus seinem Anorak schlüpfte, es war warm in dem Zimmer. Dann trat er behutsam an die andere Seite des Bettes und betrachtete den Mann, der darin lag. Der alte Magnus lag auf dem Rücken.

Er schlief mit halb geöffnetem Mund, ein halbes Dutzend Schläuche verlief von unter der Bettdecke sowohl zu dem Monitor als auch zu der Infusionslösung, die am Kopfende des Bettes an einer Stange hing.

Lerby gab sich Mühe, sich seine Betroffenheit nicht anmerken zu lassen. Nur achtzehn Monate lag ihre letzte Begegnung zurück, doch schien der alte Schamane in dieser Zeit um Jahre gealtert zu sein. Sein schwaches Herz setzte ihm offenbar sehr zu und hatte in seinen ohnehin schon faltigen, von Wind und Wetter gegerbten Zügen noch zusätzliche Furchen gegraben. Seine Wangen waren fahl und eingefallen, und er hatte dunkle Ränder um die Augen – die er in diesem Moment blinzelnd öffnete.

Es mochte bloßer Zufall sein oder auch eine Ahnung, die den *angakkoq* dazu brachte zu erwachen. Lerby hielt beides für gleich wahrscheinlich, selbst in diesem geschwächten Zustand traute er dem alten Magnus noch alles zu.

Die Augen, die so schwarz wie Kohlen waren, blickten einen Moment lang ruhelos umher, ehe sie Lerby fanden und fokussierten.

»Leribi«, kam es über die dünnen blauen Lippen des Alten. Es war Begrüßung, Freudenbekundung und Dank zugleich.

»*Aluu*, Magnus.«

Er machte Anstalten, die Arme zu heben und sie Lerby zur Begrüßung entgegenzustrecken, doch die Bettdecke hinderte ihn daran. Lerby kam ihm zuvor und beugte sich über ihn, presste seine Stirn sanft auf die des Schamanen, wie es unter Familienmitgliedern und lieben Freunden Brauch war.

»Gut, dass du hier bist«, flüsterte der alte Magnus daraufhin und wirkte tatsächlich erleichtert. »Gut, dass *wir beide* hier sind. Die anderen glauben mir nicht …«

»Welche anderen?« Ein wenig verwirrt sah Lerby in Pallayas Richtung.

»Die denken, ich wäre krank«, fuhr Magnus flüsternd fort, wobei es schalkhaft in seinen dunklen Augen blitzte. »Aber das ist Unsinn, weißt du. Es ist nur, er, der *qivittoq*, er ist da draußen, Leribi, und das schon sehr lange. Der Winter ist sein Leben, so wie sein Leben ein einziger Winter ist … und er ist auf dem Weg hierher.«

»Hierher?« Lerby sah ihn fragend an. »Was will er hier?«

»Das, was der *qivittoq* immer will: Rache. Vergeltung für das, was ihm angetan wurde. Für die Einsamkeit, den langen Winter, den seine Seele ertragen muss.«

Lerby nickte, auch wenn er kein Wort verstand. Nach der Art zu schließen, wie der alte Magnus ihn ansah und wie er sprach, schien er durchaus Herr seiner selbst zu sein – aber was, in aller Welt, redete er da?

»Es ist gut, dass du jetzt hier bist, Leribi … zu Hause warst du in Gefahr.«

»Was meinst du?«

»Es hat begonnen«, entgegnete der Schamane, wobei er ihn durchdringend ansah. »Es hat begonnen, Leribi, verstehst du?«

Lerby nickte. Inzwischen verstand er tatsächlich – nämlich dass sein alter Freund nicht nur von Krankheit geschwächt war, sondern vermutlich auch noch von den Nebenwirkungen der Medikamente, die er erhielt. Was auch immer in seinem Kopf vor sich ging, mit der Wirklichkeit hatte es in diesem Moment wohl nicht allzu viel zu tun.

Erneut sah Lerby zu Pally, diesmal allerdings war sein Blick voller Bedauern.

»Sie waren einst … wie Brüder … aber alles verändert sich«, fügte Magnus hinzu, als würde das alles erklären.

»Ich verstehe«, beschwichtigte Lerby. Man konnte direkt sehen, wie die Augenlider des Alten schwer wurden. Nicht mehr lange, und die Erschöpfung würde ihn wieder übermannen.

»Leribi …« Irgendwie hatte Magnus es nun doch geschafft, eine dürre Hand von unter der Decke hervorzuziehen, und winkte den Besucher damit näher zu sich heran.

Lerby tat ihm den Gefallen. »Was gibt es, alter Freund?«

»Im Schnee des Lebens … die Spuren, die hinter uns … habe sie gesehen.«

»Wen, Magnus?«, fragte Lerby nach. »Wen hast du gesehen?«

»Die Seelen, die er gejagt hat, die er erlegt hat wie eine Beute … das Licht ihrer Augen war ausgebrannt, ihre Münder durchbohrt und auf immer verschlossen …«

Für Lerby fühlte es sich an, als würde der Boden unter seinen Füßen plötzlich wanken. Ein stilles Grauen erfasste ihn, Gänsehaut ließ ihn erschaudern. Er prallte entsetzt zurück, während er sich zugleich fragte, wie der alte Mann von diesen Dingen erfahren haben konnte, wollte ihn sofort danach fragen … Doch der alte Magnus war eingeschlafen. Seine Augen waren geschlossen, die Decke hob und senkte sich unter keuchenden, aber gleichmäßigen Atemzügen.

Lerbys Herz schlug heftig, noch immer schüttelte ihn Entsetzen. Im ersten Moment war er versucht, den Alten wieder zu wecken, aber schon kurz darauf war er nicht mehr überzeugt, dass er es wirklich so gesagt hatte. Vielleicht, sagte sich Lerby, hatte er auch nur gehört, was er hatte hören wollen. Und selbst wenn Magnus es so gesagt hatte, konnte es auch ebenso gut ein seltsamer Zufall sein, das Geschwätz eines Greises, dessen Verstand sich mehr und mehr trübte.

Lerby atmete tief durch und rief sich selbst zur Ordnung. Dann richtete er sich wieder auf und wandte sich Pally zu.

»Hej«, begrüßte er sie.

»Hej hej.« Sie nickte freundlich, aber es war nicht dieselbe naive Wiedersehensfreude, die er in den Zügen Daavi Keldsens gesehen hatte. Natürlich nicht, sagte er sich, schließlich war sie voller Sorge um ihren Großvater. »Danke, dass du gekommen bist«, fügte sie leise hinzu. »Er hat es sich so sehr gewünscht.«

Lerby nickte nur. Dass er zunächst gezögert hatte, die Reise auf sich zu nehmen, beschämte ihn jetzt. »Wie steht es um ihn?«, erkundigte er sich leise.

»Ist kompliziert«, erwiderte sie und schluckte.

»Tut mir leid.« Lerby nickte abermals, während er von einem Bein auf das andere trat, beschämt und verlegen.

»Ihr seid gerade erst angekommen?«

»Vor einer halben Stunde.«

»Dann wirst du dich sicher erstmal ausruhen wollen. Sehen wir uns heute Abend? Wir könnten zusammen essen.«

»Wir wollen euch nicht zur Last fallen, Pally. Du hast ohnehin schon genug um die Ohren ...«

»Unsinn, sei nicht albern.« Sie nickte bekräftigend. »Es wird uns guttun, etwas anderes zu hören. Außerdem freue ich mich darauf, Eva kennenzulernen. Um acht?«

»Wir werden da sein«, versprach Lerby. Mit einem Nicken verabschiedete er sich von ihr und dem schlafenden Magnus, dann griff er nach seinem Anorak und wandte sich zum Gehen.

»Und, Leribi?«, sagte Pally, als er schon an der Tür war.

»Ja?«

Zum ersten Mal lächelte sie. »Keine Schokolade diesmal, okay?«

»Okay«, sagte er und erwiderte das Lächeln.

23

Da sein erster Besuch am Krankenbett sehr viel weniger lang gedauert hatte, als Lerby angenommen hatte, beschloss er, noch auf der Polizeiwache vorbeizuschauen, ehe er ins Hotel ging.

Der Spaziergang durch die Siedlung weckte abermals Erinnerungen. Die bunten, oftmals auf Stelzen stehenden Häuser, der Schrott, der sich rings um sie sammelte, die Hunde, die sich in Rudeln davor tummelten. Bei seinem letzten Besuch in Illokarfiq hatte der Schnee den Unrat und das Elend noch teils überdeckt, nun trat beides ungeschminkt zutage – oder hatte sich die Situation der Menschen hier im Lauf der letzten eineinhalb Jahre noch weiter verschlechtert?

Die Inuit klagten nicht. Anders als Europäer waren sie nicht dabei, sich fortwährend zu beschweren, hatten im Lauf ihrer langen Geschichte gelernt, mit den Karten zurechtzukommen, die das Schicksal ihnen zuspielte, und solange diese nur aus eisiger Kälte und dem ständigen Kampf um das Überleben bestanden hatten, waren die Inuit auch zufrieden gewesen. Erst das Zusammentreffen mit dem, was man gemeinhin als Zivilisation bezeichnete, hatte dieses Volk in die Knie gezwungen. Menschen, die keine Ahnung hatten, wie es um das Leben hier oben bestellt war und die es keine zwei Wochen hier ausgehalten hätten, hatten auf ihr Leben massiven Einfluss genommen, hatten ihnen gesagt, was sie zu tun – in festen Häusern zu leben – und was sie zu lassen hatten – die professionelle Robbenjagd –, und ihnen damit zwei tragende Säulen ihrer Kultur genommen, die Jagd und das Nomadentum. Und wo man bereits dabei gewesen war, hatte man ihnen gleich auch noch alles andere wie etwa ihre Sprache und ihre Religion verboten, sie in industriell gefertigte Kleider gesteckt und ihnen gesagt, wie modern und somit glücklich sie nun zu sein hatten.

Das all das ein grässlicher Irrweg gewesen war, hatten zwar sowohl die dänische Regierung als auch diverse internationale NGOs inzwischen begriffen, aber die Einsicht kam zu spät. Der Schaden war angerichtet, die Inuit ihrer Würde und ihrer Identität beraubt worden. Und der junge Bursche und die beiden Mädchen, die Lerby in einer Eingangsnische kauern sah, während sie eine Pulle Schnaps kreisen ließen, waren ein deutlicher Beleg dafür, dass sie sie noch längst nicht wiedergefunden hatten.

Die besonders unter jungen Inuit extrem hohe Selbstmordrate war ein weiterer.

Lerby wusste zwar, dass er nicht der einzige Ausländer in Illokarfiq war – von den etwa 2000 Einwohnern, die die Ortschaft zählte, waren etwa fünf Prozent Dänen und andere Europäer, dazu kam eine Handvoll Kanadier –, dennoch fühlte er sich elend und seltsam fremd, als er durch die eigentlich vertrauten Straßen ging. Damals waren sie gefroren gewesen, jetzt war der gestampfte Boden aufgeweicht vom Regen, der in den letzten Tagen gefallen sein musste. Und auch jetzt begann es wieder zu nieseln, so dass Lerby seine Schritte beschleunigte.

Die Polizeistation von Illokarfiq befand sich im Zentrum der kleinen Ortschaft, wo sich auch das Gemeindehaus und der Supermarkt befanden. Die Regale in Letzterem mussten derzeit zum Bersten gefüllt sein, das letzte Versorgungsschiff war sicher erst vor wenigen Tagen abgefahren. Bei Lerbys letztem Aufenthalt hatte dort gähnende Leere geherrscht, und man hatte sich mit dem begnügen müssen, was sechs Monate Winter und der Appetit der anderen übrig gelassen hatten.

Die Wache selbst war ein einstöckiges Gebäude, das genau wie das Krankenhaus in Fertigbauweise errichtet worden war. Davor parkte Keldsens blauer Dienstwagen. Über die aus Stahlgitter gefertigten Stufen stieg Lerby zum Eingang hinauf, wobei er bei jedem Tritt seine Schuhe von Schlamm zu reinigen suchte. Dann trat er ein.

Die warme Luft, die ihn empfing und die von würzigem Kaffeeduft getränkt war, hatte etwas Vertrautes. Auch die Einrichtung hatte sich nicht geändert: vorn die Empfangstheke, dahinter zwei zusammengeschobene Schreibtische, an denen allerdings nur ein Beamter seinen Dienst versah. *Politiassistent* Marie Lynge, die bei Lerbys letztem Besuch schwanger gewesen war, war jetzt vermutlich zu Hause bei ihrem Kind, was auch den Personalmangel erklärte, von dem Daavi Keldsen gesprochen hatte.

»Leribi!«

Mit einer Wiedersehensfreude, die sich kaum von der bei ihrer ersten Begegnung unterschied, schoss Keldsen von seinem Schreibtischstuhl in die Höhe und kam an den Tresen. »Ich dachte, du wärst im Krankenhaus.«

»Da bin ich gewesen, aber Magnus war müde, also konnte ich nicht lange bleiben. Und da dachte ich mir …«

»Kommissar Lerby!«

Aus dem Glaskasten, der sich im hinteren Bereich des Büros befand und der nun wieder bis obenhin mit Landkarten und amtlichen Bekanntmachungen zugepflastert war, trat ein Mann, der für Inuk-Verhältnisse ein wahrer Hüne war, groß und sehnig und mit kantigen, entschlossenen Gesichtszügen. Seine Stimme war Donnerhall im Vergleich zu dem zurückgenommenen Ton, in dem Daavi Keldsen und viele andere Inuit sprachen.

»Ejnari«, sagte Lerby. »Schön, dich wiederzusehen. Wie geht es dir?«

»*Polizeihauptmeister Ejnari Inasson*«, verbesserte der andere in akzentbeladenem Dänisch, während er seinen sehnigen, in der dunkelblauen Uniform steckenden Körper in Richtung Tresen bewegte, »Leiter der Dienststelle von Illokarfiq.«

»Okay.« Lerby hob resignierend beide Hände. »Schätze, das habe ich verdient.«

131

»Nur ein Scherz«, versicherte Inasson und reichte ihm die Hand über den Tresen. »Willkommen zurück, Leribi.«

»Danke«, versicherte der. Während er sich bei allen anderen irgendwann daran gewöhnt hatte, dass sie seinen Namen auf die unter den Inuit übliche Weise abgewandelt und verniedlicht hatten, hörte es sich aus Inassons Mund noch immer irgendwie seltsam an – was vermutlich daran lag, dass sie einander nicht immer so grün gewesen waren. Sie gaben sich die Hände und sahen einander dabei in die Augen. Lerby stutzte für einen Moment. Da war etwas Fragendes, ja beinahe Aufforderndes in Inassons Blick – oder irrte er sich?

»Und, wie läuft der Laden?«, erkundigte er sich.

»Geht so.« Inasson schnitt eine Grimasse und schob die Daumen hinter den Gürtel seiner Uniform. »Über den Sommer gab es vier Selbstmorde, erst vergangenen Monat wieder einen.«

»Tut mir leid«, versicherte Lerby.

»Dazu die übliche Mischung: häusliche Gewalt, ein paar Schlägereien, ab und zu ein verirrter Eisbär und hin und wieder ein Tourist, den man aus der Strömung retten muss, bevor er mit dem *qajaq* aufs offene Meer hinaustreibt …«

»… und das alles ohne weibliche Unterstützung«, meinte Lerby mit Blick auf den unbesetzten Schreibtisch.

»Ja, Marie hat ihr Kind bekommen, einen Jungen«, erklärte Keldsen freudig und – so kam es Lerby vor – auch ein bisschen wehmütig. »Sie kommt zwar ab und zu für ein paar Stunden, aber das reicht bei weitem nicht aus.«

»Kann ich mir vorstellen.« Lerby nickte, während er seinen Blick durch die vertrauten Räumlichkeiten schweifen ließ. »Und sonst ist nichts los?«

»Was meinst du?«

»Kein neuer Mordfall oder dergleichen?« Lerby versuchte, seine Frage als Scherz zu tarnen, wohl wissend, dass das nicht die Art von Humor war, die die Inuit schätzten.

»Glücklicherweise nicht«, entgegnete Inasson entsprechend ernst. »Warum fragst du das?«

Lerby überlegte kurz und beschloss, mit der Wahrheit herauszurücken, zumindest mit einem Teil davon. »Ach, es ist nur, weil Magnus vorhin etwas sagte … etwas, das mir keine Ruhe lässt.«

»Was denn?«, fragte Keldsen und klang beinahe ängstlich dabei. »Hat er wieder etwas von diesen Jungen erzählt? Die einst wie Brüder waren?«

»Ja, genau. Woher weißt du …?«

»Es ist derselbe Traum, immer wieder! Pally sagt, dass es daran liegt, dass sein Herz so schlecht ist und dass sich das auch auf sein Gehirn auswirkt.« Keldsen tippte sich an die Stirn. »Aber ich glaube das nicht. Ich denke, der *angakkoq* hat eine Vision. Dass es die Ahnen sind, die zu ihm sprechen.«

»Unser Daavi sieht wieder mal Gespenster«, meinte Inasson in einem Versuch, dem Augenblick seinen Ernst zu nehmen, doch Lerby sah ihm an, dass auch er nicht ohne Sorge war.

Das Übernatürliche, so hatte er gelernt, war ein Teil der Erlebenswelt der Inuit. Nicht, weil sie naiv oder abergläubisch gewesen wären, sondern weil die lange Nacht des Winters unergründliche Geheimnisse barg – und weil hier oben mitunter tatsächlich Dinge geschahen, die sich rational nicht einfach erklären ließen. Lerby hatte es am eigenen Leib zu spüren bekommen und war vermutlich nur aus diesem Grund noch am Leben. Er war also der Letzte, dem es zukam, darüber die Nase zu rümpfen.

»Gespenster?«, hakte er nach. »Ihr meint, wie der *qivittoq*?«

An der Art, wie die beiden ihn ansahen, erkannte er, dass er das lieber nicht hätte sagen sollen.

»Woher hast du dieses Wort?«, fragte Inasson, jetzt ebenfalls ernst. Seine Augen verengten sich forschend.

»Von Magnus. Er hat es erwähnt, als ich mit ihm sprach.«

»Kam in seinen Visionen wieder der *qivittoq* vor?«, fragte Keldsen vorsichtig.

»Ja.« Lerby nickte. »Was hat es damit auf sich?«

»Wir … sprechen nicht über diese Dinge«, sagte Keldsen mit einer Endgültigkeit, die Lerby überraschte. Das Thema schien nicht nur ihn, sondern auch den hartgesottenen Inasson unangenehm zu berühren, und Lerby wusste, dass es in diesem Fall keinen Zweck gehabt hätte, weiter nachzufragen. Es sei denn … »Auch nicht mit dem Mondmann?«, fügte er halb im Scherz und halb im Ernst hinzu.

Die finsteren Mienen, die sowohl Inasson als auch der sonst so freundliche Daavi Keldsen machten, zeigten ihm, dass das keine gute Idee gewesen war.

»Du solltest nicht damit scherzen, Leribi«, beschied Inasson ihm streng. »Ich muss jetzt los, aber wir sehen uns heute Abend. Pally und Daavi waren so freundlich, mich ebenfalls einzuladen.«

»Anjij wird auch da sein und Uki ebenfalls«, fügte Keldsen hinzu, sichtlich froh darüber, das Thema wechseln zu können. »Erinnerst du dich an sie?«

»Natürlich«, versicherte Lerby. »Ich freue mich darauf, die beiden wiederzusehen. Acht Uhr«, fügte er hinzu.

»Acht Uhr«, wiederholte Keldsen, obwohl sich die Einheimischen eigentlich nie nach festen Uhrzeiten verabredeten, das Konzept war ihnen fremd. Hier im Norden traf man zusammen, wenn man es wollte und die Zeit dafür reif war – und merkwürdigerweise klappte das. Feste Uhrzeiten waren nur bei dienstlichen Angelegenheiten oder im Umgang mit Europäern oder Amerikanern im Gebrauch. Lerby verstand, dass es zugleich Zugeständnis und Respektsbekundung für Eva und ihn war.

Er bedankte sich und verließ die Wache zusammen mit Inasson, der es sich nicht nehmen ließ, ihn im Dienstwagen mitzunehmen. Auf dem Weg zu seinem Termin setzte er Lerby am Hotel ab.

Erst jetzt ging Lerby auf, wie müde und erschöpft er war. Er würde sich ein wenig aufs Ohr legen und danach eine heiße Dusche nehmen. Vielleicht ließen dann auch die düsteren Gedanken nach. Das Wiedersehen mit vertrauten und doch bereits wieder fremd gewordenen Menschen, der Besuch beim alten Magnus und die Worte, die er gesprochen hatte, all das ging ihm im Kopf herum, als er die Hotellobby betrat und an der Rezeption nach seiner Zimmernummer fragte. Es befand sich ganz am Ende des Ganges, gegenüber von dem, das er bei seinem letzten Besuch bewohnt hatte.

Eva hatte wie angekündigt geduscht und saß auf dem Bett, in ihrem Bademantel aus weißem Frottee, das blonde Haar noch nass. Sie sah ziemlich mitgenommen aus, und Lerby bezweifelte, dass das nur an der langen Reise und der Zeitverschiebung lag.

»Wie geht es dem alten Magnus?«, fragte sie.

»Im Vergleich zu dir sieht er aus wie das blühende Leben«, entgegnete Lerby und setzte sich zu ihr aufs Bett. »Was ist los, um Himmels Willen?«

»Nichts«, versicherte sie achselzuckend, »es ist nur … ich komme mir dumm vor, das ist alles. Ich bin naiv gewesen.«

»Inwiefern?«

»Ich hatte wirklich gedacht, wir könnten hier ein wenig Urlaub machen, aus der Luft hatte alles so malerisch ausgesehen. Aber aus der Nähe …« Sie schüttelte den Kopf. »Daavi – der wirklich sehr bemüht und hilfsbereit ist – hat mir erzählt, dass sich erst letzten Monat ein Junge aus seiner Nachbarschaft umgebracht hat. Er ist erst sechzehn Jahre alt gewesen.«

»Das ist hier ein großes Problem«, räumte Lerby ein. »Die Gründe dafür sind vielfältig, aber eigentlich haben sie immer mit Alkohol und Perspektivlosigkeit zu tun.«

»Es ist dämlich«, ärgerte sie sich über sich selbst und wischte sich über die Augen. »Du hattest mir ja davon erzählt, aber wenn man hier ist …«

»… sieht alles nochmal ganz anders aus«, ergänzte Lerby und nickte. »Ich weiß.«

»Ist das der Grund, warum du nicht noch einmal hierherkommen wolltest?«

Lerby überlegte. »Ich weiß es nicht. Vielleicht. Ehrlich gesagt habe ich nicht darüber nachgedacht.«

»Und ich habe dich noch dazu überredet.« Sie schnaubte verächtlich. »Was werden deine Freunde jetzt von mir denken? Dass ich die neugierige Ehefrau bin? Die verwöhnte Europäerin, die sich das Elend aus der Nähe ansehen will?«

»Nein.« Lerby schüttelte den Kopf. »Weißt du, das ist vielleicht das größte Wunder, das Grönland zu bieten hat – so sind die Inuit nicht. Nicht mal nach allem, was ihnen widerfahren ist.«

24

»Bin ich wirklich passend angezogen?« Eva war stehen geblieben und sah ein wenig skeptisch an sich herab. »Das ist nicht der Aufzug, in dem ich normalerweise zu einer Einladung erscheine.«

»Weiß ich«, versicherte Lerby grinsend. Ihr Kostüm hatte sie gegen Jeans und ein schwarzweiß kariertes Flanellhemd getauscht, über dem sie ihren Daunenanorak trug; statt hoher Hacken trug sie gefütterte Gummistiefel, ihr Haar hatte sie zu einem schlichten Pferdeschwanz gebunden. Nicht, dass sie sich so nicht wohlgefühlt hätte – obwohl ihr berufliches Auftreten Korrektheit und einen gewissen Grad an Perfektion verlangte, konnte Eva auch leger sein. Aber die ehrliche Sorge, ihren Gastgebern damit nicht gerecht zu werden, stand ihr ins Gesicht geschrieben. »Keine Angst«, sagte er deshalb, »du bist genau richtig angezogen. Die Leute hier geben nicht so viel auf Äußerlichkeiten, weißt du. Ich glaube, sowas wie Kleider kennt man hier gar nicht.«

Eva schien nicht überzeugt. »Was soll ich zu ihnen sagen?«, fragte sie und sah ihn zweifelnd dabei an.

Lerby konnte sich nicht entsinnen, wann er sie zum letzten Mal derart unsicher erlebt hatte. In Gerichtssälen, bei Meetings und auf offiziellen Empfängen ihre Frau zu stehen, machte ihr nichts aus. Nun jedoch, da sie vor dem kleinen Haus waren, in dem Pallaya Shaa und – normalerweise – auch ihr Großvater wohnten, schien sie weiche Knie zu bekommen.

Lerby, der schon die ersten Stufen zum Eingang hinaufgestiegen war, drehte sich wieder um und ging zu ihr zurück. »Sei einfach du selbst«, riet er ihr und küsste sie spontan. »Du bist perfekt, so wie du bist.«

Sie schien noch immer ihre Zweifel zu hegen, aber sie widersprach auch nicht mehr. Gemeinsam gingen sie die wenigen Stufen hinauf, und Lerby klopfte an. Stimmen und Gelächter waren von drinnen zu hören, es schien eine gelöste Stimmung zu herrschen, den traurigen Ereignissen zum Trotz.

Schritte erklangen, und die Tür wurde geöffnet. Wohlige Wärme und gelber Lichtschein drangen heraus in die Nacht – und mittendrin war Pally.

Sie trug ein dunkelgrünes Kleid ohne Ärmel und darunter einen dünnen weißen Rollkragenpullover, ihr blauschwarzes Haar hatte sie hochgesteckt, so dass der aus kleinen Muscheln gefertigte Ohrschmuck zur Geltung kam. Lerby, der sie noch nie anders als in Pullover oder Hemd und praktischen Hosen gesehen hatte, stutzte für einen etwas zu langen Moment.

»Alles in Ordnung?«, fragte Pally und sah ihn fragend aus ihren dunklen Augen an.

»Äh … natürlich. Herzlichen Dank für die Einladung.«

»Gerne. Kommt rein.«

Sie trat zur Seite und öffnete vollends, und Lerby trat in die kleine Diele, gefolgt von Eva.

»Guten Abend«, sagte sie. »Du musst Pallaya sein.«

»Pally«, sagte diese nur.

»Freut mich«, versicherte Eva und wollte ihr die Hand zur Begrüßung reichen, »ich bin …«

Doch Pally hatte bereits auf dem Absatz kehrtgemacht und war in der Küche verschwunden, aus der ein Kichern und Schnattern auf *kalaallisut* drang, zusammen mit dem würzig verführerischen Duft von frisch zubereitetem Essen.

»… Eva«, sagte diese in den jetzt leeren Gang. Sie warf Lerby einen fragenden Blick zu, der nur mit den Schultern zuckte. »Die Leute geben hier nicht viel auf Äußerlichkeiten, richtig?«, flüsterte sie. »Hast du ihr Kleid gesehen?«

Lerby zuckte nochmals mit den Schultern.

Sie schlüpften aus ihren Anoraks und hängten sie an die dafür vorgesehenen Haken an der Wand, ihre Schuhe tauschten sie gegen dicke Wollsocken, die in einem Korb bereitlagen. So gingen sie den kurzen Gang hinab und ins Wohnzimmer, wo sie auf Keldsen und Inasson trafen, die sich angeregt unterhielten, Wodkagläser in den Händen. Der Fernseher lief dazu, eine Fußballübertragung, die jedoch niemanden wirklich zu interessieren schien.

Lerbys Blick fiel auf den Ohrensessel in der Ecke, der unbesetzt war. Bei seinem letzten Besuch hatte der alte Magnus darin gesessen und Fußball geguckt.

»Da seid ihr ja!«, rief Inasson und warf einen demonstrativen Blick auf seine Armbanduhr. »Zehn nach acht! Was ist los mit dir, Leribi? Wirst du alt?«

Lerby schnitt eine Grimasse. Dass er den Kollegen aus Illokarfiq einst mangelnde Pünktlichkeit vorgeworfen hatte, würde er sich wohl ewig anhören müssen.

»Er hat im Bad getrödelt«, sagte Eva, machte einen beherzten Schritt an ihm vorbei und trat Inasson entgegen.

»Ist das so?« Inasson lachte rau und hielt ihr seine Pranke hin, in der Evas Hand gänzlich verschwand. »Dann bist du also Frau Leribi?«, fragte er.

»Eva«, korrigierte sie.

»Ejnari«, erwiderte dieser grinsend.

»Darauf kannst du dir was einbilden«, raunte Lerby ihr deutlich hörbar zu. »Seinen Vornamen hat er mir bis heute nicht genannt.«

»Wozu? Um mich rumzukommandieren, reicht dir doch mein Nachname, oder nicht?« Inasson lachte dröhnend, und Lerby, Keldsen und auch Eva fielen in das Gelächter ein. Im nächsten Moment hatten die beiden Besucher auch schon dickwandige Gläser in den Händen, die Inasson großzügig mit Wodka füllte, und sie stießen damit an.

»Auf die Vergangenheit«, sagte Keldsen.

»Auf Magnus«, erwiderte Lerby.

»Auf den *angakkoq*«, bestätigten die beiden Polizisten, und dann tranken sie. Das Gesöff war zimmerwarm und loderte wie Feuer im Rachen. Aber während Lerby ein keuchendes Geräusch von sich gab – es war kaum zu fassen, dass er das Zeug mal gerne getrunken hatte –, verzog Eva keine Miene, was wiederum Inasson sehr beeindruckte. Lachend klopfte er ihr auf die Schulter und brachte ihr ihr erstes Wort in *tunumiutut* bei – *mamakajo*, was »sehr gut« bedeutet.

In diesem Moment wurde auch schon in zwei großen dampfenden Schüsseln das Essen aufgetragen. Die eine trug Pally, die andere ihre Freundin Anjij. Lerby kannte die junge Inuk, sie war damals eine wichtige Zeugin gewesen, und der alte Magnus hatte sie in sein Haus aufgenommen. Offenbar ging sie hier immer noch ein und aus. Sie grüßte Eva und Lerby, indem sie ihnen zulächelte und winkte. Daran, dass sie nicht gerne sprach, schien sich seit Lerbys letztem Besuch nicht allzu viel geändert zu haben.

Um die dritte junge Frau zu erkennen, die das Wohnzimmer betrat, musste Lerby zweimal hinsehen. Es war Uki, das Mädchen, das durch seinen Mut so entscheidend zur Aufklärung des Falles und zur Beendigung der Mordserie beigetragen hatte, die Illokarfiq damals in Atem gehalten hatte. Hübsch war sie damals schon gewesen, doch inzwischen waren auch noch die Pausbacken aus ihrem Gesicht verschwunden, was sie zu einer wahren Schönheit hatte werden lassen, die sicher allen Jungs in der Ortschaft den Kopf verdrehte. Doch im Moment hatte sie nur Augen für einen einzigen …

»Kommissar Leribi!«

Mit noch immer kindlicher Freude kam sie auf ihn zu und umarmte ihn, dann war sie auch schon wieder weg und half Pally und Anjij. Genau wie die beiden trug auch sie ein Kleid, in ihrem Fall ein gestricktes mit einem folkloristischen Muster.

»Sowas wie Kleider kennt man hier gar nicht, richtig?«, raunte Eva Lerby zwischen zwei Schlucken Wodka zu.

Pally forderte sie auf, sich an den Esstisch zu setzen. Die Platzwahl war jedem selbst überlassen, nur Lerby wurde aufgefordert, sich als Ehrengast am Ende der Tafel zu platzieren. Der ihm gegenüberliegende Sitz blieb leer – es war Magnus' Platz, und niemandem wäre es in den Sinn gekommen, sich auf den Stuhl des *angakkoq* zu setzen, so lange dieser noch unter den Lebenden weilte. Und selbst dann, so nahm Lerby in einem Anflug von Schwermut an, würde es wohl lange dauern, bis sich jemand dazu überwand. Ob es an der vertrauten Umgebung lag oder daran, dass er mit zunehmendem Alter sentimental wurde: Die Aura des alten Schamanen schien dieses Haus selbst in seiner Abwesenheit zu durchdringen.

Mit großen Kellen wurde aus den beiden Schüsseln ausgeschöpft. Es gab *suaasat*, jenen wohlschmeckenden Eintopf, den Pally auch bei Lerbys letztem Besuch zubereitet hatte und der, wie er inzwischen wusste, so etwas wie das grönländische Nationalgericht war, jedoch unzählige verschiedene Varianten kannte. Damals hatte Pally neben reichlich Kartoffeln und Reis Robbenfleisch hineingegeben; diesmal war es Lamm, das von den Farmen Südgrönlands stammte und auch hier an der Ostküste verkauft wurde. Ob es daran lag, dass ihnen diesmal kein Jagdglück hold gewesen war, oder ob sie den Gästen aus Dänemark nur einfach etwas Besonderes hatten bieten wollen, wusste Lerby nicht zu sagen, aber genau wie damals war es ganz ausgezeichnet.

Auch Eva, die ihm schräg gegenübersaß, schien es zu schmecken, sie aß mit großem Appetit. Unwillkürlich musste er an ihr romantisches Dinner denken, das zwar erst wenige Tage zurücklag, doch wie immer, wenn er in Grönland weilte, schien alles andere nicht nur weit weg, sondern auch lange her zu sein. Die meisten, die mit ihnen hier am Tisch saßen, wussten nichts von Sterneköchen oder gestärkten Stoffservietten; sie aßen, weil sie hungrig waren und es ihnen schmeckte.

Anfangs wurde nur wenig gesprochen. Eine gewisse Befangenheit herrschte, die Lerby zunächst darauf zurückführte, dass der

Stuhl am anderen Ende der Tafel unbesetzt war. Oder lag es an Eva und ihm?

»Wenn ihr jetzt beide hier seid«, wandte er sich an Keldsen und Inasson, um das Schweigen am Tisch zu brechen, »wer ist dann jetzt gerade auf der Wache?«

»Marie«, wusste Keldsen zu berichten. »Sie hält für zwei Stunden die Stellung.«

»Und der hier«, fügte Inasson hinzu und hielt seinen Piepser hoch. »Aber mein Gefühl sagt mir, dass heute alles ruhig bleibt.«

»Natürlich bleibt alles ruhig«, fügte Keldsen grinsend hinzu, »schließlich hat sich rumgesprochen, dass Kommissar Leribi wieder in der Stadt ist.«

»Der Mondmann«, fügte Uki ein wenig vorlaut hinzu, was für allseitige Heiterkeit sorgte, und Inasson lachte besonders laut. Was an der Bemerkung des Mädchens anders war als an der, die er selbst am Nachmittag hatte fallen lassen und für die man ihn mit Blicken gestraft hatte, leuchtete Lerby zwar nicht ein, dafür wurde ihm einmal mehr klar, dass sich ihm der Humor der Inuit wohl niemals ganz erschließen würde.

Ab da war das Eis jedoch gebrochen, und der Rest des Abends verlief sehr viel ungezwungener. Man aß, unterhielt sich und lachte zusammen, in einem bunten Kauderwelsch aus Dänisch, Englisch und Grönländisch.

»Und was macht die Frau von Kommissar Leribi beruflich?«, wollte Uki irgendwann wissen. Sie saß Eva schräg gegenüber und sah sie mit großen Augen an.

»Sei nicht so neugierig«, beschied Pally ihr streng.

»Aber das macht doch nichts«, versicherte Eva. »Ich bin Rechtsanwältin in Kopenhagen.«

»Wow«, machte Uki und schien ehrlich beeindruckt. »Ich möchte einmal Ärztin werden.«

»Das ist ein wunderbarer Beruf.«

Uki nickte und schien für einen Moment begeistert, ehe sich

ein Schatten über ihre Züge legte. »Leider«, sagte sie, »kann man das in Grönland nicht studieren. Man muss dafür nach Europa gehen. Oder nach Kanada, wie Pally es getan hat.«

»Nun«, meinte Eva, »vielleicht mit einem Stipendium ...«

Statt ihr zu antworten, sah Uki ein wenig verunsichert in Pallys Richtung, die jedoch nur mit den Achseln zuckte. »Wir werden sehen. Erstmal musst du die Schule beenden, nicht wahr? So ist das damals auch bei mir gewesen.«

»Gibt es denn realistische Chancen, an Stipendien zu kommen?«, fragte Eva.

»Natürlich gibt es die«, beschied Pally ihr ein wenig unwirsch. »Aber das sind nicht die einzigen Hindernisse, mit denen man hier zu kämpfen hat.«

»Bitte entschuldige, ich wollte nicht ...«

»Wie wäre es mit Nachtisch?«, fragte Keldsen dazwischen. »Ich habe Waffeln gemacht«, verkündete Anjij, was mit allgemeiner Begeisterung aufgenommen wurde. Die Blicke, mit denen Eva und Pally einander taxierten, entgingen Lerby dennoch nicht. Er war dankbar, als Anjij ihre Waffeln brachte, die sie mit Puderzucker und Kirschkompott servierte. Daavi erzählte, wie er im vergangenen Winter alles unternommen habe, um das letzte Glas Kirschen im Supermarkt zu ergattern, weil er doch wisse, wie gerne Pally Kirschen möge, was Inasson wiederum dazu veranlasste, eine Jagdanekdote zum Besten zu geben. Damit war das Gesprächsthema für den Rest des Abends festgelegt, denn obwohl die wenigsten Grönländer ihren Lebensunterhalt noch mit der Jagd verdienten, spielte sie im Denken und Empfinden der Menschen noch immer eine große Rolle, und Lerby hatte die Erfahrung gemacht, dass jeder und jede Inuk, ganz gleich welchen Alters, stets eine spannende Jagdgeschichte erzählen konnte. Deren Ursprünge freilich reichten mitunter Generationen zurück, so dass nicht mehr festzustellen war, ob sich die Dinge tatsächlich so ereignet hatten oder es einfach nur die grönländische Version des guten alten Jägerlateins war. Doch solange die Geschichten gut waren, schien das niemanden zu kümmern, auch Eva amüsierte sich ganz vortrefflich, zumal Daavi Keldsen ihr Wodkaglas nie ganz leer werden ließ.

Irgendwann stand Inasson auf und ging nach draußen, um zu rauchen. Lerby folgte ihm, ganz froh, dem lauten Stimmengewirr für einen Moment zu entkommen und ein wenig frische Luft zu atmen. In der Garderobe schlüpften sie in ihre Jacken, Lerby in seinen Parka, Inasson in einen alten gelben Anorak. Dann zogen sie die Wollsocken aus, schlüpften in ihre Schuhe und gingen hinaus.

»Auch eine?«, fragte Inasson, während er sich eine Zigarette zwischen die Lippen schob und sie sich ansteckte.

»Nein danke.« Lerby schüttelte den Kopf.

»Eva ist eine gute Frau«, sagte der hünenhafte Grönländer paffend. »Sie passt zu dir.«

Es war als Kompliment gemeint, das war Lerby klar – auch wenn man es in Europa wohl nicht unbedingt so ausgedrückt hätte. »Danke«, sagte er. »Bist du auch …? Ich meine …«

»Nein.« Der Leiter der Dienststelle von Illokarfiq sammelte geräuschvoll Speichel und spuckte ungeniert auf den Boden. »Ich meine, Frauen gab es in meinem Leben schon, aber ich habe nie geheiratet, keine Familie gegründet. Hat sich nicht ergeben.«

Lerby nickte, scheute sich aber, nach dem Grund zu fragen. Er hatte die Erfahrung gemacht, dass Inuit – und besonders Männer – nicht gerne über Dinge sprachen, die sie beschäftigten, häufig waren sie auch gar nicht dazu in der Lage. Die Tradition wollte es, dass die Leute hier im Stillen litten, um die Gemeinschaft nicht zu belasten. Diese Gemeinschaft gab es zwar vielfach nicht mehr, doch ihre Regeln waren geblieben. Was auch einer der Gründe war, dass viele Grönländer ihre Sorgen im Alkohol zu ertränken suchten.

»Du hast Kinder, ja?«, wollte Inasson von ihm wissen.

»Zwei.« Lerby nickte. Offenbar hatten sie nie darüber gesprochen. Oder Inasson wusste es einfach nicht mehr. »Aber sie sind bereits erwachsen.«

»Wirklich?« Inasson versetzte ihm einen matten Fausthieb gegen die Schulter. »Dann wirst du ja bald Großvater!«

»Muss nicht sein«, sagte Lerby reflexhaft. »Ich meine ... nicht so schnell«, fügte er ein wenig relativierend hinzu.

Inasson lachte rau. »Das ist typisch. Ihr *qallunaat* macht euch immer große Sorge um euer Alter, euer Aussehen, dabei sind das Dinge, die niemand ändern kann. Es gibt andere Dinge, die viel wichtiger sind.«

»Ganz bestimmt«, versicherte Lerby, und dann standen sie nur nebeneinander und bliesen kleine Wolken in die Kälte. Lerby solche aus weißem Atem, Inasson welche aus blauem Dunst.

»Warum bist du hier, Leribi?«, fragte er nach einer Weile, wobei er Lerby prüfend von der Seite ansah. »Warum bist du zurückgekommen?«

»Weil Pally mich angerufen und mir von ihrem Großvater berichtet hat«, entgegnete Lerby schlicht. »Ich wollte den alten Magnus besuchen.«

»Das denkst du wirklich, oder?«

»Was meinst du?«, fragte Lerby ein wenig verwirrt dagegen. »Was soll ich denken?«

»Dass es deine Entscheidung war zu kommen.«

»Nun – ja.«

Inasson lachte wieder. »Dann hast du immer noch nicht allzu viel über uns und dieses Land gelernt«, sagte er und hörte sich dabei fast an wie der alte Magnus.

»Was soll das nun wieder heißen?« Lerby wandte den Blick und sah ihn direkt an, und in diesem Moment hätte er schwören können, dass der andere ihm etwas sagen wollte. Aber es war nur ein Gefühl, ein flüchtiger Eindruck, und schon im nächsten Moment war er wieder vorbei.

»Es ist gut, dass du hier bist«, sagte Inasson stattdessen, und diesmal klopfte er ihm auf die Schulter. »Mondmann«, fügte er leiser hinzu.

In diesem Moment, wie auf ein Stichwort, begannen lautlose Flocken aus dem dunklen Himmel zu fallen.

»Schnee«, sagte Lerby wenig geistreich. »Sieht so aus, als wäre der Winter zusammen mit mir in Illokarfiq angekommen«, fügte er hinzu. Es war nur eine launige Bemerkung, doch Inasson schien es einmal mehr nicht als solche zu verstehen.

»*Suu*«, stimmte er grimmig zu. Die Zähne bleckend, zwischen denen er die Zigarette stecken hatte, streckte er die Hände aus und betrachtete gedankenverloren die Flocken, die sich darauf niederließen, um sogleich wieder zu schmelzen. Dabei murmelte er etwas, leise und in seiner Muttersprache.

Dennoch war Lerby ziemlich sicher, dass es eine Verwünschung gewesen war.

25

Die kleine Feier endete gegen zehn Uhr, als Daavi Keldsen wieder auf die Wache musste, um Marie Lynge abzulösen. Lerby und Eva verabschiedeten sich und versicherten, zu Fuß zurück zum Hotel gehen zu wollen. Zwar war der Schneefall stärker geworden, doch bedeutete das auch, dass sich die Kälte in erträglichen Grenzen hielt, und ein wenig frische Nachtluft konnte schließlich nicht schaden … In Wahrheit ging es Lerby auch darum, ein wenig Abstand zu bekommen.

Illokarfiq sah jetzt völlig anders aus.

Die Schneeflocken, die im Schein der wenigen Straßenlaternen zu Boden wirbelten, überdeckten die bittere Realität und dämpften die Geräusche, die hin und wieder aus den Häusern drangen – hier ein Grölen, dort der wummernde Bass von Techno-Klängen. Hinter den Schleiern von Dunkelheit und Schnee war alles leichter zu ertragen.

»Wie hat es dir gefallen?«, fragte Lerby, nachdem sie eine endlos scheinende Weile lang schweigend nebeneinander gegangen waren.

»Sehr gut.« Eva nickte. »Deine Freunde sind wirklich sehr nett. Ich kann gut verstehen, warum du sie magst. Besonders Inasson«, fügte sie hinzu.

»Ja«, bestätigte Lerby grinsend. »Obwohl er anders ist als die meisten hier. Und ein verdammter Dickschädel.«

»Woran liegt das?«

»Weiß ich nicht.« Lerby zuckte mit den Schultern. Er hatte nie danach gefragt.

»Und erst das Mädchen, Uki.«

»Sie ist sehr tapfer. Ohne ihre Hilfe hätte ich den Fall damals womöglich nicht lösen können.«

»Und … Pally?«, fragte Eva.

»Was soll mit ihr sein?«

»Ich glaube, sie mag mich nicht. Sie hat den ganzen Abend über kaum ein Wort mit mir gesprochen.«

»Dann kannst du dich noch glücklich schätzen.« Lerby schnitt eine Grimasse. »Mit mir hat sie heute Abend *gar nicht* gesprochen, von einer einsilbigen Begrüßung abgesehen.«

»Warum?«, wollte Eva wissen. »Ist es meinetwegen?«

»Nein.« Lerby schüttelte den Kopf. »Du kannst nichts dafür, ich bin schuld. Pally hatte Erwartungen an mich, genau wie alle anderen … und ich habe sie enttäuscht.«

»Inwiefern?«

Inzwischen hatten sie den Rand der Siedlung erreicht. In etwa dreihundert Metern Entfernung erhob sich das Hotel, wie eine Festung thronte es einsam auf seinem Felsen. Zwei Scheinwerfer rissen die Fassade aus der Dunkelheit, zusammen mit Myriaden wirbelnder Flocken.

»Weißt du, es war damals nicht leicht, das Vertrauen der Einheimischen zu gewinnen. Man muss bedenken, dass die Inuit in dieser lebensfeindlichen Umgebung über Jahrhunderte hinweg wunderbar zurechtgekommen sind – bis wir Europäer kamen und ihnen alles genommen haben. Sie haben sich einen Haufen Bullshit anhören müssen von Leuten, die vom Leben hier oben keine Ahnung hatten, und als ich damals nach Illokarfiq gekommen bin, dachten sie, dass ich auch einer von denen wäre, ein typischer Däne und ein *sianiippoq* obendrein.«

»Das heißt Vollpfosten, richtig?«, hakte sie nach.

»Allerdings«, bestätigte Lerby, »und anfangs habe ich mich auch wie einer benommen. Aber Pally und Magnus haben mich nicht aufgegeben und mir den Weg gezeigt, und schließlich habe ich es geschafft, das Vertrauen der Leute hier zu gewinnen – und mich für ihr Vertrauen revanchiert, indem ich den Mörder fasste. Das war alles, mehr ist es nicht gewesen, aber die Menschen von Illokarfiq haben mehr daraus gemacht, viel mehr. Für sie bin ich so eine Art Superheld aus ihren Mythen.«

»Der Mondmann«, ergänzte Eva lächelnd.

Lerby nickte. »Es klingt wie ein Scherz, nur leider ist es keiner. Die Inuit nehmen diese Dinge – und speziell ihre Geschichten – sehr, sehr ernst. Das Problem ist dabei nur …« Er unterbrach sich und blieb stehen, gönnte sich einen tiefen Zug der kalten Nachtluft. »Ich bin nun mal kein Superheld, sondern nur ein ganz normaler Kerl aus Fleisch und Blut, okay? Die Leute hier – und Pally ganz besonders – sehen etwas in mir, das ich nicht sein kann.«

Eva war ebenfalls stehen geblieben und hatte sich zu ihm umgewandt. »Dann solltest du ihnen das vielleicht sagen«, schlug sie vor.

»Nachdem Pally mich gerufen hat, weil ihr Großvater womöglich sterben wird?« Lerby schüttelte den Kopf. »Sie hatte es im Leben nicht gerade leicht, weißt du. Ihre Eltern hat sie früh verloren und ist bei ihrem Großvater aufgewachsen, der von ihrer Idee, nach Kanada zu gehen und dort Völkerkunde zu studieren, nicht sehr viel gehalten hat. Wie viele junge Inuit ist sie zerrissen zwischen der alten Welt und der neuen.«

»Warum verteidigst du sie?«

»Unsinn, das tue ich nicht, ich …«

Ihr Augenspiel ließ ihn verstummen. Vermutlich hatte sie es im Gerichtssaal perfektioniert – ein Blick, der wohlwollend, beinahe amüsiert wirkte, jedoch keinen Zweifel daran ließ, dass sie ihr Gegenüber durchschaute …

»Schön, ich verteidige sie«, gab Lerby seufzend zu. »Aus irgendeinem Grund will ich, dass du sie magst.«

»Nicht aus irgendeinem Grund, sondern weil du sie auch magst«, half Eva aus, jetzt vollends Anwältin auf der Suche nach Wahrheit. »Du willst es nicht aussprechen aus Angst, mich zu verletzen. Aber es ist offensichtlich, dass euch etwas verbindet – sogar dann, wenn sie nicht mit dir spricht. Es ist die Art, wie ihr einander anseht, diese Vertrautheit ... so als ob ihr euch schon eine Ewigkeit kennen würdet.«

Lerby biss sich auf die Lippen.

Was sollte er Eva sagen? Dass zwischen Pally und ihm zwar nichts Nennenswertes passiert war, es jedoch eine Nacht gegeben hatte, in der sie gemeinsam um ihr Leben gebangt hatten? Bis heute vermochte er nicht zu sagen, was damals genau geschehen war und was sie in jener Höhle angegriffen hatte. Doch in dieser Nacht hatte Lerby begriffen, was es bedeutete, inmitten von Dunkelheit und Kälte zu überleben, und welchen Preis die Seele dafür bezahlte. Diese gemeinsame Erfahrung war es wohl, die Pally und ihn verband.

»Eva«, begann Lerby kopfschüttelnd, »was auch immer du vermutest, ich kann dir versichern ...«

»Darum geht es mir nicht«, versicherte sie ruhig. »Ich bin nicht eifersüchtig, Jens. Ich stelle nur fest, dass hier etwas vor sich geht.«

»Und was genau meinst du?«

Sie hatte sich von ihm abgewandt, blickte in das Schneetreiben, das sich in der Schwärze der Nacht verlor. »Dieses Land und seine Menschen sind so anders als alles, was ich kenne. Man hat hier das Gefühl, weit weg zu sein von allem.«

»Ist man ja auch«, versetzte Lerby trocken.

»Du weißt, was ich meine. Ich kann es dir nicht erklären, aber irgendwie habe ich das Gefühl, dass ... dass wir hierherkommen mussten. Es war unvermeidlich.«

»Genau«, stimmte Lerby zu. »Oder aber, du hast den Flocken ein wenig zu lange beim Wirbeln zugesehen. Es war ein ziemlich langer Tag, und es ist spät, wir sind hundemüde von der Reise und haben zu viel von Daavis Wodka getrunken. Daran könnte es doch auch liegen. Oder was meint das Hohe Gericht?«

Sie wandte sich wieder zu ihm um und schien einen Augenblick tatsächlich nachzudenken. »Stattgegeben«, sagte sie dann und wankte dabei ein wenig, von Alkohol und Müdigkeit offenbar ebenso benebelt wie vom hypnotisierenden Treiben der Schneeflocken. Lerby stützte sie, und gemeinsam gingen sie das letzte Stück des Weges zum Hotel. Sie suchten ihr Zimmer auf und gingen sofort zu Bett, wobei Eva gleich einschlief.

Lerby lag noch wach.

Vieles ging ihm durch den Kopf – vom Gesundheitszustand des alten Magnus über Pallys abweisende Haltung und Inassons Andeutungen bis hin zu Evas tiefschürfenden Gedanken. Natürlich war sie müde gewesen und hatte etwas zu viel Wodka erwischt, aber selbst in diesem Zustand war sie noch klüger, als er es jemals sein würde.

Sie hatte recht, wenn sie sagte, dass dieses Land etwas mit den Menschen machte. Man konnte sich nicht dagegen wehren, in seiner Weite und seiner Fremdartigkeit zog es den Besucher in seinen Bann, konfrontierte ihn mit existenziellen Fragen, die im Alltag der westlichen Welt nicht mehr vorkamen. Es warf den Menschen auf sich selbst zurück, ließ ihn an Dinge denken und glauben, die er selbst nicht für möglich gehalten hätte, so wie damals in der Höhle.

Es hatte bereits wieder begonnen, selbst die sonst so rational agierende Eva schien davon nicht frei zu sein. Und kurz bevor Lerby einschlief, dämmerte ihm die Erkenntnis, warum er diesen seltsamen Widerwillen verspürt hatte, an diesen entlegenen Ort zurückzukehren.

Weil ihn bei aller Wertschätzung, die er für dieses Land und die Menschen hier empfand, das, was er hier vorgefunden hatte, auch zutiefst erschreckte.

26

Es hatte zu schneien begonnen.

Der erste Schnee in diesem Jahr.

Lautlos fielen die Flocken aus dem nachtschwarzen Himmel, doch sie schienen die dunklen Wellen nicht zu erreichen. Der Wind wirbelte sie davon und warf sie in die Nacht.

Ejnari Inasson drosselte den Motor des Bootes und stellte ihn schließlich ganz ab. Behutsam hatte er es in diesen Nebenarm des Fjords gelenkt, vorbei an den Trümmern von Sonne und Regen abgeflachten Eises, die wie riesige, im Mondlicht bleichende Gebeine im dunklen Wasser trieben.

Es war gefährlich, nachts hinauszufahren, noch dazu allein, doch in diesem Fall hatte Inasson keine andere Wahl gehabt. Am Steuer hinter dem Schanzkleid stehend, das ringsum mit kleinen Sichtfenstern versehen war, spähte Inasson in die umgebende Dunkelheit und auf den wirbelnden Schnee, hinter dessen weißen Schleiern alles zu verschwinden schien.

Inasson stieß eine Verwünschung aus. Wie er es hasste, um diese Zeit hier draußen zu sein und zu warten. Wie er *sich selbst* dafür hasste. Und doch hatte er nicht anders gekonnt …

Er stieß den Ärmel seines Anoraks zurück und warf einen Blick auf die Leuchtziffern der Armbanduhr.

Kurz nach eins.

Noch vor ein paar Stunden war er von Wärme umgeben gewesen, von Menschen, die ihm nahestanden. Es war ein schöner Abend gewesen, voller Freundschaft und Erinnerung. Nun jedoch war er allein und auf sich gestellt, und nichts und niemand konnte etwas an dem ändern, was folgen würde.

Noch nicht einmal Jens Lerby ...

Als Leribi damals nach Illokarfiq gekommen war und kurzerhand sein Büro beschlagnahmt hatte, hatte Inasson ihn für einen Trottel gehalten, für einen der üblichen *qallunaat*, die in die Welt der Inuit eindrangen und ihnen ihre Regeln aufzwingen wollten, ohne auch nur etwas davon zu verstehen.

Doch zu Inassons eigenem Erstaunen hatte sich gezeigt, dass Lerby aus einem anderen Holz geschnitzt war. Er mochte ein sturer *sianiippoq* sein, aber in seinem Inneren schien er mit den Inuit zu fühlen, sich mit ihnen verbunden zu fühlen. Deshalb hatte Inasson seine Hoffnung in ihn gesetzt – aber vielleicht war diese Entscheidung falsch gewesen, so wie manche andere ...

Ein Geräusch ließ ihn herumfahren, ein leises Plätschern und Tuckern, doch inmitten von Wellen und Eis vermochte er es nicht zu verorten. Er erwog, den Suchscheinwerfer anzuschalten, aber damit hätte er sich nur zum Ziel gemacht.

Er musste abwarten, musste Ruhe bewahren, so schwer es ihm auch fallen mochte. Mit zu schmalen Schlitzen verengten Augen spähte er hinaus in die Schwärze und in den wirbelnden Schnee. Dann, aus der Dunkelheit und aus den Nebeln des Vergessens, erschienen die Umrisse eines Bootes.

Es war kleiner als sein eigenes, mit einem Rumpf aus Aluminium und einem Außenbordmotor. Auf der Ducht am Heck saß eine zusammengekauerte Gestalt, die sich nach und nach aus der Finsternis schälte – und aus der Vergangenheit.

Die Kleidung des Mannes war nach traditioneller Art gefertigt, Anorak und Hosen aus Robbenhaut, die Kapuze in Fell gefasst. Und sie war über und über mit dunklen Flecken besudelt, so als käme ihr Träger gerade von der Jagd, eine archaische Gestalt aus grauer Vorzeit. Es waren uralte Empfindungen, die diese Erscheinung ansprach, tief verwurzelte Ängste, die so weit in die Vergangenheit reichten wie das Volk der *livi* selbst. Wider besseres Wissen erschauderte Inasson bis ins Mark.

153

»Hallo, alter Freund«, drang es aus dem Halbdunkel. Auch die Stimme stammte aus der Vergangenheit – wenn auch aus einer, die weniger lange zurücklag.

Das andere Boot ging längsseits. Inasson erwartete beinahe, dass die Hand, die sich am Schanzkleid seines Bootes festhielt, nur aus Knochen bestand. Doch sie war aus Fleisch und Blut.

»Hallo«, erwiderte er die Begrüßung.

»Du hast es also nicht vergessen?«

»Du hast gesagt, am Beginn des Winters«, entgegnete Inasson tonlos. »Und der Winter ist jetzt da«, fügte er mit einem Seitenblick auf die wirbelnden Schneeflocken hinzu.

»Wie ich sehe, trägst du nicht deine Uniform.«

»Hätte ich sie denn anziehen sollen?«

»Du hast dich nicht verändert.«

»Du dich dagegen schon.« Inasson deutete auf den fleckigen Anorak und die hochgeschlagene Kapuze, die die Gesichtszüge des anderen weitgehend verbarg. »Was soll der Aufzug?«

»Das weißt du genau.«

»Diese Flecken – ist das Blut?«

»Du würdest diese Frage nicht stellen, wenn du die Antwort nicht kennen würdest«, drang es kalt aus der Dunkelheit. »Ich bin Jäger, Ejnari. Das ist meine Arbeit, so wie es die Arbeit meines Vaters war und seines Vaters vor ihm – und wie es auch deine sein sollte. Wir haben es uns geschworen, damals. Weißt du nicht mehr?«

»Wir waren Kinder, Vill … oder soll ich Tretten sagen?«

»Es spielt keine Rolle. Keiner dieser Namen hat für mich mehr eine Bedeutung.«

»Wie soll ich dich dann nennen?«

»Seltsam, dass du fragst. Nenn mich *Qivittoq*.«

»Dein Ernst?«

»Ist doch passend, oder nicht? Der einsame Jäger, der Geist, der ruhelos umherwandert, die verirrte Seele aus den alten Geschichten.«

»Verwirrt trifft es«, bestätigte Inasson trocken.

»Du weißt, warum ich gekommen bin, oder?«

»Ich denke, ja.«

»Nur aus Rücksicht auf dich habe ich ihn bislang geschont, Ejnari, auf unsere Freundschaft und auf das, was wir einst waren. Doch er hat schon viel zu lange gelebt – und es ebenso verdient wie alle anderen.«

»Er hat bereut«, stellte Inasson klar.

»Wie kannst du das sagen? Kannst du in sein Herz sehen?«

»Nein. Kannst du?«

»Das muss ich nicht. Ich urteile nach dem, wozu er fähig ist und was er getan hat. Das genügt mir.«

»Ich weiß.« Inasson nickte. »Du hättest nicht kommen sollen«, sagte er dann leise. »Das war ein Fehler.«

»Weil du jetzt Polizist bist?«

»Weil sich die Dinge geändert haben.«

»Wirklich?« Die Gestalt in dem anderen Boot schlug ihre Kapuze zurück und offenbarte das Gesicht, das sich darunter befand und über dessen eine Hälfte eine deutlich sichtbare Narbe verlief. »Für mich nicht, Ejnari.«

»Dennoch kann ich dich das nicht tun lassen …«

»Es wäre nicht nötig, wenn du ein Mann gewesen wärst und es selbst getan hättest, Zeit genug dazu hattest du. Doch du hast sowohl unsere Freundschaft verraten als auch unsere Ahnen.«

»Steig aus dem Boot, Vill«, verlangte Inasson und griff in seinen Rücken, wo er die USP Compact im Hosenbund stecken hatte.

»Ich wusste, dass du das sagen würdest, Bruder«, erwiderte der andere. Dann hob er in einer einzigen fließenden Bewegung die Harpune, die er im Rumpf des Bootes verborgen hatte.

Ein Schuss krachte. Der Wind erfasste den peitschenden Knall und trug ihn mit den wirbelnden Schneeflocken davon und hinaus aufs Meer.

Niemand hörte ihn.

27

Lerby war zurück auf der Sanitätsstation.

Er sorgte sich um Magnus und wollte nach ihm sehen, gleich am frühen Morgen. Wie zuvor trat er durch die gläserne Eingangstür, vorbei am Empfangstisch, der um diese Zeit noch nicht besetzt war. Lerby ging den menschenleeren Gang hinab. Musik war von irgendwo zu hören, relaxter Jazz.

Die vierte Tür auf der rechten Seite stand offen, im Hineingehen klopfte Lerby, um sich flüchtig anzukündigen. Doch Pally war nicht da, der Besucherstuhl war leer. Magnus lag in seinem Bett, nur hatte er sich diesmal zum Fenster gedreht, so dass er Lerby den Rücken zuwandte.

»*Kumoorn*«, rief Lerby und hielt die Schweizer Schokolade hoch, die er in der Hand hatte. »Ich hab dir was mitgebracht, alter Freund!«

Da Magnus nicht reagierte, ging Lerby um das Bett herum, damit dieser ihn sehen konnte – und prallte zurück.

Denn die Augen des alten Schamanen waren zwei ausgebrannte Höhlen, und sein zugenähter Mund ein bizarres Grinsen.

Mit einem keuchenden Atemzug fuhr Lerby aus dem Schlaf. Sein Pulsschlag hämmerte, an seinen Schläfen rann Schweiß herab.

Nur ein Albtraum.

Ein mieser, verdammter Albtraum.

Draußen dämmerte es bereits, lilafarbenes Licht fiel durch die Lamellen der Jalousie und beleuchtete das Hotelzimmer mit fahlem Schein. Ein Blick auf die Uhr.

Erst kurz nach sieben.

Lerby sank auf sein Kissen zurück und wartete, bis sich sein Herzschlag wieder beruhigt hatte, doch an Schlaf war nicht mehr zu denken. Die Bilder aus dem Traum verfolgten ihn. Es hatte sich so echt angefühlt, selbst den ekelerregenden Geruch verbrannten Blutes hatte er riechen können, vermutlich eine Erinnerung aus Dr. Dahls Labor.

Er schauderte.

Mit einer lautlosen Verwünschung schwang er sich aus den Federn und schlüpfte in seine Kleider. Er hinterließ Eva eine Nachricht, dass er nicht mehr hätte schlafen können und zu einem Morgenspaziergang aufgebrochen wäre, dann huschte er lautlos aus dem Zimmer.

Eisige Kälte empfing ihn draußen vor dem Hotel. Rund zwanzig Zentimeter Schnee waren in der Nacht gefallen, doch was in Kopenhagen für Chaos ohnegleichen gesorgt hätte, war den Leuten hier nicht mal ein Achselzucken wert. Zwar war Illokarfiq noch weit davon entfernt, so auszusehen, wie Lerby es von seinem letzten Aufenthalt in Erinnerung hatte, doch war ihm der Anblick zumindest ein wenig vertrauter. Der eisige Wind, der unvermindert von Nordosten blies, hatte den Schnee schon wieder von sämtlichen Erhebungen gefegt; doch in den Senken und Nischen hatte er sich gesammelt, und die dunklen Wolken, der Wind herantrug, ließen vermuten, dass dies erst der Anfang war. Die Luft roch nach Schnee.

Lerby schlüpfte in seine Handschuhe und schlug die Kapuze seines Anoraks hoch, dann war er schon auf dem Weg zur Sanitätsstation, die auf dem nächsten Bergrücken lag. Auf dem Weg dorthin verließ ihn allerdings seine Entschlossenheit, denn an der kalten, glasklaren Luft und im Licht des neuen Tages verloren die Bilder aus dem Traum rasch an Schrecken. Tatsächlich fand er den alten Magnus friedlich schlafend vor, und die diensthabende Krankenpflegerin versicherte ihm, dass alles in Ordnung sei.

Lerby schalt sich einen Narren.

Zuerst wollte er zurück zum Hotel, doch da er inzwischen glockenwach war und Eva sicher noch schlief, lenkte er seine Schritte zur Siedlung hinab, die mit dem Licht des Morgens zum Leben erwachte. Hunde bellten, irgendwo lief ein Motor warm, ein in Kapuze und Anorak gehüllter Passant kam ihm entgegen und grüßte ihn. Ob aus purer Höflichkeit oder weil er Lerby erkannt hatte, blieb sein Geheimnis.

Vorbei an der Kirche und dem Friedhof, der sich oberhalb davon an einem flachen Hang befand, passierte Lerby das Zentrum von Illokarfiq mit dem Gemeindehaus und der Verwaltung. Die Bar hatte um diese Zeit noch geschlossen, anders als der Supermarkt. Lerby holte sich dort einen Kaffee, der heiß und bitter schmeckte, und ging weiter. Eigentlich hatte er sich nur ein wenig treiben lassen wollen, doch schon kurz darauf stand er vor Pallayas Haus. Ob aus purem Zufall oder weil er unbewusst seine Schritte hierher gelenkt hatte, wusste er selbst nicht genau zu sagen.

In dem kleinen Haus brannte kein Licht, dafür aber in dem angrenzenden Schuppen. Und als Lerby die Kapuze zurückschlug und sich aus dem Wind drehte, hörte er leisen Gesang und rhythmischen Trommelschlag. Die Neugier packte ihn. Durch eine Wehe knirschenden Schnees ging er zum Schuppen und warf durch das Fenster einen Blick hinein.

Inmitten von Maschinenteilen, die in fleckigen Kartons lagerten, von rostigen Ölfässern und alten Schneeschuhen, die zu Paaren geordnet an der Wand hingen, und unter einem traditionellen *qajaq*, das an aus Tiersehnen geflochtenen Stricken von der Decke hing, entdeckte er Pally.

Auf den ersten Blick hätte er sie beinahe nicht erkannt, denn sie wandte ihm den Rücken zu und trug Kleidung, die er noch nie an ihr gesehen hatte – ein langes, weit geschnittenes Hemd aus Robbenleder, das mit reichen Stickereien verziert war. Als sie sich zur Seite drehte, konnte er sehen, dass sie eine *qilaat* in den Händen hielt, eine traditionelle Trommel. Der Rahmen dieses

Instruments – des einzigen, das man in Grönland in alter Zeit gekannt hatte – bestand aus Tierknochen, war mit einer dünnen Haut aus Robbendarm bespannt und wurde von Pally mit einem kurzen Schlegel bearbeitet, so dass ein helles klopfendes Geräusch erklang. Die Augen hielt sie dabei geschlossen, während sie sich zum Rhythmus der Trommel bewegte. Ihr Mund formte dabei leise Worte, die manchmal gesprochen und manchmal gesungen waren, nur ab und zu drang etwas davon nach draußen.

Eigentlich wollte Lerby nicht zusehen. Ihm war klar, dass er gerade Zeuge von etwas sehr Persönlichem, ja Intimem wurde und dass es ihm nicht zukam, ungebeten dabei zu sein. Beim alten Magnus war es anders, er führte seine Trommeltänze in aller Öffentlichkeit auf, bei Gemeindeversammlungen und anderen Gelegenheiten, aber Pally hatte er noch nie zur *qilaat* tanzen sehen … und es war auch das erste Mal, dass er sie in traditioneller Kleidung sah.

Sein Verstand sagte ihm, dass er sich abwenden und seiner Wege gegen sollte, dass ihn das hier nichts anging. Aber seine Neugier zwang ihn, weiter zu verharren und durch die Scheibe zu starren. Es hatte etwas Voyeuristisches, zumal angesichts der Bewegungen, die Pally im Zuge ihres Tanzes vollführte. Trommeltänze, so hatte Magnus ihm erklärt, hatten in alter Zeit häufig dazu gedient, Streitigkeiten unter den Mitgliedern einer Sippe zu schlichten; Schamanen wandten sie zur Beschwörung an, und oft genug erzählten sie auch einfach nur Geschichten, bei denen die Tänzer wie Schauspieler in die Rollen der handelnden Figuren schlüpften. Diese Geschichten handelten von der Natur und vom Großen Eis, von den Menschen und Tieren, die darin lebten; sie konnten lehrreich sein oder der bloßen Unterhaltung dienen, konnten spannend, heiter oder sogar erotischer Natur sein. Letzteres schien wohl bei Pallys Tanz der Fall zu sein, denn die Bewegungen, die sie vollführte, während sie auf gespreizten Beinen umherging und dabei rhythmisch die Hüften bewegte, ließen wenig Raum für Interpretation. Doch schon einen Trommelschlag später schien sich die Rolle, die sie spielte, wieder zu ändern – indem sie sich um ihre Achse drehte, nahm sie eine völlig andere Körperhaltung an, sank auf alle Viere nieder und schien nun ein Tier zu imitieren. Selbst ihre Gesichtszüge hatten jetzt einen Ausdruck roher Wildheit angenommen und zeigten etwas Animalisches.

Der Anblick war so fremd wie er faszinierend war, Lerby konnte sich nicht davon losreißen. Einmal mehr ging ihm auf, wie reich die Kultur war, die die Inuit in ihrer langen Isolation entwickelt hatten, und wie tief verbunden mit der Welt, in der sie lebten – was die dänischen Kolonialherren nicht davon abgehalten hatte, all dies als primitive Verfehlung abzutun und den Trommeltanz zeitweise sogar zu verbieten.

Wie lange er am Fenster gestanden und zugesehen hatte, wusste Lerby später nicht mehr zu sagen. Er hatte jedes Gefühl für Zeit verloren, so als würde er noch immer in seinem Hotelzimmer liegen und schlafen. Doch plötzlich drehte sich Pally in seine Richtung und riss dabei die Augen auf. Ob ein inneres Gefühl sie dazu gedrängt oder die Dramaturgie des Tanzes es so vorgesehen hatte, war nicht festzustellen. Doch in diesem Moment erblickte sie ihn, und der Zauber endete jäh.

Ihr Gesichtsausdruck wurde nüchtern, kehrte abrupt ins Hier und Jetzt zurück. Und mit ziemlich strenger Miene forderte sie ihn auf, zu ihr hereinzukommen.

Lerby gehorchte, dabei kam er sich vor wie ein Schuljunge. Durch die quietschende Tür trat er ein und schloss sie gleich wieder hinter sich, um die wenige Wärme, die ein elektrischer Heizkörper verbreitete, am Entkommen zu hindern.

»*Kumoorn*«, grüßte er in Pallys Sprache.

»*God morgen*«, erwiderte sie in seiner. Eine Zornesfalte stand auf ihrer Stirn. »Schaust du immer durch anderer Leute Fenster?«

»Natürlich, ich bin neugierig«, erwiderte Lerby in der Hoffnung, dass Frechheit siegen würde.

»Wie lange stehst du schon da?«

»Eine ganze Weile«, gab er zu – tatsächlich ging ihm jetzt erst auf, wie durchgefroren er war trotz des Anoraks. Fröstelnd schlang er die Arme um sich und startete einen vergeblichen Versuch, sich warm zu klopfen.

»Geschieht dir recht«, meinte Pally mitleidlos und legte die Trommel zur Seite. »Du warst nicht eingeladen.«

»Tut mir leid«, gestand er offen. »Es war nur … ich konnte einfach nicht wegsehen.«

»Hat es dir gefallen?«

»Sehr.« Er nickte. »Hat Magnus dir das beigebracht?«

Sie nickte. »Die Geschichte handelt von einer jungen Frau, die einen Fuchs heiratet.«

»Hm«, machte Lerby. »Schätze, das kommt in den besten Familien vor.«

»Du Spinner.« Sie musste lachen.

»Warum tanzt du hier und nicht zu Hause?«, fragte Lerby und sah sich in dem alten Schuppen um. »Warum die Heimlichtuerei? Weiß Daavi am Ende gar nichts davon?«

»Er weiß es«, versicherte sie zögernd.

»Aber?«

»Daavi hat großen Respekt vor diesen Dingen – vor den alten Mythen und den Geschichten, vor allem aber vor den Ahnen. Ich glaube, der Gedanke, mit einer Schamanin zusammen zu sein, macht ihm ein bisschen Angst.«

»Du glaubst es? Habt ihr nicht darüber gesprochen? Wenn ich mich recht erinnere, wollte dein Großvater dich doch zu seiner Nachfolgerin machen?«

»Das wollte er.« Sie nickte und rang sich ein Lächeln ab. »Aber es hat sich manches geändert, seit du das letzte Mal hier warst. Daavi und ich sind jetzt zusammen. Und Großvater ist nicht mehr der, der er war.«

»Ich weiß. Tut mir leid, wirklich.«

»Warum hast du dich nicht mehr gemeldet, Leribi?«, fragte sie leise. Ihre Stimme brach fast dabei. »Ich dachte, wir wären Freunde.«

»Das sind wir«, versicherte er.

»Aber Freunde tun nicht so, als ob es den anderen nicht gäbe. Ich habe dir Mails geschrieben, viele davon ...«

»Und ich habe dir zurückgeschrieben.«

»Wie oft? Zweimal? Dreimal?«

»Ich bin nicht sehr gut im Briefeschreiben«, gab Lerby zu.

»Na und? Es gibt auch Telefone, schon mal gehört? Oder benutz einen verdammten Messenger, wir leben hier nicht hinter dem Mond, weißt du?« Ihre Stimme war lauter und fester geworden, ihre Traurigkeit in Zorn umgeschlagen. Ihm war klar, dass er diesen Zorn verdiente.

»Ich weiß«, sagte er wieder und sah nun seinerseits zu Boden. »Ich weiß auch nicht, woran es lag, Pally. Vielleicht ...«

»Was?«, hakte sie nach.

Er hob den Blick und sah sie an, während er nach den passenden Worten suchte. »Meine Zeit hier, die Erfahrungen, die ich bei euch machen durfte, haben mich verändert. Als ich nach Dänemark zurückkehrte, hatte ich nur das eine Ziel, mein Leben wieder auf die Reihe zu bekommen – und genau wie du damals vorausgesagt hast, habe ich es auch irgendwie geschafft. Aber seither ...«

»... blickst du nur noch nach vorn und nicht mehr zurück«, ergänzte sie, als er abermals zögerte. »Weil du Angst hast, dass die Vergangenheit dich nicht loslassen könnte.«

»So ungefähr«, erwiderte er – dabei hatte sie haarscharf auf den Punkt gebracht, was ihn in seinem Innersten beschäftigte. Der alte Magnus mochte es erkennen oder nicht, aber Pally *war* eine Schamanin, mit allem, was dazugehörte.

»Das verstehe ich«, versicherte sie, »die Vergangenheit kann große Macht über die Menschen haben, und sie kann einem wirklich Angst machen. Aber musstest du deshalb jeden Kontakt abbrechen? Das letzte Jahr war alles andere als leicht für mich, weißt du? Ich hätte deinen Rat gut brauchen können. Deine Freundschaft.«

Lerby nickte. Er verkniff sich eine weitere Entschuldigung, die nur schal und hohl geklungen hätte, denn natürlich hatte sie recht. Das zurückliegende Jahr, von dem sie sprach, hatte er dazu genutzt, sein Leben neu zu ordnen, und alles andere darüber vernachlässigt. Dabei hatten erst Pally und ihr Großvater ihm die Kraft dazu gegeben. Er hatte sich benommen wie ein verdammter Egomane.

Pally ließ sich auf einen Hocker aus ausgebleichtem blauen Kunststoff sinken. »Du hattest recht«, begann sie dann ungefragt zu berichten, den Kopf auf die Ellbogen gestützt. »Anfangs schien alles leicht zu sein. Ich kam mit Daavi zusammen, den ich wirklich gern habe, und Großvater schien endlich akzeptiert zu haben, dass ich zugleich Wissenschaftlerin *und* seine Nachfolgerin sein kann. Also hat er damit angefangen, mich Dinge zu lehren – Kräuterkunde etwa, aber auch Trommeltänze und anderes. Aber dann ...«

Sie verstummte, die Worte schienen ihr zu fehlen.

Lerby sah sich seinerseits nach einer Sitzgelegenheit um. Kurzerhand kippte er eins der leeren Ölfässer und ließ sich darauf nieder. »Was ist passiert?«, fragte er ruhig und sah sie dabei auffordernd an. »Ich höre zu.«

»Ich weiß auch nicht.« Sie zuckte mit den Schultern. Eine Träne rann über ihre Wange, fiel herab und verschwand im Ärmel ihres ledernen Hemdes. »Vielleicht hatte Großvater ja immer recht und ich bin zu sehr ein Kind der neuen Welt. So sehr ich mich auch bemühe, ich kann die Dinge einfach nicht so sehen wie er.«

»Die Dinge?«

»Die alten Traditionen. Die Geschichten. Unser Verhältnis zu den Ahnen. Für ihn ist das alles Wirklichkeit, die einzig mögliche Wahrheit, an die er vorbehaltlos glaubt.«

»Und für dich?«, wollte Lerby wissen.

»Ist es *eine* Wahrheit. Eine Möglichkeit, sich der Welt zu nähern und sie zu erklären.« Sie lachte bitter auf und wischte sich die Tränen aus den Augen.

»Großvater würde jetzt sagen, dass es nur eine Wahrheit gibt und dass ich gefälligst nicht zweifeln soll. Aber ich bin eben nicht wie er. Zwar bin ich seine Enkelin, aber ich bin auch Wissenschaftlerin, habe mit viel Fleiß und harter Arbeit meinen Abschluss gemacht – und darauf bin ich nicht weniger stolz als darauf, eine Inuk und Großtochter eines Schamanen zu sein.

»Und das ist so falsch?« Lerby zuckte mit den Schultern. »Warum kann man nicht beides sein?«

»Das dachte ich früher auch, Leribi«, entgegnete sie flüsternd, so als sorgte sie sich, ihre Ahnen – oder gar der alte Magnus drüben auf der Sanitätsstation – könnte sie hören. »Aber ich fürchte, beides schließt sich gegenseitig aus, denn die Wissenschaftlerin in mir zweifelt an diesen Dingen. Es sind schöne Geschichten, aber eben auch nicht mehr.«

»Findest du?«, brummte Lerby. »Also, ich bin kein Experte, was Inuit-Traditionen anbelangt. Aber in meinem Job habe ich gelernt, hinter die Fassaden der Menschen zu blicken, darin bin ich in der Tat ganz gut. Und was ich vorhin gesehen habe, Pally, war niemand, der Zweifel hegt. Es tut mir leid, dass ich dich heimlich beobachtet habe, das gehört sich nicht. Aber du hast diesen Tanz mit derartiger Überzeugung und Hingabe aufgeführt, dass ich gar nicht anders konnte, als dir gefesselt dabei zuzusehen. Das hat nichts mit Talent oder Übung zu tun, sondern mit wahrer Leidenschaft – und die kommt aus deinem Herzen, Pally. Ich habe deinem Großvater damals gesagt, dass er für seine Nachfolge niemand besseren finden könnte als dich. Und daran hat sich bis zum heutigen Tag nichts geändert, ganz im Gegenteil.«

Sie sah ihn an, schien einen Moment zu brauchen, um diesen Wortschwall zu verarbeiten.

»Danke«, sagte sie dann und lächelte wieder.

»Immer gerne.« Er nickte und zögerte einen Moment. »Darf

ich dich auch etwas fragen? Sozusagen in deiner Eigenschaft als die nächste Schamanin.«

»So weit sind wir noch lange nicht.« Ihr Lächeln wurde matt. »Aber frag ruhig.«

»Es geht um etwas, das dein Großvater sagte, als ich gestern bei ihm war. Er erwähnte einen Namen, *qivittoq*.«

»Ich weiß.« Pally nickte. »Das sagt er immerzu.«

»Was bedeutet es? Ich wollte Daavi fragen, aber der will offensichtlich nicht darüber sprechen ...«

»Der gute Daavi.« Pally lächelte nachsichtig. »Wie ich schon sagte, er hat Angst vor diesen Dingen. Der *qivittoq*, musst du wissen, ist eine Gestalt aus unseren Mythen – und eine ziemlich grausige dazu.«

»Du meinst, so wie damals der *tupilaq*?«

»In der Art. Allerdings ist der *qivittoq* keine durch Zauberkraft hervorgerufene Kreatur, sondern war einst ein Mensch – ein einsamer Jäger, der zum Schatten wurde und nun ruhelos das Eis durchwandert auf der Suche nach verirrten Seelen.«

»Ich verstehe«, meinte Lerby. »Also das war es, was dein Großvater meinte. Er sagte, der Winter sei das Leben des *qivittoq*, so wie sein Leben ein einziger langer Winter sei. Und dass er sich auf dem Weg hierher befinde.«

»Ich weiß.« Pallyana nickte, Traurigkeit legte sich über ihre Züge. »Großvater spricht nicht von diesen Dingen, weil er dir damit etwas sagen will, sondern weil er krank ist. Er verliert den Verstand, Leribi.« Die letzten Worte hatte sie erneut unter Tränen gesagt, stille Verzweiflung stand in ihren Augen.

Lerby biss sich auf die Lippen.

Er zögerte einen Moment, aber er konnte nicht anders, als es ihr zu sagen, zumal, nachdem er sie zuletzt so im Stich gelassen hatte. »Nein«, sagte er leise und schüttelte den Kopf. »Ich kann nicht glauben, dass ausgerechnet ich das sage, der große Rationalist, aber ich denke nicht, dass dein Großvater einfach nur fantasiert.«

»Was?« Pally sah ihn verständnislos an. »Warum sagst du das?«

Lerby zögerte einen Moment. »Was ich dir jetzt sage, Pally, muss unter uns bleiben«, eröffnete er dann, »ich habe ohnehin schon Ärger deswegen. Als mich dein Anruf erreichte, habe ich zu Hause in Kopenhagen an einem Fall gearbeitet, einer Mordserie, um genau zu sein. Inzwischen wurde ich davon abgezogen, so dass ich nichts mehr damit zu tun habe … aber was mir dein Großvater gestern beschrieben hat, als ich mit ihm sprach, entsprach bis ins Detail genau dem, was dort am Tatort vorgefunden wurde.«

»Und … was heißt das?« Verwirrt sah Pally ihn aus ihren dunklen Augen an. »Ich meine, was hat das zu bedeuten?«

»Ganz ehrlich?« Lerby hob die Brauen. »Ich habe nicht die leiseste Ahnung. Alles, was ich weiß, ist …«

Ein dumpfer metallischer Laut ließ sie beide zusammenfahren. Es war Pallys Handy. Das leere Ölfass, auf dem sie es abgelegt hatte, verstärkte sein Summen zu jenem unheimlichen Geräusch.

»Es ist Daavi«, stellte sie mit einem Blick auf das Display fest und ging ran. »Ja?«

Für einen Moment lauschte sie hinein, und Lerby konnte sehen, wie sich ihre Gesichtszüge dabei veränderten.

»Schlechte Nachrichten?«, fragte er, nachdem sie das Gespräch beendet hatte.

Pally nickte nur, während sie das Handy sinken ließ, so als müsste ihr erst klar werden, was sie gerade gehört hatte. »Es geht um Ejnari Inasson«, erklärte sie dann mit tonloser Stimme. »Er ist verschwunden.«

28

Pally nahm sich gerade genügend Zeit, um ihre rituelle Kleidung gegen eine moderne Funktionsjacke zu tauschen. Dann waren Lerby und sie auch schon auf dem Weg zur Polizeiwache. Daavi Keldsen hielt dort als Einziger die Stellung, und er war in heller Aufregung.

»Leribi!«, rief er, als dieser durch die Tür der Wache trat. Es klang überrascht und erleichtert zugleich. »Hat Pally dich angerufen?«

»Ich habe einen Morgenspaziergang gemacht und Pally besucht«, erklärte Lerby, »deshalb habe ich alles mitbekommen. Inasson ist also verschwunden?«

Keldsen nickte. Seine von Wind und Sonne gefärbten Züge wiesen rote Flecke auf, er stand sichtlich unter Stress. »Vor einer halben Stunde hätte er seinen Dienst antreten sollen, aber er ist nicht erschienen.«

»Das sieht ihm ganz und gar nicht ähnlich«, meinte Pally.

»Nein.« Daavi schüttelte den Kopf. »Also habe ich versucht, ihn auf dem Handy zu erreichen, aber er geht nicht dran. Der Teilnehmer sei nicht erreichbar, heißt es.«

»Er hat es abgeschaltet«, folgerte Lerby. »Vielleicht will er seine Ruhe.«

»Wenn er Polizeidienst hat?« Pally sah ihn prüfend an – und natürlich hatte sie recht. »Ich habe daraufhin herumtelefoniert, gemeinsame Freunde und Bekannte angerufen, aber niemand weiß, wo er sein könnte«, erklärte Daavi.

»Bist du bei ihm zu Hause gewesen?«, fragte Lerby.

»Kurz.« Daavi nickte. »Er ist nicht da.«

167

»Bist du auch drinnen gewesen?«

»Nein, deshalb habe ich Pally angerufen. Jemand muss hier auf der Wache bleiben, während ich …«

»Lerby und ich werden nachsehen«, erklärte Pally kurzerhand.

»Bleib du so lange hier.«

»Würdet ihr das tun?« Daavis Blick ging mehr in Lerbys als in ihre Richtung.

»Keine Frage«, bestätigte der.

»Ich werde Marie anrufen und nachkommen, sobald ich kann«, kündigte Daavi an. »Und falls Ejnari … Ich werde in Tasiilaq Verstärkung anfordern. Vielleicht können sie uns einen Beamten schicken.«

»Gute Idee. Und Daavi?«

»Ja?«

»Wir müssen Ruhe bewahren«, schärfte Lerby ihm ein. »Noch ist nichts passiert, okay? Wir wissen nicht, wo Ejnari ist oder ob ihm wirklich etwas zugestoßen ist.«

»Okay.« Daavi schickte einen fragenden Blick in Pallys Richtung, die ihm ermunternd zunickte. Daraufhin schien er tatsächlich etwas ruhiger zu werden, aber in seinen angespannten Zügen stand die Sorge zu lesen. Einerseits natürlich um seinen Freund und Vorgesetzten. Andererseits aber auch wegen der Verantwortung, die mit Inassons Abwesenheit nun plötzlich auf seinen Schultern ruhte.

Lerby sah ihm fest in die Augen und sprach ihm Mut zu, dann verließen Pally und er die Wache.

Unterwegs sprachen sie kaum ein Wort. Nur der knirschende Schnee unter ihren Füßen war zu hören, jeder hing seinen eigenen Gedanken nach. Beklommen musste Lerby daran denken, dass es noch keine zwölf Stunden her war, da er sich mit Inasson unterhalten hatte – und auch daran, dass er für einen kurzen Moment den Eindruck gehabt hatte, dass dieser ihm etwas sagen wollte. Lerby verdrängte den Gedanken gleich wieder, sagte sich, dass dies nur ein Hirngespinst wäre und dass das eine nichts mit dem anderen zu tun hätte. Doch es blieb ein schaler Nachgeschmack.

Das Haus von Ejnari Inasson befand sich am südlichen Rand von Illokarfiq. Es war klein, denn er bewohnte es allein, hatte nur ein Stockwerk mit zwei Zimmern. Es brannte kein Licht im Inneren, aber das musste nichts bedeuten, der Tag war inzwischen längst angebrochen.

»*Qakkorsii*!«, rief Lerby für den Fall, dass Inasson doch zu Hause oder inzwischen dorthin zurückgekehrt wäre – doch nichts regte sich. Sie klopften mehrmals an, aber auch das brachte nichts. Also wendeten sie Gewalt an.

Lerby brauchte sich nur einmal gegen die Tür zu werfen, das Holz war dünn und das Schloss nicht sehr stabil. Fälle von betrunkener Randale, von Schlägereien oder häuslicher Gewalt mochten hier oben an der Tagesordnung sein, Einbruch und Diebstahl hingegen weniger, und die Soziologen stritten sich darüber, ob das an den einst für das Zusammenleben in der Sippe festgelegten Regeln lag, die noch immer fortwirkten, oder einfach nur daran, dass die meisten Leute hier nicht viel besaßen, worauf ein anderer es abgesehen haben könnte.

Inassons Haus hatte weder Gang noch Diele, unmittelbar nach Betreten stand man im Wohnzimmer. Abgesehen davon, dass es die Wohnung eines Junggesellen und eher funktional als gemütlich eingerichtet war, sah alles ganz normal aus, aufgeräumt ... beinahe unberührt.

»Es ist kalt«, stellte Pally fest und sah nach der Heizung, befühlte sie und schüttelte dann den Kopf. »Offenbar war er die Nacht über nicht zu Hause.«

»Inasson?«, fragte Lerby laut. Er durchmaß den Wohnraum mit großen Schritten, um einen Blick ins angrenzende Schlafzimmer zu werfen. »Ejnari?«

Es war niemand da.

Das Bett war unberührt.

»Du hast recht«, stellte Lerby grimmig fest. »Offenbar hat er nicht hier übernachtet.«

»Aber er ist doch gestern noch bei uns gewesen. Wohin ist er danach gegangen?«

»Gute Frage.« Lerby runzelte die Stirn. Er ging zu der in den Wohnraum integrierten Kochecke und warf einen Blick ins Spülbecken. Eine große Tasse stand darin, deren Henkel abgebrochen war, die Inasson aber trotzdem noch benutzt hatte. Am Tassenboden klebten Reste von Instant-Kaffeepulver, das sich nicht vollständig aufgelöst hatte. Er hob die Tasse hoch und roch daran. »Ist noch nicht so lange her, dass dieser Kaffee aufgegossen wurde«, stellte er fest. »Ich tippe auf vergangene Nacht.«

Pally sah ihn zweifelnd an. »Warum sollte er sich mitten in der Nacht noch einen solchen Pott Kaffee machen?«

»Weil er womöglich wachbleiben wollte?«

»Wozu, er hatte doch keinen Dienst?« Pally schüttelte verständnislos den Kopf. Plötzlich kam ihr ein Gedanke, und sie ging zu der Garderobenablage, die links von der Eingangstür angebracht war. »Sein Anorak fehlt«, stellte sie fest. Auch Lerby konnte das alte gelbe Ding nirgendwo entdecken. »Und seine *kammit* auch«, fügte sie hinzu.

»Er ist also nochmal ausgegangen«, folgerte Lerby. »Aber wohin? Hat er vielleicht eine Dame besucht?«

Der Blick, den Pally ihm zuwarf, war schwer zu deuten. Inasson lebte allein, aber sicher nicht wie ein Mönch. Prostitution war in Grönland gesetzlich verboten, aber das bedeutete nicht, dass es keine entsprechenden Arrangements gab. Geschlechtsverkehr war bei den Inuit in alter Zeit weniger privat als vielmehr praktisch betrachtet worden, der Tausch oder die Weitergabe von Frauen, sofern es deren Überleben oder dem der Sippe diente, nicht ungewöhnlich. Die dänischen Missionare hatten freilich alles versucht, um den Grönländern diese mit der christlichen Morallehre nicht zu vereinbarenden Praktiken auszutreiben. Doch auch sie hatten nicht verhindern können, dass manche Inuit bis zum heutigen Tag ein recht pragmatisches Verhältnis zu ihrer Sexualität pflegen.

Pally äußerte sich nicht zu Lerbys Vermutung, stattdessen wandte sie sich dem kleinen Schlüsselbord zu, dass in Griffhöhe auf der anderen Seite der Tür hing.

»Der Zündschlüssel seines Motorboots fehlt«, stellte sie fest.

»Bist du sicher?«

»Er ist ziemlich auffällig, weil ein kleines *qajaq* dranhängt, das aus einem Walfischknochen geschnitzt ist«, erklärte sie. »Und das sehe ich hier nicht.«

»Kennst du das Boot?«

»Natürlich.«

»Dann lass uns nachsehen.«

Sie verließen Inassons Haus, wobei Lerby die eingerannte Tür wieder provisorisch anlehnte, und gingen zum Hafen hinunter. An dem kurzen gemauerten Kai, der schon bald von Eis überdeckt sein würde, lagen mehrere kleine Boote vertäut, die in der eisigen Dünung schaukelten. Mit einem davon war Inasson schon gefahren, es gehörte der Polizei. Zwischen zwei Fischerbooten mit rostigen Rümpfen, auf deren Decks hölzerne Ruderhäuser aufragten, klaffte eine Lücke.

»Hier müsste es sein«, stellte Pally fest.

Lerby atmete tief ein und aus, sog die nach Schnee und Winter riechende Morgenluft in seine Lungen. Ihr Verdacht schien sich also zu bestätigen, Inasson war spät in der Nacht mit dem Boot hinausgefahren und offenbar nicht zurückgekehrt.

Aber warum?

Was hatte ihn dazu veranlasst?

Was hatte er möglicherweise dort draußen gesucht?

Lerby sah die Beklemmung in Pallys Gesicht und wusste genau, was sie dachte. Es kam immer wieder vor, dass Männer ihr Boot bestiegen und eine letzte Fahrt antraten mit dem erklärten Ziel, nicht mehr zurückzukehren …

»Keine Sorge«, sagte er leise. »Ejnari ist nicht so veranlagt. Das tut er nicht.«

»Wie willst du das wissen?«

Sie sah ihn düster an.

»Nun ja, Menschen, die vorhaben …« Er unterbrach sich, es wollte ihm nicht über die Lippen, so als wäre es ein schlechtes Omen, wenn er es ausspräche. »Es kündigt sich an«, drückte er es anders aus. »Es gibt Warnzeichen.«

»Nicht hier oben«, widersprach Pally kopfschüttelnd. Und damit hatte sie vermutlich recht.

In der extrovertierten westlichen Gesellschaft mochte es Muster geben, Indikatoren, anhand derer sich ein drohender Suizid erkennen ließ. Doch bei den Inuit mit ihrer zurückhaltenden, stillen Art, die es im Zweifel stets vorzog, allein und für sich selbst zu leiden, war das wohl anders.

»Nein, verdammt«, beharrte er dennoch und fast ein wenig trotzig. Er zückte sein Handy und wählte Keldsens Nummer.

»Ja?«, meldete dieser sich sofort.

»Daavi, hier ist Jens. Bitte tu mir einen Gefallen und sieh im Waffenschrank nach, ob Inassons Dienstwaffe da ist.«

»Einen Augenblick.« Es dauerte einen Moment, klappernde Geräusche waren zu hören, als der Metallschrank geöffnet und dann gleich wieder geschlossen wurde. »Nein«, kam dann die Antwort, die Lerby befürchtet hatte. »Sie ist weg.«

»Scheiße«, sagte er.

»Warum? Was ist?«

»Ejnari ist nicht zu Hause, aber Pally ist aufgefallen, dass die Bootsschlüssel fehlen«, erklärte Lerby. »Wir sind jetzt unten am Hafen. Sein Boot ist ebenfalls weg … und seine Waffe offenbar auch.«

»Verdammt.«

»Hattest du schon Kontakt mit Tasiilaq?«

»Ja, aber sie können im Augenblick niemand entbehren. Dafür will Marie Lynge so schnell wie möglich rüberkommen.«

172

»Gut«, bestätigte Lerby. »Dann sieh zu, dass du einen Helikopter organisieren kannst.«

»Habe ich schon versucht«, entgegnete Keldsen gepresst. »Die Maschine von Air Greenland, die wir in solchen Fällen benutzen, liegt mit einem Maschinenschaden in Kulusuk.«

»Wie sieht es mit einem Rettungsteam aus? Oder einer Chartermaschine?«

»Das Wetterradar zeigt für den weiteren Tagesverlauf heftigen Schneefall. Bis die hier sind, ist die Sicht so begrenzt, dass eine Suche aus der Luft keinen Sinn mehr ergibt, von der Gefahr für die Besatzung ganz abgesehen.«

»Elender Mist«, knurrte Lerby, während er seinen Blick durch die Bucht von Illokarfiq schweifen ließ, über das tiefblaue Wasser und die darin treibenden Klumpen von Weiß. »Dann werden wir eben das Polizeiboot nehmen. Pack deine Sachen und komm runter zum Hafen, sobald du kannst.«

»Wir?« In Keldsens Stimme schwang jähe Hoffnung mit. »Das heißt, du ...?«

»Ich rufe Eva im Hotel an und sage ihr, was passiert ist«, entgegnete Lerby. »Dann fahren wir raus und suchen Inasson.«

29

Eva hatte noch geschlafen, als Lerbys Anruf sie erreichte. Obwohl er beteuert hatte, dass alles in Ordnung sei, hatte sie ihm die Besorgnis um den verschwundenen Ejnari Inasson deutlich angemerkt. Sie hatte ihm versichert, dass er sich ihretwegen keine Gedanken zu machen brauche, sie werde erstmal ordentlich frühstücken und sich danach auf den Weg machen, um Illokarfiq auf eigene Faust zu erkunden.

Doch daraus war nichts geworden.

Daavi Keldsen hatte nämlich vehement die Ansicht vertreten, dass sie ihren ersten Tag in Grönland keinesfalls allein verbringen dürfe und darauf bestanden, sie im Hotel abzuholen und zu Pallaya ins örtliche Tourismusbüro zu bringen. Und da war sie nun, hielt einen Pappbecher mit Kaffee in der Hand und betrachtete die gewellten Poster, die an den Wänden hingen und atemberaubende Ansichten von Eisbergen und tief verschneiten Fjorden zeigten – während Pally am Empfangstisch saß und irgendwelche Listen kontrollierte.

Und dabei beharrlich schwieg.

»Kann ich dir vielleicht helfen?«, fragte Eva irgendwann. »Ich würde mich wirklich gerne ein wenig nützlich machen.«

»*Naamik*«, erwiderte sie, während sie die Augen kurz zusammenkniff. Eine Inuit-Geste, die dem guten alten Kopfschütteln entsprach.

»Kein Problem, war nur eine Frage.« Eva nahm einen Schluck Kaffee und wandte sich wieder den Postern zu. TIKULLUARIT KALAALIT NUNAAT stand auf einem von ihnen mit breiten Lettern geschrieben, Willkommen in Grönland.

Eva war sich da nicht so sicher …

Sie trank ihren Becher aus und warf ihn in den Papierkorb, entschlossen, als Nächstes ihren Anorak vom Haken zu nehmen und einen Spaziergang durch den frisch gefallenen Schnee zu unternehmen. Schweigen konnte sie schließlich auch ganz gut allein.

»Wie gefällt es dir in Grönland?«, fragte Pally in diesem Moment. Ihr Dänisch war fließend und fast akzentfrei.

»Äh …« Eva war so überrascht, dass sie einen Moment überlegen musste. »Bis jetzt habe ich ehrlich gesagt noch nicht allzu viel davon gesehen«, erwiderte sie dann. »Aber es scheint sehr interessant zu sein.«

»Ist es«, versicherte Pally, wandte sich dann jedoch wieder ihren Unterlagen zu.

»Das mit deinem Großvater tut mir wirklich leid«, sagte Eva in einem höflichen Versuch, die bereits wieder flackernde Flamme des Gesprächs am Brennen zu halten.

Pally blickte auf und sah sie aus ihren dunklen Augen an.

»Jens hat es mir erzählt«, fügte Eva erklärend hinzu.

»Danke.« Pally nickte wieder. »Im Augenblick mache ich mir allerdings größere Sorgen um Ejnari.«

»Du kennst ihn schon lange?«

»Ziemlich.« Sie nickte. »Er ist nicht nur Daavis Vorgesetzter, sondern auch ein Freund der Familie.«

»Dann lass uns hoffen, dass Daavi und Jens ihn finden und es ihm gut geht.«

Pally nickte abermals. »Wir alle sind froh, dass Leribi hier ist.«

»Nachdem du angerufen hattest, konnte ihn nichts aufhalten, hierherzukommen«, bestätigte Eva. Dass im Grunde sie es gewesen war, die ihn dazu überredet hatte, behielt sie geflissentlich für sich. »Aber warum nennen ihn hier eigentlich alle ›Leribi‹?«

»Es ist sein Spitzname«, erklärte Pally achselzuckend. »Die meisten Menschen hier haben einen.«

»Ich verstehe: Pally, Daavi …«

»Es ist ein Ausdruck von Bescheidenheit – und für Ausländer eine große Ehre, einen zu bekommen«, fügte Pally hinzu. »Aber Leribi ist ja kein richtiger Ausländer.«

»Wie meinst du das? Er ist doch Däne, genau wie ich.«

»Mein Großvater sagt, dass jeder Mensch einen Ort hat, an dem sein Körper lebt, und einen, wo seine Seele zu Hause ist – und dass wahres Glück darin besteht, beides am selben Platz zu vereinen. Als Leribi damals zu uns kam, war er sehr verloren, aber seine Seele hat hier Ruhe gefunden, weil sie schon immer hier zu Hause war. Vielleicht«, fügte Pally hinzu, »ist deine Seele ja auch hier bei uns zu Hause?«

»Vielleicht«, räumte Eva ein und rang sich ein dünnes Lächeln ab, das vertuschen sollte, dass sie auch da gelinde Zweifel hegte. »Darf ich dich etwas fragen?«, fügte sie hinzu.

»Nun?« Pallys Blick wurde forschend.

»Gestern, als wir bei euch waren …«

»Ich weiß«, fiel Pally ihr ins Wort und winkte ab. »Es tut mir leid, ich war gestern wirklich nicht besonders freundlich zu dir.«

»Nein«, gab Eva zu, »aber davon spreche ich gar nicht. Du hast zur Zeit ja auch wirklich viel um die Ohren, und so empfindlich bin ich nun auch wieder nicht.«

»Du bist mir nicht böse?«

»Wenn du mir auch nicht böse bist …«

Einen langen Augenblick sah Pally sie an. »Ich hatte recht«, stellte sie dann fest.

»Inwiefern?«

»Leribi hat mir von dir erzählt, und ich habe dich mir genauso vorgestellt.«

»Wie denn?«

»Klug … und auch stark.«

»So wie du«, versicherte Eva lächelnd. »Er hat mir nämlich auch viel von dir erzählt.«

»Findest du?« Pally errötete und wandte den Blick ab.

»Nicht so bescheiden«, ermahnte Eva sie.

»Tut mir leid, ich kann nicht anders. Wir Inuit sind gerne bescheiden. Wir nennen das *ittoorneq*.«

»Aha? Und was bedeutet das?«

»Dass wir unser Licht meist unter den Scheffel stellen. Wir betrachten das als Höflichkeit, aber Europäer – und auch die Amerikaner – missverstehen das oft und denken, dass wir zu wenig Selbstwertgefühl hätten oder uns wegen etwas schämen würden. Aber so ist das nicht. Inuit sind durchaus stolz auf ihr Erbe und auf das, was sie wissen und können. Aber es käme ihnen nie in den Sinn, damit zu prahlen.«

»Verstehe«, meinte Eva und zuckte mit den Achseln. »Weißt du, ich glaube, ein wenig mehr *ittoorneq* würde Europäern und Amerikanern ganz gut zu Gesicht stehen.« Sie lächelte wieder, und diesmal erwidert Pally ihr Lächeln.

»Was wolltest du mich vorhin fragen?«, kam sie auf das eigentliche Thema zurück.

»Es ging um das Mädchen, das gestern bei euch war.«

»Uki«, ergänzte Pally.

Eva nickte. »Sie scheint sehr klug und wissbegierig zu sein. Aber als es um ihr Medizinstudium ging, da schien sie plötzlich etwas zu bedrücken.«

»Das ist dir aufgefallen?« Pally sandte ihr einen seltsamen Blick, sagte aber nichts dazu. »Uki geht es wie vielen jungen Menschen hier«, erklärte sie dann. »Sie ist innerlich zerrissen.«

»Du meinst, weil sie Grönland verlassen müsste, um sich ihren Wunsch zu erfüllen und Medizin zu studieren?«

»Nicht unbedingt. Von den Älteren hängen die meisten zwar sehr an ihrer Heimat und würden sie im Leben nicht verlassen, aber bei uns Jüngeren ist das anders, und bei den Frauen ganz besonders. Viele würden lieber heute als morgen fortgehen, wenn sie die Chance dazu hätten, das Elend, den Alkohol und die Gewalt hinter sich lassen, die viele von ihnen zu Hause erleben. Den

177

meisten bietet sich diese Möglichkeit gar nicht, Uki dagegen hat gute Aussichten auf ein staatliches Stipendium.«

»Wo ist dann das Problem?«

»Das Problem ist die Familie. Uki ist ohne Vater aufgewachsen, er hat sich das Leben genommen, als sie noch sehr klein war. Ihre Mutter ist vor zwei Monaten gestorben. Laut den Ärzten hatte sie Krebs, aber letztlich ist es wohl der Kummer gewesen … und der Alkohol.«

»Das wusste ich nicht.« Eva sah zu Boden. »Arme Uki.«

»Damals, als Leribi hier war … als der Mörder in Illokarfiq umging … haben Uki und ich uns angefreundet«, fuhr Pally fort. »Mein Großvater, der als *angakkoq* für alle Menschen im Ort Verantwortung fühlt, hat sie ebenfalls ins Herz geschlossen, und sie ist oft bei uns gewesen – so oft, dass sie inzwischen fast zur Familie gehört. Doch nun, da ihre Mutter gestorben ist, soll sie zu ihren Verwandten nach Sisimiut. Das liegt auf der anderen Seite des Eises, an der Westküste Grönlands. Das ist gut gemeint, aber ihr Onkel und ihre Tante kennen Uki nicht halb so gut wie Großvater und ich. Sie werden für sie sorgen, daran besteht kein Zweifel. Aber ich denke nicht, dass sie sie bei ihren Zukunftsplänen unterstützen werden.«

»Jetzt verstehe ich.« Eva nickte. »Deshalb wolltest du nicht, dass wir am Tisch darüber sprechen. Du willst nicht, dass sie sich falsche Hoffnungen macht.«

»In früheren Zeiten«, erklärte Pally, »ist es oft so gewesen, dass Kinder neue Eltern bekamen. Etwa, wenn Väter auf der Jagd verunglückten oder aus anderen Gründen nicht mehr für ihre Familie sorgen konnten. Es ist eine alte und gute Tradition, und Großvater und ich haben angeboten, auch in Ukis Fall so zu verfahren und sie bei uns aufzunehmen. Aber die Behörden wollten davon nichts wissen, und jetzt, da es Großvater so schlecht geht …« Sie unterbrach sich. »Beantwortet das deine Frage?«

»Bitte verzeih, ich wollte nicht neugierig sein …«

»Bist du nicht«, versicherte Pally. »Fälle wie der von Uki sind keine Ausnahme, es gibt hier viele schlimme Geschichten, bei den Mädchen ganz besonders. Aber den meisten Ausländern, die hierherkommen, ist das ziemlich egal. Du dagegen hast dich dafür interessiert und gefragt. Danke.«

Eva lächelte matt und nickte. »Jens hatte recht, als er sagte, dass hier ganz besondere Menschen leben.«

»Nicht Menschen«, verbesserte Pally. »*Livi*.«

»Was bedeutet das?«

»Es ist der Name, den sich die Bewohner Ostgrönlands einst gegeben haben, als sie noch als Nomaden umherzogen. Er meint die große Gesamtheit, zu der wir alle gehören.«

»Das ist ein schöner Gedanke«, bestätigte Eva und ertappte sich dabei, dass sie tief in ihrem Herzen eine rätselhafte, unbestimmte Sehnsucht fühlte. »Ein wirklich sehr schöner Gedanke.«

30

Die Zeit schien stillzustehen, wenn man draußen auf dem Fjord war, den grauen Himmel über und die blaue Tiefe unter sich, dazwischen die Ehrfurcht gebietende Weite des unermesslich großen Landes. Es war erhebend und einschüchternd zugleich – vor allem dann, wenn man inmitten dieser Weite jemanden zu finden versuchte.

Während Daavi Keldsen am Ruder stand und das Polizeiboot steuerte, saß Lerby auf der Achterducht, einen Feldstecher in den Händen, und behielt das Ufer im Auge, bislang ohne Erfolg.

In nordöstlicher Richtung waren sie dem Lauf des Fjords gefolgt, der sich tief ins Landesinnere erstreckte, von beiden Seiten von schroffem Felsgestein bedrängt. Das Eis, das den Sommer über zurückgewichen, aber längst nicht verschwunden war, befand sich um diese Jahreszeit wieder auf dem Vormarsch. Von der gewaltigen Gletscherzunge aus, die von den stets schneebedeckten Bergen herabwuchs, würde es sich ausbreiten und schon sehr bald wieder weite Teile des Fjords bedecken, bis hinunter nach Illokarfiq und zur Meeresmündung. Inmitten des unergründlichen Mosaiks aus weißen, türkisfarbenen und grauen Formen ein einzelnes Boot – oder gar einen einzelnen Menschen – ausmachen zu wollen, war ein schier unmögliches Unterfangen. Lerby musste erkennen, dass er den Mund wohl ein wenig zu voll genommen hatte. Andererseits hatten sie keine Wahl, als es wenigstens zu versuchen, zumal, wenn sonst niemand zur Verfügung stand.

Als Verpflegung hatten sie unter anderem zwei Thermoskannen mit Kaffee dabei, den vor allem Lerby trank, während sich Keldsen an getrockneten Kabeljau und Kartoffelchips hielt.

Anfangs waren sie noch verhalten optimistisch. Doch mit jeder Stunde, die verstrich und in der sie kahlgefegte Erhebungen und tief verschneite Einschnitte passierten, ohne auch nur eine Spur des Vermissten zu entdecken, wurde Keldsens Gesichtsausdruck düsterer. Zumal es auch wieder zu schneien anfing und sich ein weißer Schleier über Meer und Ufer senkte.

»Wir werden ihn nicht finden«, sagte er irgendwann kopfschüttelnd voraus.

»Das kannst du nicht wissen«, suchte Lerby zu beschwichtigen, auch wenn seine eigene Hoffnung auch nicht gerade überbordend war.

»Es ist nicht gut, wenn jemand über Nacht verschwindet«, beharrte der junge Polizist, während er am Steuerrad drehte und das Boot in einen Nebenarm des Fjords steuerte. »Oft genug kehren sie nicht wieder.«

»Ich habe es schon zu Pally gesagt, und ich sage es auch dir: Ejnari ist nicht der Typ, der sich eine Pistole an die Schläfe hält und abdrückt.«

»Du meinst, weil er dafür zu feige ist?«

»Nein, Daavi. Weil er mutig genug ist, um zu leben«, widersprach Lerby, wobei er erneut an das Gespräch von vergangener Nacht denken musste, das er mit Inasson geführt hatte. »Oder weißt du von irgendwelchen Problemen, die Ejnari hatte? Oder von bestimmten Sorgen?«

»Dieselben, die jeder hier hat. Und natürlich die Arbeit ... Man hat uns eine Nachfolgerin für Marie zugesagt, aber sie haben wohl Schwierigkeiten, jemanden zu finden.«

»Das meine ich nicht.« Lerby zögerte. »Als ich mich gestern mit ihm unterhielt, da ... Für einen Moment hatte ich den Eindruck, als wollte er mir etwas sagen, aber er hat es dann doch nicht getan.«

»Natürlich nicht«, meinte Keldsen.

»Was soll das heißen? Weißt du, was er sagen wollte?«

»Ich denke schon.« Über die Schulter schickte der junge Polizist Lerby einen Blick. »Aber es würde dir nicht gefallen, es zu hören. Deshalb hat er es nicht gesagt.«

»Dann sag du es mir«, verlangte Lerby.

Nun war es Keldsen, der zögerte. Seine zuvorkommende Natur schien ihm keine Antwort zu gestatten.

»Komm schon, ich bin ein großer Junge, ich kann was einstecken«, versicherte Lerby, während er weiter durch das Fernglas spähte. »Außerdem sagen Freunde einander immer die Wahrheit, richtig?«

»I-ich denke, er wollte dir sagen, dass … dass einige Leute in Illokarfiq böse auf dich sind, Leribi«, rückte Daavi Keldsen heraus, zögernd und so leise, dass es gegen das Tuckern des Bootsmotors kaum zu hören war.

»Auf mich? Wie darf ich das verstehen?«

»Nachdem du damals gegangen warst, sind immer wieder Leute zu Magnus und Pally gekommen und haben sich nach dir erkundigt. Die älteren unter ihnen konnten nicht verstehen, wieso du Grönland überhaupt wieder verlassen hattest, und haben sich sehr um dich gesorgt. Die jüngeren wollten wissen, wie es dir ginge, und anfangs konnte Pally ihnen erzählen, was du ihr geschrieben hattest. Aber dann …«

»Ich weiß.« Lerby setzte das Fernglas für einen Moment ab und sah Keldsen an. »Ich bin ein lausiger Briefeschreiber – und darüber hinaus ein Trottel, der nur an sich selbst gedacht hat. Ich wollte euch nicht das Gefühl geben, euch im Stich gelassen zu haben. Es tut mir leid, Daavi. Wirklich.«

»Bei mir musst du dich nicht entschuldigen. Aber ich fürchte, du hast Pally damit sehr verletzt.«

»Du fürchtest?« Unwillkürlich fühlte sich Lerby an sein Gespräch mit Pally erinnert. »Spricht sie denn nicht mit dir über solche Dinge? Ich meine darüber, wie sie sich fühlt. Ihr beide seid doch zusammen, oder nicht?«

»Das sind wir. Wir teilen den Tisch und manchmal auch das Lager«, bestätigte Keldsen mit hörbarem Stolz. »Und ich möchte Pally gerne heiraten, wenn sie es auch will. Aber wir sprechen nicht über solche Dinge, das tut Pally lieber mit dir. Du, Leribi, bist ihr anderer Mann.«

»Daavi, ich versichere dir …«

Keldsen lachte nur, während er am Steuer drehte und das Boot näher ans Ufer des Nebenarmes brachte. Ein seltsames und der Situation völlig unangepasstes Gelächter, wie Lerby fand. »Ich weiß, das ist für dich schwer zu verstehen. Aber etwas verbindet euch, das habe ich immer gewusst, genau wie Magnus. Und Pally weiß es auch.«

Lerby beschloss, nicht zu widersprechen, aber auch nicht weiter nachzufragen. Ihm war klar, dass die Inuit Beziehungen zwischen Menschen bisweilen anders definierten. So wie ihm auch klar war, dass Eva von diesem Konzept verständlicherweise nicht allzu viel halten würde. Er hob das Fernglas wieder an die Augen und spähte hindurch, suchte das Ufer ab, das immer mehr hinter weißen Schleiern versank. Nicht mehr lange, und sie würden die Suche abbrechen müssen.

Doch plötzlich stutzte Lerby.

»Da ist etwas«, meldete er.

Keldsen fuhr herum. »Wo?«

»Dort drüben, am Ufer, zwischen dem Felsen und der Aushöhlung im Eis.« Lerby setzte das Fernglas ab und deutete auf die Stelle. »Dort! Man kann es mit bloßem Auge sehen!«

Keldsen bestätigte, während er bereits dabei war, dass Boot in die genannte Richtung zu drehen. Und je näher sie der Stelle kamen, die Lerby meinte, desto deutlicher wurde, dass da tatsächlich etwas war.

Ein Rumpf, dessen Aluminium im fahlen Tageslicht schimmerte, darüber ein flacher Aufbau mit kleinen runden Sichtfenstern.

»Das ist Ejnaris Boot!«, rief Keldsen erleichtert. »Du hast es tatsächlich gefunden! Danke, Leribi.«

Lerby schnitt eine Grimasse. Er wollte Daavi die Hoffnung nicht nehmen, aber eine dunkle Vorahnung begann ihn zu beschleichen. Zumal ihm nicht gefiel, wie das Boot im Wasser lag, schlagseitig und offenbar herrenlos.

Keldsen fuhr näher heran. Jetzt konnte man erkennen, dass Inassons Boot im seichten Ufergewässer auf Grund lag. Das überhängende Eis verbarg es halb, so als hätte jemand es verstecken wollen, aber das konnte auch Zufall sein. Das Boot mochte ebenso gut von der Strömung ans Ufer getragen worden und dort gekentert sein. Von seinem Besitzer war jedenfalls nichts zu sehen.

»Ejnari?«, rief Keldsen. Seine Stimme klang hohl und dünn in der Weite des Fjords. »Bist du hier?«

Er steuerte das Polizeiboot so weit, wie er es wagen konnte, ohne dabei selbst auf Grund zu laufen, dann stellte er den Motor ab. Lerby ging vor zum Bug und bekam das andere Boot mit dem Enterhaken zu fassen, hielt es fest, während Keldsen es an die Leine legte.

Dann sprangen sie hinüber.

Wie sie vermutet hatten, war das Boot auf Grund gelaufen und hatte dabei Leck geschlagen, von Ejnari Inasson fehlte jede Spur. Was sie jedoch von ihm fanden, ließ ihnen das Blut in den Adern gerinnen.

Es war sein Anorak.

Das alte gelbe Ding … oder vielmehr das, was noch davon übrig war. Zerfetzt und mit Blut besudelt schwamm es im Wasser, das achtern eingedrungen war und sich rötlich verfärbt hatte.

»Verdammte Scheiße«, ließ Lerby seiner Frustration freien Lauf. Er bückte sich und hob den nassen und blutigen Anorak hoch. Ganz zweifellos war es Inassons. In der Innentasche war sogar noch das Päckchen mit seinen Zigaretten.

»Was ist hier passiert?«, fragte Keldsen entsetzt.

»Was auch immer, nach Selbstmord sieht es nicht aus«, stellte Lerby fest, während er den Fetzen drehte und von allen Seiten betrachtete. Es war der linke Ärmel und ein Teil des Rückens, vorn nur die Hälfte bis zum Reißverschluss. Irgendjemand – oder irgendetwas – hatte das Kleidungsstück in der Mitte auseinandergerissen. »Kann es ein Eisbär gewesen sein?«

»Ich weiß nicht.« Keldsen wischte sich nervös übers Gesicht. Trotz seines Entsetzens bemühte er sich um einen klaren Kopf. »Ein Bär würde wohl nicht vom Wasser aus angreifen, und dort an Land sind keine Spuren auszumachen, auch kein Blut.«

Das stimmte natürlich. Wäre Inasson der Attacke eines Eisbären zum Opfer gefallen, hätte das Tier seine Beute sicher an Land geschleppt. Zwar waren Angriffe durch Bären infolge des Klimawandels und des zurückweichenden Eises in den letzten Jahren häufiger geworden, doch kam diese Möglichkeit hier wohl nicht in Betracht.

Sichtlich schockiert und am ganzen Körper bebend sah sich Keldsen in dem kleinen Boot um. »*Eqalussuaq*«, stieß er dann leise hervor.

»Was bedeutet das?«

»Ein Hai«, übersetzte Keldsen.

Lerby betrachtete die blutigen Überreste des Anoraks, und ein Schauder durchrieselte ihn dabei. Der Eishai, der vor den Küsten Grönlands heimisch war, brachte es auf eine Länge von bis zu acht Metern. Lerby hatte immer angenommen, dass diese gewaltigen Kreaturen, die bis zu 500 Jahre alt wurden, nur As fraßen, doch die Inuit hatten ihm schon bei seinem letzten Besuch versichert, dass sie auch jagten, bisweilen sogar Eisbären. Der Gedanke, Inasson könnte auf seinem Boot einem Haiangriff zum Opfer gefallen sein, lag also vermutlich gar nicht so fern.

Lerby beugte sich vor und warf einen Blick ins blaugraue Wasser, halb befürchtend, dort noch Überreste von Inasson zu finden.

Doch da war nur nackter Stein und Seegras, das sich im Rhythmus der Dünung wiegte.

»Wenn *eqalussuaq* ihn geholt hat, sehen wir nichts von ihm jemals wieder«, sagte Keldsen leise. »Das Meer gibt das Seine nicht mehr frei.«

Lerby sah ihn zweifelnd an. Während ihn selbst der Gedanke, eine Kreatur der Tiefe könnte den armen Inasson gepackt und in die dunkle Kälte hinabgezogen haben, vor Grauen schüttelte, schien er Keldsen auf eigenartige Weise zu beruhigen. Einmal mehr ging Lerby auf, wie anders die Inuit mit den Gefahren der Natur umgingen und mit dem Tod, wenn er ihnen begegnete: als etwas Unabänderliches, mit dem zu hadern keinen Sinn hatte. Vermutlich war es die logische Folge, wenn man in einer Umgebung lebte, die um so vieles gefährlicher war als die gemäßigten europäischen Breiten.

Dafür schien sich Daavi Keldsens Sorge nun auf ein neues Ziel zu richten.

»In den alten Geschichten heißt es, dass *eqalussuaq* sich nur selten den Menschen zeigt«, erklärte er tonlos. »Doch wenn er es tut, so ist es ein Zeichen.«

»Was für ein Zeichen, Daavi?«

»Ein dunkles, eine böse Vorahnung … und unser Schamane kann uns nicht beschützen. Das ist kein Zufall«, fügte er hinzu und sah Lerby dabei bedeutungsvoll an. »Die Dunkelheit nutzt ihre Chance. Noch mehr Dinge werden passieren. Schlimme Dinge.«

»Das kannst du nicht wissen, Daavi. Du bist schließlich kein *angakkoq*«, versuchte Lerby ihn zu beruhigen.

Doch ob es an ihrem grausigen Fund lag, an Keldsens düsterer Voraussage oder daran, dass Nebel und Schneefall über dem Fjord sich noch weiter verdichteten: Jens Lerby merkte, wie auch ihn selbst in diesem Moment eine dunkle und unheilvolle Ahnung beschlich.

31

Als sie nach Illokarfiq zurückkehrten, hatte die Dämmerung bereits eingesetzt. Der Wind war stärker geworden und peitschte den Schnee über das Wasser, formte heftige Wellen, durch die das kleine Polizeiboot sich kämpfte. Lerby war erleichtert, als sich die Hafenbeleuchtung von Illokarfiq endlich durch Schneetreiben und Dunkelheit abzuzeichnen begann und ihnen den Weg nach Hause wies, so erschöpft und elend, wie sie sich fühlten. Als sie sich dem Ufer näherten, konnten sie erkennen, dass der Kai keineswegs verlassen war. Eine größere Menschenmenge drängte sich im verschwommenen Licht der Hafenlaternen und blickte ihnen erwartungsvoll entgegen.

»Hat sich wohl rumgesprochen, dass Inasson verschwunden ist«, meinte Lerby, der vorn am Bug stand. Gischt und Schneeflocken spritzten ihm ins Gesicht, aber er scherte sich nicht darum. »Ich wünschte, wir hätten bessere Nachrichten.«

Daavi Keldsen erwiderte nichts. Ohnehin hatten sie kaum gesprochen während der Rückfahrt. Lerby hatte immerzu an Inasson denken müssen. An ihre erste Begegnung damals, die alles andere als harmonisch verlaufen war. Er hatte Inasson von oben herab behandelt, dieser hatte kein Hehl daraus gemacht, dass er ihn für einen *sianiippoq* hielt, und im Gegenzug hatte sich Lerby an Ejnaris arktischen Gummibärchen vergriffen (die, nebenbei bemerkt, scheußlich geschmeckt hatten). Doch im Lauf der Zeit war aus Ablehnung gegenseitiger Respekt und schließlich Freundschaft geworden, und der Gedanke, dass Inasson nicht mehr wiederkehren würde und in der dunklen Tiefe der See ein grausames Ende gefunden hatte, lastete schwer auf Lerbys Gemüt.

Die Kaimauer kam näher, Keldsen drosselte die Fahrt. Lerby warf einem der Wartenden die Leine zu, und sie legten an. Er überließ es Keldsen, als Erster von Bord zu gehen, der von den etwa fünfzig Wartenden auch prompt mit Fragen bestürmt wurde, während er selbst zu Eva und Pally ging, die ebenfalls unter den Wartenden waren und ihn erwartungsvoll ansahen.

»Und? Habt ihr ...?«

»Wir haben sein Boot gefunden«, erstattete Lerby beklommen Bericht. »Es lag am Fjordufer auf Grund.«

»Und Ejnari?«, wollte Pally wissen.

Lerby schüttelte den Kopf. »Keine Spur von ihm. Aber wir haben einen Teil von seinem Anorak gefunden, voller Blut. Daavi meint, dass es ein Hai gewesen sein könnte.«

»Eqalussuaq«, sagte Pally tonlos. Ihr Blick wurde hart und leer.

»Das tut mir unendlich leid«, beteuerte Eva und berührte sie sanft am Arm. »Wir haben den ganzen Tag gewartet«, fügte sie an Lerby gewandt hinzu, »gewartet und gehofft.«

»Leribi?«

Lerby wandte sich um, als jemand seinen Namen rief. Ein halbes Dutzend Grönländer stand vor ihm, Inuit, Männer und Frauen. Ihre dunklen Augen glänzten im Schein der Uferbeleuchtung.

Der Mann, der ihn angesprochen hatte, mochte etwa in seinem Alter sein, obwohl er sehr viel älter aussah. Sein Haar war ergraut, das Gesicht von Wind und Wetter gezeichnet. Lerby glaubte, sich von seinem letzten Besuch an ihn zu erinnern, der Mann war Fischer und sprach nur Ostgröndländisch. Als er zu sprechen begann, sprang Pally bereitwillig ein und übersetzte.

»Er sagt, er habe gehört, dass ihr Ejnaris Boot gefunden habt. Und seine Jacke.«

»Das ist wahr«, räumte Lerby nickend ein, worauf der Mann etwas erwiderte.

»Aber das bedeutet nicht, dass er tot sein muss«, übersetzte Pally.

»Nicht unbedingt«, gab Lerby zu, »aber es sieht leider nicht sehr gut aus. Sobald der Hubschrauber wieder einsatzbereit ist, werden wir natürlich weiter nach Inasson suchen, aber es besteht nicht mehr viel Hoffnung.«

Es dauerte einen Moment, bis Pally das alles in *tunumiutut* übertragen hatte. Der Fischer schien das erst verdauen zu müssen, denn er überlegte eine ganze Weile, ehe er antwortete, wobei seine Begleiter alle beifällig nickten.

»Was hat er gesagt?«, wollte Lerby wissen.

»Dass du ihn finden und retten wirst«, entgegnete Pally seufzend. »Weil du der Mondmann bist.«

»Der Mondmann.« Lerbys Mund wurde ein schmaler Strich. »Ich verstehe.«

Der Fischer sagte wieder etwas, und Pally übersetzte. »Sie möchten, dass du versprichst, dass du Ejnari finden wirst.«

»Klingt nicht wie eine Bitte«, meinte Lerby.

»Ich fürchte, das ist es auch nicht.«

Lerby nickte wieder, während er in die erwartungsvoll auf ihn gerichteten Augenpaare sah. Diese verdammte Mondmann-Geschichte, sagte er sich. Hätte der alte Magnus doch nur nie mit diesem Unfug angefangen.

»Tut mir leid, das kann ich nicht«, erklärte er.

Pally sah ihn zweifelnd an.

»Willst du nicht übersetzen?«

»Der Mondmann mag nur eine Gestalt aus alten Geschichten sein«, entgegnete sie, »aber er gibt den Menschen Hoffnung.«

»Das freut mich für sie, aber ich bin nicht dieser Mondmann, okay?«, entgegnete Lerby gereizt. »Ich verspreche gerne, mein Bestes zu tun, aber ich bin kein verdammter Superheld. Sag ihnen das!«

Was Pally davon übersetzte und was nicht, entzog sich seiner Kenntnis, aber natürlich hatten die Leute auch so mitbekommen, dass er nicht gerade freundlich reagiert hatte. Geduldig hörten sie sich alles an, was Pally ihnen sagte. Daraufhin sagte ihr Wortführer nur noch einen einzigen Satz, dann wandten sie sich ab und gingen schweigend davon.

Lerby schnaubte.

»Willst du nicht wissen, was er zum Schluss gesagt hat?«, fragte Pally.

»Lieber nicht.« Lerby schüttelte den Kopf.

»Aber ich würde es gerne wissen«, sagte Eva, die schweigend dabeigestanden und zugehört hatte.

»Er hat gesagt, dass es den Mondmann nicht mehr gibt«, antwortete Pally.

Lerby unterdrückte eine Verwünschung. Erst in diesem Moment wurde ihm bewusst, wie ausgekühlt und müde er war. Abrupt wandte er sich ab und verließ den Kai ebenfalls.

»Wo willst du hin?«, rief Pally ihm hinterher.

»Ins Hotel und eine heiße Dusche nehmen.«

»Tu das. Und danach komm bitte zur Sanitätsstation. Großvater ist aufgewacht. Er will dich unbedingt sehen. Und Eva auch«, fügte sie ein wenig leiser hinzu.

32

Die heiße Dusche vertrieb die Kälte aus Lerbys Knochen, aber sie half ihm nicht, das miese Gefühl loszuwerden.

Dass Inasson aller Wahrscheinlichkeit nach tot war und sein Leben auf denkbar grausame Weise geendet hatte, setzte Lerby ohnehin schon zu. Die Begegnung mit den Einheimischen am Kai hatte ihm den Rest gegeben.

»Du weißt, dass du nichts dafür kannst, oder?«, fragte Eva, die seine angespannten Züge richtig deutete. »Wie du schon richtig sagtest: Du bist nur ein Wesen aus Fleisch und Blut. Keine Sagengestalt und kein Superheld.«

»Richtig«, stimmte Lerby zu, der sich abgetrocknet hatte und nun wieder in seine Kleider schlüpfte.

»Aber?« Von der Bettkante aus, auf der sie saß und wartete, schickte sie ihm einen forschenden Blick.

»Ist dir aufgefallen, wie sie mich angesehen haben? Ist nicht schön, jemanden derart enttäuschen zu müssen.«

»Nein, ist es nicht. Aber du hast es doch selbst gesagt – diese Menschen erwarten von dir, etwas zu sein, was du nicht bist. Und übrigens auch niemals sein wolltest. Also ist es nicht dein Fehler, Jens, sondern ihrer.«

»Vielleicht.« Er steckte den Kopf durch den Kragen seines Isländers. »Wie heißt es so schön? Triff niemals deinen Helden.«

»Kann ich so nicht sagen.« Sie stand auf, trat auf ihn zu und sah ihm tief in die Augen. »Ich *habe* meinen Helden getroffen.«

»Und? Wie ist es ausgegangen?«

»Nicht so schlecht.« Sie beugte sich vor und küsste ihn. »Ich habe ihn geheiratet«, fügte sie leise hinzu.

Er schlang seine Arme um sie und zog sie an sich heran, hielt sich für einen Moment an ihr fest. »Ich bin froh, dass du hier bist«, sagte er leise.

»Ganz sicher? Ehrlich gesagt komme ich mir ziemlich fehl am Platz vor.«

Er entließ sie aus seiner Umarmung und sah ihr prüfend ins Gesicht. »Ist es wegen Pally?«

»Nein, mit ihr bin ich inzwischen okay. Es ist nur ... ich schäme mich.«

»Wofür, Eva?«

»Dafür, dass ich von all dem hier so gut wie nichts wusste. Ich meine, man hört hin und wieder von der hohen Selbstmordrate und den Alkoholproblemen hier oben, man liest darüber in der Zeitung oder sieht etwas im Fernsehen und denkt sich, dass das ja kein Wunder ist, wenn es hier die meiste Zeit des Jahres kalt und dunkel ist. Aber daran liegt es nicht.«

»Nein«, gab Lerby zu.

»Man hat diesen Menschen alles genommen ... *wir* haben ihnen alles genommen«, verbesserte sie sich. »Und jetzt interessieren wir uns nicht einmal mehr wirklich für sie.«

»Leider wahr«, gestand Lerby ein. »Aber lass uns später darüber reden, okay? Man erwartet uns im Krankenhaus.«

»Ich will damit nur sagen, dass ich dich jetzt viel besser verstehe«, sagte Eva leise, »und auch, warum du nach all dem hier nicht mehr der sein konntest, der du vorher warst.«

»Du meinst, ein sich selbst bemitleidender *sianiippoq*?« Er grinste schief.

»Ich fürchte, ein solcher *sianiippoq* steckt in jedem von uns. Die Menschen hier verdienen unsere Solidarität, und ich würde etwas für sie tun.«

»Was meinst du?«

»Ich weiß es noch nicht. Aber ich werde etwas finden.«

»Da bin ich sicher.« Er lächelte ihr zu, und ihre Blicke trafen sich in stillem Einvernehmen. Dann schlüpften sie wieder in ihre Anoraks und verließen das Hotel.

Die kurze Wegstrecke zur Sanitätsstation legten sie zu Fuß zurück, obwohl es inzwischen vollständig dunkel geworden war und der Schneefall noch zugenommen hatte. Mit jeder Stunde, die verstrich, war Illokarfiq mehr dabei, sich in jenen unter Schnee und Eis begrabenen und in Kälte erstarrten Ort zu verwandeln, den Lerby von seinem letzten Aufenthalt kannte. Im Versorgungszentrum immerhin war es angenehm warm. Ihre Anoraks und Mützen ließen sie an den dafür vorgesehenen Haken zurück und gingen dann weiter zu dem Krankenzimmer, das Lerby seit seiner Ankunft bereits zweimal betreten hatte, einmal in der Realität und ein zweites Mal in jenem grässlichen Albtraum, an den er sich jetzt schaudernd entsann.

Doch wider Erwarten schien es Magnus besser zu gehen. Das Kopfteil seines Bettes war hochgeklappt worden, so dass er halb aufgerichtet war, und anders als bei Lerbys letztem Besuch schien er auch einigermaßen wach zu sein. Er unterhielt sich mit Pally, die bei ihm war und seine mit ledriger Haut überzogene Linke hielt.

»Leribi.« Hatten sich die Züge des Schamanen bei Lerbys letztem Besuch sichtlich aufgehellt, waren sie diesmal eher mürrisch. »Da bist du ja endlich.«

»Großvater!«, ermahnte Pally ihn.

»Was denn? Ich dachte, er wäre eigens meinetwegen nach Illokarfiq gekommen?«

»Das stimmt«, versicherte Lerby. Pally hatte ihm also nichts von Inassons Verschwinden und von Keldsens und seiner Suchaktion erzählt. »Tut mir leid, dass ich so spät komme«, fügte er hinzu. »Dafür habe ich diesmal noch jemanden mitgebracht.«

»Hallo«, sagte Eva, die in respektvollem Abstand an der Tür stehen geblieben war und zum Bett hinüberwinkte.

»Du musst Eva sein«, folgerte Magnus haarscharf.

»Das stimmt.«

»Komm her, Kind, und lass dich ansehen. Meine Augen sind nicht besonders gut bei diesem grässlichen künstlichen Licht.« Eva tat ihm den Gefallen und trat näher. Der *angakkoq* betrachtete sie unverhohlen und mit prüfendem Blick. »Donnerwetter, Leribi«, meinte er dann. »Wie kann ein so hässlicher Kerl wie du eine so schöne Frau haben?«

»Ist das dein ganzer Charme?«, fragte Lerby, während Eva breit grinste, um nicht zu erröten. »Dann wundert es mich nicht, dass du allein bei deiner Enkelin lebst.«

Der Alte kicherte nur, es schien ihm tatsächlich besser zu gehen als beim letzten Besuch, sogar der alte Schalk blitzte wieder ein wenig durch. Pally sandte Lerby einen hoffnungsfrohen Blick.

»Freut mich, dich kennenzulernen, Eva. Ich bin Magnus.« Er hielt ihr die rechte Hand hin, die Eva ergriff.

»Die Freude ist ganz meinerseits. Lerby hat mir bereits viel von dir erzählt.«

»Kann ich mir vorstellen. Wahrscheinlich nicht allzu viel Gutes«, meinte der Schamane mit einem Seitenblick auf Lerby.

»Nein, nicht allzu viel«, bestätigte dieser trocken. Nach den schlechten Nachrichten des Tages tat es gut, den alten Knaben wieder einigermaßen auf dem Damm zu sehen.

»Wie fühlst du dich?«, erkundigte sich Eva.

»Früher ging's mir besser. Bevor das alles passiert ist. Bevor die Dunkelheit kam.«

»Es war eine Herzattacke, Großvater«, wandte Pally von der anderen Seite des Bettes ein. »Der alte Sturkopf weigert sich beharrlich, das einzugestehen«, fügte sie erklärend und an Eva gewandt hinzu.

»Weil es keine Herzattacke gewesen ist!«, begehrte Magnus auf. Trotziger Zorn blitzte dabei in seinen kohleschwarzen Augen, auch eine gewisse Verzweiflung. »Warum willst du mir das nicht endlich glauben?«

»Was ist es dann gewesen, Magnus?«, fragte Eva.

»Aha«, machte er. »Endlich mal jemand, der mir zuhört.«

»Wir alle hören dir zu«, versicherte Lerby. »Wovon genau sprichst du?«

»Von der Dunkelheit, die zurückkehrt! Vom Hunger nach Rache und vom Durst nach Blut! Ich bilde mir das nicht ein, Leribi! Das alles ist wirklich, es passiert, in diesem Augenblick …« Er war immer lauter geworden, doch zuletzt versagte ihm die Stimme und ging in ein heiseres Keuchen über.

»Du musst dich schonen, Großvater«, versuchte Pally ihn zu beschwichtigen, während sie seine andere Hand weiter festhielt. »Dr. Abelsen hat gesagt, dass du dich nicht aufregen darfst.«

Ein Schwall grönländischer Worte war die Antwort. Alles, was Lerby davon verstand, war der Name »Abelsen«, und Pallys entrüstetem Gesichtsausdruck nach zu urteilen waren sie nicht sehr schmeichelhaft für den guten Doktor.

»Das ist kein Traum und auch keine Einbildung«, wandte sich Magnus daraufhin wieder an Lerby. »Es droht große Gefahr, deshalb habe ich dich gerufen. Um dich zu warnen.«

»Mich?« Lerby zog die Brauen zusammen, während er merkte, wie das miese Gefühl zurückkehrte. Er hatte angenommen, dass der alte Magnus ihn nach Illokarfiq zitiert hatte, weil er ihn noch einmal hatte sehen wollen, ehe sein Leben womöglich zu Ende ginge. Aber diese Annahme schien falsch zu sein. Offenbar war es dem alten Fuchs um etwas völlig anderes gegangen.

»Dir droht Gefahr, Leribi, und deinen Liebsten auch. Ich sehe es in meinen Visionen. Er ist zurückgekehrt, und er trachtet dir nach dem Leben.«

»Wer denn?«, fragte Eva erschrocken, noch ehe Lerby etwas sagen konnte.

»Der *qivittoq*«, eröffnete Magnus flüsternd, worauf Pally mit den Augen rollte und seine Hand abrupt losließ. »Nicht das schon wieder, Großvater!«

»Es ist die Wahrheit, ich kann es beschwören!«, beteuerte der

Alte und sah Eva direkt an.»Im Schlaf«, erklärte er,»öffnet sich uns manchmal ein Fenster in die andere Welt. Durch dieses Fenster habe ich geblickt, mein Kind, und die Wahrheit gesehen.«

»Die Wahrheit? Worüber?«

»Über die Vergangenheit«, erwiderte er ebenso finster wie beschwörend.»Schlimme Dinge sind damals geschehen, schlimme Dinge. Böses Blut …«

»Was genau bedeutet das?«, fragte Eva. Sowohl ihrer Stimme als auch ihrer Haltung konnte Lerby entnehmen, dass sie zunehmend unter Anspannung stand. Auch ihm selbst war alles andere als wohl in seiner Haut.

Er unternahm einen flüchtigen Versuch, das alles als die Hirngespinste eines alten Mannes abzutun, doch dann musste er wieder an das denken, was Magnus bei seinem letzten Besuch gesagt, wie er die Opfer der Morde von Kopenhagen zutreffend beschrieben hatte, und ein eisiger Schauder lief Lerbys Rücken hinab.

Magnus' Gesichtsausdruck hatte sich verändert, er wirkte aufs Äußerste angespannt. Gleichzeitig begann sich sein hagerer Körper unter der Bettdecke aufzubäumen. In diesem Moment wurde die Tür geöffnet, und eine Krankenschwester trat ein. Offenbar hatte Pally den Klingelknopf gedrückt und sie gerufen.

»Es geht wieder los, Schwester«, erklärte sie aufgebracht.»Er wird schon wieder unruhig.«

»Kein Problem«, versicherte die Krankenschwester, eine Inuk mit gemütlichen Rundungen. Kurzerhand trat sie an den Ständer, an dem die Flasche mit der Infusion hing, und justierte die abgegebene Menge ein wenig nach.»Er wird sich gleich beruhigen«, versicherte sie mit einem Lächeln in Pallys Richtung.»Dann wird er wieder schlafen.«

»Ich will aber nicht schlafen«, begehrte Magnus auf.»Leribi ist hier, und ich muss mit ihm reden!«

»Ich höre zu«, versicherte Lerby und beugte sich noch ein wenig weiter zu ihm hinab.»Was willst du sagen?«

»Sie … sie waren wie Brüder«, entgegnete der Alte kehlig, während seine Augenlider bereits zu flattern begannen. »Aber jetzt ist er allein … er ist der *qivittoq*, der verstoßen wurde … drei Tropfen Blut, Leribi!« Jäh riss Magnus die Augen auf und starrte Lerby beschwörend an. »Drei Tropfen Blut, verstehst du das? Wiederhole es!«

»Drei Tropfen Blut«, sagte Lerby leise, worauf der Schamane auf sein Kissen zurücksank, erschöpft und zufrieden zugleich, so als hätte er alles Notwendige gesagt.

Über das Bett hinweg sah Lerby Pally fragend an, doch sie schüttelte nur den Kopf. Auch ihr schienen diese Dinge nicht allzu viel zu sagen.

Kurz darauf war der alte Schamane tatsächlich wieder eingeschlafen, sein Brustkorb hob und senkte sich unter gleichmäßigen Atemzügen.

»Was jetzt?«, fragte Eva leise.

Lerby hatte keine Ahnung, was er darauf erwidern sollte. Nur zwei Dinge waren ihm klar. Dass das Gefühl in seiner Magengrube jetzt noch mieser war als zuvor.

Und dass er sich diese Reise ganz und gar nicht so vorgestellt hatte.

ERINNERUNGEN

Nimrods Nadel hat gewirkt.

Wie jedes Mal, wenn der spitze Dorn sie sticht, sind die Jungen in tiefen Schlaf gesunken. Und wie jedes Mal ist das Erwachen schrecklich.

Tolv liegt in seinem Stockbett.

Er weiß weder wie er hierhergekommen ist noch wie lange er geschlafen hat. Der Blick durch das vergitterte Fenster zeigt ihm, dass es draußen heller Tag ist. Doch ist es Morgen oder Abend? Wie viel Zeit ist verstrichen?

Die Erinnerung an das Geschehene kehrt langsam zu ihm zurück. Das Versteck im Keller, die Rufe ihrer Häscher, ausgestandene Furcht, dann die Entdeckung.

Er muss an Tretten denken und dessen Fluchtversuch.

Dann der Sturz gegen das Geländer.

Das Blut an der Wand.

Erschrocken fährt Tolv von seinem Lager hoch, dreht sich seitlich aus dem Bett, um einen Blick auf die darunterliegende Schlafstatt zu werfen.

Dort liegt der Freund, noch immer schlafend. Ein erschreckend blutiger Verband ist um seinen Kopf gewickelt, die linke Hälfte seines Gesichts ist davon bedeckt.

»Vill?« Tolv wagt nur zu flüstern. Die anderen beiden Jungen, mit denen sie sich die Kammer teilen, sind nicht da, aber die Tür zum Gang steht wie immer offen, und niemand soll ihn hören.

»Vill, bist du wach?«

Ein Stöhnen entringt sich daraufhin der Kehle des Freundes. Er klingt schwach und krank, wie damals, als er das schlimme Fieber hatte, gleich nach ihrer Ankunft. Jetzt bewegt er sich, wirft das fast kahlgeschorene Haupt hin und her, während seine Lippen lautlose Worte formen.

Tolv weiß auch so, was sein Freund sagt.

Was sie alle flüstern, wenn sie schlafen.

Die Namen ihrer Mütter ...

»Vill, wach auf!«

Der Jüngere blinzelt. Wegen des Verbands ist nur sein rechtes Auge zu sehen, aber es sieht anders aus als sonst. Das Dunkle darin ist größer, und sie sind gerötet und blutunterlaufen. Tolv erschrickt.

»Vill! Geht es dir gut?«

Der Jüngere blinzelt wieder. Noch scheint er nicht begriffen zu haben, wo er sich befindet und was geschehen ist, seine Blicke schweifen suchend umher wie bei einem Jäger, der in seinem *qajaq* von der Strömung abgetrieben wurde und nun nach Land Ausschau hält.

Dann ein Funke von Erkennen.

»Ejnari.« Der Junge lächelt flüchtig, im ersten Moment kann er sich offenbar an nichts entsinnen, doch der Verband in seinem Gesicht bringt die Erinnerung rasch wieder zu ihm zurück. »Sie ... haben mir weh getan, Ejnari. Nimrod hat mir weh getan.«

»Ich weiß, Kleiner. Wie fühlst du dich?«

»Es tut weh, Ejnari. Sehr weh.«

»Dann sei tapfer. Denk an den *qivittoq*.«

»Der *qivittoq*«, wiederholt der andere, als wäre es eine magische Formel. Und sie scheint ihm Kraft zu gaben, denn abermals huscht ein Lächeln über seine malträtierten Züge. Diesmal zeugt es nicht mehr von Arglosigkeit.

Eher von Trotz.

»Hat Nimrod es auch bei dir getan?«

»Ja, Kleiner. Ich bin gerade erst aufgewacht.«

»Ich hasse es, wenn er das tut.«

»Ich auch.« Tolv nickt. »Die Albträume sind grässlich«, fügt er schaudernd hinzu.

»Glaubst du, dass in Träumen die Ahnen zu uns sprechen?«

Tolv überlegt für einen Moment. »In anderen Träumen vielleicht. Aber nicht in diesen.«

Von seinem hohen Lager aus kann er sehen, wie sich das Auge des Jüngeren mit Tränen füllt. Kurzerhand klettert er aus dem Bett und springt hinab, setzt sich auf die Kante.

»Sei tapfer«, schärft er ihm noch einmal ein.

»Wie der *qivittoq*.« Die verheulten, verschwollenen Züge versuchen ein Lächeln. »Weißt du was?«

»Sag's mir.«

»Ich würde auch gerne verschwinden, so dass mich niemand mehr findet, genau wie der *qivittoq* – und eines Tages zurückkehren, um mich an ihnen zu rächen.«

Tolv grinst breit. »Das würde ich auch gerne, Kleiner.«

»Dann lass es uns schwören«, flüstert der Jüngere, wobei sein einzelnes Auge ihn durchdringend ansieht. »Wir wollen schwören, dass wir uns eines Tages an ihnen rächen werden, egal, wie lange es dauert.«

Tolv zögert.

Als der Ältere der beiden weiß er, dass eine solche Zeit wohl niemals kommen wird, dass sie dem Griff ihrer Häscher wohl niemals entrinnen, dass sie ihnen wohl auf ewig hilflos ausgesetzt sein werden. Aber er kann auch sehen, wie viel Hoffnung in diesem Augenblick aus dem halben Gesicht des Freundes spricht, wie bitterernst es ihm ist und wie wichtig dafür, dass er wieder ganz gesund wird.

»Ich schwöre«, erklärt er deshalb.

»Ich auch.« Tretten nickt. »Bei unserem Blut.«

»Bei unserem Blut«, wiederholt Tolv und bricht kurzerhand einen Spreißel aus dem hölzernen Rahmen des Bettes, mit dem er zuerst sich selbst und dann dem Freund in den Daumen sticht.

»Drei Tropfen«, sagt er und lässt roten Lebenssaft auf den Boden fallen, wo er bizarre kleine Muster zeichnet.

»Drei Tropfen«, wiederholt der Jüngere, doch er hat Probleme, den dritten Tropfen herauszubekommen. Ein weiterer Stich ist erforderlich, und mit vor Anstrengung verzerrtem Gesicht bringt auch er das verlangte Opfer.

Doch in dem Augenblick, da die beiden Jungen ihre Stirnen aneinanderpressen und ihren Atem tauschen, um den feierlichen Eid zu besiegeln, da sieht Tolv etwas in den Augen des Freundes.

Etwas, das ihn kurz innehalten lässt.

Denn für einen Moment – oder ist es nur eine Täuschung? – blitzt dort genau jene feurige Glut, die auch in Nimrods Augen lodert.

Die Glut der Zerstörung.

Und des Bösen.

33

Auch am darauffolgenden Tag schneite es. Myriaden weißer Flocken fielen aus dem grauen Himmel, von heftigem Nordwind getrieben. Sie drangen in jeden Winkel, breiteten sich über alles, dämpften das Leben am Boden und machten es langsam und zäh, so dass die Zeit nur noch widerwillig zu verstreichen schien. Zwar kam gegen Mittag aus Kulusuk die Meldung, dass der Hubschrauber wieder einsatzbereit sei, doch war an eine Suche nicht zu denken.

Lerby besuchte stattdessen den alten Magnus, saß stundenlang an seinem Bett, während der alte Schamane schlief oder von früher erzählte, von abenteuerlichen Jagden und von Reisen ins Eis. Und es war schwer festzustellen, was davon er tatsächlich selbst erlebt und was er von den Ahnen übernommen hatte, deren Andenken er in Form zahlloser Geschichten bewahrte. Vermutlich, dachte Lerby, spielte es gar keine Rolle, die Grenzen zwischen dieser Welt und der anderen schienen für den *angakkoq* in diesen Tagen fließend zu sein.

Bisweilen stellte Magnus Lerby auch Fragen, über seine Familie und seine Kinder, über das Leben in Kopenhagen und seine Erfahrungen mit den Menschen von Illokarfiq. Lerby antwortete bereitwillig, hütete sich aber, Ejnari Inasson zu erwähnen. Er hatte es Pally versprochen, und es war sicher besser so, schließlich sollte ihr Großvater jede Aufregung meiden.

Über seine Visionen sprach Magnus an diesem Tag immerhin nicht, und auch der *qivittoq* blieb unerwähnt. Man hätte fast den Eindruck gewinnen können, dass die Anwesenheit Lerbys ihn beruhigte und sich positiv auf seinen Zustand auswirkte. Auch Pally, die ab und zu vorbeischaute, sagte, sie habe ihren Großvater schon lange nicht mehr derart ruhig und gesammelt erlebt.

Irgendwann, es hatte bereits zu dämmern begonnen, verabschiedete sich Lerby von Magnus und sagte, dass er am nächsten Tag wohl erst abends kommen werde. Tatsächlich hatte der Schneefall nachgelassen, und sie würden, wenn auch spät, noch einen letzten Versuch unternehmen, Inasson zu finden. Davon sagte er Magnus natürlich nichts. Der alte Schamane sah ihn müde an und lächelte. Und dann erwiderte er etwas, das Lerby nie vergessen sollte.

»Es ist nicht deine Schuld, Leribi.«

Lerby, der sich schon zur Tür gewandt hatte, drehte sich noch einmal um.»Was meinst du?«

»Ihr werdet ihn nicht finden.«

Lerby verspürte ein eisiges Frösteln, der warmen Luft im Krankenzimmer zum Trotz.»Wen, Magnus?«, fragte er.

»Den anderen Bruder, denn er ist verloren«, entgegnete der Schamane flüsternd und mit einem unheilvollen Glanz in den dunklen Augen.»Der *qivittoq* hat ihn geholt.«

Lerby stand wie vom Donner gerührt, einmal mehr nicht wissend, ob er in diesem Moment Zeuge von etwas Unbegreiflichem wurde, dass sich rational einfach nicht erklären ließ – oder lediglich eines unbegreiflichen Zufalls. Es war eine Frage, die er sich hier oben im Norden, an der Grenze der bewohnbaren Welt, schon öfter hatte stellen müssen, eine Antwort hatte er jedoch nie bekommen. Und vielleicht machte es auch gar keinen Unterschied.

»Hast du das in deinen Visionen gesehen, *angakkoq*?«, fragte Lerby leise.»Oder ist es tatsächlich geschehen? Womöglich vor langer Zeit?«

Der Blick, den der Alte ihm sandte, war nachsichtig, beinahe mitleidig.»Es spielt keine Rolle, Leribi, denn es ist bereits geschehen. Du kannst es nicht mehr verhindern. Aber du kannst dich und die Deinen retten. Noch ist es nicht zu spät.«

»Sie retten? Aber wovor?«

»Du kennst die Antwort bereits. Du fürchtest dich vor ihr, aber du kennst sie.« Er entblößte sein lückenhaftes Gebiss zu einem Grinsen, das etwas grotesk wirkte – und in Lerbys Kopf für einen Moment zu einem Muster aus groben Zickzackstichen wurde, während Magnus' dunkle Augen in schwarz verbrannte Höhlen sanken.

Er erschrak über den Streich, den seine eigene Fantasie ihm spielte, schob es auf seinen angeschlagenen Gemütszustand, auf seine Müdigkeit und die überheizte Temperatur im Raum. Er verabschiedete sich und verließ dann die Station, nicht ohne die Schwester zu informieren, dass Magnus nun wieder allein sei.

Am nächsten Tag klarte das Wetter tatsächlich auf.

Der Schneefall hatte nicht nur Illokarfiq, sondern auch das gesamte Umland mit einer dicken weißen Schicht überdeckt, doch nun rissen die Wolken auf und ließen hier und dort sogar Flecken von blauem Himmel sehen.

Der Hubschrauber traf früh morgens ein, und Lerby, Eva und Pally gingen als Suchteam an Bord. Mit Feldstechern bewaffnet, suchten sie die Gegend aus der Luft ab, zunächst den Nebenarm des Fjords, wo noch immer das Wrack von Inassons Boot lag, das unter dem Schnee jetzt kaum mehr auszumachen war. Von dort aus kreisten sie spiralförmig in immer größeren Abständen von der Fundstelle.

Lerby gab sich keinen Illusionen hin. Ein erfahrener Inuit-Jäger war durchaus in der Lage, eine Nacht im Schnee zu überleben – doch inzwischen war bereits die dritte Nacht verstrichen, von den Tagen dazwischen ganz zu schweigen, zudem war Inasson schwer verletzt gewesen. Wenn überhaupt, so ging es wohl nur noch darum, seinen Leichnam zu finden und zu bergen – oder vielmehr das, was Kälte und Wildnis noch davon übriggelassen haben mochten. Aber auch das war nicht der Fall, und Lerby war unschlüssig, ob er darüber bestürzt oder erleichtert sein sollte. Am frühen Nachmittag beschlossen sie, die Suche einzustellen und sich mit dem Unabänderlichen abzufinden.

Ejnari Inasson war tot.

Dass sie niemals erfahren würden, was genau ihm zugestoßen war, dass sie niemals wirklich Aufschluss darüber erhalten würden, was in jener Nacht geschehen war, war vor allem für Lerby und Eva nur schwer zu ertragen. Als moderne, westlich geprägte Menschen waren sie es gewohnt, den Dingen auf den Grund zu gehen, und wenn schon keinen Trost, so doch zumindest Antworten zu erhalten. Die Inuit hingegen schienen solche Fragen nicht zu stellen. Zum einen, weil es nicht so selten vorkam, dass jemand aus dem Eis nicht mehr zurückkehrte und sein Schicksal nie geklärt wurde; zum anderen aber auch, weil der Tod in ihrer Welt nicht verdrängt wurde, sondern viel zu häufig ein Teil des Alltags war. Was nicht bedeutete, dass sie nicht trauerten.

Die Nachricht von Inassons Tod verbreitete sich schnell in Illokarfiq. Als obersten Gesetzeshüter hatte ihn so gut wie jeder persönlich gekannt, entsprechend groß war die Anteilnahme. Da Inasson in keiner Beziehung gelebt und auch sonst keine Verwandten hatte, weder in Illokarfiq noch anderswo, übernahm es der Pfarrer selbst, eine Beisetzung zu organisieren, bei der sowohl christliche als auch Inuit-Traditionen zur Anwendung kommen sollten. Sterbliche Überreste, die man unter allgemeiner Anteilnahme in ein Grab hätte betten können, gab es natürlich nicht, doch hatte die Erfahrung in vergleichbaren Fällen gezeigt, dass es dennoch sinnvoll war, eine Stätte festzulegen, zu der die Trauernden ihren Schmerz tragen konnten. Eine Trauerfeier, gestaltet von Inassons engsten Freunden, sollte es ihnen und allen anderen Einwohnern Illokarfiqs zudem ermöglichen, seiner zu gedenken.

Obwohl die Sorge um ihren Großvater Pally sehr zu schaffen machte und Daavi Keldsen als provisorischer Leiter der Polizeidienststelle alle Hände voll zu tun hatte, übernahmen es die beiden, diese Feier zu organisieren. Am darauffolgenden Tag, einem Montag, trafen sie sich mit dem Pfarrer und besprachen die Details mit ihm, wobei sich herausstellte, dass sie gar nicht besonders viel über ihren Freund wussten. Über die biografischen Daten und seinen Lebenslauf hinaus, den sie seiner Dienstakte entnahmen, konnten sie nur einzelne Anekdoten zu seiner Biografie beitragen. Wer Ejnari Inasson tatsächlich gewesen war und was er getan hatte, bevor er vor einer halben Ewigkeit seinen Dienst in Illokarfiq angetreten hatte – zunächst noch als einfacher Polizist, später dann als Dienststellenleiter –, wussten sie nicht, denn er hatte nie darüber gesprochen. Normalerweise hätte man in einem solchen Fall den alten Magnus befragt, der als *angakkoq* auch so etwas wie das Gedächtnis der Gemeinde war. Doch da Pally dies streng untersagt hatte, bemühte sich der Pfarrer um andere Quellen. Aus diesem Grund fand sich auch Lerby an jenem Montagnachmittag in dem kleinen Haus wieder, das unmittelbar neben der dunkelrot gestrichenen Kirche stand und das dem Pfarrer von Illokarfiq sowohl als Büro als auch als Wohnung diente, mit einer Untertasse mit heißem Schwarztee darin auf den Knien und in der Verlegenheit, über einen Mann erzählen zu müssen, den er zwar sehr geschätzt, aber im Grunde kaum gekannt hatte.

»Keine Sorge«, meinte der Pfarrer, während er sich Lerby gegenübersetzte, ebenfalls eine dampfende Teetasse in den Händen. Sein Name war Anders Balling, und er war ein hagerer Mann Anfang siebzig. Bei seinem letzten Aufenthalt in Illokarfiq hatte Lerby ihn nur ganz flüchtig kennengelernt im Zuge des Empfangs, den man für ihn nach dem erfolgreichen Abschluss des Falles im Gemeindehaus gegeben hatte. Entsprechend wusste Lerby nicht viel über ihn, außer dass er gebürtiger Däne war und schon seit vielen Jahren der Pfarrer der Gemeinde. Und dass die Einheimischen sein tolerantes und gegenüber den lokalen Sitten und Gebräuchen aufgeschlossenes Wesen schätzten.

»Sie können nichts falsch machen, Kommissar Lerby«, versicherte er geduldig. »Oder soll ich Sie auch ›Leribi‹ nennen, wie so viele es hier offenbar tun?«

»Ganz wie sie möchten«, gab Lerby zurück. »Aber ich bin nicht im Dienst, also bitte ohne den ›Kommissar‹.«

»Natürlich.« Sein Gegenüber lächelte und nahm einen Schluck Tee. Dabei bemerkte Lerby, dass an der rechten Hand des Pfarrers zwei Finger fehlten. Er sah wohl einen Augenblick zu lange hin, denn Balling lächelte nachsichtig. »Ein Unfall aus Kindertagen«, erklärte er, »der von zu frühem und daher leichtfertigem Umgang mit einer Kreissäge zeugt.«

»Ist sicher lästig«, meinte Lerby.

»Man gewöhnt sich daran, meinen Daumen habe ich ja noch«, erwiderte Balling lächelnd. »Haben Sie Ejnari Inasson gut gekannt?«

»Nicht so gut, wie ich ihn gerne gekannt hätte«, erwiderte Lerby. »Aber ich habe ihn als Kollegen sehr geschätzt.«

»Waren Sie Freunde?«

»Wenn Sie damit meinen, ob wir einander unser Leben anvertraut hätten, dann lautet die Antwort Ja. Aber wenn Sie mich nach gemeinsamen Erlebnissen oder heiteren Anekdoten fragen, dann muss ich leider passen.«

Balling nahm einen Schluck Tee, dabei nickte er. »Seltsam«, sagte er, »ganz gleich, wen ich frage, ich höre immer dasselbe. Alle haben Ejnari vertraut und ihn sehr geschätzt – als Freund, als Kollegen, als Gefährten auf der Jagd. Doch niemand scheint ihn tatsächlich *gekannt* zu haben.«

»Fragt sich, was es bedeutet, jemanden zu kennen«, meinte Lerby.

»Das liegt sicher im Auge des Betrachters, da haben Sie recht.«

»Offengestanden war ich über diese Einladung ein wenig überrascht«, gab Lerby zu. »So ziemlich jeder im Ort kannte Inasson länger als ich, Sie eingeschlossen.«

»Das ist wahr. Als ich vor achtzehn Jahren nach Illokarfiq gekommen bin, ist er bereits bei der hiesigen Polizei gewesen. Ich kann mich nicht erinnern, dass es jemals Streit oder eine Unstimmigkeit gab. Wir haben stets gut zusammengearbeitet.«

»Pally hat mir erzählt, dass Sie Däne sind.«

»In der Tat, doch es hat mich bereits früh in die Ferne getrieben, ich wollte immer in den Norden. Zunächst bin ich einige Jahre in Nuuk gewesen, dann drüben an der Westküste, und schließlich hat es mich hierher verschlagen, als Hirte dieses versprengten Häufchens.«

»Ich nehme an, Sie könnten längst im Ruhestand sein ...«

»Das ist wahr.« Balling lächelte. »Doch irgendetwas sagt mir, dass ich hier noch gebraucht werde.« Er blickte in seine Tasse, als könnte er darin die Zukunft sehen. »Wer weiß, vielleicht gehe ich hier auch nicht mehr fort, sondern bleibe. Bei all jenen auf dem Friedhof zu ruhen, die man im Lauf der Jahre auf ihrem letzten Weg begleitet hat, hat etwas Tröstliches, finden Sie nicht?« Er erwartete zum Glück keine Antwort, denn Lerby hätte nicht gewusst, was er erwidern sollte. »Und Sie?«, fuhr der Pfarrer fort. »Warum sind Sie nach Illokarfiq zurückgekehrt?«

»Wegen des alten Magnus. Es geht ihm nicht gut, und er verlangte mich zu sehen.«

»Und als zuverlässiger Freund sind Sie seinem Ruf gefolgt.« Balling nickte. »Wohl dem, der solche Freunde hat.«

»Ich weiß nicht.« Nun war es Lerby, der in seine Tasse starrte, dabei errötend, was ihn ärgerte.

»Wie Sie vielleicht wissen, kenne ich Magnus recht gut. Wir treffen uns regelmäßig, und dann reden wir. Auch über Sie haben wir schon öfter gesprochen. Deshalb weiß ich, wie sehr er Sie schätzt.«

»Der Pfarrer in trauter Einheit mit dem Schamanen.« Lerby lächelte. »Hätte man mir das früher gesagt, hätte ich es nicht geglaubt.«

Balling nippte von seinem Tee, dann stellte er die Tasse wieder zurück. »Zugegebenermaßen ist das nicht immer meine Haltung gewesen, doch heute glaube ich, dass mehr als ein Weg zu Gott führt. Das Leben hat mich manche Lektion gelehrt, und ich habe versucht, sie zu beachten. Und wie ist es mit Ihnen? Haben Sie auch Ihren Weg gefunden?«

»Sie meinen, im religiösen Sinn? Sie wollen wissen, ob ich an Gott glaube?«

»Das würde mich interessieren, in der Tat.«

»Offengestanden«, entgegnete Lerby, »bin ich kein religiöser Mensch, bin es nie gewesen. Aber hier im Norden habe ich ein paar Dinge gesehen und erlebt, die mich daran haben zweifeln lassen, dass es auf dieser Welt nur das gibt, was wir verstehen und begreifen können.«

»Ich weiß, was Sie meinen.« Balling nickte. »Hier ist man der Wahrheit näher, nicht wahr? Was der gute Magnus vermutlich jederzeit bestätigen würde.«

»Ganz sicher«, stimmte Lerby zu.

»Im Lauf der Jahre, die ich bereits hier lebe, habe ich Gespräche mit vielen Inuit geführt, Männern wie Frauen, und es war niemand darunter, der mir nicht von einer außergewöhnlichen Begebenheit hätte erzählen können, von etwas, das mit rationalen Mitteln allein nicht zu erklären ist, von einer Begegnung mit der anderen Welt. Das hat mein Interesse geweckt, und ich begann, mich ein wenig mit der Mythenwelt der Inuit auseinanderzusetzen.«

»Und?«, fragte Lerby.

»Ich möchte behaupten, dass es keine zweite Kultur auf dieser Welt gibt, deren Überlieferung unheimlichere und grausigere Kreaturen kennt als diese. Ist ja auch nicht weiter verwunderlich, wenn man bedenkt, dass all diese Geschichten in eisigen und dunklen Nächten geboren wurden und dass sie einst dazu dienten, eine dem menschlichen Leben höchst feindlich gesonnene Welt zu erklären.«

»Nein, wohl nicht«, gab Lerby zu. »Sie kennen sich also mit Inuit-Mythologie aus?«

»Wie gesagt, ein wenig.« Der Pfarrer nickte zwischen zwei Schlucken Earl Grey.

»Sagt Ihnen der Name *qivvitoq* etwas?« Lerby wusste selbst nicht recht, warum er davon anfing, schließlich war er hier, um Fragen zu beantworten, und nicht, um selbst welche zu stellen. Und was die Gebräuche der Inuit betraf, konnte er ja eigentlich Pally fragen, die studierte Ethnologin war. Doch erstens hatte sie im Augenblick haufenweise andere Dinge um die Ohren, und zweitens hatte er das unbestimmte Gefühl, dass man nicht ganz ehrlich zu ihm war, was dieses spezielle Thema betraf.

»Durchaus.« Balling nickte wieder.

»Was hat es damit auf sich?«, wollte Lerby wissen. »Können Sie mir das sagen?«

Der Pfarrer lehnte sich in seinem Sessel zurück und sah ihn prüfend an. »Es ist interessant, dass Sie mich ausgerechnet nach dem *qivvitoq* fragen, denn tatsächlich nimmt er eine Sonderrolle in der Galerie grausiger Gestalten ein, vor denen es in den Mythen der Inuit wimmelt.«

»Inwiefern?«

»Nun, die anderen Gestalten entstammen alle der anderen Welt. Es sind Naturgottheiten oder deren Nachkommen, zauberische Tiere oder durch Magie hervorgerufene Kreaturen. Der *qivvitoq* hingegen ist ein Mensch – oder war es zumindest einmal.«

»Wie darf ich das verstehen?«

»Die Sage geht zurück auf die alten Tage, als noch kein Fremder auf diesem Eiland Fuß gefasst hatte und die Inuit noch ganz auf sich gestellt waren. Sie lebten als jagende Nomaden und waren in Sippen organisiert, deren Überleben davon abhing, dass jeder seinen Beitrag leistete und sich zudem an die geltenden Regeln hielt. Wer dagegen verstieß oder – aus welchen Gründen auch immer – seinen Beitrag nicht mehr leisten konnte, der wurde zur Gefahr für das Überleben des Stammes und musste ihn verlassen.«

»Was den sicheren Tod bedeutete«, ergänzte Lerby.

»In den meisten Fällen, zumal bei Alten oder Kranken, dürfte es sicher so gewesen sein«, räumte Balling ein. »Aber offenbar gab es auch Fälle, in denen junge Männer im Vollbesitz ihrer Kräfte den Stamm verlassen mussten, etwa, weil sie ein Verbrechen begangen hatten oder mit der Führung nicht einverstanden waren. Diese Männer waren erfahrene Jäger und wussten, was notwendig war, um in der eisigen Wildnis zu überleben – und das taten sie wohl auch. Es gibt Berichte von Ausgestoßenen, die später noch gesehen wurden, urwüchsige Kreaturen, in Eisbärenfelle gehüllt, mehr Tier als Mensch und zur Sprache nicht mehr fähig, aber noch immer am Leben. Und so entstand die Sage vom *qivvitoq*, dem Geist, der ruhelos umherstreift. Bisweilen ist er Fremden freundlich gesonnen, doch oft genug sinnt er auf Rache für das, was ihm angetan wurde, und dürstet nach verirrten Seelen.«

»Und wieder etwas, vor dem die Inuit sich fürchten können«, meinte Lerby und schnitt eine Grimasse, um den Schauder zu vertuschen, der ihn durchlief.

»Das ist wahr, Angst ist ein wesentlicher Bestandteil ihrer Kultur«, räumte Balling ein. »In diesem Fall jedoch gibt es ein Mittel dagegen.«

»Welches?«

»In alter Zeit war es Sitte, stets kleine Opfergaben mitzuführen, wenn man im Eis unterwegs war, nämlich einen Feuerstein nebst Zunder sowie eine aus Knochen gefertigte Nadel und einen Faden dazu.«

»Wieso das denn?«

»Weil das die Werkzeuge sind, die in der Wildnis den Unterschied bedeuten zwischen Leben und Tod. Feuer vermag die Dunkelheit zu vertreiben, mit Nadel und Faden lässt sich Kleidung zum Schutz vor der Kälte herstellen. Die Gaben sollten dem *qivvitoq* auf seiner Wanderschaft nützlich sein. Hatte man diese Dinge bei sich, gab es der Überlieferung nach eine gewisse Chance, eine Begegnung mit ihm zu überleben.«

»Verstehe.« Lerby nickte nachdenklich. »Aber wie wurde ein Mensch zum *qivvitoq*?«

»Durch ein Ritual, das allerdings wohl erst besteht, seit die ersten Missionare nach Grönland gekommen sind«, erklärte der Pfarrer. »Mittels dreier symbolischer Blutstropfen machte der Verbannte sich von allen Banden frei und schwor dem christlichen Glauben und seinen Gesetzen ab.«

»Drei Tropfen Blut«, wiederholte Lerby leise. Davon hatte auch der alte Magnus gesprochen.

»In der Tat. Wie alle Sagen versucht auch die vom *qivvitoq* etwas zu erklären, was der Lebenswirklichkeit der Menschen entstammte, worauf sie aber keine Antwort finden oder wozu sie keine rechte Einstellung entwickeln konnten. Der *qivvitoq* ist ganz offenbar eine Art Symbol. Er verkörpert die Furcht der Menschen vor den Folgen dessen, was sie getan, von den Entscheidungen, die sie getroffen haben.«

»Also ist er so etwas wie ein personifiziertes schlechtes Gewissen?«

»So könnte man es wohl nennen, schätze ich.« Balling nickte nachdenklich.

»Wann wurde der letzte *qivvitoq* in Illokarfiq gesichtet?«, wollte Lerby wissen.

»Oh, ich fürchte, Sie missverstehen das. Der *qivvitoq* ist nicht verschiedene Wesen, er ist ein einziges, in unterschiedlicher Gestalt. Und da er ein Geist ist, kann er auch nicht sterben. Seit Urzeiten wird er immer wieder gesichtet, sogar ich habe ihn schon einmal gesehen.«

Lerby hatte einen weiteren Schluck Tee nehmen wollen, stellte die Tasse aber wieder zurück. »Jetzt bin ich gespannt.«

»Es war kurz nachdem ich meinen Posten hier angetreten hatte. Ich war zu einer Besprechung beim Bürgermeister gewesen, und es war bereits dunkel, als ich nach Hause ging, und dichter Nebel war aufgezogen. Und da ich noch nicht lange hier war und mich noch nicht auskannte, habe ich mich verlaufen. Ich ging in die völlig falsche Richtung und war plötzlich am westlichen Rand der Siedlung, die damals – nebenbei bemerkt – noch längst nicht so groß war wie heute. Und da sah ich ihn.«

»Wen?« Lerby sah den Pfarrer wissbegierig an. »Was genau haben Sie gesehen?«

»Nur einen Schemen, eine gedrungene Gestalt mit einem Harpunenspeer ... aber ich könnte schwören, dass ihre Augen geleuchtet haben wie glühende Kohlen, als sie mich damit anstarrte.«

»Und Sie? Was haben Sie getan?«

»Die Flucht ergriffen, was sonst?« Balling lächelte verschämt. »Mir ist klar, wie sich das anhören muss – ein mündiger Erwachsener, noch dazu ein Mann des Glaubens. Aber dort draußen in Kälte und Nebel ...«

»Ich weiß«, sagte Lerby nur. »Und dann?«

»Der Schatten, der Geist oder was immer ... ist mir gefolgt. Er war mir auf den Fersen, und ich hatte Angst, er würde seine Harpune nach mir werfen. Da tauchte plötzlich jemand auf. In diesem Moment verschwand der Schemen und wurde nicht mehr gesehen. Doch ich fürchte bis zum heutigen Tag, dass es kein anderer als der *qivvitoq* ist, dem ich in jener Nacht begegnet bin, und dass jener Mann, der plötzlich auftauchte, mich vor ihm gerettet hat.«

»Wer war es? Haben Sie ihn gekannt?«

Balling trank wieder Tee, dabei nickte er nachdenklich. »Sehen Sie, das ist das Seltsame daran, einer dieser merkwürdigen Zufälle, die uns das Leben beschert – oder vielleicht ist es auch kein Zufall, dass wir ausgerechnet heute darüber sprechen. Denn der mich damals im Nebel fand, ist kein anderer als Ejnari Inasson gewesen. Er hatte Dienstschluss und war auf dem Weg nach Hause.«

»Hm«, machte Lerby nur. »Hat Inasson damals in einem anderen Haus gewohnt als zuletzt?«

»Nicht, dass ich wüsste. Wieso?«

»Weil es nicht am westlichen Rand der Siedlung liegt.«

»Und Sie wollen mir erzählen, Sie wären nicht im Dienst?«
Balling schmunzelte.

»Verzeihen Sie.« Lerby hob beschwichtigend die Hände. »Manche Gewohnheiten legt man wohl nicht so leicht ab.«

»Offensichtlich«, bestätigte der Pfarrer und bedachte ihn mit einem seltsamen Blick. »Das jedenfalls ist meine Geschichte von der Begegnung mit dem *qivittoq*. Was genau damals geschehen ist, weiß ich bis heute nicht.«

»Hat Inasson ihn auch gesehen?«, wollte Lerby wissen.

»Ich denke nicht. Er hat nichts gesagt, und ich habe ihn nicht danach gefragt, verängstigt, wie ich war. Aber ich weiß, was ich damals gesehen habe.«

Lerby nickte. So wie er sich einst sicher gewesen war, ein garstiges Monstrum zu sehen, damals, vor jener Höhle …

Für Außenstehende war es schwer zu begreifen, was in solchen Nächten vor sich ging, wenn sich teerige Schwärze über das Land ergoss und der eisige Wind schaurig heulte. Lerby jedoch hatte es am eigenen Leib erlebt.

Düster war seine Stimmung vorher schon gewesen, Ballings Geschichte hatte es nicht besser gemacht. Danach sprachen sie weiter über Inasson, über die Rolle, die er für Illokarfiq allgemein und für Lerby im Besonderen gespielt hatte, über seine Verdienste um die Siedlung und speziell bei der Lösung des *Tupilaq*-Falles. Der Pfarrer hatte einen Schreibblock parat und machte regelmäßig Notizen. Natürlich konnte keine Grabrede, und wäre sie noch so lang und ausführlich, das Leben eines Verstorbenen in allen Nuancen abbilden. Doch Anders Balling schien sehr daran gelegen zu sein, es zumindest zu versuchen.

Entsprechend wurde das Gespräch sehr viel länger, als Lerby erwartet hatte. Es war bereits dunkel, als er Ballings Haus verließ und zurück zum Hotel ging, die Hände in den Taschen seines Anoraks und die Kapuze hochgeschlagen.

Er nahm kaum wahr, wie er durch die Straßen Illokarfiqs lief, so sehr war er in Gedanken noch bei Ejnari Inasson. Er bedauerte aufrichtig, ihn nicht besser gekannt zu haben, und nahm sich vor, an diesem Abend an der Hotelbar einen Wodka auf sein Andenken zu trinken.

Oder auch zwei ...

Dass ihn jemand heimlich beobachtete, bemerkte Lerby nicht.

34

Er war im Nirgendwo.

Sein Geist trieb in einem weiten Meer aus Gleichgültigkeit und Zuversicht, losgelöst von allem, was das menschliche Dasein beschwerte. War dies die andere Welt? Weilte er bereits bei den Ahnen? Würden sie kommen und ihn zu sich holen, in ihre Unterwelt, die keinen Mangel kannte und keine Entbehrung? Keine dunklen Geheimnisse und schmerzvollen Erinnerungen?

Wie lange er bereits dort im Nirgendwo schwamm, wusste er nicht, Zeit spielte keine Rolle an diesem Ort. Doch jener der Welt entrückte Zustand endete in dem Moment, als er blinzelnd die Augen aufschlug. Denn mit dem Erwachen kam der Schmerz.

Ein Stöhnen entfuhr seiner Kehle, über dessen wenig menschlichen Klang er selbst erschrak. Sein Hals war wie ausgedörrt, seine Zunge ein fleischiger Klumpen.

Von seiner Umgebung konnte er so gut wie nichts erkennen. Licht fiel durch ein Fenster und blendete ihn, aber selbst als er sich daran gewöhnt hatte, fokussierte sich sein Blick nicht, blieb alles unklar und verschwommen. Das Einzige, was ihm klar vor Augen stand, war der Schmerz, heiß und brennend, so als hätte man flüssiges Eisen über seine Seite gegossen.

Er wollte seine Hände heben und nach der Stelle greifen, wo er die Ursache des Schmerzes vermutete, doch es gelang ihm nicht, ihm fehlte die Kraft dazu. Und auch wenn er das gar nicht wirklich wollte, kehrte mit zäher Langsamkeit auch die Erinnerung wieder zu ihm zurück, Tropfen für Tropfen wie schmelzendes Eis.

Die beiden Boote.

Die Begegnung auf dem Fjord.

Der Geist aus der Vergangenheit.

Er erinnerte sich noch daran, dass er nach seiner Dienstwaffe gegriffen hatte, doch vor dem, was dann geschehen war, schreckte sein Bewusstsein zurück wie eine Hand vor dem flackernden Feuer, so als fürchtete es, sich daran zu verbrennen. Was blieb, waren nur verschwommene Bilder und flüchtige Eindrücke, denn es war schnell gegangen.

Die mit Widerhaken versehene Spitze der Harpune. Der Schuss, der die Stille der Nacht zerfetzt, jedoch ins Leere geht. Dann der Schmerz, der ihm in die linke Seite fährt und sich anfühlt, als würden ihm die Eingeweide herausgerissen. Schließlich sein Schrei – und dann die Finsternis, aus der er erst vor Augenblicken wieder erwacht war.

Erst ganz allmählich begann sich sein Blick wieder zu schärfen. Eine Decke aus Stahlblech, Rostflecke an den Wänden. Die Welt der Ahnen war das nicht, soviel stand fest. Oder sie war sehr viel anders, als die Alten es in ihren Geschichten erzählten.

Plötzlich erklang neben ihm ein Geräusch, das leise Knarren lederner Stiefel. Gleichzeitig fiel ein Schatten auf ihn.

Auf der Pritsche liegend, die besudelt war von seinem Blut, versuchte er sich herumzudrehen, um zu sehen, wer es war. Doch die eine Bewegung genügte, um die Pein vollends zu entfesseln. Er nahm noch einen dunklen Schemen war, der wie ein drohender Geist über ihm stand und auf ihn starrte.

Dann verlor er wieder das Bewusstsein und sank zurück in das dunkle, trübe Nirgendwo.

35

Aleqa Nesbø war auf dem Weg zur Arbeit.

Die Dämmerung war über Illokarfiq hereingebrochen, und zwischen den auf Pfählen thronenden Häusern hindurch, in denen vielfach noch kein Licht brannte, ging sie zur Kirche, deren spitzer Turm über dem Ortskern aufragte.

Aleqa mochte diese Zeit des Tages. Es war still, nur das Knirschen des über Nacht gefallenen Schnees unter ihren Füßen und vereinzeltes Hundebellen waren zu hören. Ihre Cousine, die nach *Danmarki* gezogen war, hatte ihr erzählt, wie laut es dort war bei den *qallunnaat*, wie viele Menschen dort an einem Ort lebten und wie hoch die Häuser waren.

Aleqa hatte Bilder davon im Fernsehen gesehen, vorstellen konnte sie es sich dennoch nicht. Sie hatte Illokarfiq noch nie wirklich verlassen. Ab und zu war sie in Tasiilaq gewesen oder hatte im Sommer den Fjord hinauf Verwandte besucht. Doch hätte sie sich niemals vorstellen können, an einem anderen Ort zu leben als hier, auch wenn das Leben hart war. Was sie selbst betraf, so konnte sie sich ohnehin nicht beschweren, sowohl sie als auch ihr Mann Pavia hatten Arbeit. Ihre beiden Töchter hatten geheiratet und waren nach Nuuk, in die Hauptstadt, gezogen, von wo sie ab und zu auch ein wenig Geld schickten. Alles in allem reichte das, um ein Auskommen zu haben und nicht auf staatliche Zuwendungen angewiesen zu sein wie so viele andere … denn mit den Zuwendungen kam auch das Gefühl, nichts zur Gemeinschaft beizutragen. Und mit dem Gefühl, nichts beizutragen, kam der Durst.

Auch Aliqa und ihr Mann hatten getrunken, viel davon. Sich gegenseitig stützend waren sie vom Supermarkt nach Hause gewankt, wo sie einander schlimme Dinge antaten, Verletzungen an Körper und Seele. Und vielleicht hätte es irgendwann geendet, wie es bei vielen endete, wären sie nicht auf einem ihrer Streifzüge Pfarrer Balling begegnet.

Wie der Herr selbst in den Geschichten aus der Bibel hatte er ihnen in die Augen geblickt und ihre Not erkannt, den stummen Schrei um Hilfe gehört und ihnen Arbeit gegeben. Pavia als Hausmeister, der sich fortan sowohl um die Kirche selbst als auch um die Nebengebäude zu kümmern hatte, und Aleqa als Hauswirtschafterin, deren Aufgabenfeld vom Reinigen der Räumlichkeiten über das Machen der Wäsche bis hin zum Zubereiten der Mahlzeiten für den Pfarrer reichte, damit sich dieser auf andere Aufgaben konzentrieren und, wie er stets sagte, der Herde von Illokarfiq ein guter Hirte sein konnte.

Anfangs war es Aleqa noch etwas seltsam vorgekommen, für einen fremden Mann das zu tun, was sie auch zu Hause tat, doch Pfarrer Balling hatte ihr zu verstehen gegeben, wie sehr er ihre Arbeit schätzte, und schon bald hatten sie sich nichts mehr dabei gedacht. Wenn sie gekocht hatte, holten sie oft auch noch Pavia dazu, und sie aßen gemeinsam, fast wie in einer Familie. Und im Grunde waren sie das auch, eine Familie von Menschen, die hier an diesem Ort zusammengefunden hatten.

Dunkelrot zeichnete sich der Kirchenbau gegen den Himmel ab, der an diesem Morgen die Farbe von Perlmutt hatte. Das Licht der aufgehenden Sonne schien sich darin zu brechen wie im Inneren einer Muschelschale, bald hellblau, bald grünlich, bald rosarot. Als Aleqa noch klein gewesen war, hatte ihre Großmutter ihr von Asiaq erzählt, der Herrin über den Wind und das Wetter, und wie sich aus der Farbe der Wolken ablesen ließ, welcher Laune die Wettergöttin war. An diesem Morgen, so kam es Aleqa vor, lag eine seltsame Melancholie über der Bucht von Illokarfiq.

Mit einem leisen Schaudern passierte sie das Kirchenportal und wandte sich dem Haus des Pfarrers zu. Sie stutzte. Aus dem

Augenwinkel hatte sie etwas wahrgenommen, das anders war als sonst und nicht ins Bild passte, vermutlich blieb sie deshalb stehen.

Oberhalb der in den Fels gehauenen Stufen, in der Nische des Eingangs, lag etwas, ein großes, von Schnee bedecktes Bündel. Was genau es war, konnte Aleqa im Zwielicht zunächst nicht erkennen, also ging sie näher heran. Ihr Herzschlag beschleunigte sich, als sie unter der Decke aus frisch gefallenem Schnee verräterische Formen auszumachen glaubte.

Die Erkenntnis fuhr ihr in alle Glieder: Dort lag ein Mensch! Ein Teil von ihr wollte die Flucht ergreifen, doch sie zwang sich nachzusehen. Immer wieder kam es vor, dass Menschen, die getrunken hatten, nicht mehr nach Haus fanden. Sollte jemand versucht haben, in der Kirche Zuflucht zu suchen und war in der Kälte der Nacht erfroren?

Aleqas Herz schlug schneller. Sie wollte schreien, aber sie konnte nicht. Ihr kam der Gedanke, nach Hause zu laufen und Pavia zu wecken, der noch schlief, oder Pfarrer Balling zu holen, denn es war seine Kirche. Doch in ihrer Panik konnte sie sich weder für das eine noch für das andere entscheiden, ging stattdessen immer weiter.

»Hallo?«, fragte sie, als sie sich der Gestalt bis auf wenige Schritte genähert hatte. Und dann noch einmal, beinahe ängstlich:»Hallo?«

Die schneebedeckte Gestalt regte sich nicht, natürlich nicht ... Aleqa streckte eine bebende Hand aus und stieß die Gestalt an. Schnee fiel von der Schulter und offenbarte Kleidung, ein hellblaues Hemd. Blankes Grauen erfasste sie, als ihr klar wurde, dass sie dieses Hemd erst vor wenigen Tagen gewaschen und gebügelt hatte.

»Herr Pfarrer?«

Atemlos beugte sie sich zu der kalten Gestalt hinab, wischte ihr panisch den Schnee von Haupt und Gesicht ... und erschrak, als sie das Antlitz des Toten erblickte.

Nach einem Augenblick der Starre entlud sich Aleqas Entsetzen in einem heiseren Schrei, den sie in die klare Morgenluft entließ und in den Himmel, den die Wettergöttin Asiaq in ihrer Weisheit düster gefärbt hatte.

36

»Noch Tee?«

Eva hatte sich aus der Kanne eingeschenkt und sah Lerby über den kleinen Tisch hinweg fragend an – aber er reagierte nicht, schien geradewegs durch sie hindurchzublicken. »Hallo?«, setzte sie nach. »Bodenstation an Jens Lerby, kannst du mich hören?«

Ob es ihre Worte waren oder der durchdringende Blick, den sie ihm schickte, etwas davon holte ihn ins Hier und Jetzt zurück. »Bitte entschuldige«, sagte er und griff nach der anderen Kanne auf dem Tisch. »Nein danke, ich bleibe beim Kaffee«, versicherte er und schenkte sich selbst nach.

Bis spät nachts hatten sie mit Pally und Daavi Keldsen zusammengesessen und sich über alles Mögliche unterhalten, die alten Zeiten und die neuen. Und natürlich hatten sie über Inasson gesprochen. Im Nachhinein betrachtet war es ihre ganz persönliche Abschiedsfeier gewesen, die offizielle würde noch folgen. Nun saßen Eva und er im kleinen Restaurant des Hotels beim Frühstück. Und da die Sommersaison zu Ende war, waren sie an diesem Morgen die einzigen Gäste.

»Bist du in Gedanken?«

»Irgendwie schon«, gab Lerby zwischen zwei Schlucken schwarzen Kaffees zu. Er sah aus dem Fenster. Da das Hotel oberhalb der Ortschaft und zudem auf Stelzen stand, konnte man von hier aus über ganz Illokarfiq blicken, bis hinunter zum Meer. In der Nacht hatte es erneut geschneit, die Schneedecke, die sich über die bunt gestrichenen Häuser breitete, wurde immer dichter. »Pfarrer Balling hat gestern etwas gesagt, das mir nicht mehr aus dem Kopf geht«, gestand er.»Er meinte, hier oben im Norden sei man der Wahrheit näher als anderswo.«

»Welcher Wahrheit?« Über den Rand ihrer Teetasse sah Eva ihn fragend an. Sie trug kaum Make-up und hatte wieder Jeans und Isländer an, das Haar war zum praktischen Dutt gebändigt. Inzwischen schien sie es zu genießen, dass das Leben in Illokarfiq weit weniger förmlich war als zu Hause.»Wahrheit im religiösen Sinn?«

»Er meinte, hier sei man den Antworten auf die letzten Fragen einfach näher. Du weißt schon, woher wir kommen und wohin wir gehen ...«

»Alle Achtung«, meinte Eva anerkennend.»Wenn jemand Jens Lerby zum Philosophieren bringt, muss er ihn nachhaltig beeindruckt haben.«

»Kann sein, vielleicht.« Er nickte.

»Hast du dich überhaupt schon mal derart lange mit einem Priester unterhalten?«, fragte sie scherzhaft.

»Ich fürchte nicht, nein. Aber ich glaube, Balling meint es ernst mit dem, was er tut, sonst würde er wohl nicht schon so lange hier oben leben. Ich denke, dass er für Inasson eine würdevolle Feier abhalten wird.«

»Pally zögert immer noch, ob sie es ihrem Großvater sagen soll oder nicht.«

»Sie sollte es tun«, war Lerby überzeugt.»Inasson und er waren Freunde. Außerdem ist es hier beinahe üblich, dass der Pfarrer und der *angakkoq* die Feier gemeinsam abhalten. Magnus wird es zumindest wissen wollen.«

»Ein Pfarrer und ein Schamane«, meinte Eva.»Das klingt fast wie der Anfang von einem Witz.«

Lerby grinste.»Du kannst dir ja einen ausdenken, der Pfarrer scheint Sinn für Humor zu haben.«

In diesem Moment trillerte sein Handy. Pally hatte ihn darum gebeten, es angeschaltet zu lassen für den Fall, dass sich der Zustand ihres Großvaters plötzlich verschlechterte.

Doch es war nicht Pally, die anrief.

Sondern Daavi Keldsen.

»Ja?«

»Leribi, ich bin es«, erklang die Stimme des jungen Polizisten. Sie hörte sich rau und brüchig an, geradezu elend. Lerby merkte, wie sich etwas in ihm verkrampfte.

»Daavi, was ist los?«

»Bitte kommt zur Kirche ... auf der Stelle.«

»Wieso? Was ist passiert?«

»Bitte«, wiederholte Keldsen nur.

Dann hatte er den Anruf bereits beendet. Lerby starrte verdutzt auf sein Handy.

»Was ist?«, fragte Eva. »Geht es um Magnus?«

»I-ich denke nicht.« Lerby stand kopfschüttelnd auf. »Ich soll zur Kirche kommen, sofort. Daavi klang ziemlich aufgeregt.«

»Soll ich mitkommen?«

»Nein, schon gut.« Lerby griff nach dem Anorak, der er über die Stuhllehne gehängt hatte, und schlüpfte rasch hinein. »Ich werde nur kurz nachsehen, was los ist. Beende du in Ruhe dein Frühstück.«

»Okay.«

Er gab ihr einen flüchtigen Kuss, dann war er schon auf dem Weg. Zu sagen, dass Daavi Keldsen aufgeregt geklungen hatte, war eine ziemliche Untertreibung gewesen, verstört traf es wesentlich besser. Irgendetwas musste vorgefallen sein, das den Armen an den Rand seines Fassungsvermögens brachte, und bei jedem seiner Schritte, die Lerby hektisch zur Ortsmitte lenkten, fragte er sich, was dies wohl sein mochte. Sein Bauchgefühl verhieß nichts Gutes, was auch der Grund dafür war, dass er sich allein auf den Weg gemacht hatte. Nicht, dass Eva jemanden gebraucht hätte, der auf sie aufpasste. Sie war eine toughe Anwältin und genoss den Ruf, die Schlachten, die sie im Gerichtssaal schlug, siegreich zu beenden. Aber das hier war anders, und ohne, dass er bewusst darüber nachgedacht hätte, verspürte Lerby den Drang, sie zu beschützen. Er konnte in diesem Fall nicht anders.

Noch lange bevor er das rote Gebäude der Kirche erreichte, sah er Daavi Keldsens Dienstwagen davorstehen. Und auch der zweite SUV parkte vor dem Eingang der Kirche, in einem eigenartigen Winkel zum ersten, so als bildeten die beiden Fahrzeuge eine Art Sichtwall, um allzu neugierige Blicke fernzuhalten. Lerbys böse Vorahnung verstärkte sich. Vermutlich hatte es wieder einen Selbstmord gegeben ...

Wie immer in solchen Fällen versuchte er sich innerlich zu wappnen, sich auf das vorzubereiten, was er gleich sehen würde. Er erkannte Daavi in seinem blauen Parka und noch eine oder zwei weitere Gestalten. Und ein Paar regloser Beine, die aus der Nische des Kirchenportals hervorlugten.

Lerby stieß eine Verwünschung aus.

Wie er es manchmal hasste, Recht zu haben.

Daavi sah ihn kommen und winkte ihm zu, das Gesicht kreidebleich. Lerby hielt die Anspannung nicht mehr aus und beschleunigte seine Schritte. Dampfenden Atem in die kalte Morgenluft keuchend, erreichte er den kleinen Vorplatz der Kirche und schlüpfte zwischen den abgestellten Fahrzeugen hindurch. Keldsen kam ihm entgegen. Er sah hundeelend aus, in seinen Augen loderte Panik.

»Leribi«, ächzte er. »Wie gut, dass du da bist! Es ist ...«

Mehr brauchte er nicht zu sagen.

Lerby war schon an ihm vorbei und die steinernen Stufen des Eingangs hinauf gehastet – nur um mit eigenen Augen zu sehen, was den armen Daavi so erschreckt hatte. Und obschon Lerby der Erfahrenere von beiden war, zog es ihm den Boden unter den Füßen weg und gab ihm das Gefühl, in einen dunklen Abgrund zu stürzen.

Denn auf der obersten Stufe seiner Kirche kauerte Pfarrer Balling, die Finger der Hände verschränkt, so als würde er beten.

Doch seine Gestalt war leblos und steif gefroren, eine Schicht von gefrorenem Schnee bedeckte ihn. Das Haupt jedoch war davon befreit, und so konnte Lerby es genau sehen: das bizarre Grinsen, das ihm jemand mit Zickzackstichen ins Gesicht gezeichnet hatte, und die schwarze Leere, die ihm aus seinen Augenhöhlen entgegenstarrte.

Einen endlos scheinenden Moment lang war Lerby wie erstarrt. Blankes Entsetzen raubte ihm die Sprache und blockierte seinen Verstand.

Als er dann endlich wieder einen Gedanken fassen konnte, war es der, dass er noch am Vortag mit diesem Mann beisammengesessen und gemeinsam mit ihm Tee getrunken hatte – und dass er nun auf dieselbe Art und Weise gestorben war wie die beiden Mordopfer in Kopenhagen.

Und im nächsten Moment traf Lerby die furchtbare Erkenntnis mit der Wucht eines Hammerschlags.

Der Mörder war hier!

37

Lerbys Gedanken drehten sich im Kreis und hatten Mühe, wieder Tritt zu fassen, Dutzende von Fragen stürzten gleichzeitig auf ihn ein. Wer war der Mörder? Was für ein grausames Spiel verfolgte er? Und was, in aller Welt, hatte der Pfarrer von Illokarfiq damit zu tun, der doch niemandem etwas getan hatte? War er zur falschen Zeit am falschen Ort gewesen, nämlich just an dem, wo auch Lerby sich aufhielt?

Der Gedanke, dass der Mörder ihm nach Grönland gefolgt war, war so erschreckend wie konsequent. War es nicht genau das, wovon der alte Magnus gesprochen hatte?

Der Rationalist in Lerby wollte darauf bestehen, dass alles nur ein hässlicher Zufall war. Oder war es eher der Feigling in ihm, der nicht wahrhaben wollte, dass es eine Verbindung geben musste? Dass die blutige Spur, der er in Kopenhagen gefolgt war, geradewegs hierherführte, nach Illokarfiq, an den Rand der Welt? Und dass die einzige offensichtliche Verbindung kein anderer als *er selbst* war?

»Leribi?«

Daavi Keldsens Stimme drang wie aus weiter Ferne zu ihm. Er hätte nicht zu sagen vermocht, wie lange er dagestanden und auf den steif gefrorenen Leichnam gestarrt hatte, während Frage um Frage auf ihn einstürzte, aber es musste wohl eine ganze Weile gewesen sein. Seiner zurückhaltenden Art entsprechend hatte Keldsen geduldig gewartet, aber nun wollte er verständlicherweise eine Reaktion.

Lerby wandte sich zu ihm um. Ganz langsam klärte sich das Chaos in seinem Kopf, er hatte das Gefühl, aus einer Trance zu erwachen. »Hast du es schon gemeldet?«, fragte er.

»Noch nicht.«

Lerby überlegte. Bei einem Fall dieser Größenordnung würde man Forensiker aus Nuuk schicken, bis zu deren Eintreffen einige Stunden vergehen würden. Ein Nachteil, wenn man an einem so entlegenen Ort wohnte. Aber womöglich konnte es auch ein Vorteil sein.

»Kannst du es noch hinauszögern?«, wollte Lerby wissen.

»Wie lange?«

»Sagen wir 24 Stunden.«

Keldsen machte ein unglückliches Gesicht. »Das ist ziemlich lang.«

»Nicht unter diesen Voraussetzungen.« Lerby deutete nach dem Leichnam in der Eingangsnische. »Den Tatort im Originalzustand zu belassen, bis das Team aus Nuuk eintrifft, wäre in diesem Fall ohnehin nicht möglich, schon um eine öffentliche Unruhe zu vermeiden. Und über Spurensuche bei Minusgraden muss ich dir auch nichts erzählen. Wir werden Fotos machen und an Indizien sichern, was wir können, und den Tatort dann wieder freigeben.«

»Und der Leichnam?«

»In Anbetracht der tagsüber steigenden Temperaturen sollten wir ihn in ein Kühlhaus bringen. Mehr könnten auch die Kollegen aus Nuuk fürs Erste nicht tun, auf ein paar Stunden hin oder her kommt es also nicht an.«

Keldsen nickte, das alles schien ihm einzuleuchten. »Wenn du es so willst, werde ich es tun, Leribi. Aber warum soll ich es tun?«

»Weil das hier«, Leribi deutete abermals auf den grausam entstellten Toten, »kein Zufall ist. Mehr kann ich dir im Augenblick nicht darüber sagen, es ist momentan noch mehr ein Gefühl als gesicherte Erkenntnis. Aber das hier stinkt ganz gewaltig, Daavi. Und etwas sagt mir, dass wir es nicht besser machen, wenn wir Nuuk informieren.«

»Wir?«, fragte Keldsen. Der Blick, mit dem er Lerby ansah, war fragend, und Lerby wusste, dass eine Entscheidung anstand. Eine, die er nicht treffen wollte und im Grunde genommen auch gar nicht allein treffen konnte, denn er war zur Zeit kein Polizist, war zeitweilig außer Dienst gestellt, ein zahnloser Tiger ohne Dienstwaffe, ohne Marke und erst recht ohne Befugnis.

»Ich werde dir helfen, den Scheißkerl zu fassen«, hörte er sich dennoch sagen, und ihre Blicke trafen sich. Lerby hatte oft beobachtet, wie sich die Inuit allein durch Blicke verständigten, so als beherrschten sie die geheime Kunst der Telepathie. An diesem Tag, in diesem Augenblick, herrschte auch zwischen Daavi Keldsen und ihm ein solches stummes Einvernehmen.

»Einverstanden«, sagte Keldsen, und Lerby wusste selbst nicht, ob er darüber bestürzt oder erleichtert sein sollte. Aber so groß sein Entsetzen und seine Verwirrung in diesem Augenblick auch sein mochten, die Vermutung, dass es zwischen all dem eine Verbindung geben musste, ließ ihn nicht mehr los. Auch wenn sich aus ihr Dutzende weiterer Fragen ableiteten, von denen viele schmerzten und die manches möglicherweise in anderem Licht erscheinen ließen.

Lerby musste versuchen, diese Fragen zu sortieren, er musste Ordnung ins Chaos bringen und Antworten finden.

Vor allem aber musste er mit Eva sprechen.

38

Als Ejnari Inasson diesmal zu sich kam, wusste er immerhin gleich, wo er sich befand und was geschehen war.

Er erinnerte sich, wenn auch nur bruchstückhaft und von Schmerz durchflutet, doch dieser Schmerz war nicht mehr ganz so intensiv und alles verzehrend wie beim ersten Erwachen. Inasson schlug blinzelnd die Augen auf und schaffte es irgendwie, den Kopf zu heben und an sich herabzublicken. Sein Pullover war seitlich aufgeschnitten, die Wunde verbunden worden. Allerdings verfärbte sich der Verband schon wieder blutig rot.

So wie den Schmerz nahm Inasson auch seine Umgebung nur gedämpft wahr, offenbar hatte man ihm ein starkes Schmerzmittel verabreicht. Entsprechend erschrak er diesmal nicht, als der dunkle Schatten erneut auf ihn fiel.

Jemand stand am Rand der Pritsche, auf die man ihn gelegt hatte, und blickte auf ihn herab. Mit den schmerzenden Augen, die noch immer Schwierigkeiten hatten, sich zu fokussieren, blickte Inasson an der drohenden Gestalt empor.

Endlich schälten sich Gesichtszüge aus dem hellen Gegenlicht.

»Du«, stieß er hervor.

»Enttäuscht?« Das Gesicht aus der Vergangenheit grinste. »Wen hast du erwartet?«

»Warum bin ich …«

»Gefangen? Ich denke, das weißt du besser als ich.«

»… verbunden?«, brachte Inasson die Frage krächzend zu Ende. Zu sprechen kostete ihn noch ungleich mehr Kraft, als den Blick auf ein festes Ziel zu richten.

»Weil ich nicht will, dass du stirbst«, lautete die ebenso schlichte wie wenig überzeugende Antwort. »Wir sind Brüder, weißt du nicht mehr?«

»Lange her.«

Der andere lachte leise. »Der *qivittoq* vergisst nicht, denn sein Gedächtnis reicht weit zurück.«

Inasson deutete ein Nicken an. Da war ein Aufflackern von Erinnerung, zwei Jungen an einem einsamen Ort, die sich mit Geschichten trösteten. Alten Geschichten aus der Zeit ihrer Ahnen …

»Bist … kein Kind mehr.«

»Nein«, gab sein Entführer zu, »deshalb spiele ich auch nicht mehr. Aus unserem Spiel von einst ist ernst geworden, Ejnari«, fügte er hinzu und hielt ihm etwas hin.

Es war das Display eines Smartphones, mit dem er offenbar ein Foto geschossen hatte. Was es zeigte, konnte Inasson zunächst nicht erkennen, seine Augen brauchten einen Moment, um sich auf die kurze Distanz einzustellen.

Endlich schärfte sich das Bild, das ganz offenbar ein Gesicht zeigte. Doch je deutlicher es vor Inassons Augen wurde, desto mehr geriet es zu einer bizarren Fratze, mit einem grinsenden Zickzackmund und Augen aus leeren Löchern, die ihn in stiller Panik anzustarren schienen.

In diesem Moment wurde Inasson klar, dass er den Mann kannte, und ein durchdringender Schrei entfuhr ihm, der an die gequälten Seelen der Unterwelt denken ließ.

Doch niemand hörte ihn.

39

»Das ist nicht dein Ernst, oder?« Eva stand am Fenster ihres Hotelzimmers und sah hinaus.

»Ich fürchte doch«, gestand Lerby. »Es tut mir leid, wirklich. Ich habe das nicht …«

»Nur, damit ich das richtig verstanden habe.« Sie wandte sich zu ihm um und sah ihn fragend an. »Du bist als Privatmann hier, vom Polizeidienst freigestellt, um es mal vorsichtig auszudrücken – und du willst hier einen Mordfall untersuchen?«

»Nicht offiziell«, versicherte Lerby.

»Hast du auch nur annähernd eine Vorstellung davon, wie viel Ärger du dir damit einhandeln kannst? Ich bin keine Expertin für Exekutivrecht, aber allein mir fällt ein halbes Dutzend Gesetze und Verordnungen ein, gegen die du damit verstößt.«

»Das ist mir klar«, entgegnete er. »Aber ich kann einfach nicht anders, verstehst du? Nicht in diesem Fall.«

Vom Fenster aus musterte Eva ihn. Er stand noch immer so vor ihr, wie er eingetreten war. Obwohl es zum Davonlaufen heiß war in dem kleinen Zimmer, trug er immer noch seinen Anorak. Sie sah ihn prüfend an, kannte ihn lange und gut genug, um die Sorge in seinem Gesicht zu erkennen.

»Nein«, gestand sie, sanfter jetzt, und setzte sich in Ermangelung eines Sitzmöbels auf die Bettkante, »ich verstehe es nicht, aber das würde ich gerne.« Sie sah ihn auffordernd an. »Wer ist der Ermordete? Hast du ihn gekannt?«

»Pfarrer Balling«, entgegnete Lerby tonlos.

»Der Priester?« Eva hob die Brauen. »Bei dem du gestern noch gewesen bist?«

Lerby nickte.»Und alles deutet auf einen Zusammenhang hin«, fügte er gepresst hinzu.

»Auf einen Zusammenhang womit?«

»Mit dem Fall, den ich in Kopenhagen bearbeitet habe«, rückte er heraus.

»Der dir entzogen wurde?« Sie hob fragend die Augenbrauen.

»Hör zu, ich weiß, wie sich das anhören muss«, versicherte er. Er schlüpfte aus dem Anorak, ließ ihn einfach fallen und setzte sich auf die andere Seite des Betts.»Weißt du noch, wie an dem Abend, als wir im Restaurant waren, mein Handy klingelte?«, fragte er dann.

»Der unbekannte Anrufer?«

»Genau der.« Lerby nickte grimmig.»Dieser Anruf war kein Zufall, Eva. Der Mann am anderen Ende hatte meine Nummer bewusst gewählt, denn er wollte mich um Hilfe bitten. Ein paar Stunden später war er tot.«

»Was?« Jetzt sah sie ihn an, als hätte er den Verstand verloren.

»Zu diesem Zeitpunkt wusste ich nichts davon und hatte auch keine Chance, auf den Anruf zu reagieren. Doch inzwischen steht unstrittig fest, dass mich eines der beiden Mordopfer kurz vor seinem Tod angerufen hat, vermutlich, weil der Mann meine Hilfe wollte. Warum er am Telefon nichts gesagt hat, kann ich nur vermuten.«

»Woher hatte er deine Nummer?«

»Weiß ich nicht.« Lerby schüttelte den Kopf.»Da gibt es viele Möglichkeiten. Entscheidend ist, dass ich auf eine Art und Weise, die ich nicht durchschaue, irgendwie selbst mit diesem Fall verbunden bin.«

Sie sah ihn weiter unverwandt an. Der leise Spott war nun allerdings aus ihrem Gesicht gewichen und hatte Sorge Platz gemacht.

»Warum hast du mir nichts davon gesagt?«

»Weil es keine Rolle mehr gespielt hat ... oder zumindest dachte ich das. Der Fall war mir ja entzogen worden.«

»Weiß der PET davon?«

»Allerdings.«

»War das der Grund, warum man dir den Fall weggenommen hat?«

»Dieser Inspektor Beck hat es vor Sørensen jedenfalls groß zur Sprache gebracht«, bestätigte Lerby, »aber um mir Befangenheit zu unterstellen, reicht das nicht aus, es muss dabei noch um andere Dinge gegangen sein.«

Eva nickte. »Und nun vermutest du einen Zusammenhang zum Tod von Pfarrer Balling? Warum?«

»Weil Balling und die beiden Mordopfer in Kopenhagen auf exakt dieselbe Weise ermordet wurden«, entgegnete Lerby prompt. »Jedenfalls nehme ich das an, eine genaue gerichtsmedizinische Untersuchung steht ja noch aus. Aber mein Gefühl sagt mir, dass ich verdammt richtig liege«, fügte er hinzu. Details wollte er ihr im Augenblick lieber ersparen, auch wenn sie sie früher oder später sicher erfahren würde.

»Verstehe.« Ihre Haltung verkrampfte sich, er konnte sehen, wie ihre Kieferknochen mahlten. »Und deshalb vermutest du …«

»… dass der Täter, der in Kopenhagen sein Unwesen trieb, mir gefolgt ist«, brachte Lerby den Satz leise zu Ende.

»Du meinst, er ist hier?«

»Glaub mir, der Gedanke gefällt mir ebenso wenig wie dir. Aber offengestanden wüsste ich nicht, wie ich den jüngsten Vorfall anders interpretieren sollte.«

»Vorfall?« Eva sah ihn zweifelnd an. »Ein unschuldiger Mensch wurde getötet!«

»Genau das. Und deshalb müssen wir ihn fassen, ehe er wieder zuschlagen kann.«

»Du denkst, er wird es wieder tun?«

Lerby wich ihrem Blick aus und zuckte mit den Schultern. »Ich weiß es nicht. Aber ich muss immerzu an Magnus und seine düsteren Visionen denken. Ich weiß, das ist nur abergläubisches Gerede, auf das ich nichts geben sollte, aber ...« Er hob den Blick und sah sie direkt an. »Ich weiß, wie verrückt sich das anhören muss, aber ich habe das Gefühl, dass das alles irgendwie zusammenhängt.«

»Könntest du ›alles‹ ein wenig näher definieren?«

»Die Morde, die Vergangenheit der Opfer, Magnus' Visionen, dieser verdammte Anruf: Ich habe das Gefühl, dass das alles Teile eines großen Puzzles sind. Nur dass ich im Augenblick noch nicht die blasseste Ahnung habe, wie sie zusammengehören oder was das fertige Bild einmal zeigen wird. Ergibt das für dich irgendeinen Sinn?«

Er sah sie fragend an, aber Eva antwortete nicht sofort. Sie hielt seinem Blick stand und schien nachzudenken, und obwohl sie einander so lange und so gut kannten, hätte er nicht zu sagen vermocht, was in diesem Augenblick in ihr vor sich ging. Allerdings glaubte er eine gewisse Tendenz auszumachen.

»Ich weiß, du hast dir diesen Urlaub anders vorgestellt«, sagte er deshalb, »und es tut mir unendlich leid. Sobald das hier vorbei ist, gehen wir irgendwohin, wo es keine Kälte gibt und keine ...«

»... Mörder?«, ergänzte sie.

»Sie neigen dazu, einem die Erholung ziemlich zu vermiesen«, räumte Lerby ein. »Ganz ehrlich, ich weiß nicht, wie oder warum das alles passiert ist, aber jetzt bin ich hier«, fuhr er leiser fort. »Alles, was ich weiß, ist, dass ich Daavi damit nicht allein lassen kann, noch dazu, wo Inasson nicht mehr da ist, und dass ich ihm helfen muss, diesen elenden Mistkerl zu fassen. Und noch etwas ist mir nur zu klar, nämlich dass ich es mir nie verzeihen würde, wenn dir dabei etwas zustoßen würde. Deshalb denke ich, es wäre am besten, wenn du nach Kulusuk fliegen würdest und von dort den ersten Flieger zurück nach Kopenhagen nimmst.«

»So, denkst du das«, fiel sie ihm ins Wort. »Habe ich da nicht auch noch ein Wörtchen mitzureden? Willst du nicht erstmal wissen, wie ich darüber denke?«

»Klar.« Er nickte. »Bitte entschuldige. Was denkst du?«

Sie stand auf, kam um das Bett herum und setzte sich neben ihn. »Ich muss zugeben«, begann sie dann, »anfangs habe ich dich nicht verstanden. Ich meine, ich war froh, dass der Mann, der damals aus Grönland zurück war, ein anderer war als der, der seinerzeit dorthin gegangen ist, aber mir war nie klar, was dich so verändert hatte. Ich dachte, es wäre die Landschaft gewesen, die Weite, die Freiheit, was weiß ich? Vermutlich war das einer der Gründe, warum ich dich hierher begleiten wollte. Ich wollte gerne verstehen, was genau dich hier so sehr fasziniert.«

»Und?«, fragte er.

Sie zuckte mit den Schultern. »Ehrlich gesagt verstehe ich es noch immer nicht, so wie ich vieles hier nicht verstehe. Noch nie zuvor habe ich mich an einem Ort so fehl am Platz gefühlt. Ich bin überwältigt von der Weite dieses Landes und von seiner Leere, bin tief beeindruckt und verstört zugleich.«

Lerby nickte. »Da sind wir schon zwei.«

»Ich bin Verstandesmensch, Jens. Ich glaube nur, was sich objektiv verifizieren lässt, aber die Menschen hier, diese archaische Furcht, die sie verspüren ...« Sie schüttelte den Kopf, schien nicht in Worte fassen zu können, was sie in diesem Moment empfand.

»Im Augenblick spielt es keine Rolle, wie ich darüber denke. Du fühlst dich diesem Land und den Menschen hier verbunden, einige von ihnen hast du sogar fest ins Herz geschlossen.«

»Eva, ich ...«

Sie lächelte. »Du weißt, wie ich es meine. Es sind die Menschen hier, die dich faszinieren. Ihre Bescheidenheit, ihre Herzlichkeit, aber auch ihre Fähigkeit, zu leiden und Dinge auszuhalten. Eigenschaften, die wir vielleicht irgendwann einmal hatten, aber die uns verloren gegangen sind. Und weil das so ist, kannst du nicht anders, als ihnen zu helfen, so jedenfalls verstehe ich es. Also nimm jetzt keine Rücksicht auf mich, sondern tu, was du kannst, um dem Mörder das Handwerk zu legen. Aber verlange nicht von mir, dass ich deswegen abreise.«

»Werde ich nicht, versprochen.« Er lächelte. »Aber du kannst nicht hier im Hotel bleiben. Pally hat angeboten, dass du bei ihr wohnen kannst, bis die Situation geklärt ist. Dann wärst du wenigstens nicht allein.«

»Pally?« Eva hob die Brauen. »Du hast sie bereits gefragt?«

»Na ja.« Er wich ihrem forschenden Blick aus. »Ich habe geahnt, dass du nichts von meinem Vorschlag halten würdest, allein nach Hause zurückzufliegen.«

»Haarscharf kombiniert, Kommissar Lerby.«

»Ist mein Job.« Er zuckte mit den Schultern und versuchte ein verwegenes Grinsen, das ihm jedoch nicht recht gelang. »Danke«, sagte er leise.

»Schnapp dir den Mistkerl«, erwiderte sie.

»Ich werd's versuchen. Aber dazu brauche ich ein wenig Hilfe«, erwiderte er, griff nach dem Handy und rief eine Nummer aus dem Speicher ab, die er schon eine ganze Weile nicht mehr gewählt hatte.

Das letzte Mal vor achtzehn Monaten.

ERINNERUNGEN

Etwas verändert sich.

Alles verändert sich.

Wie es dazu gekommen ist, vermag keiner der Jungen zu sagen.
Hat es damit zu tun, dass einer von ihnen, Paajuk, spurlos verschwunden ist?

Wie an jedem Morgen um sechs Uhr haben sie sich zum Frühstück im Speisesaal versammelt. Doch während sie den Getreidebrei essen, den sie jeden Tag bekommen, gibt es Unruhe. Nicht unter den Jungen, sondern unter den Sieben.

Deborah betritt mir raschen Schritten den Saal. Sie ruft den anderen etwas zu, das Tolv und Tretten nicht verstehen können, obwohl sie die Sprache der *qallunaat* inzwischen sehr viel besser beherrschen. Drei Winter hatten sie Zeit, sie zu lernen. Drei Winter, die ihnen wie eine Ewigkeit erscheinen. An das, was vorher gewesen ist, erinnern sie sich kaum noch, keiner von ihnen. Es gibt nur das Heim, und es gibt die Sieben, die mit eiserner Hand über sie wachen.

Doch jetzt ist es anders.

Aufregung herrscht unter den fünf Männern und den beiden Frauen, sie schreien sich gegenseitig an. Zum ersten Mal, seit sie sich in ihrer Obhut befinden, sehen die Jungen nicht kalte Überlegenheit in den Gesichtern ihrer Häscher, sondern nackte Furcht.

Nimrod ist der, der am lautesten brüllt, Ezechiel sucht ihn zu beschwichtigen, die Klaue wie zum Schwur erhoben. Ahab und Jezebel streiten, sie behauptet, alles schon viel früher gewusst zu haben. Worum es geht, sagt sie nicht. Keiner von ihnen sagt es, aber dann macht ein Wort die Runde, das wie ein Sturmwind durch ihre Reihen fegt.

Die meisten der Jungen hören es an diesem Tag zum ersten Mal, doch scheint es ein Wort mit großer Macht zu sein, denn die Furcht in den Gesichtern der Sieben wird daraufhin nur noch größer. Es lautet *politi*.

Tolv erinnert sich dunkel, das Wort in der Vergangenheit schon einmal gehört zu haben, aber als Kind von Nomaden weiß er nicht, was es bedeutet. Dennoch fasziniert es ihn, dieses Wort, das so große Kraft zu haben scheint, dass es selbst den grausamen Nimrod und den jähzornigen Ahab in Schrecken versetzt: *Polizei*. Die Ereignisse überstürzen sich.

Das Frühstück ist zu Ende, noch ehe es richtig begonnen hat. Die Jungen werden wie eine Herde Vieh aus dem Saal getrieben und auf ihre Zimmer geschickt. In dem Schlafsaal, den sich Tolv und Tretten mit zwei anderen Jungen, Syv und Otte, teilen, herrscht Ratlosigkeit. Keiner weiß die Aufregung zu erklären, aber jeder fühlt die Angst, die die Sieben plötzlich haben. Und diese Angst greift um sich.

»Was soll nun werden?«, fragt Tretten und klammert sich furchtsam an seinen Freund, der ihn noch immer um einen Kopf überragt. »Was werden sie nun tun?«

»Ich weiß es nicht, Vill«, muss Tolv zugeben.

»Sie werden uns bestimmt bestrafen«, ist Otte sicher. »Immer, wenn sie sich ärgern, geben sie uns die Schuld dafür.«

»Diesmal nicht«, widerspricht Tolv. »Etwas ist anders diesmal, merkt ihr das nicht?«

Plötzlich Schritte auf dem Gang, hektisch und laut. Die Zimmertür steht offen, sie darf tagsüber nicht geschlossen werden, und im nächsten Augenblick steht der hagere Ahab auf der Schwelle. Seine Augen leuchten, seine Züge sind wutverzerrt. »Es ist aus!«, herrscht er die Jungen an. »Aus und vorbei!«

»Was bedeutet das?«, fragt Syv vom Stockbett aus, auf dessen oberer Etage er ängstlich kauert.

»Dass wir verschwinden müssen«, entgegnet der große Mann.

»Sie werden verschwinden?«, platzt Tretten heraus, er kann die Hoffnung in seiner Stimme nicht verbergen.

»Ich, wir, das alles hier«, bestätigt Ahab nickend. »Unsere Zeit ist zu Ende. Sagt Lebewohl.«

»Lebewohl?« Die Jungen wechseln entsetzte Blicke.

»Wir trennen uns«, bestätigt Ahab knapp, während er bereits vortritt, Tretten am Handgelenk packt und ihn von Tolvs Seite reißt. Der Jüngere schreit auf wie unter Schmerzen, dreht sich nach dem Freund um, der ihn entsetzt zu halten sucht, doch seine Hände greifen ins Leere.

»Vill! Nein!«

»Ejnari!«, ruft der andere unter Tränen, während Ahab ihn hinauszerrt auf den Gang, von wo noch mehr entsetzte Schreie dringen. Tolv will hinterher, doch Ahab wirft von außen die Tür zu, dann rasselt der rostige Schlüssel.

Vergeblich drückt Tolv die Klinke, vergeblich rüttelt er an der Tür. Hilflos steht er davor und hört, wie sich die Schreie des Jungen, der wie ein kleiner Bruder für ihn war und den zu beschützen er versprochen hat, auf der anderen Seite der Tür verlieren und im Korridor verhallen.

Drei Jahre lang haben sie alles miteinander geteilt, nicht nur den Wohnraum und die Mahlzeiten, auch ihre Hoffnungen und Ängste.

Nun sind sie getrennt.

Einmal mehr heimatlos.

Entwurzelt.

40

Der frisch gefallene Schnee stob in weißen Wolken davon, als der etwas in die Jahre gekommene Hubschrauber vom Typ Eurocopter AS 350 auf dem Landeplatz aufsetzte.

Nur eine Passagierin stieg an diesem Nachmittag in Illokarfiq aus. Ihre schlanke, hochgewachsene Gestalt steckte in einem grauen Daunenmantel, ihr blondes Haar hatte sie zusammengebunden. Ihre Gesichtszüge wirkten verkniffen, wenn nicht gar ein wenig angefressen, während sie Gepäckstück um Gepäckstück entgegennahm, das der Pilot ihr aus dem offenen Seitenschott der Maschine reichte.

Lerby unterdrückte ein Grinsen, während er ihr zur Hilfe eilte. Genauso hatte er Anna Persson in Erinnerung.

»Guten Flug gehabt?«, fragte er anstelle eines Grußes, während er zwei weitere Koffer aus Leichtmetall entgegennahm.

»Geht so«, schnarrte sie in ihrem sonoren Alt und verzog missbilligend das Gesicht. »Dir ist schon klar, dass ich hierfür meinen Urlaub opfern musste? Eigentlich wollte ich Weihnachten meinen Bruder und Familie in Stockholm besuchen.«

»Schick ihnen 'ne Karte«, schlug Lerby vor, während sie sich die Taschen und Koffer – insgesamt ein halbes Dutzend – unter die Arme klemmten und zusahen, dass sie den Landeplatz verließen. Durch das kleine Abfertigungsgebäude ging es nach draußen auf den Parkplatz, wo ein Dienstwagen der Polizei parkte. Lerby stellte seinen Teil der Koffer ab und öffnete den Kofferraum des SUV.

»Du bist also wieder im Dienst?«

»Notgedrungen.«

»Hey, Lerby, das war mein Ernst«, versicherte sie, während sie ihm einen giftigen Blick aus ihren stahlblauen Augen schickte. »Ich musste wirklich meinen ganzen Resturlaub nehmen. Ganz zu schweigen davon, dass es nicht so einfach ist, das ganze Zeug hier rauszuschmuggeln, ohne dass jemand davon Wind bekommt. Ich meine, klar, ich war dir noch ein paar Gefallen schuldig, nachdem ich nach der Geschichte von damals zur Abteilungsleiterin aufgestiegen war, aber die sind nun alle aufgebraucht, okay?«

»Okay«, bestätigte er, während er einen Koffer nach dem anderen im Heck des Toyota verstaute.

»Herrgott, du hast dich wirklich nicht verändert.«

»Du dich auch nicht, wie's aussieht.«

Sie erwiderte etwas Unverständliches, dann griff sie in die lederne Tasche, die sie am Riemen über der Schulter hängen hatte, angelte eine Zigarette daraus hervor und steckte sie sich an. Hastig sog sie den Rauch in ihre Lungen, um dann blauen Dunst in die kalte Luft zu blasen.

»Was ist los?«, wollte sie wissen. »Am Telefon hast du gesagt, dass du nicht offen reden könntest. Geht wieder irgendein Monster um?«

»Könnte man behaupten«, bestätigte Lerby.

»Und warum die Geheimniskrämerei?«

Er hatte das letzte Gepäckstück untergebracht und warf den Kofferraumdeckel zu. »Weil ich ebenfalls nicht offiziell hier bin«, erläuterte er. »Im Grunde genommen dürfte ich nicht einmal in dieser Sache ermitteln. Ich hoffe, das ist kein Problem für dich.«

Sie blies ihm blauen Rauch entgegen. »Ist es nicht ein bisschen spät, um mich das zu fragen?«

»Hätte es denn etwas geändert?«

»Nein«, gab sie achselzuckend zu. »Beförderungen werden ohnehin überschätzt.« Sie ließ die halb aufgerauchte Kippe fallen und trat sie mit dem Absatz ihrer *kamik* aus.

»Anne?«

242

»Was?«

»Danke«, sagte Lerby leise. »Ich bin froh, dass du hier bist. Offengestanden wüsste ich nicht, wie ich es anfangen sollte ohne deine Hilfe.«

»Schon klar.« Sie lächelte dünn.

»Und es tut mir wirklich leid, dass du Weihnachten nun nicht zu deinem Bruder kannst.«

»Muss es nicht.« Ihr Lächeln wurde breiter. »Er ist ein Trottel. Und seine Frau eine Zimtzicke erster Ordnung.«

»Dann ist es ja gut«, meinte Lerby und ging um den Wagen herum, um einzusteigen.

»Ja, alles okay«, versicherte sie, während sie ihrerseits auf dem Beifahrersitz Platz nahm. »Wo ist eigentlich der Rest der Bande? Marie, Keldsen, Inasson …«

Lerby sandte ihr einen Seitenblick, während er den Motor anließ. »Ich fürchte«, sagte er leise, »da sind ein paar Dinge, die ich dir erzählen muss.«

41

Als Ejnari Inasson diesmal erwachte, stand ihm noch immer das Bild vor Augen, das sein Entführer ihm gezeigt hatte. Und auch das Grauen fühlte er noch, der Gleichgültigkeit zum Trotz, die das Schmerzmittel über ihn gebreitet hatte.

Der leblose Körper, die grausam entstellten Gesichtszüge ... Niemals in seinem Leben würde Inasson den Anblick der leer gebrannten Augenhöhlen vergessen.

Im Lauf seiner Dienstzeit hatte er manches zu sehen bekommen, hatte sich zu einem gewissen Maß damit abgefunden. Doch dies hier war anders. Dies war kein tragischer Unfall, keine Selbsttötung und auch kein Totschlag im Affekt, sondern eiskalter Mord. Es war das Werk des Bösen, das Inasson auf jenem Bild gesehen hatte.

»Du ... hast es also getan«, stieß er tonlos hervor in der Vermutung, dass der andere noch in der Nähe war. Tatsächlich hatte er keine Ahnung, wie viel Zeit seit ihrer letzten kurzen Unterhaltung verstrichen war. Die Armbanduhr befand sich nicht mehr an seinem Handgelenk, und selbst wenn, hätte seine Kraft kaum ausgereicht, um den Arm zu heben und das Zifferblatt abzulesen. Sein einziger Anhaltspunkt war das Licht, das durch das schmutzige Fensterglas fiel. Demnach war es draußen noch immer hell ... oder schon wieder?

Schritte auf blankem Metallboden waren zu hören. Dann fiel erneut der Schatten über ihn. »Wieder aufgewacht?«, fragte die unheimliche Gestalt. »Vielleicht tätest du besser daran, einfach wieder einzuschlafen.«

»Du hast es getan«, beharrte Inasson und starrte zu dem anderen empor. »Pfarrer Balling ist tot.«

»Wer soll das sein? Diesen Namen kenne ich nicht.«

»Du … weißt verdammt genau … wen ich meine.«

»Allerdings – so wie ich weiß, dass dein Gottesmann nicht so unschuldig ist, wie du ihn gerne haben möchtest.«

Inasson spürte, wie sich sein Innerstes verkrampfte. Der Schmerz wurde wieder stärker, er pulsierte in seiner Seite und ließ ihn kurzatmig werden. »Es geht hier … nicht um Schuld oder Unschuld … schon längst nicht mehr.«

»Doch, das tut es. Ezechiel hat den Tod verdient, genau wie alle anderen! Sie haben deine Mutter getötet!«

»Es war … ein Unfall …«

»Es hätte nicht passieren dürfen!«, beharrte der andere, seine Augen leuchteten dabei in feuriger Glut. »Keiner von ihnen hätte dort sein dürfen an diesem Tag, nicht ein Einziger!«

»Solltest du diese Entscheidung … nicht mir überlassen?«

»Das habe ich, denn ich dachte, ich könnte dir vertrauen. Aber du hast mich verraten, Ejnari. Mich und alle anderen, die damals dabei gewesen sind. Nun sind nur noch wir beide übrig.«

»Du kannst sie nicht … wieder lebendig … machen«, stieß Inasson erschöpft hervor.

»Nein, aber ich habe getan, was meine Pflicht war, was ich einst geschworen habe. Nun sind ihre Peiniger ebenfalls tot. Unsere Ahnen haben an ihnen Rache genommen, genau wie wir es uns damals gewünscht haben.«

»Das waren nicht die Ahnen. Du bist das gewesen.«

»Ich war nur die Hand, die das Werkzeug geführt hat. Der Beschluss, dass sie alle bezahlen werden, wurde schon vor vielen Jahren gefasst.«

»Wir waren Kinder, verdammt!«

»Und konnten nichts für das, was uns von ihnen angetan wurde, wieder und wieder«, kam die Antwort kalt. »Nun sind sie selbst bestraft worden.«

»Hättest … nicht tun sollen …«

»Es wäre nicht nötig gewesen, hättest du es selbst getan. Gelegenheit dazu hattest du ja wohl mehr als genug in den vergangenen achtzehn Jahren.«

»Zuerst ... wollte ich es auch. Aber in seinen Augen ... war Gutes ... wollte ihm Gelegenheit geben ... Fehler wiedergutzumachen ...«

»Wer hat dir das erlaubt?«, fuhr der andere ihn an. Dabei beugte er sich wütend zu ihm herab, so dass sein Gesicht dicht vor Inassons schwebte. Erstmals konnte dieser vertraute Details erkennen: runde Wangen, schmale Augen, eine Narbe über der linken Gesichtshälfte. »Wer hat dir gestattet, gnädig zu sein und diesem Bastard seine Fehler zu verzeihen?«

»Ich bin Polizist, verdammt«, verteidigte sich Inasson in einem verzweifelten Ausbruch. »Ich kann Menschen nicht einfach umbringen, nur weil mir nicht gefällt, was sie getan haben! Es gibt Gesetze.«

»Nicht für uns, und das weißt du! Und was ist mit dem Schwur, den wir bei unseren Ahnen geleistet haben, vor vielen Jahren? Hast du ihn vergessen?«

»Wir waren Kinder«, sagte Inasson noch einmal.

»Ein Schwur bleibt ein Schwur, mit Blut besiegelt«, beharrte der andere. »Aber die Dinge haben sich geändert, Ejnari: Damals bist du der Starke von uns beiden gewesen, und ich war froh, dich bei mir zu haben. Doch heute ist es umgekehrt. Du bist schwach und hast die wesentlichen Dinge aus dem Blick verloren. Ich hingegen bin stark, denn die Kraft unserer Ahnen fließt durch meine Adern!«

»Einen wehrlosen alten Mann zu töten und zu verstümmeln ist nicht Stärke, Vill«, stieß Inasson mühsam, aber dennoch mit einem gewissen Trotz hervor.

»Ich habe dir schon einmal gesagt, dass du mich *qivittoq* nennen sollst.«

»Du hast den Verstand verloren.« Inasson lachte keuchend auf.

»Lange Zeit wollte ich es nicht wahrhaben, habe versucht, dich zu beschützen.«

»*Du?* Wolltest *mich* beschützen? So wie damals, als du mich an deine Freunde von der Polizei verraten hast und ich verhaftet wurde?«

Inasson kniff die Lippen zusammen. Doch selbst in seiner Benommenheit war ihm klar, dass jeder Versuch zu leugnen sinnlos gewesen wäre.

»All die Jahre habe ich es gewusst, Ejnari, und all die Jahre habe ich nach Rache gedürstet, einundzwanzig verdammte Winter lang! Stell dir meine Enttäuschung vor, als ich aus dem Gefängnis kam und feststellen musste, dass nur noch drei der Sieben am Leben waren! Doch noch viel größer war meine Enttäuschung, als ich feststellen musste, dass du einen von ihnen die ganze Zeit über beschützt hast.«

»Wie ich schon sagte«, erwiderte Inasson, knurrend wie ein verwundetes Raubtier, »ich bin Polizist.«

»Hast du deshalb auch Ahab und Jezebel gewarnt und ihnen die Telefonnummer von diesem Lerby gegeben, einem verdammten Dänen?«

Inasson zuckte innerlich zusammen. Auch das wusste sein Peiniger also. Seine Opfer mussten es ihm vor ihrem Tod gesagt haben, vermutlich in der Hoffnung, dass er sie am Leben ließe.

»Lerby ist ein Mann von Ehre«, bestätigte Inasson.

»Wirklich? Und ich dachte schon, du hättest mich an den erstbesten hergelaufenen *qalluna* verraten.« Sein Häscher kniff ablehnend die Augen zusammen. »Doch es hat nichts genützt, nicht wahr? Sie haben ihn nicht um Hilfe angefleht, wie du es dir vorgestellt hattest, und weißt du, warum? Ich will es dir sagen, Ejnari. Weil sie tief in ihren dunklen Herzen wussten, dass sie schuldig waren und bestraft werden mussten. Sie hatten das Raubtier geweckt, und ihnen war klar, dass sie ihm nicht entkommen würden. Sich diesem Lerby anzuvertrauen, hätte bedeutet, ihr Nachleben zu vernichten, ihr Andenken, ihr Erbe. Dazu waren sie beide nicht bereit, weder der alte Ahab noch die gute Jezebel. Sie starben beide von der Hand des *qivittoq*, genau wie Ezechiel.«

»Und?«, fragte Inasson voller Bitterkeit und sah mit verschwimmenden Blicken an ihm empor. »Fühlst du dich nun besser? Haben die Dämonen aufgehört, dich zu verfolgen?«

»Noch nicht ganz«, gab der andere zu. »Etwas fehlt noch, alter Freund. Um die Rache des *qivittoq* zu vollenden, müssen auch jene sterben, die ihn verraten haben.«

42

Anna Persson war das, was man eine Koryphäe nennt. Die gebürtige Schwedin war Gerichtsmedizinerin am renommierten *Statens Kriminaltekniska Laboratorium* in Linköping gewesen, wo sie viel Erfahrung auf ihrem Gebiet gesammelt hatte. Mit Autoritäten allerdings hatte sie ein ähnliches Problem wie Lerby, was wohl auch der Grund dafür war, dass sie sich vor rund zwanzig Jahren entschieden hatte, ihr Heimatland zu verlassen und nach Grönland zu gehen. Sie arbeitete als medizinische Forensikerin bei der Polizeibehörde von Nuuk. Ein Job, für den sie eindeutig überqualifiziert war – was sich für Lerby als Glücksfall erwiesen hatte.

Nicht nur, dass Anna ihm damals maßgebliche Hinweise bei der Aufklärung der Mordserie geliefert hatte; ihre unverblümte und hemdsärmelige Art hatte ihm auch die Augen für so manches andere geöffnet, das ihm sonst wohl verborgen geblieben wäre. Nicht von ungefähr hatte er sie in dieses Ermittlerteam geholt, das es eigentlich gar nicht geben durfte.

Die Nachricht vom Tod Ejnari Inassons hatte Persson kommentarlos aufgenommen. Vielleicht würde sie bei einem abendlichen Glas Wodka ihr Schweigen brechen, fürs Erste schien sie es vorzuziehen, sich auf die Arbeit zu konzentrieren, deretwegen sie gekommen war.

In einer der Kühlhallen, die sich unten am Kai befanden, hatte sie ihr behelfsmäßiges Labor eingerichtet. In Erwartung des kommenden Winters waren die Vorratslager von Illokarfiq um diese Jahreszeit zwar bis unter die Decke vollgestopft, aber Daavi Keldsen hatte es geschafft, eine der durch dicke Folienvorhänge unterteilten Kammern im plusgekühlten Bereich der Anlage räumen zu lassen. Unter Zuhilfenahme all der Dinge, die sie in ihren zahlreichen Taschen und Koffern mitgebracht hatte, machte die Spezialistin sich an die Arbeit.

»Eins muss man dir lassen, Lerby«, kommentierte sie, während sie im Licht zweier auf Stativen errichteter Scheinwerfer den Leichnam umkreiste, der auf einem behelfsmäßigen Untersuchungstisch lag. »Mit dir wird es wirklich nie langweilig.«

»Sag das meiner Frau«, erwiderte Lerby trocken.

»Du hast nicht gesagt, was genau ich mir ansehen soll, deshalb wusste ich nicht, was für Ausrüstung benötigt wird. Aber es wird schon irgendwie gehen«, versicherte sie, während sie sich über den von Kleidung und Blut befreiten Leichnam beugte und mit der Begutachtung fortfuhr, die sie in ihr Handy diktierte.

»Der Todeszeitpunkt lässt sich unter den gegebenen Bedingungen nicht genau ermitteln, es deutet jedoch alles darauf hin, dass der Leichnam über einen längeren Zeitraum hinweg Minusgraden ausgesetzt war, was auf eine Tatzeit noch vor Mitternacht schließen lässt. Laut Sichtbefund wurde der Tod durch einen spitzen Gegenstand herbeigeführt, der zwischen der vierten und fünften Rippe in den Brustkorb eingedrungen ist und vermutlich sowohl den Herzbeutel als auch die linke Herzkammer perforiert hat. Aufgrund des eher geringen Blutverlusts ist wohl davon auszugehen, dass der Tod nicht durch Verbluten eingetreten ist, sondern durch Herzversagen, mutmaßlich herbeigeführt durch den aus der Attacke resultierenden Schockzustand in Verbindung mit dem fortgeschrittenen Alter des Toten.«

»Was ist es gewesen?«, fragte Lerby, nachdem sie das Smartphone wieder abgesetzt hatte. »Ein Messer?«

»Nein.« Persson schüttelte den Kopf, während sie die Wunde befühlte, die als dunkelrotes Loch in Ballings Brustkorb klaffte. »Der Wucht nach, mit dem der Brustkorb durchbohrt wurde, würde ich eher an eine Stabwaffe denken. Die fünfte Rippe scheint gebrochen zu sein, zudem sind die Wundränder ausgefranst, und es gibt offenbar auch einigen Gewebeverlust, was typisch wäre für ein Tatwerkzeug, das mit Widerhaken oder etwas Ähnlichem versehen ist.«

»Mit Widerhaken?« Lerby sah sie fragend an. »Anna, von was genau sprechen wir hier? Von einer Harpune oder sowas?«

»Durchaus möglich.« Sie nickte. »Wie die Jäger der Inuit sie verwenden«, ergänzte Lerby tonlos.

Er erwog für einen Moment, Anna Persson von den Träumen des alten Magnus zu berichten, aber er wollte sie vorerst noch nicht damit konfrontieren. Persson war Wissenschaftlerin. Ihre Aufgabe war es, sich um die Fakten zu kümmern. Alles andere kam später.

»Bei den Verstümmelungen würde ich davon ausgehen, dass sie erst nach dem Tod des Opfers herbeigeführt wurden. Allem Anschein nach wurden beide Augen ausgebrannt und der Mund mit einer Naht im Zickzackmuster verschlossen.«

»Wie viele Stiche zählst du?«

»Acht«, erwiderte sie. »Und die sind so präzise gesetzt, als würde der Mistkerl nichts anderes tun.«

»Er hat inzwischen ja auch Übung darin«, versetzte Lerby.

»Die gleiche Scheiße ist also auch in Kopenhagen passiert? Einschließlich dieser reizenden Stickarbeit?«

»So ziemlich – nur dass den Mordopfern dort die Halsschlagadern durchtrennt wurden. Dein Kollege vor Ort meinte, dass dazu eine gewisse Kenntnis der menschlichen Anatomie nötig sei, was ebenfalls auf einen Täter mit Jagdkenntnissen hindeuten könne.«

»Verdammt.« Perssons Kieferknochen mahlten. »Und alle drei Morde erfolgten nach demselben Muster?«

»Unterm Strich ja.« Lerby nickte. »Er tötet seine Opfer, verstümmelt sie und legt sie dann auf Eis. Wobei er in Kopenhagen ein wenig erfinderischer sein musste als hier. Das erste Opfer wurde in einer Kühlhalle aufgefunden, das zweite in einer Gefriertruhe.

Eins steht damit jedenfalls fest: Der Täter legt großen Wert darauf, dass seine Opfer auf diese Weise enden. Nicht einfach tot, sondern über ihr eigenes Ende hinaus bestraft und gedemütigt, geblendet und zum Schweigen gebracht. Und die Verbindung zu Kälte und Eis scheint für ihn ebenfalls von großer Bedeutung zu sein, in Kopenhagen hat er sich das eine Menge Mühe kosten lassen.«

»Hier brauchte er das nicht. Den Aufnahmen vom Tatort zufolge, die du mir gezeigt hast, hat der Mord an Ort und Stelle stattgefunden, er brauchte den Leichnam nicht erst woandershin zu transportieren.«

»Das ist der Vorteil, wenn man in einer gigantischen Tiefkühltruhe lebt«, erwiderte Lerby bitter.

»Verdammt nochmal.« Persson kniff die Lippen zusammen. »Ich würde sagen, du hast hier wirklich ein Problem.«

»Nicht bloß eins.« Er grinste freudlos.

Sie legte den Kopf schief und trat aus dem grellen Licht des Scheinwerfers. »Wie willst du das denen eigentlich verkaufen?«, fragte sie. »Ich meine, dass ich hier bin und diesen Leichnam untersuche?«

»Mach dir deswegen keine Sorgen, ich werde alles auf meine Kappe nehmen. Du kannst dich immer darauf berufen, dass du nicht wusstest, dass dies keine offizielle Untersuchung ist, schließlich kanntest du mich von meiner letzten Ermittlung hier und so weiter.«

»Blödsinn, davon rede ich doch nicht.« Sie schüttelte unwirsch den Kopf. »Du weißt, dass ich nie ein Problem damit habe, irgendwelchen Bürokraten in ihr Süppchen zu spucken. Außerdem, was wollen sie tun? Mich nach Grönland versetzen? Aber ich mache mir ehrlich gesagt Sorgen um den Jungen. Willst du Daavi Keldsen da wirklich mit reinziehen?«

»Habe ich nicht vor«, versicherte Lerby. »Der Leichnam lag quasi auf der Straße, da konnten wir ihn ja schlecht liegen lassen. In Daavis Bericht wird stehen, dass die Bergung Vorrang hatte, infolge der Wetterverhältnisse jedoch schwierig war, und er Nuuk deshalb erst später informieren konnte.«

»Vierundzwanzig Stunden später«, brachte sie in Erinnerung.

Lerby zuckte mit den Schultern.

»Du musst aufpassen, der Junge ist nicht wie du«, beschied sie ihm. »Gegen den Wind zu pissen ist nicht sein Ding. Wie hat er überhaupt die Sache mit Keldsen verkraftet? Der war doch so etwas wie ein großer Bruder für ihn?«

»Es geht.« Lerby verzog das Gesicht. »Da er gleichsam über Nacht zum Leiter der örtlichen Dienststelle wurde, hat Daavi alle Hände voll zu tun, das lenkt ihn ab. Momentan ist er gerade dabei, in Pfarrer Ballings Haus nach Hinweisen zu suchen, Pally und Eva gehen ihm dabei zur ...«

»So eine Scheiße!«, rief Persson plötzlich aus.

»Was ist?«

»Diese Brandspuren hier«, stellte sie fest, auf die ausgebrannten Augenhöhlen des Toten deutend, »hast du dir die mal genauer angesehen? Mal dran geschnuppert?«

»In letzter Zeit nicht«, gestand Lerby, schon der bloße Gedanke schlug ihm auf den Magen. Wie alle medizinischen Forensiker, die er kannte, war Anna Persson da weit robuster.

»Es riecht nicht, wie es riechen sollte«, gab sie bekannt.

»Offengestanden habe ich keine Ahnung, wie es riechen sollte. Aber dein Kollege in Kopenhagen meinte, die Augen der Opfer seien mit einem elektrischen Werkzeug ausgebrannt worden, einem Brenneisen oder Lötkolben oder ...«

»Was in Kopenhagen passiert ist, weiß ich nicht, aber hier war eindeutig etwas anderes im Einsatz. Ein handelsüblicher Lötkolben bringt es vielleicht auf geschätzte vierhundert Grad, doch was das hier getan hat, war sehr viel heißer. Das Gewebe wurde nicht verbrannt, sondern regelrecht verschweißt, Blut und Inhalt des Augapfels wurden förmlich verdampft, daher auch dieser Geruch. Was immer das bewirkt hat, war wenigstens zweitausend Grad heiß.«

»Zweitausend …« Lerby glaubte, nicht recht zu hören. »Was, in aller Welt, ist so heiß?«

»Eine Magnesiumfackel«, gab Persson prompt die Antwort, während sie mit einer kleinen Taschenlampe in die leeren Augenhöhlen leuchtete. »Praktischerweise hat sie die passende Form.«

»Verdammt«, sagte Lerby nur. Ohne dass er es wollte, ging sein Kopfkino los, zeigte ihm den Täter, wie er mit einer brennenden Magnesiumfackel auf sein lebloses Opfer losging, um ihm die Augen aus dem Schädel zu brennen.

»Um sicherzugehen, muss ich Proben entnehmen und sie genauer untersuchen, aber das kann ich nicht hier vor Ort tun«, erklärte Anna Persson. »Natürlich kann ich es den Kollegen in Nuuk schicken. Aber in dem Moment, in dem ich das tue, ist das hier keine intime Privatveranstaltung mehr, wenn du verstehst, was ich meine.«

»Schon klar.« Lerby nickte und massierte die Nasenwurzel, während er nachdachte. »Ist einer deiner Kollegen dir nicht zufällig noch einen Gefallen schuldig?«, fragte er.

Ihr Grinsen war ebenso schief wie freudlos. »Schätze, die habe ich schon während meines letzten Aufenthalts hier alle aufgebraucht.«

»Verstehe.«

Persson sah ihn prüfend an. »Hör zu«, sagte sie, »ich weiß nicht, in was für Schwierigkeiten du steckst oder warum wir diese Geheimniskrämerei hier betreiben, und soweit es mich betrifft, geht das auch in Ordnung. Ein Freund hat mich um Hilfe gebeten, und ich tue, was ich kann, um ihm zu helfen. Aber wenn du darüber reden willst …«

»Danke.« Er nickte und winkte ab. »Ich weiß das zu schätzen, wirklich. Aber je weniger du darüber weißt, desto besser ist es für dich. Nur so viel: Ich habe das Gefühl, dass etwas an diesem Fall nicht stimmt. Nicht nur, dass der PET die Ermittlungen an sich gezogen hat, es hat auch den Anschein, als hätte das alles etwas mit mir zu tun. Mit mir persönlich, verstehst du?«

»Ganz ehrlich?« Sie schnitt eine Grimasse. »Würde ich dich nicht besser kennen, würde ich sagen, da leidet einer unter heftigem Profilierungswahn.«

»Ich weiß, aber damit hat es nichts zu tun, glaub mir.« Er nickte und überlegte einen Moment. »Hilft alles nichts, wir brauchen diese Untersuchung«, entschied er dann. »Mach deine Proben fertig, wir lassen sie per Kurier nach Kulusuk bringen und von dort nach Nuuk. Ich sehe inzwischen zu, dass ich die Sache irgendwie mit meinem Vorgesetzten deichseln kann.«

»Verstanden.«

»Und wenn du schon dabei bist, lass auch den Faden untersuchen. Ein Gefühl sagt mir, dass der Täter Angelschnur benutzt hat. Und das hier pack auch noch mit dazu«, fügte Lerby hinzu und warf Persson einen Plastikbeutel zu, in dem ein gelbes blutiges Etwas steckte.

»Was ist das?«

»Inassons Anorak, den Daavi und ich auf seinem Boot gefunden haben. Oder vielmehr das, was noch davon übrig war.«

»Inasson?« Ihre blauen Augen wurden schmal. »Was hat der damit zu tun?«

»Vermutlich gar nichts. Aber ich möchte ganz sicher gehen.«

Sie öffnete den Beutel und warf einen Blick hinein. »Was willst du herausfinden?«

»Ich muss wissen, was sich außer Inassons Blut noch an der Jacke befindet.«

»Hast du eine Vermutung?«

»Nein, ich will nur sichergehen. Findet heraus, ob da nur menschliche DNA ist – oder vielleicht auch noch etwas anderes.«

43

Gedämpftes Tageslicht fiel durch die Lamellen der Jalousie. Die große Pendeluhr an der Wand tickte träge.

Auf dem Tisch stand noch das Geschirr vom Abendessen, ein leerer Teller und ein Topf, noch halb gefüllt mit längst kalt gewordener Suppe.

Es war die Banalität dieser Dinge, die den Anblick so verstörend machte. Denn ihr Besitzer würde niemals zurückkommen, um seine Mahlzeit zu beenden, das Geschwirr zu spülen und es wieder zurück in den Schrank zu stellen.

Denn er war tot.

Ermordet.

Es war nicht das erste Mal, dass Eva einen Ort wie diesen betrat. Während ihrer Zeit als Strafverteidigerin hatte sie mehrfach an Tatortbegehungen teilgenommen, und streng genommen war dies ja noch nicht einmal ein Tatort. Dennoch hatte es etwas Verstörendes, jetzt hier zu sein.

»Hast du Pfarrer Balling gut gekannt?«, erkundigte sie sich bei Pally. Gemeinsam durchsuchten die beiden Frauen das Wohnzimmer des Ermordeten, während Daavi sich das obere Stockwerk mit dem Schlafzimmer vornahm. Das Arbeitszimmer hatten sie bereits gemeinsam durchsucht, waren jedoch auf keinen brauchbaren Hinweis gestoßen.

»Jeder in Illokarfiq kannte ihn«, bestätigte Pally. »Er war ein *qalluna*, klar, aber er lebte schon so lange hier, dass viele gar keinen anderen Pfarrer kannten. Er kümmerte sich, hatte ein offenes Ohr für die Menschen. Er war ein guter Mann. Dass er tot ist …« Sie schüttelte den Kopf, traurig und bestürzt.

Eva presste die Lippen zusammen, während sie den Wohnzimmerschrank öffnete. Ordner mit Unterlagen stapelten sich darin. Sie seufzte. Es kam ihr gleich in mehrfacher Hinsicht falsch vor, in den Habseligkeiten eines Mannes zu wühlen, der erst wenige Stunden tot war. Zum einen war es pietätlos, zum anderen hatten sie nicht die geringste Befugnis, dies zu tun. Doch im Wettlauf gegen die Zeit konnte Jens nun einmal jede Hilfe brauchen. Mit der behandschuhten Rechten griff sie nach dem ersten Ordner und blätterte darin.

»Leribi meinte, dass wir vor allem nach privaten Aufzeichnungen suchen sollen«, meinte Pally, die auf dem Sofa hockte und die Schublade unter dem kleinen Wohnzimmertisch durchwühlte, »und nach Verbindungen nach Dänemark. Aber ich kann mir ehrlich gesagt nicht vorstellen, dass da viel ist. Ich wüsste nicht, dass Pfarrer Balling jemals verreist wäre oder Besuch von außerhalb erhalten hätte.«

»Du meinst, er ist immer nur hier in Illokarfiq gewesen? All die Jahre?« Eva ertappte sich dabei, dass sie der Gedanke erschreckte. »Ist das nicht eigenartig?«

»Was meinst du?«

»Nun, vielleicht hatte er einen Grund, Dänemark zu verlassen, und ist deshalb auch nie mehr dorthin zurückkehrt.«

»Schon klar.« Pally nickte. »Du denkst, man braucht einen guten Grund, um hier zu bleiben.«

»Nein«, sagte Eva schnell. Sie blickte von dem Ordner auf und merkte direkt, wie sie errötete, »so habe ich das nicht gemeint!«

»Doch, hast du«, versicherte Pally ohne von ihrer Schublade aufzublicken. »Und du hast ja recht damit, viele wollen unbedingt von hier weg, ich selbst war keine Ausnahme. Aber es gibt auch die, die sich hier finden und für immer bleiben – auch wenn es anderswo für sie vielleicht viel bessere Möglichkeiten gäbe.«

»Das verstehe ich«, versicherte Eva und hatte den Eindruck, dass Pally damit nicht nur Pfarrer Balling meinte.

»Es ist schrecklich zu sehen, wie seine Suppe noch immer auf dem Tisch steht«, wechselte die junge Inuk das Thema. »So als würde er jeden Augenblick zurückkommen.«

»Er war wohl gerade beim Abendessen, als etwas seine Aufmerksamkeit geweckt und nach draußen gelockt hat. Vielleicht ein verdächtiges Geräusch oder jemand hat an die Tür oder die Fensterscheibe geklopft.«

»Jemand?« Pally sah sie an. »Du meinst den Mörder.«

Eva nickte nur. Sie stellte den Ordner, der nur ein paar Versicherungsschreiben enthalten hatte, in den Schrank zurück und griff sich den nächsten, der Telefonrechnungen enthielt. Offenbar schien Pfarrer Balling ein sehr organisierter Mensch gewesen zu sein. Umso mehr erschütterte das grausame Ende, das er gefunden hatte.

»Hier ist nichts«, gab Pally bekannt und stieß die Schublade wieder zu.

»Hier bislang auch nicht. Nur Versicherungsunterlagen, Rechnungen und so weiter. Aber nichts Persönliches. Keine private Korrespondenz, keine Fotoalben, nichts dergleichen.«

»Das ist seltsam, oder?« Pally runzelte die Stirn. »Sogar Großvater hat ein Album mit Bildern, die er wie einen Schatz hütet. Auch wenn er vehement die Ansicht vertritt, dass Fotoapparate eine überflüssige Erfindung seien. Und Smartphones sowieso.«

Eva musste lächeln. »Die meisten Menschen empfinden die Vergangenheit als etwas Tröstendes, auf das sie zwar mit Wehmut, in der Regel aber gerne zurückblicken. Wenn sich jemand nicht um seine Vergangenheit schert, könnte das ein Hinweis darauf sein, dass …«

»… er etwas zu verbergen hat?«, brachte Pally den Satz zu Ende. Sie erhob sich und kam von hinter dem kleinen Tisch hervor. »Willst du das damit sagen?«

»Möglicherweise.« Eva schloss auch diesen Ordner und stellte ihn zurück. Daneben lag ein Notebook im Schrank, ein älteres

Modell, beinahe so dick wie die Bibel, die gleich daneben stand. Eva griff nach dem kleinen Computer und klappte ihn auf.

»Nebenan im Büro gibt es einen Computer, den Pfarrer Balling für die Arbeit benutzt hat«, meinte Pally. »Vielleicht hat er diesen hier privat verwendet?«

Eva trug das Notebook zum Tisch und schaltete es an. Der Akku war nicht voll, aber die Ladung reichte, um das gute Stück hochzufahren.

Die Daten darauf waren nicht gesichert.

Eva überließ es Pally, das Dateiverzeichnis aufzurufen und sich die auf der Festplatte enthaltenen Ordner anzeigen lassen. Gemeinsam gingen sie daraufhin die Dateien durch. Doch alles, was sie fanden, waren Kalendereinträge und Organisatorisches, dazu Textdateien mit Einladungen zu Gottesdiensten und zu Feiern im Gemeindehaus. Im Bilderverzeichnis waren tatsächlich Fotos gespeichert, die jedoch allesamt von offiziellen Anlässen stammten, und keines davon war älter als fünf Jahre.

»Nichts«, brachte Pally es leise auf den Punkt.

Sie fuhren das Gerät wieder herunter und verstauten es im Schrank. Pally ließ sich auf einen der gepolsterten Stühle sinken, die den Esstisch umgaben, und vergrub ihr Gesicht in den Händen.

»Alles okay?«, fragte Eva.

»Sicher.« Sie nickte, nur um sich gleich darauf zu verbessern. »Nein, nichts ist okay. Zuerst die Sache mit meinem Großvater, und nun das. Hattest du schon mal das Gefühl, deine ganze Welt würde zusammenbrechen? Dass irgendwie nichts mehr zusammenpasst?«

»Durchaus.«

»Pfarrer Balling war immer für uns da, er hat niemandem etwas getan … und jetzt ist er weg, und Großvater geht es auch nicht gut …« Sie blickte auf, ihre dunklen Augen glänzten. »Alles verändert sich. Und ich kann es nicht aufhalten.«

»Niemand kann das«, versicherte Eva. »Was nicht bedeutet, dass ich es nicht schon mal versucht hätte.«

»Und? Was ist passiert?«

»Hat nicht geklappt.« Sie schüttelte den Kopf. »Damals hatte ich auch das Gefühl, dass mein Leben auseinanderfällt, dass sich der Mann, den ich geheiratet und mit dem zusammen ich eine Familie gegründet habe, von mir abwendet und alles den Bach runter geht, was wir gemeinsam aufgebaut haben. Aber dann ist er zu mir zurückgekehrt. Und nicht etwa, weil ich irgendetwas getan hätte, sondern weil andere etwas getan haben.«

Pally lächelte schwach. »Da hast du Glück gehabt.«

»Allerdings. Und ich möchte, dass du auch Glück hast.«

»Was meinst du?«

Eva zögerte, dann gab sie sich einen Ruck. »Ist vielleicht nicht der beste Moment, darüber zu sprechen, aber ich habe nachgedacht, Pally. Mit wem müsstest du verhandeln, wenn du einen Antrag auf das Sorgerecht für Uki stellen wolltest?«

Pally hob die Brauen. »Warum fragst du das?«

»Weil du es unbedingt versuchen solltest. Ich erinnere mich, wie Uki dich angesehen hat. Sie bewundert dich, du bist ein Vorbild für sie. Also wenn es dir wirklich ernst ist, dann …«

»Darum geht es nicht, sondern um das, was ich mir leisten kann«, widersprach Pally. »Um die Sache durchzuziehen, braucht man einen Anwalt, und der kostet Geld. Mehr, als Großvater und ich haben.«

Eva lächelte. »Ich weiß nicht, was Jens dir über mich erzählt hat, aber vielleicht hat er ja zufällig auch erwähnt, dass ich Anwältin bin. Zwar nicht für Adoptionsrecht, aber …«

»Bist du denn gut?«, fragte Pally unverblümt.

»Ich komme zurecht.« Eva lächelte. »Und da die Rechtsprechung in Grönland auf dänischem Recht basiert, gilt mein Advokatstitel auch hier.«

»Früher ist der *angakkoq* für solche Dinge zuständig gewesen«, erwiderte Pally, ein hoffnungsvolles Blitzen in den Augen, »heute ist es der Bürgermeister, als Vorsteher der Gemeinde muss er den

Antrag befürworten. Aber ich habe das ernst gemeint vorhin. Ich habe wirklich kein Geld.«

»Ist auch nicht nötig«, versicherte Eva.

»Das kann ich nicht annehmen.«

»Warum nicht? Du würdest mir damit einen Gefallen tun, denn dann käme ich mir nicht mehr länger so nutzlos vor.«

Sie verstummte plötzlich.

»Was ist?«, fragte Pally erschrocken.

Eva blickte an sich herab. Der Boden, auf dem sie stand, war von einem dünnen Teppich bedeckt. Doch die Diele darunter hatte gerade deutlich nachgegeben, als sie darauf getreten war.

Sie ließ sich nieder, schlug eine Ecke des Teppichs zurück und klopfte den Boden ab.

Es klang merkwürdig hohl.

Pally begriff auf der Stelle. Sie rutschte von ihrem Stuhl und half Eva dabei, den Teppich vollends einzurollen. Dann klopften die beiden erneut den Boden ab, nur um festzustellen, dass sich tatsächlich ein Hohlraum unter den Dielen befand. Kurzerhand zückte Pally ihr Handy, stellte die Taschenlampenfunktion ein und leuchtete durch die schmalen Ritzen in die Tiefe.

»Da unten ist etwas«, stellte sie fest. »Das Licht wird reflektiert.«

»Die Dielen sind fest vernagelt«, stellte Eva fest. »Wir brauchen Werkzeug, und zwar schnell!«

44

»Ein Mordfall? Verdammt, Jens ...«

Lerby hörte dem Wortschwall aus dem Telefonhörer nur mit einem halben Ohr zu. Er wusste auch so, was Birger Sørensen ihm zu sagen hatte.

Dass er keine Befugnis habe, in Grönland zu ermitteln. Dass er derzeit streng genommen nicht einmal mehr Polizist sei. Und dass er verdammt nochmal nicht einfach machen könne, was ihm in den Sinn komme. Und mit allem hatte sein ehemaliger Vorgesetzter natürlich recht ...

»Tut mir leid, Birger«, beteuerte Lerby deshalb pflichtschuldig, »das alles war nicht geplant. Aber die Kollegen vor Ort sind mit der Sache überfordert.«

»Haben Sie keine Unterstützung angefordert?«

»Schon passiert«, beteuerte Lerby. »Aber das hier ist Grönland, Birger. Sowas dauert.«

»Verfluchter Mist«, donnerte es, gefolgt von einer Reihe weiterer wüster Verwünschungen.

»Tut mir wirklich leid, dass ich dich in diese Lage bringen muss.«

»Einen Scheiß tut es dir«, fuhr Sørensen ihn an. »Warum passieren immer dir solche Dinge? Du ziehst den Ärger noch mehr an als meine Ex-Frau, weißt du das?«

»Ist nicht meine Absicht«, beteuerte Lerby, und das war nicht einmal gelogen. »Es ist nur so, dass ich hier bin und helfen kann, und ich dachte, bevor der Mörder entwischt und womöglich erneut zuschlägt, sollte ich dies auch tun. Aber natürlich nicht, ohne mir vorher das Einverständnis meiner Behörde zu holen.«

»Als ob du dich je um so etwas geschert hättest.« Der andere schnaubte, vor seinem geistigen Auge konnte Lerby direkt sehen, wie Sørensen auf seinem großen Sessel unruhig hin und her rutschte. »Außerdem hast du keine Behörde mehr, für die du arbeitest.«

»Ich weiß. Deshalb rufe ich dich ja an.«

»Vom örtlichen Polizeibüro aus?«

»Alte Gewohnheit«, erwiderte Lerby gelassen. Tatsächlich war er momentan der Einzige, der die Dienststelle von Illokarfiq besetzte. Aber das sagte er lieber nicht.

»Wer ist das Mordopfer?«, wollte Sørensen unvermittelt wissen.

»Macht das einen Unterschied?«

»Beantworte meine Frage!«

»Schön, aber die Antwort wird dir nicht gefallen«, kündigte Lerby an. »Es ist der örtliche Pfarrer.« Dass ein offensichtlicher Zusammenhang zu dem Fall bestand, an dem er in Kopenhagen ermittelt und von dem er so unsanft abgezogen worden war, behielt er geflissentlich für sich.

»Der Pfarrer? Die Kirche ist also auch involviert? Elender Mist!«

Lerby verkniff sich ein Grinsen. Er kannte Birger lange und gut genug, um zu erkennen, wann dieser innerlich in Panik geriet. Und in diesem Augenblick war es so weit.

»Ich weiß«, sagte er ruhig. »Deshalb hielt ich es für richtig, den Kollegen vor Ort meine Unterstützung anzubieten. Aber wenn du es nicht befürwortest …«

»Also schön«, gab Sørensen sich geschlagen. Er stöhnte dabei wie ein Preisboxer, der k. o. ging. »Aber bau keinen Mist dort oben, hörst du? Sonst kannst du gleich bei den Eskimos bleiben.«

»Inuit«, verbesserte Lerby und beendete das Gespräch.

Er hatte den Hörer gerade auf die Basis zurückgelegt, als die Tür der Polizeiwache aufging und Daavi Keldsen hereinkam, mit Pally und Eva im Schlepptau. Letztere trug etwas bei sich, eine

Kassette aus rostigem Metall, die sie vor Lerby auf den Empfangstisch stellte.

»Was ist das?«, fragte er verblüfft.

»Etwas, das du dir ansehen solltest«, erwiderte sie. »Denn wie es aussieht, hatte Pfarrer Balling doch eine Vergangenheit.«

45

Das Licht, das ins Innere der Kabine fiel, hatte sich verändert, so wie sich auch die Schatten verändert hatten, die es auf den rostigen Metallboden warf.

Nach Ejnari Inassons Schätzung war es Nachmittag. Anders als bei seinem letzten Erwachen schien er allein zu sein. Da waren keine Schritte, die er hörte, kein Schatten, der auf ihn fiel. Und im Gegensatz zu all den vorherigen Malen, da er aus seinem Dämmerschlaf erwacht war, hatte er jetzt einen einigermaßen klaren Kopf.

Der Schmerz in seiner Seite war dafür wieder stärker, aber das nahm er in Kauf. Offenbar, sagte er sich, lag die letzte Morphindosis – oder was auch immer sein Häscher ihm sonst verpasst hatte – schon etwas länger zurück.

Wohin Vill verschwunden war, konnte Inasson nur vermuten. Vielleicht Vorräte besorgen, vielleicht zur Jagd. Vielleicht auch, und dieser Gedanke brachte ihn vor Sorge fast um den Verstand, um einem neuen Opfer nachzustellen.

Lerby …

Es war dämlich gewesen, ihn in die Sache hineinzuziehen, das war Inasson inzwischen klar. Irgendwie hatte er gehofft, dass der Mondmann in der Lage sein würde, die Dinge zu regeln, so wie er es schon einmal getan hatte … doch das war naiv gewesen. Noch schlimmer, es hatte Leribi in Gefahr gebracht, und der Einzige, der bislang etwas davon ahnte, war ein alter Schamane, den man deshalb für verrückt hielt.

Dabei hatte der alte Magnus von Anfang an die Wahrheit gesprochen: Die Brüder von einst waren getrennt worden.

Der *qivittoq* war zurückgekehrt.

Und er wollte blutige Rache.

Panik überkam Inasson. Warum nur hatte er sein Schweigen nicht früher gebrochen? War er tatsächlich der Ansicht gewesen, dass ein Schwur, den zwei Jungen einander vor einer halben Ewigkeit gegeben hatten, mehr wog als Menschenleben?

Im Nachhinein kam es ihm lächerlich vor, idiotisch geradezu, und die Reue, die er verspürte, brannte noch heftiger als der Schmerz der Wunde. Zumindest Leribi hätte er sich anvertrauen müssen, ihm offenbaren, was damals geschehen war, statt es tief in seinem Inneren zu vergraben. Doch das war nicht der Weg der Inuit. Die Verzweiflung seines Volkes, das wusste Inasson als Polizeichef aus leidvoller Erfahrung, blieb meistens ungehört und still.

Indem er die Zähne zusammenbiss und den Schmerz so gut wie möglich ignorierte, richtete er sich auf seinem Lager auf. Er musste fort, musste versuchen, zu fliehen und seine Freunde zu warnen, was immer es ihn auch kosten mochte.

Noch immer war sein Blick nicht völlig scharf, aber zum ersten Mal bekam er von seiner Umgebung mehr zu sehen als nur verschwommene Eindrücke. Der Raum war länglich, die Grundfläche mochte an die fünfzehn Quadratmeter betragen. Es war einer jener alten ISO-Container, die man an einigen Stellen im Hinterland verteilt hatte. Ursprünglich hatten sie Jägern als Wetterzuflucht dienen sollen, doch den Sommer über wurden sie meist von Touristen auf Trekkingtouren genutzt. Entsprechend heruntergekommen waren sie, und der Gestank war oft kaum auszuhalten.

Diese Hütte bildete keine Ausnahme.

Außer dem Feldbett, auf dem Inasson lag, gab es noch fünf weitere, die entlang der fleckigen Wände aufgestellt waren, dazu einen metallenen Tisch sowie eine ebenfalls aus Metall bestehende Truhe, die Überlebensrationen enthalten sollte, aber vermutlich längst leergeplündert war – die Plombe war aufgebrochen, der Deckel stand offen.

Immerhin funktionierte die gasbetriebene Heizung. Zwar lief

sie auf niedriger Stufe, aber sie bewahrte das Innere des Containers davor, auf Temperaturen unter null zu sinken. Und wie Inasson zuvor schon vermutet hatte, war er tatsächlich allein, von seinem Peiniger keine Spur.

Ein Stöhnen entfuhr ihm, als er die Beine hob und von der Pritsche schwang. Gleichzeitig versuchte er, den Oberkörper weiter aufzurichten. Es gelang ihm halbwegs, wenn auch unter Schmerzen. Vorsichtig hob er den aufgeschnittenen Pullover an, um nach der Wunde zu sehen. Der dunkle Fleck auf dem Verband hatte sich an den Rändern hellrot verfärbt.

Scheiße.

Mit einer Verwünschung versuchte Inasson, sich auf die Beine zu raffen. Es gelang ihm, doch er bezahlte sofort den Preis dafür. Die Wunde in seiner Seite schien in Flammen aufzugehen, für einen Augenblick schwanden ihm die Sinne. Als er wieder zu sich kam, lag er bäuchlings auf dem schmutzigen Boden, und alles war noch schlimmer als zuvor – der Schmerz, die Benommenheit und auch die Angst um seine Freunde.

Keuchend kam er auf die Knie, und indem er sich schwerfällig auf das Feldbett stützte, gelang es ihm ein weiteres Mal, sich aufzurichten. Diesmal blieb er auf den Beinen.

Er war dankbar, dass Vill darauf verzichtet hatte, ihm die Stiefel auszuziehen, sein Anorak allerdings war verschwunden. Wankend näherte Inasson sich der Truhe, lugte hinein in der vagen Hoffnung, etwas Brauchbares zu finden. Doch wie er vermutet hatte, war das meiste bereits weg. Das Notfunkgerät und die Magnesiumfackeln fehlten, das Erste-Hilfe-Kit und ein Großteil der aus Kompaktgetreide bestehenden Notrationen aufgebraucht. Von denen, die noch übrig waren, steckte sich Inasson ein paar in die Taschen seiner Jeans. Ganz unten in der Truhe fand er noch zwei aluminiumbeschichtete Rettungsdecken, die er entfaltete und sich in Ermangelung eines ordentlichen Kleidungsstücks um die Schultern legte. So ausgestattet wankte er zur Tür.

Sie war unverschlossen.

Vill wusste genau, dass Kälte, Schnee und Entfernung die zuverlässigsten Wärter waren. Trotzdem musste Inasson versuchen zu entkommen, andernfalls würde es sein Ende sein. Und vermutlich auch das von Jens Lerby ...

Mit zusammengebissenen Zähnen platzte Inasson hinaus. Schnee und eisiger Wind empfingen ihn, er taumelte und fiel auf die Knie. Sofort raffte er sich wieder auf und stampfte davon, während er sich wachsam nach allen Seiten umblickte. Doch von dem Mann, den er einst seinen Bruder genannt hatte, war weit und breit nichts zu entdecken.

Der durch Stahlseile gesicherte Container stand auf einer Hügelkuppe, jenseits davon schnitt ein schmaler Fjord durch die verschneite Landschaft. Die Position der Sonne war durch die dichten grauen Wolken allenfalls zu erahnen, doch die Nähe des Wassers und das Inlandeis, das sich in der Ferne als gewaltiger Wall erhob, verrieten Inasson, dass er sich nordwestlich von Illokarfiq befinden musste. Er hatte die Schutzhütten, die entlang der Südostküste verteilt und nach ICAO-Alphabet nummeriert waren, längst nicht alle auswendig im Kopf, aber ausgehend von der Lage am Fjord nahm er an, dass es sich um Echo handelte. Über das Wasser war Illokarfiq von hier aus leicht zu erreichen, doch Vills Motorboot war verschwunden, vermutlich war er damit unterwegs. Was aus seinem eigenen Boot geworden war, konnte Inasson nur vermuten.

Er würde zu Fuß gehen müssen, gut fünfzehn Kilometer querfeldein über unwegsames felsiges Gelände. Zudem war der frisch gefallene Schnee noch nicht durchgefroren, so dass man bei jedem Schritt bis über die Knöchel darin versank, was den Marsch zur Strapaze machte. Ob er sein Ziel unter diesen Voraussetzungen erreichen würde, erschien Inasson in diesem Moment zumindest fraglich, aber er war entschlossen, es wenigstens zu versuchen.

Den Fjord zu seiner Linken, stieg er den Anhang hinab. Seine

Stiefel versanken im Schnee, mehrmals glitt er aus und stürzte, nur um gleich wieder aufzustehen und seinen Marsch fortzusetzen.

Schon nach kurzer Zeit ging sein Atem heiser und keuchend, und der Schmerz wurde zur Qual. Heftig pulsierte er in seiner Seite, und Inasson konnte fühlen, wie sich der Pullover unter den Schichten alubeschichteter Folie mit Blut vollsog. Trotzdem ging er weiter, setzte er einen Fuß vor den anderen, während sein Blickfeld sich verengte und er das Gefühl hatte, durch einen langen Tunnel zu gehen.

Die blutige Spur, die er im weißen Schnee hinterließ, nahm er nicht wahr.

46

Jens Lerby war schon öfter an diesem Punkt gewesen.

Jenem Augenblick der Ermittlungen, an dem sich einzelne Stücke des Puzzles zusammenzufügen begannen und man einen Blick auf das große Ganze erhielt. Leider war das häufig auch der Moment, in dem man erkannte, dass die Dinge ganz anders lagen, als man bislang vermutet hatte. Neue Erkenntnisse warfen neue Fragen auf, und in diesem speziellen Fall war Lerby nicht einmal sicher, ob er die Antworten wirklich erfahren wollte …

»Kaum zu glauben«, war alles, was er hervorbrachte, während er auf die Fotografie in seinen Händen starrte.

»Ich dachte auch zuerst, dass es sich um einen Irrtum handeln müsste«, versicherte Eva, »aber Pally und Daavi sind sich ganz sicher.«

»Er ist es«, bekräftigte Keldsen. »Außerdem hat er mir einmal erzählt, dass er schon als Kind einen guten Kopf größer war als alle anderen in seinem Alter.«

»Und man kann es an den Augen erkennen«, fügte Pally hinzu. »Augen täuschen nicht.«

Lerby nickte. Er selbst hätte sich schwer damit getan, in dem guten Dutzend Gesichter, die ihm von der alten, an den Ecken abgestoßenen Schwarzweißaufnahme entgegenblickten, bekannte Züge auszumachen, dafür war seine Wahrnehmung einfach nicht sensibilisiert genug. Auch wenn er sich insgeheim dafür schämte, tat er sich bisweilen schwer, Inuit voneinander zu unterscheiden, zumal, wenn sie im selben Alter waren. Bei Pally und Daavi freilich war das anders, und sie waren felsenfest überzeugt, den Jungen auf dem Bild zu kennen.

Genau wie die anderen mochte auch er um die zehn Jahre alt sein. In Kontrast zu seinem großen und kräftigen Körperbau, der die anderen Knaben auf dem Bild um Haupteslänge überragte, waren seine Züge schmal, beinahe hager. Wie bei allen Jungen auf dem Bild war auch sein Haar so kurz geschnitten, dass man die Kopfhaut hindurchsehen konnte. Ein Eindruck von Uniformität entstand auf diese Weise, der durch die dunklen Trainingsanzüge, mit denen die Jungen bekleidet waren, noch verstärkt wurde.

Doch Kleidung und Frisur waren nicht die einzige Gemeinsamkeit. Selbst Lerby konnte sehen, dass in den Augen der Jungen derselbe Ausdruck lag.

Traurigkeit stand darin zu lesen.

Und Furcht ...

»Es ist Ejnari«, war Pally überzeugt, »daran besteht nicht der geringste Zweifel.«

Lerby schürzte nachdenklich die Lippen. Der Qualität der Aufnahme und die Trainingsanzüge mit ihren eng anliegenden Steghosen nach war das Bild irgendwann in den 1970er Jahren aufgenommen worden, was sich durchaus auch mit Ejnari Inassons Alter deckte.

»Also gut.« Er nickte. »Stellt sich nur die Frage, was die Fotografie in dieser Kassette zu suchen hat«, meinte er, auf das rostige Ding deutend, das vor ihnen auf dem Schreibtisch des Glaskastenbüros lag.

»Und warum Pfarrer Balling es unter den Dielen seines Fußbodens versteckt hat«, fügte Daavi hinzu.

»Nun, offenbar wollte er nicht, dass jemand zufällig darauf stößt«, mutmaßte Lerby, während er die anderen Fotos und Zettel durchsuchte, die in der Kassette gesammelt waren. Zweifellos handelte es sich um Erinnerungsstücke, obschon der Pfarrer wohl keinen Wert darauf gelegt hatte, diese Erinnerung mit jemandem zu teilen.

Ein Zeitungsartikel erregte seine Aufmerksamkeit. Lerby nahm ihn heraus und entfaltete ihn. Das Datum, das mit Kugelschreiber darauf notiert war, lautete auf »15. April 1975«. Das passte zur zeitlichen Einordnung des Fotos.

Auch der Zeitungsartikel wartete mit einer Fotografie auf, in Schwarzweiß und stark gerastert, doch es war deutlich ein sehr junger Anders Balling darauf zu erkennen, der einen dunklen Anzug trug und sich über irgendetwas zu freuen schien.

»Forschung der Zukunft«, las Lerby Schlagzeile und Bildunterschrift vor. »Interdisziplinärer Ausschuss der Universität bestätigt Zusammenarbeit mit Organisation für transkulturelle Forschung. Die Einbindung privater Forschungsinitiativen soll der Wissenschaft neue Wege weisen, unser Bild zeigt Vereinsvorstand Dr. phil. Anders Balling beim offiziellen Empfang, mit dem laut Universitätssprecherin Meret Krogh ein neues Kapitel moderner Wissenschaft aufgeschlagen wurde.«

»*Doctor philosophiae*«, sagte Pally. »Er war zu diesem Zeitpunkt also noch kein Pfarrer.«

»Offensichtlich nicht, nein.« Lerby schüttelte den Kopf, während er sich auf all das einen Reim zu machen versuchte. Allem Anschein nach hatte sich Balling in seinen späten Zwanzigern in der Forschung engagiert und dabei auch Erfolge gefeiert. Die Erinnerung daran zu bewahren, war ihm offenbar wichtig erschienen, jedoch wiederum nicht so sehr, als dass er anderen davon erzählt hätte.

Ein wenig ziellos kramte Lerby weiter in der Kassette herum und bekam einen Stapel Fotos zu fassen. Sie waren kleiner als das andere und in Farbe, hatten allerdings mit der Zeit einen ziemlichen Rotstich bekommen. Lerby blätterte sie durch – und stutzte plötzlich. Denn jetzt war *er* überzeugt, jemanden darauf zu erkennen.

»Was hast du?«, wollte Eva wissen.

»Ich kenne diese Frau«, sagte er, und legte das Foto auf den Tisch, das Balling zusammen mit einer jungen Frau zeigte, die einen Pagenschnitt hatte und eine Hornbrille trug. Sie war ein gutes Stück kleiner als er und von zierlichem Wuchs, die Gesichtszüge waren auffallend schmal. »Das ist Dufina Nielsen«, stellte er fest.

»Wer?« Pally hob die Brauen.

»Sie wurde vor wenigen Tagen in Kopenhagen ermordet«, stellte Lerby gepresst fest.

»Bist du sicher?« Eva sah ihn zweifelnd an.

»Ziemlich.« Lerby nickte und sah die restlichen Fotos durch. Er war kaum überrascht, als er ein weiteres bekanntes Gesicht darauf erblickte. »Und dies hier«, erklärte er und legte das Foto neben die anderen, »ist Alfred Vestergaard.«

»Sag's nicht«, stöhnte Keldsen.

»Ich fürchte doch.« Lerby machte eine verkniffene Miene. »Vestergaards Leichnam wurde vor ein paar Tagen in einer Kühlhalle in Helsingør aufgefunden, auf dieselbe Weise entstellt wie Dufina Nielsen ... und wie Pfarrer Balling«, fügte er nach kurzem Zögern hinzu. »Das ist der Fall, an dem ich bis kurz vor meiner Abreise gearbeitet habe.«

»Warum hast du uns das nicht früher gesagt?«, fragte Pally.

»Weil ich euch nicht beunruhigen wollte«, gab Lerby zurück.

»Aber jetzt ...«

»Also ist es in allen drei Fällen derselbe Täter gewesen?«, folgerte Daavi Keldsen.

»Davon gehe ich aus.« Lerby nickte.

»Du meinst, er ist dir gefolgt?« Pally sah ihn entsetzt an. »Hierher? Nach Illokarfiq?«

»Wolltest du deshalb, dass ich die Sache nicht weitergebe?«, fügte Keldsen hinzu

»Ja. Und nein.« Lerby schnaubte. Es hatte keinen Sinn mehr, etwas zu verheimlichen. »Es geht auch darum, dass mir der Fall in Kopenhagen entzogen wurde.«

»Aus welchem Grund?«, wollte Pally wissen.

»Ich weiß es nicht. Aber je mehr ich darüber nachdenke, desto mehr gewinne ich den Eindruck, dass alles irgendwie zusammenhängt. In diesem Artikel ist beispielsweise davon die Rede, dass Anders Balling Vorstandsmitglied eines Vereins zur interdisziplinären Forschung gewesen ist.«

»Und?«

»Auch Nielsen und Vestergaard haben an diesem Projekt teilgenommen, bei dem es offenbar um angewandte Verhaltensforschung ging. Vestergaard in seiner Eigenschaft als Psychologe, Nielsen als Geschichtswissenschaftlerin.«

»Ich habe nach dieser ›Organisation für transkulturelle Forschung‹ im Internet gesucht«, gab Eva bekannt und hielt ihr Smartphone hoch.

»Was hast du gefunden?«, wollte Pally wissen.

»Gar nichts«, erklärte Eva achselzuckend. »So als hätte es eine solche Organisation nie gegeben.«

»Ist das verwunderlich?«, fragte Keldsen. »Immerhin ist das alles fast fünfzig Jahre her.«

»Zugegeben«, meinte Lerby, »vielleicht haben es deshalb keine Aufzeichnungen ins digitale Zeitalter geschafft. Oder aber, jemand will nicht, dass man noch etwas darüber findet.«

»Meinst du?«

»Ich weiß, das alles klingt nach einer verrückten Verschwörungstheorie, aber die Fotos beweisen, dass es zwischen den Opfern einen Zusammenhang gibt.«

»Und Inasson?«, fragte Pally leise.

Lerby rieb sich nachdenklich das Kinn. »Irgendetwas muss es mit dieser ominösen Organisation auf sich haben«, überlegte er laut, »etwas, das auch Inasson betrifft. Und möglicherweise gibt es von offizieller Seite Bestrebungen, dies zu vertuschen, was die Einmischung des polizeilichen Nachrichtendiensts erklären würde.«

»Ist Ejnari deswegen verschwunden?« Daavi Keldsen flüsterte beinahe.

»Das ist zumindest nicht ausschließen.« Lerby nickte. »Hat er je über früher gesprochen? Über seine Vergangenheit?«

»Nur sehr wenig«, erwiderte Pally, »aber das ist nicht weiter ungewöhnlich. Anderen seine Lebensgeschichte aufzudrängen, ist nicht unbedingt Art der Inuit.«

»Ich weiß«, sagte Eva. »*Ittoorneq*, richtig?«

»Richtig.« Pally lächelte dünn. »Man kann nie wissen, wie viel Dunkelheit und Kälte ein Mensch in seinem Herzen trägt«, sagte Daavi leise.

»Schön gesagt«, pflichtete Lerby bei. »Der gute Magnus könnte es nicht besser ...«

»Großvater!«, platzte Pally heraus.

»Was ist mit ihm?«

»Du sagtest, er hätte dir genau beschrieben, was du am Tatort in Kopenhagen vorgefunden hast.«

»Richtig.« Lerby nickte.

»Was, wenn ich mich geirrt habe?«, fragte Pally. »Wenn er wirklich eine Vision hatte und darin gesehen hat, was Pfarrer Balling zustoßen würde?«

»Ist das euer Ernst?« Evas Blicke flogen zwischen der Inuk und Lerby hin und her. »Wir sprechen jetzt über Visionen und solche Sachen?«

»Großvater hat noch mehr als das gesagt«, fügte Pally atemlos hinzu. »Er sprach auch von zwei Brüdern, die einst getrennt wurden, und vom *qivittoq*, der nach Rache dürstet.«

»Der *qivittoq*«, echote Keldsen, und seine wettergegerbten Züge röteten sich dabei.

Eva erwiderte nichts darauf, aber den Blick, den sie Lerby zuwarf, kannte dieser nur zu gut. Es war der Blick des Rationalisten, des aufgeklärten Europäers, der bereit war, den Traditionen der Inuit aus schierer Toleranz ein Stück weit zu folgen, dabei jedoch stets nach Antworten suchte, die sich eindeutig verifizieren ließen. Jener Blick, den auch Lerby selbst einst an den Tag gelegt hatte.

»Wir müssen herausfinden, was es mit der Verbindung zu Inasson auf sich hat«, entschied er. »Nehmt euch bitte seine Personalakte vor und seht nach, ob ihr irgendeinen Hinweis darauf finden könnt«, wandte er sich an Eva und Pally.

»Kein Problem«, versicherte Pally und nickte Eva zu. »Wir werden vorher noch kurz meinen Großvater besuchen, danach machen wir uns gleich an die Arbeit.«

»Wenn du bei Magnus bist, dann zeig ihm das«, meinte Lerby und gab ihr das Schwarzweißbild. »Fragt ihn nach dem jungen Inasson, vielleicht weiß er mehr darüber.«

»Und was soll ich tun?«, fragte Daavi.

»Hier auf der Wache die Stellung halten. Du bist jetzt Leiter der Dienststelle, vergiss das nicht.«

»Und du?«

Lerby machte ein langes Gesicht. »Ich werde versuchen, mehr über diese Organisation herauszufinden«, kündigte er dann an und zückte sein Smartphone.

»Ich dachte, im Internet wäre nichts darüber zu finden?«, fragte Keldsen irritiert.

»Ich habe nicht vor, im Internet zu recherchieren«, versicherte Lerby, während er bereits die Nummer aus dem Speicher abrief.

»Wie willst du dann etwas finden?«, fragte Pally.

»Sehr einfach: indem ich alle Selbstachtung über Bord werfe und in einen Hintern krieche, in den ich eigentlich mit Anlauf treten sollte.«

47

Als Pally und Eva Magnus' Krankenzimmer betraten, schlief er. An anderen Tagen hatte Pally sich in den Besucherstuhl gesetzt und ihn einfach weiterschlummern lassen in der Hoffnung, dass der Schlaf ihm guttun würde. Doch heute konnte sie das nicht.

»Großvater«, sagte sie, während sie sich über ihn beugte und ihn sanft anstieß. »Ich bin's, Pally. Bitte wach auf.«

Ein jähes Schnarchen war zunächst die einzige Antwort. Dann schlug der Alte blinzelnd die Augen auf und sah die beiden Frauen an. Er schien einen Moment zu brauchen, um sich zu orientieren. Doch als er die beiden erkannte, kehrte ehrliche Freude auf seinen faltigen Gesichtszügen ein.

»Pally! Eva! Wie schön, dass ihr mich besuchen kommt.«

Eva erwiderte das Lächeln. »Wie geht es dir heute?«

»Ich bin müde.« Er hob die Hand mit der Kanüle. »Was auch immer die mir hier geben, es lässt mich den ganzen Tag schlafen. Und wenn ich schlafe …« Plötzlich veränderte sich sein Mienenspiel, wurde ernst und besorgt. »Warum seid ihr hier?«, wollte er wissen, von einer zur anderen blickend. »Ist etwas passiert? Mit Leribi?«

»Jens geht es gut«, versicherte Eva.

»Warum fragst du das, Großvater?«, fragte Pally.

»Weil er in Gefahr schwebt, das kann ich fühlen«, lautete die Antwort. »Auch wenn du es mir wahrscheinlich wieder nicht glauben wirst«, fügte er leiser und ein wenig beleidigt hinzu.

Über sein Bett hinweg tauschten Pally und Eva Blicke.

»Wir sind hier, weil wir dich etwas fragen wollen, Großvater«, sagte Pally schließlich und zog die Fotografie hervor, die Lerby ihnen mitgegeben hatte.

Magnus nahm das Bild entgegen und betrachtete es im Schein der Lampe, die über seinem Bett angebracht war.

»Ejnari«, sagte er dann.

»Bist du sicher?«, fragte Pally.

»Soll das ein Witz sein? Natürlich bin ich sicher! Ich bin alt, nicht blind.«

»Hast du Inasson damals schon gekannt?«, erkundigte sich Eva. »Ich meine, als er noch ein Kind war?«

»Nein. Er ist erst als Polizist nach Illokarfiq gekommen. Da war er bereits ein junger Mann.«

»Und was hat er davor gemacht?«

»Weiß ich nicht.« Der Schamane schüttelte den Kopf. »Ejnari schien nie darüber sprechen zu wollen, und ich habe ihn nicht danach gefragt. Nur einmal sagte er, dass er keine Familie mehr habe. Aber was mit ihr geschehen ist, sagte er nicht.«

»Das passt«, bestätigte Eva. »In seiner Personalakte steht, dass er in einem Waisenhaus in Nuuk aufgewachsen ist.«

»Aus dieser Zeit stammt wohl auch das Foto«, fügte Pally hinzu. »Darf ich dich etwas fragen, Magnus?«

»Natürlich, Frau von Leribi.« Er grinste spitzbübisch, beinahe charmant.

»Neulich hast du mir etwas von zwei Jungen erzählt, die wie Brüder waren und dann getrennt wurden. War Inasson womöglich einer von ihnen?«

»Schon möglich, wer weiß?« Er nickte und betrachtete das Bild abermals. »Die Jungen auf dem Bild haben alle Angst«, stellte er dann fest. »Das kann man deutlich erkennen.«

»Fragt sich nur, wovor«, meinte Eva.

Der Alte rang sich ein schwaches Lächeln ab. »Unverkennbar Leribis Gefährtin.«

»Ich versuche nur zu helfen.«

»Woher habt ihr das Bild?«, wollte Magnus wissen.

»Aus dem Besitz des Pfarrers«, erwiderte Pally.

»Der Pfarrer«, wiederholte ihr Großvater leise und nickte dabei. »Ihm ist etwas zugestoßen, nicht wahr?«

»Warum sagst du das?«

»Weil ich es hier drin gesehen habe, mein Kind«, erwiderte er leise und deutete dabei auf seinen Kopf.

»Aber ... wie ist das möglich?«, fragte Eva und sah von einem zum anderen. »Ich verstehe das nicht.«

»Da gibt es nichts zu verstehen, Ivi«, beschied ihr der *angakkoq* und sah sie direkt an. »Nur zu glauben.«

Eva erwiderte nichts darauf, was hätte sie auch sagen sollen? Sie war eine moderne Frau und eine erfolgreiche Anwältin, sie glaubte nicht an derlei Dinge.

»Der Pfarrer ist nicht der Erste, dem etwas zugestoßen ist, nicht wahr?«, fuhr Magnus leise fort. »Ich habe es an Leribis Reaktion bemerkt.«

»Nein«, gab Pally zu.

»Es ist der *qivittoq*«, sagte ihr Großvater zum ungezählten Mal – doch zum ersten Mal tat sie es nicht als Hirngespinst eines alten und kranken Mannes ab. Sollte er tatsächlich recht haben? Sollte er schon die ganze Zeit über recht gehabt haben?

»Warum tut der *qivittoq* das?«, fragte sie leise. »Hast du eine Ahnung?«

»Nein.« Auf dem Kissen warf Magnus den Kopf hin und her. »Der Geist, der wandert, erklärt niemals sein Handeln, aber immer gibt es Gründe dafür. Und immer haben sie mit Verletzung zu tun, mit Einsamkeit ... und mit großem Schmerz.«

»Du denkst, der Pfarrer hat an all diesen Dingen gelitten?«

»Nicht der Pfarrer, der *qivittoq*! Er ist es, dem all dies zugefügt wurde, und nun ist er gekommen, um sich zu rächen. Böses Blut, mein Kind«, fügte der alte Schamane so leise hinzu, dass es kaum noch zu verstehen war. »Böses Blut.«

48

Der Tunnel, durch den Ejnari Inasson sich schleppte, war immer noch länger geworden.

Und enger.

Zudem hatte es zu schneien begonnen, nur wenige Flocken, doch bald schon würden es mehr werden, die kalte Luft roch nach Winter. Dennoch schleppte Inasson sich weiter. Seine Kräfte waren längst am Ende, aufgezehrt von Erschöpfung, Schmerz und Blutverlust. Alles, was ihn jetzt noch antrieb, war die schiere Verzweiflung.

Längst war die Kälte unter die hauchdünnen Schichten aluminiumbeschichteter Folie gekrochen und nagte an ihm, ebenso wie die Einsamkeit. Doch obwohl er am ganzen Körper fror, war seine Stirn heiß, rann Schweiß an seinen Schläfen herab und fiel in den weißen Schnee.

Das Gelände unter seinen Füßen war uneben, unzählige Male verlor er das Gleichgewicht und stürzte. Dann sehnte er den Moment fast herbei, in dem sein Lebenswille ihn endgültig verlassen und er sich der Kälte und der hereinbrechenden Dunkelheit ergeben würde, in dem sein Kampf endgültig zu Ende sein und sich eine langsam verdichtende Schicht aus weißen Flocken über ihn breiten würde, um seinen Schmerz und seine Agonie zu überdecken, ein für alle Mal.

Endlich Frieden …

Aber noch war es nicht so weit.

Noch schlug das Herz in seiner Brust, und sein Verstand sagte ihm, dass er sich aufraffen und weiter gehen musste, einen Fuß vor den anderen setzen, wieder und wieder. Nicht nur sein eigenes

Leben hing davon ab, sondern auch das von Leribi, den er leichtfertig zur Zielscheibe gemacht hatte.

Den Mondmann …

Vor seinem geistigen Auge begannen sich Dinge zu verwirren. Dass die beißende Kälte wirklich war, ebenso wie die lodernde Hitze in seinem Kopf, davon war er überzeugt. Was die Schneeflocken betraf, die ihn wild umtanzten, war er sich schon weniger sicher. Die verschneiten, im Grau der Dämmerung versinkenden Hänge, das schieferfarbene Wasser des Fjords mit den Scherben von Weiß darin. Existierte all dies wirklich? Oder war nur der Tunnel real, durch den er sich schleppte, die endlos scheinende Röhre von Nacht und Finsternis, an deren Ende er sich Erlösung erhoffte?

War der schaurig heulende Wind real?

Das Geräusch seiner Stiefel im Schnee?

Das heisere Schnauben, das er hinter sich hörte?

Obwohl er weitermusste, immer weiter, konnte Inasson nicht anders, als einen Moment zu verharren und über die Schulter zurückzublicken.

Und da sah er ihn.

Nanuq.

Aufrecht auf seinen kurzen pfeilerartigen Beinen stehend, türmte der König der Tiere sich vor ihm auf. Die Vorderläufe mit den mächtigen Tatzen ausgebreitet, den gewaltigen Schädel vorgereckt, starrte er auf Inasson herab, der wiederum an der gewaltigen Kreatur emporblickte, die ihn beinahe um das Doppelte überragte.

Ob sie wirklich war oder nicht, spielte in diesem Moment keine Rolle. *Nanuq,* der Herr der Jagd, hatte nach ihm gesucht und ihn gefunden. Er war selbst gekommen, um ihm zu sagen, dass seine Zeit auf Erden zu Ende war, und ihn zu den Ahnen zu führen, die in den Sternen warteten.

Ejnari Inasson verspürte keine Furcht, nur Erleichterung und inneren Frieden. Mit, so kam es ihm vor, unendlicher Langsamkeit drehte er sich zu dem riesigen Eisbären um, der dort im Zwielicht vor ihm stand, von Schneeflocken umweht. Ihre Blicke trafen sich, und Inasson hob seine Rechte, um das Fell der Kreatur zu berühren.

Ein peitschender Knall zerfetzte plötzlich die Stille. Der Bär zuckte, stand wie vom Donner gerührt.

Dann fielen weitere Schüsse, und ein Teil des mächtigen Hauptes, das eben noch in stummer Weisheit auf Inasson geblickt hatte, flog in einer grässlichen Blutfontäne davon. Der Koloss wankte, dann fiel er wie ein gefällter Baum. Der Länge nach ausgestreckt, verendete *nanuq* im Schnee, der sich um ihn dunkel färbte. Hinter der mächtigen Kreatur stand eine fellbekleidete Gestalt im dämmrigen Halbdunkel, eine kurzläufige Pistole im Anschlag, aus deren dünnem Lauf blauer Rauch kräuselte.

Inassons Pistole …

»Vill«, stieß er ächzend hervor und brach in die Knie, von Erschöpfung und Entsetzen überwältigt.

Der andere sagte nichts. Die USP Compact weiterhin schussbereit im Anschlag haltend, vergewisserte er sich, dass das Leben aus *nanuq* gewichen war. Es gab kein Wort des Trostes, keine Geste der Dankbarkeit gegenüber dem Tier, das sein Leben gegeben hatte. Da war nur Zorn. Brennender, unheiliger Zorn …

»So dankst du mir, dass ich dein Leben verschont und deine Wunde versorgt habe?«, wandte er sich dann an Inasson, den erlegten Eisbären keines weiteren Blickes mehr würdigend. »Indem du mich zum dritten Mal verrätst?«

Inasson wusste nicht, was er erwidern sollte. Der Bär war wirklich gewesen, das war ihm jetzt klar, so wie die Schüsse, die ihn niedergestreckt hatten, und der Lauf, der sich nun auf ihn richtete.

»Steh auf!«, fuhr Vill ihn an. »Sofort, hörst du?«

Inasson nickte und versuchte zu gehorchen, doch es gelang ihm nicht. Erneut ging er nieder, fiel seitlich in den rot gefärbten

Schnee. Der Geruch von Pulver stieg ihm in die Nase, von rohem Fleisch und noch warmem Blut.

»Du sollst aufstehen, hörst du? Ich befehle es dir!«, herrschte sein Peiniger ihn an.

Doch Inasson gehorchte nicht.

Er konnte nicht mehr, blieb ächzend liegen.

»Verraten!«, schrie der andere. »Mich, deinen Bruder! Trotz allem, was sie uns angetan haben!«

Eine Hälfte von Inassons Gesicht lag im blutigen Matsch. Die einzige Antwort, die er zustande brachte, war ein heiseres Knurren, fast wie *nanuq*.

»Du kannst dich wohl nicht mehr an den Schmerz erinnern? Dann lass mich dich daran erinnern, Bruder!«, tönte es, und im nächsten Moment ging der Griff der Pistole nieder, krachte mit furchtbarer Wucht gegen Inassons linkes Schienbein.

Das Knacken war grässlich. Er wusste instinktiv, dass der Knochen gebrochen war, noch einen Sekundenbruchteil, bevor eine Welle von Schmerz durch seinen Körper fegte.

Inasson konnte nicht anders, als seine Pein laut hinauszubrüllen, doch die eisige Weite scherte sich nicht darum und sein grausamer Peiniger ebenfalls nicht.

»Tut höllisch weh, nicht wahr?«, fragte er, wobei er das narbige Gesicht zu einem schiefen Grinsen verzog. »Ich verspreche dir, diesen Schmerz wirst du dein Leben lang nicht mehr vergessen, *Bruder*.«

Und damit griff er zu Inasson hinab, packte ihn am Kragen seines blutigen Pullovers und zerrte ihn durch den Schnee davon.

Anfangs wehrte Inasson sich noch, schlug wahllos mit halbherzig geballten Fäusten um sich, doch der Schmerz wurde dadurch nur noch schlimmer, seine linke Körperhälfte schien förmlich zu explodieren. Er heulte jämmerlich, während sein Peiniger ihn über das Schneefeld hinab zum Ufer des Fjords schleppte und zu dem Boot, das dort vertäut lag.

Der Tunnel wurde noch enger, raubte ihm Sicht und Atem, während Vergangenheit und Gegenwart auf verstörende Weise eins wurden. Zwei Jungen, die geschlagen und einen dunklen Gang hinabgeschleppt wurden, einer ungewissen Zukunft entgegen. Genau wie damals fühlte Ejnari Inasson die Angst und die Verzweiflung. Im nächsten Moment hielt ihn erneut tiefe Ohnmacht umfangen.

49

Lerby hatte kaum geschlafen.

Bis spät in die Nacht war er zusammen mit Eva, Pally und Daavi Keldsen auf der Polizeiwache gewesen und hatte versucht, Licht ins Dunkel von Ejnari Inassons Vergangenheit zu bringen – ohne Ergebnis.

Auch das Archiv von *Politigården*, das er über Birger Sørensen um Unterstützung gebeten hatte, hatte sich bislang noch nicht gemeldet. Informationen über jene Forschungsorganisation, der offenbar alle drei Mordopfer angehört hatten, schienen tatsächlich nicht im Umlauf zu sein. Oder aber sie wurden bewusst unter Verschluss gehalten, aus welchem Grund auch immer.

»Bitte sag mir, dass du was Konkretes hast«, bettelte er, als er Anna Perssons behelfsmäßig eingerichtetes Reich betrat, wo noch immer der Leichnam von Anders Balling lag, jetzt unter einem antiseptischen Tuch. »Bislang habe ich nämlich nichts als vage Hinweise, dunkle Andeutungen und Zusammenhänge, auf die ich mir vorerst noch keinen Reim machen kann. Es ist, als würde man im Trüben angeln«, seufzte er und massierte das zerknautschte, von einem Bartschatten verdunkelte Gesicht. »Man weiß, dass Fische im Wasser sind, aber man kann sie nicht sehen.«

»Auch dir einen schönen guten Morgen«, konterte Persson, die wie immer ihren blauen Overall trug. An sich hatte Lerby ihr ein Zimmer im Hotel gebucht, aber er war nicht sicher, ob sie überhaupt dort gewesen war. Vielleicht, sagte er sich, hatte sie auch hier übernachtet, zugetraut hätte er es ihr. »Kaffee?«, fragte sie und hielt ihren eigenen dampfenden Becher hoch.

»Nein danke. Mein Magen macht mir ohnehin zu schaffen.«

»Vielleicht wird das deine Laune ein wenig heben«, meinte sie, auf ihr Notebook deutend, das aufgeklappt auf einem Beistelltisch stand. »Die Ergebnisse aus Nuuk sind vorhin eingetroffen.«

»Und?«

»Am besten der Reihe nach«, erwiderte sie und trat an das Gerät, tippte auf der Tastatur herum. »Was Inassons Jacke betrifft: absolute Fehlanzeige.«

»Das heißt im Klartext?«

»Es fanden sich Spuren von Salzwasser und die üblichen Verschmutzungen darauf. Ansonsten jedoch nur menschliches Blut. Der Blutgruppe nach könnte es Inassons sein, eine genetische Analyse steht aber noch aus. Spuren anderer DNA wurden bislang aber nicht darauf gefunden.«

»Also auch nicht die von einem Fisch«, mutmaßte Lerby. »Und schon gar nicht von einem Grönlandhai.«

»Nein«, bekräftigte sie und sah ihn an wie jemanden mit etwas zu viel Fantasie. »Hab' ich was verpasst?«

»Offenbar hat jemand versucht, uns etwas vorzumachen. Das gestrandete Boot, der zerfetzte Anorak, das Blut überall ...«

»Und wer hat das getan?«

»Das ist die Frage. Aber wenn ich alles in Betracht ziehe, was wir bislang herausgefunden haben, würde ich sagen, dass es jemand ist, den Inasson gut gekannt, dem er vielleicht sogar vertraut hat. Andernfalls hätte er ihn wohl kaum mitten in der Nacht mit einem Boot auf den Fjord hinauslocken können.«

Die Forensikerin nahm einen Schluck Kaffee. »An wen genau denkst du dabei?«

»Womöglich an jemanden aus Inassons Vergangenheit. Jemand, der unerwartet wieder aufgetaucht ist.« Lerby musste an Magnus denken und an seine dunklen Andeutungen, an die beiden Jungen, die wie Brüder gewesen waren.

»Einen Augenblick«, bat Persson. »Von wem genau sprechen wir hier? Etwa vom Mörder? Du denkst, Inasson hat ihn gekannt?«

»Und vielleicht war das der Grund, warum er sterben musste«, brachte Lerby den Gedanken zu Ende. »In Ballings Nachlass wurde das Bild einer Gruppe von Waisenjungen gefunden, dreizehn an der Zahl. Inasson ist einer davon. Was, wenn sich der Mörder ebenfalls unter ihnen befindet? Wenn nicht ich der Grund dafür bin, dass der Mörder hier in Illokarfiq sein Unwesen treibt, sondern er?«

»Vorsicht, Sherlock, jetzt bewegst du dich auf dem dünnen Eis der Spekulation«, warnte Persson ihn.

Lerby nickte, das war leider nur zu wahr. Abgesehen von den Visionen eines alten Schamanen gab es bislang nicht sehr viel, was die losen Enden miteinander verknüpfte, und er erschrak beinahe selbst darüber, wie ernst er die Worte des alten Magnus inzwischen nahm. »Richtig, halten wir uns an die Fakten«, rief er sich selbst zur Ordnung. »Was steht sonst noch im Laborbericht?«

Die Forensikerin nahm einen Schluck Kaffee und wandte sich dann wieder dem Monitor zu. »Was den verwendeten Faden betrifft, lagst du richtig mit deiner Vermutung. Es handelt sich offenbar tatsächlich um Angelschnur. Die Suche nach dem Hersteller dauert noch an, aber ...«

»Ein deutscher Hersteller, der seine Produkte weltweit vertreibt«, gab Lerby grimmig die Antwort. »Jetzt gibt es keinen Zweifel mehr. Es ist derselbe Mistkerl.«

»Krieg dich wieder ein, du bist nicht das einzige Genie hier im Raum«, beschied sie ihm trocken. »Was das Ausbrennen der Augen betrifft, hat sich nämlich meine Vermutung als richtig erwiesen. Es wurde wohl eine handelsübliche Magnesiumfackel verwendet. Die Frage ist eher, *warum* der Täter das tut, oder nicht?«

»Allerdings. Bei einem psychopathologischen Täterprofil, wie wir es hier wohl vorliegen haben, ist es wichtig, die Tat durch seine Augen zu sehen. Es muss uns irgendwie gelingen, in seinen Kopf zu kommen und die Logik nachzuvollziehen, die seinem Handeln zugrunde liegt.«

»Logik«, echote Persson mit einem Seitenblick auf den bedeckten Leichnam Anders Ballings.

»Von objektiv nachvollziehbarer Logik habe ich nichts gesagt«, meinte Lerby achselzuckend. »Aber so irrsinnig das alles auch auf Außenstehende wirkt, für den Täter ergibt es auf eine kaputte Weise Sinn.«

»Wie denn?«

»Nun, man weiß zum Beispiel, dass rituelle Handlungen oder solche, die der Täter ständig wiederholt, oft einer besonderen Bestrafung der Opfer dienen. Das erhärtet meinen Verdacht, dass er sie gekannt hat, möglicherweise über dieses Waisenhaus, in dem offenbar auch Inasson gewesen ist. Ich habe diesbezüglich eine Anfrage ans Archiv gestartet.«

»Ans Archiv?« Persson wirkte amüsiert. »Ich dachte, du arbeitest nicht offiziell?«

»Frag lieber nicht.« Lerby verdrehte die Augen. »Ich musste dafür vor meinem Ex-Chef den Bückling machen.«

»Mit dem du zusammen auf der Akademie warst? Der diese Bilderbuchkarriere hingelegt hat und ein arrogantes Arschloch ist?«

»Du erinnerst dich.« Lerby lachte leise. »Aber zurück zu unserem Täter: Er scheint seine Opfer also für etwas bestrafen zu wollen.«

»Einverstanden. Aber warum hat er es nur auf Mund und Augen abgesehen?«

»Möglicherweise geht es um etwas, das sie gesagt und gesehen haben, dessen Zeugen sie also gewesen sind.«

»Aber warum gerade auf diese Weise? Indem er ihnen die Augen ausbrennt und ihnen den Mund zunäht? Ich meine, von allen Arten, jemanden zu verstümmeln, ist das …«

»Feuer und Faden«, murmelte Lerby, der in diesem Moment einen Geistesblitz hatte.

»Was?«

»Es gibt nur ein Genie in diesem Raum, und das bist du,

Persson«, beteuerte Lerby. »Du hast mich gerade auf eine Idee gebracht.«

»Okay … und was, wenn ich fragen darf?«

»Der alte Magnus redet immerzu davon, dass der *qivittoq* umgehe, eine ziemlich grausige Gestalt aus der Mythenwelt der Inuit. Als ich bei Pfarrer Balling war, kamen wir zufällig darauf zu sprechen und er erzählte mir, dass in alter Zeit Jäger, die sich nach draußen in die eisige Wildnis wagten, stets Zunderzeug sowie Nadel und Faden bei sich hatten, um sie im Fall einer unverhofften Begegnung dem *qivittoq* als Opfergaben zu überreichen und so das eigene Leben schonen.«

»Und?«

»Der *qivittoq* wird als getriebene, ausgestoßene Seele beschrieben, die oft nach Rache dürstet. Was, wenn sich unser Mörder mit ihm identifiziert, und zwar so sehr, dass er die klassischen Opfergaben als Waffen einsetzt? Feuer gegen das Augenlicht seiner Opfer, und Nadel und Faden, um ihren Mund für immer zu verschließen?«

Persson trank ihren Becher leer, knüllte ihn zusammen und warf ihn zielgenau in den Müllsack. »Klingt ziemlich schräg«, stellte sie fest. »So schräg, dass es schon fast wieder wahr sein könnte. Du solltest in jedem Fall …«

In diesem Moment meldete sich Lerbys Handy mit aufdringlichem Trillern.

Es war Birger Sørensen, und er rief nicht nur einfach an. Die Nachricht im Display besagte, dass eine Videoverbindung auf Annahme wartete.

»Scheiße«, knurrte Lerby.

Er stellte sich so, dass nur die graue Rückwand der Kühlkammer zu sehen war, und öffnete die Verbindung.

Sørensens leuchtend rotes Gesicht erschien. War die Darstellung auf dem kleinen Display verzerrt, oder war sein Kopf tatsächlich kurz davor zu platzen?

»Birger«, meinte Lerby leichthin. »Hast du Sehnsucht nach mir?«

»Dein blödes Gerede kannst du dir sparen«, knurrte der andere, in dessen kleinen Schweinsäuglein es wütend blitzte. »Dein Anruf von gestern Nachmittag ...«

»Was ist damit?«

»Diese Organisation, über die du Informationen wolltest. Kann es sein, dass es etwas mit dem Fall zu tun hat, von dem man dich abgezogen hat?«

»Was bringt dich denn auf den Gedanken?«, fragte Lerby. Das ahnungslose Gesicht, das er dabei machte, war oscarreif. »Es hat mit dem Fall zu tun, bei dem ich die Kollegen vor Ort unterstütze, das habe ich dir doch gesagt.«

»Hast du«, schnaubte es. »Dann lass mich anders fragen: Hat der Fall, bei dem du die Kollegen vor Ort unterstützt, etwas mit den Morden hier zu tun? Und ich würde dir raten, mir jetzt die Wahrheit zu sagen, Jens. Du steckst auch so schon bis zum Hals in Schwierigkeiten.«

Lerby bis sich auf die Lippen. Es weiter zu leugnen, war wohl zwecklos, Birger schien im Besitz einschlägiger Informationen zu sein.

»Also habe ich wohl ins Schwarze getroffen«, sagte er stattdessen.

»Klugscheißer, hast du wirklich gedacht, du könntest damit durchkommen?« Sørensen schüttelte den Kopf, offenbar fassungslos über so viel Naivität. »Diese Organisation, nach der du gefragt hast, scheint ein ziemlich heißes Eisen zu sein. Mein Telefon hört seitdem nicht mehr auf zu klingeln, ich habe deinetwegen jede Menge Ärger am Hacken.«

»Tut mir leid«, beteuerte Lerby.

»Ich habe deine Extratouren so satt! Aber damit bin ich nicht allein. Diesmal hast du es zu weit getrieben. Alles, was von nun an geschieht, hast du dir selbst zuzuschreiben«, kündigte Sørensen an.

»Nämlich?«

»Offenbar bist du mit deinen Ermittlungen ein paar ziemlich mächtigen Leuten auf die Füße getreten. Von jetzt an wirst du die Pfoten stillhalten und gar nichts mehr tun. Ein Beamter des Nachrichtendiensts ist bereits auf dem Weg zu dir, er wird in einigen Stunden da sein und die Ermittlungen übernehmen. Das war dein letzter Fall, Jens. Und sag nicht, dass ich dich nicht gewarnt hätte.«

»Hast du«, versicherte Lerby, während er bereits überlegte, wie er das Eva erklären sollte.

»Und, Jens?«

»Ja?«

»Ruf mich nie wieder an, okay?«, blaffte Sørensen ihn an – und beendete die Verbindung.

50

Seit den frühen Morgenstunden waren sie bereits wieder am Computer. Vor dem Terminal des Tourist Office sitzend, das um diese Jahreszeit kaum Besucher hatte, aber dennoch besetzt werden musste, starrten Pally und Eva auf den Bildschirm. Zunächst hatten sie, ausgehend von den wenigen Daten, die sich in Ejnari Inassons Personalakte fanden, ein wenig mehr Licht in dessen offenbar problematische Kindheit zu bringen versucht. 1967 geboren, war er im Alter von acht Jahren aus nicht näher benannten Gründen der Obhut seiner Eltern entzogen und in ein Waisenhaus nach Nuuk gebracht worden. Damit jedoch begannen bereits die Unklarheiten in seiner Biografie, denn das nächste gesicherte Datum war der Eintritt ins Ausbildungsprogramm der Polizeischule im Jahr 1988. Über das, was in den dreizehn Jahren dazwischen geschehen war – etwa, wo Inasson seine guten Kenntnisse der dänischen Sprache erworben hatte, wo er zur Schule gegangen war und mit welchem Abschluss er sie beendet hatte – darüber verlor der tabellarische Lebenslauf kein Wort.

Der Rest der Akte bestand aus dienstlichen Einträgen: Fortbildungen, die Inasson im Rahmen seiner Arbeit besucht, und Beförderungen, die er erhalten hatte. Nach mehrjähriger Dienstzeit in Nuuk war er schließlich 2001 nach Illokarfiq versetzt worden, wo er zunächst die Stelle von Daavi Keldsen besetzt hatte, ehe er schließlich zum Polizeihauptmeister befördert worden war und die Leitung der Dienststelle übernommen hatte.

Mysteriös wurde es, als Eva und Pally das Waisenhaus herauszufinden versuchten, in dem Inasson als Kind gewesen war. Denn zwar gab es in Nuuk ein Heim, das auch schon in den 1970er-

Jahren existiert hatte, doch das Bildmaterial, das im Internet zu finden war, stimmte nicht mit dem Foto überein, auf dem der junge Inasson und die anderen Knaben zu sehen waren. Das Gebäude war ein ganz anderes, ebenso wie die Umgebung. Systematisch gingen sie die anderen Waisenhäuser durch, die es entlang der Südwestküste Grönlands gab und deren schiere Anzahl Eva bestürzte. Zwar gab sie sich Mühe, es nicht zu zeigen, aber Pally bemerkte es trotzdem.

»Leider kommt es hier ziemlich oft vor, dass Kinder ihre Eltern verlieren«, erklärte sie. »Manchmal durch Unfälle, wie es bei meinen Eltern der Fall gewesen ist, oft aber auch, weil sich die Eltern das Leben nehmen oder so dem Alkohol verfallen sind, dass sie sich nicht mehr um ihre Kinder kümmern können. Hätte mein Großvater sich damals nicht meiner angenommen, wäre ich auch in eine staatliche Einrichtung gekommen.«

»Verstehe.« Eva nickte. »Dafür bist du ihm sicher dankbar.«

»Er hat mir das Leben gerettet, und nicht nur in dieser Hinsicht.« Ein Lächeln huschte über ihre Züge, das jedoch sofort wieder verschwand. »Andere haben weniger Glück, so wie Uki zum Beispiel.«

Eva nahm den Blick vom Bildschirm und sah sie an. »Hast du inzwischen nachgedacht über das, was ich dir gesagt habe?«

»Mhm.« Pally nickte.

»Und?«

»Ich würde es gerne versuchen«, gab die junge Inuk bekannt. »Ich meine, ich weiß, dass das eine Menge Verantwortung bedeutet, aber ich kriege das hin.«

»Ich weiß.« Eva lächelte. »Ist Daavi auch mit an Bord?«

Pallys Zögern währte nur einen Augenblick. »Auf jeden Fall. Wir wollen, dass Uki dieselben Chancen bekommt, die auch ich in ihrem Alter hatte.«

»Das ist extrem lieb von euch.«

»Nicht wirklich«, erklärte Pally ernst. »Wenn man etwas Gutes empfängt, dann soll man es weitergeben. So ist auch der alte Weg gewesen. Viele von uns haben es nur vergessen, weil sie andere Sorgen haben. Aber das darf nicht Ukis Problem werden. Sie soll Grönland verlassen und Ärztin werden können, so wie sie es sich immer ...«

»Einen Moment«, unterbrach Eva sie.

»Was ist?«

»Du hast mich da gerade auf einen Gedanken gebracht«, erwiderte Eva und wandte sich wieder dem Computer zu, ließ ihre Finger über die Tastatur gleiten. »Bei den hiesigen Waisenhäusern haben wir bislang keine Übereinstimmung gefunden, nicht wahr?«

»Und?«

»Was, wenn Inasson gar nicht hier in Grönland im Heim gewesen ist? Wenn er zusammen mit den anderen Jungen nach Dänemark gebracht wurde?«

»Das wäre natürlich möglich, und es würde auch seine guten Sprachkenntnisse erklären«, stimmte Pally zu. »Und auch, warum er offenbar problemlos an der Akademie aufgenommen wurde, für Inuit war das zu dieser Zeit noch nicht so einfach. Aber warum sollte jemand das tun? Warum diese Kinder von ihrer Heimat fortholen?«

Die beiden wechselten einen langen Blick.

Dann gab Eva eine weitere Suchanfrage ein. »Hast du schon einmal etwas von *Små Danskere* gehört?«, fragte sie dabei.

Pally runzelte die Stirn – nur um scharf Luft zu holen, als die Informationen auf dem Bildschirm erschienen. »Natürlich, das Experiment *Kleine Dänen*!«, rief sie. »Das hat bei unseren Leuten für ziemlichen Ärger gesorgt, als die Sache ans Licht kam. Der Bürgermeister hat sogar eine Gemeindeversammlung deswegen einberufen.«

»Kann ich mir vorstellen.« Eva nickte. »Ist nicht gerade ein Ruhmesblatt in der Geschichte der dänisch-grönländischen Beziehungen. Ich habe seinerzeit davon erfahren, weil eine befreundete

Kanzlei die Schadensersatzforderungen der Inuit gegenüber dem dänischen Staat vertreten hat.«

Pally nickte, während sie die Zeilen auf dem Bildschirm überflog, um ihre Erinnerung ein wenig aufzufrischen. »Im Mai 1951«, fasste sie dabei zusammen, »wurden im Rahmen des soziologischen Experiments *Kleine Dänen* zweiundzwanzig Inuit-Kinder von Grönland nach Dänemark gebracht. Isoliert von ihrer indigenen Kultur sollten sie mit dem westlichen Lebensstil vertraut gemacht und als Europäer erzogen werden, um später in ihre Heimat zurückzukehren und das Gelernte weiterzugeben. Zu den Maßnahmen gehörte, dass ihnen ihre angestammte Sprache verboten wurde und sie fortan nur noch Dänisch sprechen durften … Wie grausam«, stellte Pally fest.

»Und das ist noch längst nicht alles. Da es nicht genug Waisenkinder gab, die die Anforderungen erfüllten, nahm man Familien ihre Kinder weg mit dem Versprechen, dass sie nach einem Jahr zurückkehren würden, aber das war nicht der Fall. Entwurzelt, wie sie waren, haben diese Kinder ihre Muttersprache verlernt und jede kulturelle Identität verloren. Die einen blieben bei Pflegefamilien in Dänemark, andere wurden in Waisenhäusern untergebracht. Viele von ihnen sind vergleichsweise jung gestorben und litten Zeit ihres kurzen Lebens an Angststörungen und Depressionen.«

Pally erwiderte nichts darauf, aber im Lichtschein des Monitors glänzten Tränen in ihren dunklen Augen.

»Die Sache wurde jahrelang vertuscht«, fuhr Eva leise fort, »bis sie Mitte der 90er-Jahre ans Licht kam – erst da haben die Überlebenden erfahren, dass sie in ihrer Kindheit Teil eines herzlosen und unmenschlichen Experiments gewesen sind. Dennoch hat es noch bis 2022 gedauert, bis sich die dänische Regierung offiziell entschuldigt und den wenigen noch lebenden Betroffenen finanzielle Entschädigung zugesagt hat.«

»Wie viel?«, wollte Pally wissen.

»250 000 Kronen, etwa 34 000 Euro.«

»So viel kostet es also, ein Leben verpfuschen zu dürfen?«

»Es war ein Skandal und ist es immer noch«, bestätigte Eva.

»Aber was hat das mit Ejnari zu tun? Das ist 1951 passiert, da war er ja noch nicht einmal auf der Welt.«

»Zugegeben«, räumte Eva ein. »Aber was, wenn es später noch ein weiteres, ähnlich gelagertes Experiment gegeben hat? Jens sagte, dass alle drei Mordopfer Mitglieder jener Organisation zur interdisziplinären Forschung gewesen sind.«

»Und auch, dass er das Gefühl hat, dass etwas vertuscht werden soll«, fügte Pally hinzu, die geröteten Augen jetzt staunend geweitet.

»Wie gesagt, das Bekanntwerden von *Kleine Dänen* hat damals für ziemlichen Wirbel gesorgt. Nicht nur in Europa, sondern in der ganzen Welt ist darüber berichtet worden, was die dänische Regierung in ziemliche Erklärungsnot gebracht hat. Wäre es da völlig abwegig anzunehmen, dass man alles tun würde, um einen weiteren, womöglich ganz ähnlich gelagerten Skandal zu vermeiden?«

»Du meinst, das Waisenhaus, in dem Ejnari und die anderen Jungen waren, ist kein gewöhnliches Heim für Kinder gewesen?«

»Das würde jedenfalls erklären, warum wir nirgendwo etwas darüber finden, und auch, warum es in Dänemark gewesen ist und nicht hier in Grönland.«

Erneut blieb Pally eine Antwort schuldig. Sie sank in ihrem Schreibtischstuhl zurück und starrte auf den Bildschirm. »*Små Danskere*«, las sie die Überschrift abermals flüsternd vor, so als könnte sie es einfach nicht glauben.

Eva fühlte sich elend. Wenn sich schon in ihrem Inneren angesichts dieses Unrechts alles verkrampfte, um wie vieles mehr musste erst Pally mit den verschleppten Inuit-Kindern fühlen, zumal, wenn der Verdacht im Raum stand, dass es womöglich noch weitere solcher Fälle gegeben hatte?

Eva hätte nur die Hand ausstrecken und Pally berühren müssen, um sie ihres Mitgefühls zu versichern, um wenigstens den Versuch zu unternehmen, sie ein wenig zu trösten … aber sie konnte es nicht. Welches Recht hatte sie dazu? So eng sie auch nebeneinander sitzen mochten, so weit waren sie doch voneinander entfernt, Pally eine Inuk und sie Bürgerin des Landes, das ihrem Volk so Schlimmes angetan hatte.

Die Scham, die Eva darüber empfand, war beinahe körperlich zu spüren … und plötzlich erwuchs aus ihr ein Gedanke.

»*Små Danskere* war das Kennwort dieses unsäglichen Experiments«, sagte sie leise.

»Und?« Pally sah sie an.

»Was waren die letzten Worte, die dein Großvater zu uns sagte, bevor er wieder einschlief?«

»Er sagte ›Böses Blut‹«, erinnerte sich Pally.

Sie wechselten einen Blick. Dann gab Eva die Worte in die Suchmaske ein: *Dårligt Blod.*

Sie drückte die Returntaste, und obwohl die Suche im Netz nur Augenblicke dauerte, kam es ihr wie eine Ewigkeit vor.

Dann erschienen die Ergebnisse auf dem Bildschirm.

»Mein Gott«, flüsterte Eva.

ERINNERUNGEN

»Polizeimeister Inasson, wie ich annehme?«

Als er die Stimme hört, erkennt er sie sofort wieder.

Selbst nach all den Jahren.

Unter Tausenden würde er sie heraushören, auch wenn sie jetzt anders klingt als damals. Weniger kalt und beinahe freundlich. Menschlich …

Langsam dreht er sich um, nur um seine Vermutung bestätigt zu finden. Dasselbe kantige Gesicht, dieselben grauen Augen, derselbe schmale Mund.

Ezechiel.

Nur älter.

Sehr viel älter.

Dennoch scheinen sich Zeit und Raum plötzlich um Ejnari Inasson zu verlieren, ganz plötzlich ist er nicht mehr hier in Illokarfiq, wo er auf dem örtlichen Polizeirevier arbeitet, sondern an einem anderen Ort, zu einer anderen Zeit, unter einem anderen Namen.

Der andere scheint seine Verwirrung zu bemerken, denn er stutzt für einen Moment und sieht ihn prüfend an.

»Sollten wir uns kennen?«

Für einen Moment ist Ejnari versucht, Ja zu sagen, doch er bringt es nicht über sich. Denn aus einer Vergangenheit, die er sein Leben lang zu vergessen suchte, kehren verloren geglaubte Reflexe zurück.

Ein Gehorsam, der keine Fragen stellt.

Eine Angst, die kein Morgen kennt.

»Nicht, dass ich wüsste«, hört er sich sagen, während er sich selbst einen Lügner und einen Feigling schimpft.

»Es hätte mich auch gewundert. Sie müssen wissen, ich bin erst vor zwei Tagen von Nuuk hierher versetzt worden …«

»Hierher?«

»Gewiss.« Ezechiel nickt bekräftigend. »Dies ist meine neue Gemeinde, deren Schafe ich im Auftrag der Volkskirche hüten soll, wenn Sie verstehen. Oder gehen Sie nicht zur Kirche?«

Fragend sieht er ihn an. Inasson kennt diesen Blick, weiß nicht, was er auf die Frage erwidern soll, während er gleichzeitig überlegt, wie es einen solchen Zufall geben kann. Oder ist es mehr als ein Zufall, der dies bewirkt hat?

Der neue Pfarrer von Illokarfiq lacht. »Es war nur ein Scherz«, versichert er. »Ich denke, dass wir uns gut verstehen werden, und hoffe auf eine gute Zusammenarbeit.«

»Gleichfalls«, bestätigt Inasson. Plötzlich ist in seinem Kopf ein Gedanke.

Rache.

Weitere Erinnerungen kehren aus der Vergangenheit zu ihm zurück, an Schmerz, den er durchlitten, an Albträume, die er durchlebt, an seine Mutter, die er verloren hat. Und an einen Schwur, den er einst in bitterer Verzweiflung geleistet hat, und den brennenden Durst nach Vergeltung.

Ohne dass er sie bewusst gelenkt hätte, ist seine Hand an den Gürtel gewandert, sucht das Holster, in dem die Waffe steckt. Noch niemals war er gezwungen, sie im Dienst zu gebrauchen, doch er hat den Umgang mit ihr geübt und auf der Jagd hat er schon oft den Abzug betätigt.

Es ist leicht.

Nur eine winzige Krümmung des Zeigefingers, und der Dämon aus der Vergangenheit bekommt seine gerechte Strafe.

Der Zerstörer wird selbst zerstört.

Nach all den Jahren …

»Wollten Sie noch etwas sagen?«, erkundigt der andere sich.

»Nein«, erwidert Inasson.

Seine Hand ruht jetzt auf dem Griff der Pistole, bereit, sie zu zücken und auf den anderen zu richten.

»Dann werden wir uns sicher bald wiedersehen. Auf eine gute Zusammenarbeit«, sagt der Geist aus der Vergangenheit und hält ihm seine rechte Hand hin, die nur drei Finger hat.

Jene Hand, die Inasson einst so gefürchtet hat.

Die Klaue des Dämons.

»Ja«, bestätigt er tonlos.

Ezechiel sieht ihn erwartungsvoll an, ahnt nicht, dass sein Leben in diesem Moment am seidenen Faden hängt, dass die Vergeltung drohend wie ein Unwetter über ihm schwebt.

Ein banger, dunkler Augenblick.

Dann nimmt Inasson die Hand von der Waffe und ergreift die ihm dargebotene Rechte.

In diesem Moment wird aus dem Geist ein Wesen aus Fleisch und Blut. Licht durchdringt die Dunkelheit wie am Ende eines langen Winters.

Er muss es nicht tun, sagt er sich.

Er kann frei entscheiden.

Die beiden Männer verabschieden sich, und der neue Pfarrer von Illokarfiq wendet sich ab und geht die Straße hinab auf die Kirche zu, deren roter Turm sich in den grauen Himmel streckt.

Inasson atmet innerlich auf.

Die Vergangenheit hat keine Macht mehr über ihn.

Und doch beschleicht ihn der dunkle Verdacht, dass sie ihn womöglich einholen wird.

Irgendwann.

51

»Kaum zu glauben.«

Zum wiederholten Mal blickte Lerby auf das Display des Note-books, das aufgeklappt vor ihm auf dem Schreibtisch stand, las immer wieder den Namen.

Dårligt Blod.

»Es war nur eine Idee«, versicherte Eva, »Pallys Großvater hat es bei unserem letzten Besuch erwähnt.«

»Ich dachte, du wärst Verstandesmensch und glaubst nicht an solche Dinge?«

»Einen Versuch war es wert«, entgegnete sie ausweichend, auf das Display des Notebooks deutend.

»Es ist keine offizielle Seite«, fügte Pally einschränkend hinzu, »und unbedingt seriös ist sie auch nicht. Eine Gruppe schwe-discher Studenten, die sich *Sanningssökande* nennen ...«

»Sucher der Wahrheit«, übersetzte Eva.

»... hat darüber einen kurzen Artikel erfasst«, fuhr Pally fort. »Laut ihrer Darstellung war *Dårligt Blod* angeblich eines von mehreren Forschungsprojekten, an denen Dänemark und andere NATO-Gründerstaaten während des Kalten Kriegs beteiligt waren, die Codebezeichnung dafür lautete *Nystart*. Die meisten dieser Projekte waren rein militärischer Natur, aber wie es heißt, waren auch zivile darunter, die fächerübergreifend organisiert waren und soziologische und kulturhistorische Studien ebenso beinhalteten wie medizinische.«

Lerby nickte. Das deckte sich sowohl mit dem, was Dufina Nielsen ihnen erzählt hatte, als auch mit dem, was sie aus dem Zeitungsausschnitt wussten.

»Bei *Dårligt Blod*«, erklärte Pally weiter, »sei es um die Erforschung von Psychopharmaka und deren Auswirkung auf Kinder und Jugendliche unter Berücksichtigung auf deren kulturhistorischen Kontext gegangen. Man hat sie gezielt Stressoren ausgesetzt und dann behandelt.«

»Mein Gott«, flüsterte Lerby.

»Allerdings behaupten die Wahrheitssucher in einem anderen Beitrag auch, dass die Nazis seinerzeit versucht hätten, den Mond zu besiedeln, und Bigfoot ist bei ihnen auch ein großes Thema«, schränkte Pally ein. »Darüber hinaus ist es die einzige Quelle, die wir zu *Dårligt Blod* gefunden haben. Und wir haben wirklich lange gesucht.«

»Trotzdem ist die Übereinstimmung verblüffend«, beharrte Eva. »Und vielleicht verbirgt sich unter all den Verschwörungstheorien, die die Jungs verbreiten, ja auch ein Funke Wahrheit.«

Lerby rieb sich das Kinn, während er in seinem Schreibtischstuhl vor und zurück wippte und sich die Sache durch den Kopf gehen ließ. Keldsen, der neben ihm stand, sah ihn fragend an.

»Glaubst du das, Leribi?«

»Am liebsten würde ich es nicht glauben, aber so abgedreht die Geschichte auch sein mag, sie fügt sich leider ziemlich gut in das Gesamtbild. Normalerweise würde ich jetzt versuchen, an die Verfasser des Artikels heranzukommen und herauszufinden, woher sie ihre Informationen bezogen haben, aber uns läuft die Zeit davon.« Er warf einen demonstrativen Blick auf die Uhr, die über der Eingangstür des Polizeireviers hing.

Fast vierzehn Uhr.

»Der Agent des PET wird in einer Stunde hier sein«, fügte Daavi Keldsen zur Erklärung hinzu, und es war ihm anzumerken, wie unwohl ihm bei der Vorstellung war.

Lerby ließ ein leises Schnauben vernehmen.

Viel konnte er in der noch verbleibenden Zeit nicht unternehmen, aber vielleicht ließen sich die neu gewonnenen Informationen auf andere Weise verwerten. Auch wenn es nur wilde Spekulationen waren, ergab das, was auf jener Webseite zu lesen stand, durchaus Sinn. Und wenn Lerby im Lauf seiner langen Dienstzeit eines gelernt hatte, dann dass dort, wo Rauch aufstieg, häufig auch Feuer war.

Handelte es sich bei den Forschungen jener geheimnisvollen Organisation also tatsächlich um einen ähnlichen Fall wie 1951? Hatte man diese Jungen tatsächlich als Versuchskaninchen für fragwürdige Experimente missbraucht? War das die Gemeinsamkeit, die alle Mordopfer aufwiesen, ihre dunkle Vergangenheit? Und war das auch die Erklärung für die Grausamkeit, mit der die Morde begangen worden waren?

Das alles war an sich schon verstörend. Noch mehr jedoch erschütterte Lerby die Tatsache, dass Ejnari Inasson eines dieser Kinder gewesen war und sie alle nichts davon geahnt hatten, noch nicht einmal seine Kollegen und engsten Freunde. Hatte Inasson folglich auch den Mörder gekannt? Und war dies der eigentliche Grund für sein Verschwinden gewesen?

Lerby erinnerte sich an das letzte Gespräch, das sie geführt hatten, am Abend ihrer Ankunft … Für einen kurzen Moment hatte er den Eindruck gehabt, dass Inasson ihm etwas hatte sagen wollen. War es dabei womöglich um seine Vergangenheit gegangen? Um den Mörder? Oder bildete sich Lerby das im Nachhinein nur ein, weil ihn sein schlechtes Gewissen plagte?

Noch immer gab es Fragen über Fragen, aber zumindest tappte er nicht mehr vollständig im Dunkeln. Und das hatte er seinen beiden Hilfspolizistinnen zu verdanken.

»Wie auch immer, ihr habt großartige Arbeit geleistet«, meinte er, an Eva und Pally gewandt. »Ihr könnt wirklich stolz auf euch sein.«

»Danke«, meinte Pally. »Daavi ist leider nicht dieser Ansicht«, fügte sie mit einem etwas säuerlichen Seitenblick in Richtung ihres Freundes hinzu. »Er würde mich lieber zu Hause am Herd sehen.«

»Wirklich?« Eva hob die Brauen.

»Äh …«, machte Keldsen nur und brachte es einmal mehr fertig, trotz seines wettergegerbten Teints zu erröten.

»Wie werdet ihr beide nur ohne uns zurechtkommen?«, fragte Eva, in gespieltem Bedauern von einem zum anderen blickend.

»Wir werden unser Bestes geben.« Lerby lächelte dünn. »Aber was meinst du damit? Wo wollt ihr hin?«

»Zum Bürgermeister«, erklärte Pally und strahlte dabei über ihr ganzes Gesicht. »Eva will mir helfen, das Sorgerecht für Uki zu bekommen. Dann muss sie nicht zu ihren Verwandten und kann studieren, wie sie es sich gewünscht hat.«

Lerby merkte, wie Keldsen neben ihm leicht zusammenzuckte. Pally schickte ihm einen flüchtigen Blick, aber der junge Polizist erwiderte nichts darauf.

»Bürgermeister Tulimaq ist nicht im Ort«, erklärte er stattdessen steif. »Er ist mit einem Jagdtrupp unterwegs.«

»So ist es«, bestätigte Eva, »und dorthin wollen wir, ein Stück den Fjord hinauf.«

Lerby verzog das Gesicht, die Vorstellung gefiel ihm nicht. »Kann es nicht warten, bis er wieder zurück ist?«

»Nein, denn erstens wissen wir nicht, wann das sein wird, und zweitens drängt die Zeit. Nach dem Willen der Behörden soll Uki umgehend zu ihren Verwandten nach Sisimiut ziehen.«

Lerby sah von einer zur anderen, dann schüttelte er den Kopf. »Das ist keine gute Idee. Der Mörder ist immer noch irgendwo da draußen, und ich will nicht, dass es euch ergeht wie Inasson.«

»Das wird es nicht«, versicherte Pally. »Ajako Hansen wird uns in seinem Boot mitnehmen.«

»Ein Mann aus Illokarfiq, der im Sommer als Fremdenführer arbeitet«, fügte Keldsen zur Erklärung hinzu.

»Ist er zuverlässig?«

»Durchaus. Und er ist ein erfahrener Jäger und weiß, wie man mit einem Gewehr umgeht.«

Lerby atmete tief ein und aus, während sein Blick von Eva zu Pally ging und wieder zurück. Die Sache gefiel ihm noch immer nicht, aber er sah auch nicht, wie er es ihnen verbieten sollte. Er war nicht als offizieller Ermittler hier, und in etwa einer Stunde würde er wohl nicht einmal mehr Polizist sein. Vielleicht, sagte er sich, waren die beiden ja sogar sicherer, wenn sie Illokarfiq verließen und gar nicht hier waren.

»Also gut«, meinte er achselzuckend. »Aber meldet euch alle zwei Stunden über Funk.«

»Verstanden.« Pally lächelte dankbar.

Lerby erwiderte das Lächeln, dann sah er zu Eva. »Sei bitte vorsichtig«, meinte er. »Das hier ist nicht Kopenhagen.«

»Ich weiß«, versicherte sie, und dann war da dieser Blick, den sie ihm zuwarf. Lerby hätte ohne mit der Wimper zu zucken tausend Kronen bezahlt, um hier und jetzt zu erfahren, was sie gerade dachte. Aber daraus würde nichts werden, sie würden erst nach ihrer Rückkehr Zeit finden, miteinander zu sprechen.

Sie verabschiedeten sich, und die beiden Frauen verließen die Polizeiwache. Die Tür war längst hinter ihnen ins Schloss gefallen, da stand Daavi Keldsen noch immer wie versteinert, die Arme halb erhoben.

»Alles in Ordnung?«, fragte Lerby.

»I-ich denke schon.« Er nickte.

»Ganz sicher?« Lerby sah ihn an. Er hätte schwören können, dass da noch mehr war, und für einen Moment fühlte er sich an sein Gespräch mit Ejnari Inasson erinnert. Die Inuit waren wirklich geübt darin, sich in beredtes Schweigen zu hüllen. Er beschloss, Daavi danach zu fragen, sobald sich die Gelegenheit dazu ergeben würde. Einstweilen hatten sie sich um andere Dinge zu kümmern.

Vom Bildschirm des Notebooks, auf dem immer noch die Worte *Dårligt Blod* zu lesen standen, wandte sich Lerby wieder dem Foto zu, das daneben auf dem Schreibtisch lag.

Es war die Schwarzweißaufnahme, die die dreizehn Jungen vor den grauen Mauern des Waisenhauses zeigte. Lerby betrachtete sie nachdenklich, sah einem Jungen nach dem anderen in das verstört wirkende Gesicht.

Wenn tatsächlich wahr war, was sie bislang nur vermuteten, dann blickten ihm aus einer dieser Mienen die Augen eines zukünftigen mehrfachen Mörders entgegen.

52

Die Schmerzen waren höllisch.

Und anders als zuvor hatte Vill ihm kein Schmerzmittel mehr gegeben. Stattdessen hatte er sich das Zeug selbst gespritzt. Vermutlich, so nahm Inasson an, war er über all die Jahre nie wirklich davon losgekommen.

Jetzt lag er auf einer der anderen Pritschen und schlief. Seine Atemzüge waren zu hören, nicht ruhig und gleichmäßig, sondern keuchend und gehetzt. Es schien ihm nicht gutzugehen, von dem irrsinnigen Glanz in seinen Augen ganz zu schweigen. Der quälenden Pein zum Trotz empfand Inasson Mitleid für seinen einstigen Gefährten.

Wenn überhaupt, so sagte er sich, traf ihn die Schuld an seinem Schicksal, denn er hatte versagt, und das gleich in mehrfacher Hinsicht, als Polizist und als Freund.

Er hatte sein Versprechen nicht eingelöst und Vill nicht vor dem Zugriff der Peiniger bewahrt. Ebenso wenig, wie er Anders Balling und die anderen beiden Mordopfer hatte retten können. Gewiss, er hatte es versucht, aber nicht entschlossen genug. Und nun war es zu spät, um noch etwas daran zu ändern. Alles, was ihm blieb, war Reue … und die Strafe.

Er biss die Zähne zusammen, als eine Woge von Schmerz durch seinen Körper flutete, diesmal so stark, dass er fast das Bewusstsein verlor. An die Wunde in seiner Seite dachte er kaum mehr, obschon sie sich infolge der rohen Behandlung wieder geöffnet hatte und blutete; sein Bein machte ihm im Augenblick wesentlich mehr zu schaffen.

Der heftigen Schwellung nach, die sich durch das Hosenbein

abzeichnete, war das linke Schienbein nicht nur gebrochen, sondern vermutlich gesplittert. Vill hatte nichts unternommen, um es zu schienen oder auch nur geradezurichten, und so rieben die Knochensplitter aneinander. Ejnari Inasson war nicht empfindlich und hatte schon manches ertragen – dieser Schmerz jedoch war der heftigste, den er jemals hatte aushalten müssen. Wann immer er sein Bein auch nur um Nuancen bewegte, hatte er das Gefühl, vor Qual den Verstand zu verlieren. Tränen schossen ihm dann reflexhaft in die Augen, und er konnte sich nur am Schreien hindern, indem er sich fest auf die Lippe biss. Erst später merkte er, dass sie blutete.

Vill hatte zweifellos gewusst, was er ihm antat, entsprechend hatte er darauf verzichtet, ihn zu fesseln. Rücklings lag Inasson auf dem blutgetränkten Feldbett und litt Höllenqualen, während er hinauf zur metallenen Decke starrte, die immer wieder vor seinen Augen verschwamm.

Halb versuchte er, wach zu bleiben, halb hoffte er, dass die Bewusstlosigkeit ihn ereilen und ihn wieder dorthin befördern würde, wo es weder Schmerz noch Reue gab. An vieles musste er denken, während er dort auf seiner Pritsche lag, peinlich darauf bedacht, sich nicht zu bewegen.

An die Vergangenheit.

An seine Familie.

An Vildbjerg.

Er hatte lange nicht an diese Dinge gedacht, hatte sie tief in seinem Inneren verschlossen, bis Vills Rückkehr ihn gezwungen hatte, sich von Neuem damit auseinanderzusetzen. Wie jung sie damals gewesen waren und wie ahnungslos … und waren sie das im Grunde nicht immer noch? Sie mochten beide älter geworden sein, mochten unterschiedliche Wege im Leben eingeschlagen haben. Doch tief in ihrem Inneren waren sie noch immer die verängstigten Jungen, die im dunklen Keller saßen und sich angstvoll aneinanderklammerten.

Vill ließ ein leises Stöhnen vernehmen.

Er schien zu träumen, und Inasson bezweifelte, dass es gute Träume waren. Vermutlich ähnelten sie denen, die ihn selbst des Nachts verfolgten, längst nicht mehr regelmäßig, aber immer einmal wieder, dunkle Albdrücke von schattenhaften Klauen, die nach ihnen griffen, und von gläsernen Nadeln, die sie durchbohrten.

Inasson hatte nie versucht, sich einen Reim darauf zu machen. Er war kein Denker, hatte versucht, die Vergangenheit als das zu akzeptieren, was sie nun einmal war, und sie hinter sich zu lassen. Anders als Vill, der niemals aufgehört hatte, darüber nachzudenken, und darüber den Verstand verloren hatte.

Inasson war klar, dass es keinen Ausweg gab.

Ein Menschenleben bedeutete Vill nichts mehr, so wie ihm menschliches Leid nichts mehr bedeutete. Das Ziel, auf das er seit so vielen Wintern hingearbeitet hatte, das er verfolgt hatte, seit er ein kleiner Junge gewesen war, hatte er erreicht. Er hatte sich an seinen Peinigern gerächt und sie getötet. Doch wie so viele, die den Pfad der Rache beschritten hatten, war wohl auch er zu der Erkenntnis gelangt, dass der Tod seiner Peiniger in ihm nichts als Leere hinterließ und dass die Erlösung, die er sich davon versprochen hatte, noch immer genauso fern war wie vorher.

Und die einzige Antwort, die er darauf zu kennen schien, bestand darin, noch mehr zu töten und Leid zu verursachen, ehe er sich selbst das Leben nahm … Der Tod war bereits unter ihnen, er folgte Vill wie ein Schatten, und ein Teil von Inasson wollte sich ihm einfach nur ergeben, damit der Schmerz endlich endete.

Doch da war auch noch ein anderer Teil in ihm … Der zurückwollte zu seinen Freunden und den Menschen, die er liebte, ihnen offenbaren, was er stets für sich behalten hatte, und ihnen zeigen, wer er wirklich war. Und dazu musste Inasson am Leben bleiben.

Für einen Moment erwog er, sich aller Pein zum Trotz von seinem Lager zu erheben und Vill im Schlaf anzugreifen, zu versuchen, ihn zu überwältigen. Aber daran war nicht zu denken. Er konnte unmöglich aufstehen, und er sah weit und breit nichts, das sich als Krücke hätte gebrauchen lassen, ganz abgesehen davon, dass er die Kraft für einen ordentlichen Schlag vermutlich gar nicht aufgebracht hätte.

Abermals zu fliehen war ebenfalls keine Möglichkeit, obschon die Tür unverschlossen war … Ganz gleich, wie zäh er sein mochte, bäuchlings durch den gefrorenen Schnee kriechend würde er noch auf dem ersten Kilometer erfrieren.

Von Schmerz gepeinigt merkte Inasson, wie seine Resignation größer wurde, wie er sich immer mehr in sein düsteres Schicksal ergeben wollte … und da sah er ihn.

Den Gegenstand auf dem Tisch.

Er war etwa so groß wie seine Handfläche, olivgrün und vermutlich aus alten Armeebeständen stammend – das Notfunkgerät aus der Vorratskiste!

Vill musste es an sich genommen und bei sich gehabt haben, als er unterwegs gewesen war. Nun lag es auf dem Tisch, herrenlos und unbewacht.

Inasson zögerte nicht lange, ihm war klar, dass dieses kleine Gerät seine einzige Hoffnung auf Überleben war, auch wenn der Tisch gut drei Meter von seiner Pritsche entfernt war und er auf dem Weg dorthin ein wahres Martyrium würde durchleiden müssen. Mit einem Blick in Richtung seines Häschers vergewisserte er sich, dass dieser immer noch schlief. Dann biss er die Zähne zusammen und rollte sich in einem verzweifelten Entschluss seitlich aus dem Bett.

Er hatte die Hände zur Hilfe nehmen wollen, um sich abzustützen, doch seine Reflexe ließen ihn im Stich. Wohl eine Folge der Droge, die Vill ihm verabreicht hatte. Mit dem Kopf und der rechten Schulter schlug er hart auf den Boden, sein gebrochenes Bein immerhin wurde durch das andere ein wenig abgefedert. Der Schmerz war dennoch mörderisch, und geräuschlos ging es auch nicht vonstatten. Der Metallboden des Containers hallte vom Aufschlag wieder wie ein Gong, der zum Essen geschlagen wurde.

Seitlich am Boden liegend verharrte Inasson und wartete ab, ob Vill etwas gehört hatte und erwacht war. Das schien jedoch nicht der Fall zu sein, also drehte Inasson sich auf die Bauchseite und kroch weiter. Das unversehrte Bein benutzte er, um sich über den rostigen Boden zu schieben, das gebrochene hielt er ausgestreckt, so gut es ging, doch jede einzelne Bewegung, jede Erschütterung und jede Anspannung der Beinmuskulatur entfesselte ein wahres Inferno an Schmerzen, das seine linke Körperhälfte emporkochte, bis in seinen Nacken. Das Herz schlug ihm bis zum Hals, und der Schädel wollte ihm fast zerspringen, so sehr strengte ihn an, was er tat. Doch mit eisernem Willen schob er sich vorwärts, Stück für Stück, Zentimeter für Zentimeter.

Als er eines der metallenen Tischbeine zu fassen bekam, nahm er seine Arme zur Hilfe und zog sich vollends heran. Und indem er die Zähne so fest zusammenbiss, dass seine Kiefermuskeln krampften, gelang es ihm, sich am Tischbein empor in eine sitzende Position zu bringen, das eine Bein angewinkelt, das andere nach wie vor ausgestreckt.

So verharrte er für einen Moment, während sein Bewusstsein flackerte wie eine Kerze im Wind. Augenblicke lang fürchtete er, es zu verlieren, hörte er nichts als das Rauschen des Blutes in seinem Kopf, während die Sicht ihm vor den Augen verschwamm … aber er nahm sich mit aller Macht zusammen, rief sich selbst zur Ordnung wie ein Schleifer auf dem Kasernenhof und schaffte es so, bei Bewusstsein zu bleiben. Rücklings an das Tischbein gelehnt, griff er mit der vor Anstrengung bebenden Rechten hinauf zur Platte, tastete suchend umher – und fand das Funkgerät.

Mit pochendem Herzen griff er danach und betrachtete es. Es schien aus NATO-Beständen zu stammen, die Beschriftung war auf Deutsch, das Inasson nicht verstand, aber die Dinger funktionierten stets nach ähnlichem Prinzip. Um den signalfarbenen

Knebel zu drehen, der das Gerät in Betrieb nahm, musste er alle Kraft aufwenden, zu der er noch in der Lage war, zum Herausziehen der Antenne benutzte er die Zähne.

Hoffend, dass noch genügend Saft in den Batterien war, stellte er das Gerät an … und sprach leise hinein …

53

Um 15 Uhr 10 setzte der rote Helikopter der Air Greenland auf dem Heliport von Illokarfiq zur Landung an.

Für grönländische Verhältnisse war dies überpünktlich, Verspätungen von unter einer Stunde wurden in Anbetracht des um diese Jahreszeit oft widrigen Wetters erst gar nicht registriert. Beschwerden gab es, wenn überhaupt, nur von Fremden; die Einheimischen lebten damit und regten sich nicht darüber auf. Weshalb auch, es wäre ohnehin sinnlos gewesen.

Lerby und Keldsen standen hinter der Glastür des kleinen Abfertigungsgebäudes und schauten zu, wie der AS 350 knatternd aus dem grauen Himmel sank. Infolge des kleinen Orkans, den die Rotoren entfesselten, wirbelte Eisstaub auf und stob in weißen Wolken davon, dann setzten die Kufen weich auf dem Landefeld auf.

Zu seiner Verblüffung merkte Lerby, dass seine Handflächen schwitzten. Wieso in aller Welt? Weder war es sein Vorgesetzter, dessen Ankunft sie erwarteten, noch hatte er streng genommen überhaupt etwas mit der Sache zu tun. Aber in diesem Moment dämmerte ihm, wie Daavi Keldsen sich gefühlt haben musste, damals, als Lerby in jener Maschine gesessen und in Illokarfiq gelandet war …

Auch jetzt stand sein junger Kollege sichtlich unter Anspannung. Wenn es darum ging, sich selbst zu behaupten, war Daavi ohnehin nicht der Größte. Dass er momentan auch noch das Amt des Dienststellenleiters bekleidete, in das er so unverhofft geraten war, machte es nicht besser. Die Verantwortung schien ihn förmlich zu erdrücken.

Die Rotoren liefen aus, der Sturm legte sich.

Der Pilot stieg aus und öffnete das Seitenschott. Nur drei Passagiere verließen die Maschine, zwei Inuit und ein schlanker Mann, der einen dunklen Mantel mit hochgeschlagenem Kragen trug. Er nahm sein Gepäck entgegen, eine große Sporttasche, die er sich über die Schulter hängte. Dann kam er auf das Terminal zu. Lerby stieß eine Verwünschung aus, als er sein Gesicht sah.

»Oh Scheiße.«

»Was?«, fragte Keldsen erschrocken.

»Ich kenne den Kerl«, stieß Lerby hervor, der in diesem Moment ein hässliches Gefühl von Déjà-vu hatte. »Sein Name ist Beck. Inspektor Mads Beck vom polizeilichen Nachrichtendienst.«

Keldsen schluckte abermals. »Gibt es etwas, das ich über ihn wissen muss?«, fragte er, während Beck bereits mit großen Schritten auf das Terminal zustach.

»Er ist ein Arschloch«, erwiderte Lerby.

Da kam Beck schon durch die Tür.

»Lerby«, sagte er mit despektierlichem Blick. »Ich könnte jetzt sagen, dass ich mich freue, Sie wiederzusehen, aber das wäre eine glatte Lüge.«

»Beck.« Lerby nickte ihm zu.

»*Politiassistent* Daavi Keldsen«, stellte sich selbiger korrekt vor und nahm für einen Augenblick sogar Haltung an. »Willkommen in Illokarfiq.«

»Sie sind der Leiter der Dienststelle?«

»In Vertretung von *Politiassistent* Inasson«, bestätigte der Jüngere ebenso steif wie korrekt. Vermutlich, dachte Lerby, steckte ihm die Erinnerung an ihre allererste Begegnung noch in den Knochen, und er wollte nichts falsch machen.

»Ich habe den Bericht gelesen, tragische Sache«, schnarrte Beck. »Auf wie viele Beamte können Sie derzeit zurückgreifen?«

»Nun, äh … nur auf mich«, gab Keldsen kleinlaut bekannt.

»Wie bitte?«

»Ich bin allein, Inspektor Beck. Es gibt eine Kollegin, die unlängst Mutter geworden ist, sie besetzt stundenweise die Wache,
aber das ist alles.«

»Verstehe.« Spott, Verachtung, Unmut – all das fand zugleich
in Mads Becks ebenmäßigen Zügen statt. Ansatzlos wandte er sich
an Lerby. »Offengestanden verstehe ich nicht, warum Sie hier sind
oder was Sie überhaupt mit dieser Sache zu tun haben. Aber ich
erwarte Ihre uneingeschränkte Unterstützung.«

»Äh, was?« Lerby glaubte, nicht recht zu hören. »Jetzt bin ich
etwas verwirrt, denn *Chefpolitiinspektør* Sørensen hat mir ziemlich
unmissverständlich klargemacht, dass ich aus der Sache raus bin
und beiseitetreten soll.«

»Sie sollen mir nicht in die Quere kommen, das ist ein Unterschied«, beschied ihm Beck und ließ ihn einfach stehen. Mit
der Sporttasche über der Schulter durchquerte er die kleine Ab-
fertigungshalle Richtung Ausgang.

Lerby merkte, wie Daavi Keldsen ihm einen Blick zuwarf.

»Frag nicht«, knurrte er, und sie folgten dem PET-Mann nach
draußen. Auf dem Parkplatz stand Keldsens Dienstwagen, mit
dem sie zur Wache fuhren.

Den Ausdruck, der in Becks Zügen zu lesen stand, während sie
durch die bunt über die Bucht verstreuten Häuser von Illokarfiq
fuhren, kannte Lerby nur zu gut. Es war derselbe, den er auch bei
sich selbst gesehen hatte, wann immer er in den Spiegel blickte.

Da war Geringschätzung diesem Land und seinen Menschen
gegenüber, und da war Hochmut, mit dem man auf die einfachen,
nur allzu oft von Unrat und Schrott umgebenen Häuser blickte,
gepaart mit dem innigen Wunsch, in diesem Augenblick an einem
anderen Ort zu sein, wo es warm war und weniger einsam. Lerby
war gewiss nicht stolz darauf, doch genauso hatte damals auch er
empfunden, als er hierhergekommen war. Und Mads Beck war
dabei, denselben dämlichen Fehler zu begehen.

Für das Polizeiquartier in seinem schlichten Flachbau und dessen einfache, etwas in die Jahre gekommene Ausstattung schien der Mann vom Nachrichtendienst ebenso wenig Sympathie zu hegen.

An Marie Lynge vorbei, die einmal mehr die Stellung hielt und die er kaum eines Blickes, geschweige denn eines Grußes würdigte, lenkte er seine Schritte zielstrebig in Richtung des Glaskastens und nahm kurzerhand den Schreibtisch des Dienststellenleiters in Beschlag. Daavi Keldsen war es gleichgültig, seiner faktischen Beförderung zum Trotz war er ohnehin an seinem Schreibtisch im vorderen Bereich der Wache geblieben. Lerby hingegen empfand es als Provokation. Nicht zuletzt deshalb, weil er einst denselben Fauxpas begangen hatte und genau wusste, was er bedeutete.

»Gefällt Ihnen Ihr Büro?«, fragte er, lässig im Türrahmen lehnend.

»Keineswegs.« Beck ließ einen despektierlichen Blick über die Tischplatte schweifen, auf der mehrere Ordner und Aktenmappen verstreut lagen. Mit einer unwirschen Geste schob er alles zur Seite. »Hier sieht es aus wie in einem Schweinestall.«

»Kann ich Ihnen sonst noch etwas bringen?«, erkundigte sich Lerby spitz. »Ein paar heiße Tücher vielleicht? Ein Aromatöpfchen?«

Beck sah ihn an und schien einen Moment lang nicht zu wissen, wie er reagieren sollte. Schließlich schnaubte er. »Warum ersparen Sie mir und sich selbst nicht einfach diesen destruktiven Mist? Ich weiß nicht, was Sie damit bezwecken. Ich bin lediglich hier, um mich um diesen Fall zu kümmern, nicht mehr und nicht weniger.«

»Das verstehe ich.« Lerby nickte. »Aber Sie sollten nicht denselben Fehler begehen wie ich damals.«

»Nämlich?«

»Seien Sie kein arroganter Mistkerl.«

»Was fällt Ihnen ein?«

»Die Menschen hier haben Ihren Respekt und Ihre Achtung verdient, Inspektor. Ihnen die genauen Gründe dafür zu erklären, würde zu lange dauern, und vielleicht würden Sie es nicht einmal verstehen. Also glauben Sie mir einfach, wenn ich es Ihnen sage.«

»Hm.« Beck lehnte sich in dem alten Schreibtischstuhl zurück, der dabei lautstark knarrte, und musterte Lerby von Kopf bis Fuß.

»Folglich ist es wahr.«

»Was ist wahr?«

»Man hat mir bereits gesagt, dass Sie mit den Einheimischen hier so eine Sache am Laufen haben.«

»Wie bitte?«

»Sie identifizieren sich mit ihnen, und zwar sehr viel mehr, als für einen Polizisten gut ist.«

»Kann sein«, gab Lerby achselzuckend zu. »Sie vergessen dabei nur, dass ich derzeit gar kein Polizist bin und ich mich lediglich als Tourist hier aufhalte.«

»Und das soll ich Ihnen glauben?«

»Fragen Sie Inspektor Sørensen.«

»Passiert es Ihnen öfter, dass in Ihrem Urlaub ein Mörder zuschlägt? Noch dazu einer, in dessen Fall zu ermitteln Ihnen ausdrücklich untersagt wurde?«

»Nein«, stellte Lerby klar und verschränkte instinktiv die Arme vor der Brust. »Und ob Sie es glauben oder nicht, ich bin nicht deswegen hergekommen.«

»Wenn das so ist, warum haben Sie dann ohne Befugnis zu ermitteln begonnen?«

»Es war nicht ohne Befugnis. Ich habe mir zuvor von meinem Vorgesetzten Rückendeckung geholt.«

»Ihrem *ehemaligen* Vorgesetzten«, verbesserte Beck.

»Sie müssen es wissen«, konterte Lerby, »denn dafür haben Sie ja selbst gesorgt.«

»Kommen Sie mir nicht so. Die kleine Insubordination zu Hause in Kopenhagen hätte Sørensen Ihnen früher oder später nachgesehen, aber nicht, was Sie sich hier geleistet haben. Der arme Kerl hatte Schaum vor dem Mund, als er mir davon erzählt hat. Also noch einmal: Wenn das alles für Sie so überraschend kam, wie Sie behaupten, warum haben Sie sich dann sofort in die Ermittlungen eingeschaltet?«

»Weil, wie Sie bereits gesehen haben, hier oben akute Personalnot herrscht und weil der Leiter der Dienststelle vor wenigen Tagen spurlos verschwunden ist«, antwortete Lerby. »Unter diesen Voraussetzungen hielt ich es für eine gute Idee, den Kollegen vor Ort meine im Lauf von beinahe dreißig Dienstjahren erworbene Erfahrung zur Verfügung zu stellen.«

»Sie bleiben also dabei zu behaupten, dass das alles nur ein dummer Zufall gewesen ist?«

»Das behaupte ich nicht«, versicherte Lerby. »Ich bin mir ziemlich sicher, dass ein Zusammenhang besteht und dass auch der verschwundene Polizeihauptmeister Inasson mit der Sache zu tun hat. Allerdings durchschaue ich diesen Zusammenhang zu diesem Zeitpunkt noch nicht. Aber das dürfte Sie ja eher beruhigen, nicht wahr?«

»Was soll das nun wieder heißen?«

Lerby schnitt eine Grimasse. »Wissen Sie was?«, fragte er dann. »Hören wir auf mit den Spielchen und den kleinen Sticheleien. Ich weiß, dass Sie nicht wirklich hier sind, um diesen Fall aufzuklären, sondern um ihn zu vertuschen.«

»Ach, wirklich.« Beck gab sich demonstrativ unbeeindruckt. »Und warum sollte ich das tun wollen?«

»Projekt *Dårligt Blod*«, sagte Lerby.

Es war ein Schuss ins Blaue gewesen, mehr aus der Not als aus wirklicher Überzeugung geboren, zumal eine von ein paar schwedischen Verschwörungstheoretikern betriebene Webseite nun wirklich nicht die beste Referenz darstellte.

Doch es war ein Volltreffer.

Becks selbstzufriedenes Lächeln bröckelte aus seinem Gesicht wie alter Mörtel von einer feuchten Wand. Zugleich wurde seine Miene um einige Nuancen blasser.

»Woher haben Sie das?«

»Sie mögen die Menschen hier allesamt für zurückgebliebene Hinterwäldler halten, aber manche von ihnen haben ein verflixt gutes Gedächtnis, und ihre Erinnerung reicht weit zurück. Also?«

»Ich weiß nichts davon«, behauptete der PET-Agent mit beinahe kindlichem Trotz.

»Gut, dann werde ich weiterreden«, meinte Lerby und setzte sich ungefragt auf den leeren Stuhl auf der Besucherseite des Schreibtischs. »Als vor einigen Jahren bekannt wurde, dass im Jahr 1951 im Rahmen eines sozialen Experiments eine Gruppe von achtundzwanzig Inuit-Kindern aus der Obhut ihrer Eltern geraubt und in staatliche Obhut gegeben wurde, war die Empörung verständlicherweise groß, nicht nur bei uns in Dänemark, sondern auch im Rest der Welt. Die Wellen schlugen hoch. So hoch, dass Ministerpräsidentin Mette Frederiksen schließlich nichts anderes übrigblieb, als sich bei den Inuit öffentlich und in aller Form für das Unrecht zu entschuldigen, das man ihnen angetan hatte. Wenn es etwas gibt, das unsere Regierung ganz sicher nicht will, dann dass weitere derartige Grausamkeiten bekannt werden. Beispielsweise, dass in den 1970er-Jahren eine Gruppe von dreizehn jungen Inuit nach Dänemark gebracht und mit Unterstützung durch öffentliche Forschungsgelder einer Reihe von wissenschaftlichen Experimenten unterzogen wurde. Der Codename der ganzen Schweinerei lautete Projekt *Dårligt Blod*.«

Beck hielt Lerbys durchdringendem Blick stand. Er hatte ein Pokergesicht aufgesetzt, was hinter seinen zur Maske erstarrten Zügen vor sich ging, war nicht zu erkennen.

»Wie ich schon sagte«, behauptete er, »weiß ich nichts von diesen Dingen.«

»Mir ist klar, dass Sie das sagen müssen«, räumte Lerby ein.

»Aber vielleicht sollten Sie einen Moment darüber nachdenken, ob Sie Ihr Wissen nicht vielleicht doch mit mir teilen wollen. Vorhin sagten Sie, Sie wollten meine Hilfe. Wie soll ich helfen, wenn ich nicht einmal erfahren darf, worum es eigentlich geht?«

»Wenn ich Ihre Hilfe kriegen kann, nehme ich sie«, erwiderte Beck. »Aber ich habe Ihnen auch gesagt, dass Sie mir nicht in die Quere kommen sollen. Und genau das tun Sie gerade.«

»Weil ich die Wahrheit erfahren will?« Lerby schüttelte den Kopf. »Hören Sie sich eigentlich zu beim Reden? Ich bin Polizist, Beck. Es ist meine verdammte Pflicht, die Wahrheit herauszufinden. Ebenso, wie es Ihre Pflicht sein sollte.«

»Zugegeben. Dennoch gibt es bisweilen Gründe, die dafür sprechen, gewisse Dinge unter Verschluss zu halten.«

»Sie geben es also zu?«

»Deswegen bearbeitet meine Behörde diesen Fall und nicht Ihre«, brachte der PET-Mann seine Ausführung in aller Gelassenheit zu Ende. Seine Fassung hatte er offenbar zurückgewonnen, er schien wieder ganz der Alte zu sein … oder war auch das nur eine Täuschung?

»Ihr letztes Wort?«, fragte Lerby.

»Worauf Sie sich verlassen können.«

»Gut.« Lerby nickte nachdenklich, dann stand er entschlossen auf. »Dann werde ich jetzt telefonieren gehen und einen alten Bekannten beim *Dagbladet* anrufen. Wenn ich mich recht erinnere, hat er auch gute Verbindungen zum britischen *Guardian*.«

»Das würden Sie nicht wagen!« Beck hieb mit der Faust auf den Tisch. »Damit wäre Ihre Karriere endgültig vorbei!«

»Anzunehmen«, räumte Lerby ein. »Aber erstens ist sie wahrscheinlich sowieso zu Ende, und zweitens ist mir das lieber, als einem Arschloch wie Ihnen dabei zuzusehen, wie es alles, wofür unsere Behörden stehen sollten, mit Füßen tritt.« Er wandte sich ab und war bereits dabei, das kleine Büro zu verlassen, als er sich noch einmal umdrehte. »Noch ein Tipp«, fügte er hinzu. »In einer der Schreibtischschubladen bewahrte Inasson seine Gummibärchen auf. Essen Sie das Zeug nicht, es schmeckt schauderhaft.«

Er war schon auf der Schwelle, als Beck ein zweites Mal auf den Schreibtisch drosch. »Warten Sie!«, rief er ihm hinterher.

»Was ist?« Lerby drehte sich noch einmal um. »Jetzt sagen Sie bloß nicht, dass Ihnen das Zeug schmeckt.«

Von hinter dem Schreibtisch sah der PET-Agent ihn durchdringend an.

»Sturer Bastard«, knurrte er und deutete auf den freien Stuhl. »Setzen Sie sich wieder. Und dann hören Sie zu.«

54

Sie waren sofort aufgebrochen.

Auf der Achterducht des kleinen Motorboots kauernd, das Ajako Hansen durch das tiefblaue Wasser steuerte, ließ Eva ihren Blick über den Fjord schweifen. Anders als noch vor wenigen Tagen waren die Uferhänge jetzt schneebedeckt, was die Eisberge plötzlich nicht mehr wie traurige Überreste wirken ließ, sondern wie Vorboten des Winters, der kommen würde.

Die unermessliche Weite der Landschaft, über der sich ein grau gefleckter Himmel spannte, die Einsamkeit, die Kälte, die man beinahe sehen konnte, all das machte einen tiefen Eindruck auf sie – und ängstigte sie zugleich. Sie kam sich klein vor und verloren, hineingeworfen in eine lebensfeindliche, für sie viel zu große Welt. Und wie immer, wenn ihr in ihrem Leben etwas Angst gemacht hatte, trat sie die Flucht nach vorn an.

Schon im Jurastudium war es so gewesen, wenn Prüfungen anstanden; als Strafverteidigerin vor wichtigen Prozessen; und auch, als sie damals ihre Stellung in der Kanzlei angetreten hatte, bei unbekannten Kollegen und einem neuen Chef, unter dessen strengem Blick sie sich bewähren musste. Stets hatte sich Eva mit ihrer Furcht auseinandergesetzt und sich nicht von ihr einschüchtern lassen, hatte sich stets dadurch abgelenkt, dass sie sich in ihre Arbeit gestürzt und sich Ziele gesetzt hatte. Vermutlich war das auch der Grund, warum sie angeboten hatte, sich für Pally zu engagieren.

Das Problem war nur, hier oben schien diese Taktik nicht aufzugehen. Dem riesigen Grönland war ihre kleine Befindlichkeit ziemlich egal. Die Majestät der Landschaft lachte nur darüber, ihr war es einerlei, welche Kleidung Eva trug oder welches Diplom an ihrer Wand hing. Die schieren Ausmaße des Landes und die Allgewalt seiner Natur schienen alles in Frage zu stellen, nicht nur den Sinn dessen, was man tat, sondern die ganze Existenz … Vermutlich, sagte sie sich, war es das gewesen, was Jens so verändert hatte.

Sie hingegen erschreckte es nur.

»Alles in Ordnung?«, erkundigte sich Pally von der anderen Seite der hufeisenförmigen Bank aus. Sie musste etwas lauter reden, um den Lärm des Schiffsmotors zu übertönen.

Eva nickte. »Es ist wunderschön hier.«

»Ist es.« Pally nickte und warf ebenfalls einen flüchtigen Blick in Richtung der Eisberge, zwischen denen Ajako zielsicher sein Boot lenkte. »Deshalb kommen manche ihr Leben lang nicht von hier weg. Es ist nicht nur die Armut, weißt du«, fügte sie nachdenklich und, wie es schien, ein wenig wehmütig hinzu. »Da ist noch etwas anderes, das sich nicht so einfach erklären lässt.«

»Bist du auch deshalb nach Illokarfiq zurückgekehrt?«

»Und wegen Großvater, denke ich.« Pally nickte. »Oder vielleicht war ich auch einfach nur nicht mutig genug, um länger von zu Hause fortzubleiben.«

»Das bezweifle ich.« Eva schickte ihr ein Lächeln. »Außerdem bist du noch jung, Pally. Jung genug, um zu entscheiden, was du mit deinem Leben anfangen willst.«

»Meinst du?« Sie erwiderte das Lächeln, jedoch nur zaghaft.

»Willst du Uki deshalb unterstützen?«

»Sie soll es besser haben«, bestätigte Pally ohne Zögern. »Vielleicht gelingt ihr ja, was ich nicht geschafft habe, und sie kehrt nicht zurück.« Sie wandte den Blick und sah wieder auf die beinahe glatte Fläche des Wassers. Eva konnte sehen, dass es ihr schwergefallen war, diese Worte auszusprechen, noch dazu ihr gegenüber, einer praktisch Fremden.

»Wie weit noch?«, wollte Pally jetzt von Ajako wissen, der mittschiffs am Steuer stand. Um Eva nicht auszuschließen, bediente sie sich einer Mischung aus Dänisch und Englisch, die der drahtige Inuk mit den lustigen Augen leidlich beherrschte – der Touristen wegen, die er während der Sommermonate durch den Fjord schipperte.

»Noch gutes Stück«, kam es zurück. »Knut und die anderen weit den Fjord hinauf. Dort *tikaagullik* gesichtet …«

»Ein Zwergwal«, übersetzte Pally auf Evas fragenden Blick hin. »Der späte Herbst ist eine gute Zeit, um Wale zu jagen.«

Eva versuchte, sich ihr Unbehagen nicht anmerken zu lassen. Sie wusste, dass der Zwergwal zwar noch zu den kleineren der großen Meeressäuger gehörte, es aber dennoch auf eine Länge von gut fünf Metern brachte. Und obwohl ihr klar war, dass die Jagd der Inuit nichts mit professionell betriebenem Walfang gemein hatte, dass es nicht darum ging, ein Tier nur seines kommerziellen Wertes wegen zu erlegen, sondern dass es für Knut Tulimaq und seine Leute um heilige Traditionen ging und darum, ihre Familien mit Nahrung zu versorgen, verspürte sie dennoch einen gewissen Widerwillen, den sie sich selbst nicht recht erklären konnte. Vermutlich lag es daran, dass sie fremd war in diesem Land und sich auch so fühlte. Und daran würde sich wohl nichts ändern.

Die Vorstellung, dass sie den Bürgermeister gerade dann erreichen würden, wenn seine Jagdkameraden und er den blutigen Torso des Wals aus dem Wasser zögen, missfiel ihr, und sie hoffte, dass es nicht dazu kommen würde. Nicht, weil die Inuit irgendetwas falsch gemacht hätten, sondern weil *sie* nicht wirklich damit umgehen konnte.

»Kannst du versuchen, ihn über Funk zu erreichen?«, erkundigte sich Pally bei Ajako. Als Bürgermeister von Illokarfiq trug Knut Tulimaq stets einen tragbaren Funkempfänger bei sich, um in Notfällen erreichbar zu sein.

Ajako nickte bereitwillig. Er drosselte ihre Fahrt, so dass der Lärm des Motors in ein Tuckern überging, dann nahm er das kleine Sprechgerät von der Armatur des Steuers und sprach einige

Worte auf *tunumiutut* hinein. Für Eva, die die Sprache nicht verstand, war es eine höchst geheimnisvolle Folge von Knack- und Zischlauten, die aus dem Mund des Inuk kamen und die sich wie ein geheimnisvoller archaischer Gesang anhörten.

Doch die einzige Antwort, die er erhielt, war ein helles Rauschen. Ajako unternahm mehrere Anläufe, den Bürgermeister anzufunken, doch außer dem Rauschen, das weiter aus dem knackenden Lautsprecher drang, war nichts zu hören. Schließlich wechselte er die Frequenz, doch auch das führte nicht zum gewünschten Ergebnis.

»Was ist?«, fragte Pally. »Kannst du ihn nicht erreichen?«

»Nein«, erwiderte Ajako, »es ist …«

Im nächsten Moment erklang eine Stimme. Im Rauschen war sie zunächst kaum wahrzunehmen, zumal auch sie Grönländisch sprach. Dennoch kam sie Eva entfernt bekannt vor.

Ajako erstarrte, so als hätte ihn aus heiterem Himmel ein Blitz getroffen. Sein Mienenspiel verriet blankes Entsetzen, als er sich zu den Frauen umwandte.

»Was ist?«, wollte Pally wissen.

Der Inuit sprach einige tonlose Worte in das Gerät und bekam prompt wieder Antwort. Nackte Furcht verzerrte daraufhin seine Züge, Panik spiegelte sich in seinen dunklen Augen. Wie in Trance reichte er das Sprechgerät an Pally weiter, das Spiralkabel dehnte sich dabei.

Pally, die sich halb von der Sitzbank aufgerichtet hatte, nahm es entgegen. »Hallo?«, fragte sie hinein. »Wer ist da?«

»Pa-Pallaya«, kam es leise zurück.

Pallys Augen weiteten sich, so als würde die Stimme, die sie hörte, geradewegs aus dem Jenseits kommen.

»Ejnari?«, hauchte sie atemlos. »Bist du das?«

Eine endlos scheinende Pause trat ein.

»… bin es«, kam schließlich die Antwort, dünn wie ein Windhauch.

Pally ließ das Funkgerät sinken. Sie wusste sichtlich nicht, ob sie Freude oder Bestürzung empfinden sollte. Ihr Blick ging zu Eva, die nicht weniger verblüfft war, und dann zu Ajako, in dessen wettergegerbten Zügen namenloser Schrecken geschrieben stand. »Das ... das kann nicht sein«, flüsterte Pally. »Das ist nicht möglich ...«

»Verletzt«, kam es kraftlos zurück. »Hilfe ...«

»Wo bist du?«, wollte Pally wissen.

»Schutzcontainer ... Echo.«

Pally sandte Ajako einen fragenden Blick.

»Ist Stück den Fjord hinauf«, wusste der.

»Wie weit von hier?«

»Nicht sehr weit.« Der Inuit machte eine unbestimmte Handbewegung. »Aber ...«

»Ejnari, wir kommen zu dir«, kündigte Pally an. »Halte durch, okay?«

Sie ließ die Sprechtaste los und lauschte. Aber mehr als ein dumpfes Rauschen war nicht mehr zu hören.

»Ejnari? Hier ist Pally, bitte kommen ...«

Erneut warteten sie und horchten.

Doch von Inasson war nichts mehr zu hören.

Das Rauschen blieb die einzige Antwort.

55

Ejnari Inasson war wie erstarrt.

Noch immer auf dem Boden kauernd, an das metallene Tischbein gelehnt, starrte er auf die Harpune, deren tödliche Spitze geradewegs vor seinem Gesicht schwebte.

Das Notfunkgerät hatte er noch in der Hand, und noch immer war Pallaya Shaas Stimme daraus zu hören.

»Ejnari? Bitte melde dich ...«

Inasson schluckte. Einen Moment lang zögerte er, wissend, dass zu antworten der letzte Fehler sein würde, den er in seinem Leben beginge. Einen Herzschlag später war die Chance bereits vorüber. Sein Peiniger, der ihn mit der Harpune bedrohte, beugte sich zu ihm herab und riss ihm das Funkgerät aus der Hand, und entkräftet und von Schmerz gepeinigt hatte Inasson ihm nichts entgegenzusetzen.

Der *qivittoq*, wie er sich selbst nannte, schaltete das Gerät ab und stellte es wieder auf den Tisch, diesmal so, dass Inasson es nicht mehr erreichen konnte. Dabei hatte er ein wissendes Grinsen im Gesicht – und Inasson dämmerte, was für ein Narr er gewesen war.

»Du hast nicht ... geschlafen«, stieß er hervor.

»Nein.« Sein Peiniger schüttelte den Kopf.

»Es war ... eine Falle?«

»Ich kenne dich schon sehr lange, Ejnari, das solltest du nicht vergessen. Ich wusste, dass du der Versuchung nicht widerstehen und Hilfe rufen würdest ... Jetzt wird man kommen, um nach dir zu sehen.«

»Und dann?«, fragte Inasson entsetzt. »Du hast doch jetzt, was du wolltest. Die Sieben sind tot, also hör verdammt nochmal auf damit ...«

Der andere nickte, von oben herab. »Es ist seltsam«, gab er zu, während er Inasson weiter mit der Harpune bedrohte, »ich dachte wirklich, dass ich Ruhe finden würde, wenn ich den Letzten der Sieben getötet habe. Aber das ist nicht der Fall. Die Ahnen sind offenbar noch nicht mit mir zufrieden, meine Rache ist noch nicht vollendet ...«

»Unsinn!«, widersprach Inasson entschieden, trotz der Schmerzen, die ihn peinigten. »Es liegt daran, dass all das Töten sinnlos ist. Ganz gleich, wie viel Blut auch an deinen Händen sein mag, deine Kindheit wirst du dadurch nicht zurückbekommen!«

»Die Geschichten unserer Ahnen sagen etwas anderes.«

»Weil es *Geschichten* sind, Vill! Erzählt in dunklen Nächten, um Mut zu machen ... aber eben nur Geschichten.«

»Das ist nicht wahr.« Sein Peiniger schüttelte den Kopf, trotzig, als wäre er wieder der kleine Junge von damals. »Die Geschichten der Ahnen haben uns gerettet. Sie haben uns damals davor bewahrt, den Verstand zu verlieren. Also sind sie so wahr wie du und ich.«

»Und was ... bedeutet das?«, stieß Inasson keuchend hervor. Der Ausbruch hatte ihn mehr Kraft gekostet, als er noch hatte. »Wen willst du noch töten, bis du endlich damit aufhörst?

»Dich, Ejnari«, lautete die unbarmherzige Antwort.

»Aber ... wieso? Ich war dein Freund ... habe dich beschützt, dir geholfen.«

»Früher. Aber dann hast du dich gegen mich gewandt und mich verraten, hast dir mit diesem Lerby einen neuen Verbündeten gesucht. Dafür musst du bestraft werden, genau wie er.«

»Nein, verdammt!« Inasson schüttelte den Kopf, der vor Schmerz fast zu platzen schien. »Hör auf damit, Vill! Du machst alles nur noch schlimmer!«

»Der *qivittoq* hört niemals auf«, kam es zurück. »Er kann nicht mehr zurück, und er will es auch gar nicht. Weißt du nicht mehr? Das hast du mir einst erzählt.«

»Und ich habe dir … auch gesagt, was passiert … wenn du deiner Rache freien Lauf lässt«, ächzte Inasson. »Der Hass frisst dich auf … raubt dir den Verstand …«

»Das ist nicht wahr!«

»Es ist wahr«, beharrte Inasson und sah zu seinem Peiniger auf, mit aller Eindringlichkeit, die seine blutunterlaufenen Augen noch zustande brachten. »Ist der Grund … weshalb du nicht mehr aufhören kannst … immer noch mehr Tod … noch mehr Blut …«

Sein Blick trübte sich, die Sinne drohten ihm zu schwinden. Er musste an seine Freunde denken, an Pally, an Daavi und an Leribi … Sie alle schwebten jetzt in Gefahr, genau wie der alte Magnus es vorhergesagt hatte.

So wie er auch die Rückkehr des *qivittoq* angekündigt hatte und der verlorenen Seelen, von denen Inasson selbst eine war.

Nur eines hatte der Schamane nicht gesagt.

Dass er, Ejnari Inasson, an allem schuld sein würde.

56

»Eines kann ich Ihnen gleich versichern: Ihnen wird nicht gefallen, was Sie hören«, begann Mads Beck widerwillig seinen Bericht. Dem kleinen Schild zum Trotz, das an der gläsernen Tür angebracht war und das Rauchen untersagte, zog er eine Schachtel Zigaretten aus der Innentasche seines Jacketts, schüttelte eine davon heraus und schob sie sich zwischen die Lippen.

»Ist mir egal«, versicherte Lerby. »Ich will die Wahrheit wissen.«

»Das behaupten alle«, räumte Beck ein. Aus der Hosentasche holte er ein Feuerzeug. Er steckte sich die Zigarette an, nahm einen tiefen Zug und blies blauen Rauch zur vergilbten Decke. »Aber können Sie auch damit umgehen?«

»Diese Entscheidung sollten Sie mir überlassen«, knurrte Lerby. »Also schießen Sie los, ich höre.«

»Das Projekt *Kleine Dänen*, von dem Sie vorhin sprachen, war leider kein Einzelfall. Es ist das mit Abstand bekannteste Sozialexperiment, das gegen ihren Willen an den Inuit durchgeführt wurde, aber es gab noch weitere, bis in die 70er-Jahre hinein. *Dårligt Blod* war eines davon.«

»Also doch«, meinte Lerby, aber er empfand keine Genugtuung dabei. Hätte Beck alles plausibel als Lüge entlarven können, als großes entsetzliches Missverständnis, wäre es ihm bedeutend lieber gewesen.

»Der Staat hielt sich dabei vorsichtig zurück, stattdessen wurden Forschungsaufträge an private Organisationen und Initiativen vergeben. Kleinere Projekte, weniger offiziell und mit weniger Probanden.«

»Und im Zweifel auch leichter unter den Teppich zu kehren«, fügte Lerby bitter hinzu.

»Die am *Dårligt-Blod*-Programm beteiligten Kinder waren ohne Ausnahme Jungen im Alter zwischen sechs und acht Jahren. Alle stammten aus Inuit-Familien, die zum damaligen Zeitpunkt noch als Nomaden lebten.«

»Um weniger Aufsehen zu erregen?«

»Vermutlich«, gab Beck zu. »Die am Projekt beteiligten Wissenschaftler stammten aus den unterschiedlichsten Disziplinen, Psychologen waren darunter, ein Pädagoge, ein Mediziner, eine Historikerin und sogar ein Theologe.«

»Der später Pfarrer wurde«, ergänzte Lerby.

»An sich verfolgte das Projekt ein durchaus edles Ansinnen, was wohl auch der Grund für die Bereitstellung der öffentlichen Forschungsgelder war. Die Selbstmordrate in Grönland stieg damals bereits stetig an, die Studie sollte zur Bekämpfung der Depressionen beitragen, an denen vor allem männliche Inuit bereits in jungen Jahren zu leiden hatten. Man wollte ergründen, ob dies vielleicht genetische oder kulturspezifische Hintergründe hatte, und entsprechende Therapieansätze entwickeln, um der indigenen Bevölkerung den Anschluss an die westliche Zivilisation zu erleichtern.«

»Statt einfach mal kurz darüber nachzudenken, ob es vielleicht genau diese Zivilisation sein könnte, die die Ursache allen Übels ist.« Lerby lachte freudlos auf. »Ja, so sind wir. Immer edel und hilfsbereit. Dafür sind wir auch gerne mal bereit, ein paar Kinder zu entführen.«

»Die Forschungseinrichtung war in einem ehemaligen Militärgebäude in der Nähe von Vildbjerg untergebracht, das man angemietet hatte.«

»Mitten auf dem Land und umgeben von Wald und grünen Feldern«, kommentierte Lerby. »Hätte man die Jungen auf den Mars gebracht, hätten sie sich nicht fremder fühlen können.«

»Man ist in seinem wissenschaftlichen Eifer zu weit gegangen«, räumte Beck ein. »Beispielsweise haben die Jungen statt ihrer alten Namen Nummern zugeteilt bekommen. Wohl, um die wissenschaftliche Arbeit objektiv zu gestalten. Auch wurden sie bewusst nicht als Individuen behandelt, mehr wie …«

»Wie was?«, hakte Lerby nach, der merkte, wie sein Blut in Wallung geriet. »Wie Soldaten? Wie Vieh?« Er musste unwillkürlich an die Fotografie denken, die die Jungen vor der Einrichtung zeigte, kahlrasiert wie Häftlinge.

»Es war weit davon entfernt, optimal zu sein«, gestand Beck. »Aber wir wollen auch nicht vergessen, dass wir es nicht mit einer Gruppe von Sadisten zu tun haben, sondern mit durchaus seriösen Wissenschaftlern, die überzeugt waren, dem Wohl der Menschheit zu dienen.«

»Und das soll alles rechtfertigen?« Lerby musste an Dufina Nielsen denken und wie sie davon gesprochen hatte, dass sie für begangene Fehler bezahlt hätte. Vermutlich war ihr damals schon bewusst gewesen, dass sie an den Jungen ein himmelschreiendes Unrecht beging, es sich aber nicht eingestehen wollte, genau wie alle anderen …

»Natürlich nicht. Aus heutiger Sicht erscheint dieses Vorgehen grausam und unmenschlich. Aber damals war man mehr an den Ergebnissen interessiert als daran, wie sie zustande kamen. Das gilt durchaus auch für offizielle Stellen.«

»Und?«, fragte Lerby bitter. »Hat man Ergebnisse geliefert?«

»Anfangs ja. Mit einer Mischung aus verschiedenen Behandlungsansätzen, die von Therapiegesprächen über diverse Konditionierungsmethoden bis hin zur Medikamentierung reichten, gelang es offenbar tatsächlich, Einfluss auf das körperliche und geistige Befinden der Jungen zu nehmen. Die meisten von ihnen hatten den Forschungsberichten nach schon nach kurzer Zeit ihre Eltern und ihre Familien vergessen und wurden kaum noch von Heimweh und den damit verbundenen depressiven Stimmungen geplagt.«

»Mit anderen Worten«, knurrte Lerby, »man hat diese Kinder zwangsmedikamentiert. Und womit?«

Beck nahm einen tiefen Zug an seiner Zigarette, ehe er antwortete. »Zum größten Teil mit Präparaten, die damals nicht oder noch nicht zur Behandlung zugelassen waren, jedenfalls nicht bei Minderjährigen. Das schloss eine Reihe von Antipsychotika ein wie Thioridazin oder Chlorprotixen, das man gegen Bettnässen einsetzte. Dazu wurde bei manchen der jungen Probanden auch die Gabe von Benzodiazephinen und Amphitaminen getestet.«

»Also Substanzen mit hohem Suchtpotential«, ergänzte Lerby schnaubend. »Man hat diese Jungs nicht nur verschleppt, sondern auch als Versuchskaninchen missbraucht. Und das alles im Namen der Wissenschaft.«

»Ich habe Ihnen gesagt, dass Ihnen nicht gefallen würde, was Sie hören.«

»Und das ist niemandem aufgefallen?«, hakte Lerby nach, den Einwurf überhörend. »Niemand hat Fragen gestellt?«

»Anfangs nicht, man hatte sich ja bewusst für eine entlegene Gegend entschieden. Trotzdem machten nach etwa zwei Jahren unter den Einwohnern der Umgegend die ersten Gerüchte die Runde. Die Polizei wurde mehrfach alarmiert, zog jedoch unverrichteter Dinge wieder ab, da keine Verstöße festzustellen waren. Aufzufliegen drohte die Sache erst, als 1978 einer der Jungen einen Kreislaufkollaps erlitt und kurze Zeit später im Regionskrankenhaus von Herning verstarb. Die Obduktion wies größere Mengen LSD im Blut des Jungen nach.«

»Mein Gott«, stieß Lerby hervor.

»Danach war Schluss. Irgendjemand im Ministerium zog den Stecker, die Zuwendungen wurden gestrichen und die Einrichtung über Nacht geschlossen. Den beteiligten Forschern sicherte man zu, dass es keine Untersuchung geben würde, wenn sie sich im Gegenzug verpflichteten, Schweigen zu bewahren.«

»Und die Jungen?«

»Wurden auf verschiedene Waisenhäuser verteilt oder kamen in dänische Pflegefamilien. Ihre leiblichen Eltern und Geschwister haben sie nie mehr wiedergesehen.«

»Verdammt«, knurrte Lerby.

»Damit hielt man die Sache für erledigt. Das Problem war nur, dass sie das nicht war. Die wenigsten der Jungen, die an *Dårligt Blod* teilgenommen hatten, waren später in der Lage, ein normales Leben zu führen. Zwei begingen Selbstmord, noch ehe sie das zwanzigste Lebensjahr erreicht hatten, die übrigen verfielen in Depressionen oder blieben ihr Leben lang drogenabhängig.«

»Also ist genau das eingetreten, was die hehre Wissenschaft hatte verhindern wollen. Es war noch schlimmer als damals in den fünfziger Jahren.«

»In der Tat. Und es hatte ein Nachspiel. Im Jahr 2001 wurde ein ehemaliges Mitglied der Forschungsgruppe in seinem Haus in der Nähe von Aalborg ermordet aufgefunden. Ein gewisser Dr. Molandar, Codename Nimrod.«

»Codename?« Lerby hob die Brauen.

»Alle teilnehmenden Wissenschaftler hatten sich Codenamen aus der Bibel zugelegt«, erklärte Beck. Seine Zigarette hatte er inzwischen fast aufgeraucht, er betrachtete die Kippe zwischen seinen Fingern. »Was sie sich davon versprochen haben, weiß ich nicht. Vielleicht handelte es sich um einen Scherz unter Gelehrten, vielleicht wollten sie damit auch ihre Identität schützen, funktioniert hat es jedenfalls nicht. Einem der inzwischen erwachsenen Jungen war es gelungen, Molandars wahren Namen und seinen Aufenthaltsort zu ermitteln. Wir nehmen heute an, dass er dabei Hilfe von einem ehemaligen Kameraden hatte, der wie er in Vildbjerg gewesen war und mittlerweile bei der Polizei arbeitete.«

»Sie sprechen von Inasson«, stellte Lerby fest.

»Allerdings.«

»Aber Sie können das nicht beweisen, oder?«

»Nein«, gab der Mann vom Nachrichtendienst zu. »Fest steht

aber, dass Molandar ein übles Ende gefunden hat. Sein Mörder hat ihm ein Jagdmesser in die Brust gerammt und ihm anschließend beide Augen ausgestochen. Danach hat er versucht, ihm den Mund zuzunähen. Allerdings war sein Opfer zu diesem Zeitpunkt noch nicht tot. Das Geschrei alarmierte die Nachbarn, die wiederum die Polizei riefen.«

»Und der Täter?«

»Wurde noch am Tatort gefasst.«

Lerby horchte auf. »Er wurde verhaftet? Also gab es eine Verhandlung? Warum ist die Sache dann nicht aufgeflogen?«

»Weil er nie vor Gericht gestellt wurde. Aufgrund seines Geisteszustands wurde Sicherungsverwahrung angeordnet. Die letzten zwei Jahrzehnte hat er in der geschlossenen Abteilung von Herstedvester verbracht. Und wir würden diese Unterhaltung nicht führen, wenn ihm nicht von dort die Flucht gelungen wäre.«

»Wann?«

»Vor zwei Monaten. Die Anstaltsleitung hatte sich entschlossen, die Maßnahmen zu lockern, leider hat er es ihr schlecht gedankt. Kaum war er auf freiem Fuß, hat er begonnen, die alte Liste abzuarbeiten.«

»Die seiner ehemaligen Peiniger«, mutmaßte Lerby.

»Von denen jetzt allerdings nur noch drei am Leben waren: Ahab, Jezebel und Ezechiel.«

Ahab, echote es in Lerbys Kopf. Diesen Namen hatte auch Dufina Nielsen erwähnt.

Sie selbst war demnach also Jezebel gewesen, was ebenfalls Sinn ergab, war diese der Bibel zufolge doch Ahabs Frau gewesen, und Nielsen hatte zugegeben, ein Verhältnis mit Alfred Vestergaard gehabt zu haben. Und der Theologe Anders Balling hatte sich nach dem Propheten Ezechiel benannt.

»Ihre Identitäten hatte er wohl schon damals herausgefunden, nun brauchte er nur noch ihre aktuellen Wohnsitze zu ermitteln«, fuhr Beck fort, ein zynisches Grinsen im blassen Gesicht. »Und wie Sie wissen, ist er diesmal nicht nur erfolgreicher gewesen als bei seinem ersten Versuch, sondern hat seine Methode auch perfektioniert. In Herstedvester hatte er schließlich viel Zeit, darüber nachzudenken und allen therapeutischen Bemühungen zum Trotz vermutlich noch vollständig den Verstand zu verlieren.«

»Jetzt wird mir einiges klar«, meinte Lerby nickend. »Dann wissen Sie also, wer der Mörder ist? Sie kennen seinen Namen?«

»Tretten«, gab Beck zur Antwort.

»Sehr witzig.«

»Das ist durchaus kein Scherz. Obwohl es nicht einer gewissen Ironie entbehrt, dass Vestergaard und seine Kollegen ihm ausgerechnet die Nummer dreizehn gegeben haben. So etwas nennt man wohl eine Vorahnung. Tatsächlich kennen wir nur seinen Vornamen, Villem. Sämtliche Aufzeichnungen über die Jungen und ihre Herkunft wurden vernichtet, als die Einrichtung damals in aller Eile aufgelöst wurde. Die Behörden haben ihm später den Namen ›Jensen‹ gegeben.«

Lerby nickte. Jensen war der mit Abstand häufigste dänische Nachname und wurde von den Behörden als eine Art Standard vergeben, wenn jemand sich nicht an seinen tatsächlichen Namen erinnern konnte oder wollte. »Wie ist es bei Inasson?«, erkundigte er sich.

»In seinem Fall ist es der Name der Familie, die ihn in ihre Obhut nahm, nachdem Vildbjerg aufgelöst worden war.«

»Verstehe.« Lerby presste die Lippen zusammen. Und über all das hatte sein Freund und Kollege niemals ein Sterbenswort verloren. Armer, einsamer, tapferer Ejnari.

»Und das ist die Wahrheit, Kommissar Lerby.« Beck stieß den Schreibtischstuhl zurück und stand auf. In Ermangelung eines Aschers drückte er die Zigarette auf dem metallenen Fensterbrett aus, dann öffnete er das Fenster und warf den Stummel hinaus. »Alles, was ich Ihnen gesagt habe, unterliegt natürlich dem Siegel der Verschwiegenheit«, fuhr er fort, während er sich wieder zu

Lerby umwandte und ihm einen stechenden Blick zuwarf. »Sollten Sie gegen diese Weisung verstoßen, wird es ernste Konsequenzen haben.«

»Wie viele ehemalige Probanden sind außer Inasson und Jensen noch am Leben?«, wollte Lerby wissen, die Warnung bewusst übergehend.

»Keiner«, erklärte der Mann vom Nachrichtendienst wie beiläufig, während er sich wieder setzte. »Die beiden waren die letzten Überlebenden.«

»Also das war es«, murmelte Lerby mehr an sich selbst gewandt. »Zwei Brüder, verlorene Seelen und der *qivittoq*, der nach Rache dürstet ...«

»Wie bitte?«, fragte Beck scharf.

»Nichts.« Lerby winkte ab. »Ich habe nur gerade festgestellt, dass der alte Schamane von Illokarfiq einmal mehr Recht behalten hat – auf seine ganz spezielle Weise«, fügte er hinzu, während ihn ein Schauer durchrieselte.

»An solchen Hokuspokus glaube ich nicht, nur an Fakten. Und die sagen mir, dass der Fall so gut wie abgeschlossen ist.«

»Dann wissen Sie, wo Jensen sich versteckt?«

»Das muss ich gar nicht.« Beck schüttelte den Kopf und lehnte sich gelassen in seinem Stuhl zurück. »Von den damals beteiligten Wissenschaftlern ist keiner mehr am Leben, so dass es äußerst unwahrscheinlich ist, dass der Täter noch einmal zuschlagen wird. Von einer Gefährdungslage ist folglich nicht mehr auszugehen.«

»Und damit ... wollen Sie es bewenden lassen?« Lerby starrte ihn ungläubig an. »Er soll mit drei Morden davonkommen?«

»Das habe ich nicht gesagt. Villem Jensen ist 52 Jahre alt und ein psychotisches Wrack, das einen guten Teil seines Lebens in einer geschlossenen Anstalt verbracht hat. Zudem ist sein Körper von langjähriger Drogenabhängigkeit in Mitleidenschaft gezogen, die Schäden an Leber und Niere sind gravierend. Den medizinischen Aufzeichnungen zufolge ist es nur noch eine Frage der Zeit, bis er an Organversagen stirbt. Das ist übrigens auch der Grund für die Lockerung der Verwahrungsmaßnahmen gewesen.«

»Kommen Sie mir nicht so«, hielt Lerby dagegen. »Ihnen geht es nicht um eine höhere Form von Gerechtigkeit, sondern darum, dass die Geschichte nicht noch einmal aufgerollt wird und womöglich doch noch ans Licht der Öffentlichkeit kommt. Wissen Sie was, Beck? Für einen Mistkerl habe ich Sie zuvor schon gehalten. Aber momentan tun Sie alles, um das noch zu toppen.«

»Ich führe nur Anweisungen aus, und diese lauten, die Angelegenheit dezent abzuwickeln.«

»Und die Kinder von damals? Das begangene Unrecht?«

»Ach verdammt, Lerby!« Beck schlug mit der flachen Hand auf den Tisch. »Das spielt doch keine Rolle mehr! Wie gesagt, die allermeisten dieser Kinder sind nicht mehr am Leben, und die Täter sind inzwischen ebenfalls alle tot.«

»Und das gibt Ihnen das Recht, das alles zu vertuschen? So einfach können Sie es sich doch nicht allen Ernstes machen wollen!«

Beck seufzte. »Ich fürchte, Sie sehen nicht das größere Ganze.«

»Und was wäre das? Ihre nächste Beförderung?«

»Sie halten mich wirklich für ein Arschloch, was?« Beck runzelte die Stirn. »Hier geht es doch um viel mehr, verstehen Sie das nicht? Die Sache aus den fünfziger Jahren hat bereits für Missstimmungen zwischen Grönland und Dänemark gesorgt. Wenn nun herauskommt, dass es zwanzig Jahre später einen weiteren, noch schlimmeren Fall von organisiertem Missbrauch gab, kann das zu einem ernsten Zerwürfnis zwischen den Grönländern und ihrer einstigen Kolonialmacht führen.«

»Und?«

»Ich muss Ihnen doch nicht sagen, wie reich Grönland an Rohstoffen ist und wie wichtig diese nicht nur für unser Land sind, sondern für die gesamte EU. Und auch nicht, dass andere Nationen schon mit den Hufen scharren, um sich ein Stück vom Kuchen abzuschneiden. Sollte Trump wieder US-Präsident werden, wird es nicht lange dauern, bis er mit einem neuen Kaufangebot um die Ecke kommt. Und den Russen und Chinesen steht vor Gier ohnehin schon der Geifer vor dem Mund. *Das* meine ich mit dem größeren Ganzen. Wir leben in komplizierten Zeiten, Lerby.«

»So kompliziert nun auch wieder nicht.« Lerby schüttelte den Kopf. »Mord bleibt schließlich Mord, oder nicht? Das können Sie nicht einfach unter den Tisch fallen lassen.«

»Das haben wir auch nicht vor, schließlich kennen wir den Täter und werden ihn auch namentlich benennen.«

»Von wem sprechen Sie?«, fragte Lerby, der Böses ahnte.

»Von Ejnari Inasson natürlich.«

»Was?«

»Er ist der einzige der dreizehn Probanden, der außer Jensen noch übrig ist, und er ist verschwunden, wie wir wissen, mutmaßlich von Jensen ermordet.«

»Aber … Sie können doch nicht …«

»Außerdem ist Polizeihauptmeister Inasson nicht so unschuldig, wie Sie vielleicht vermuten mögen«, fiel Beck Lerby ins Wort.

»Was soll das nun wieder heißen?«

»Wie ich schon sagte, gehen wir davon aus, dass er es gewesen ist, der Jensen damals die Hinweise über die wahre Identität der Wissenschaftler und ihren Verbleib zugespielt hat, als Polizist hatte er die Möglichkeit, sich Zugang zu den entsprechenden Aufzeichnungen zu verschaffen. Auch wenn er vielleicht nicht damit gerechnet hat, dass sein alter Kamerad zum Äußersten gehen würde, könnte man also durchaus von Beihilfe sprechen. Zumal Inasson seine Mitschuld indirekt längst eingestanden hat, indem er versucht hat, die Opfer nach Jensens Ausbruch zu warnen.«

Lerby erwiderte nichts darauf. Ihm schwante, dass ihm das, was er gleich zu hören bekommen würde, noch weniger gefallen würde als alles andere zuvor.

»Wir nehmen an, dass Jensen nach seiner Flucht aus der Verwahrung zu Inasson Kontakt aufgenommen hat«, fuhr Beck fort, und ein leises, beinahe schadenfrohes Grinsen spielte dabei um seine Züge. »Aus alter Loyalität hat er es nicht über sich gebracht, Jensen zu verraten, aber er wollte auch nicht, dass dieser sein Mordhandwerk ungehindert fortsetzt. Auf Anders Balling konnte er in Illokarfiq selbst ein Auge haben, aber was sollte er bezüglich Alfred Vestergaards und Dufina Nielsens unternehmen? Er entschied sich, Ihnen anonym die Telefonnummer eines Mannes zukommen zu lassen, dem er vertraute und von dem er annahm, dass er Ihnen helfen würde.«

»Scheiße«, knurrte Lerby, als ihm der Zusammenhang klar wurde. Gleichzeitig bekam er eine Gänsehaut.

»Deshalb hat Ihr Smartphone an jenem Abend geklingelt, Lerby«, fasste Beck zusammen.

»Sie wussten das? Und trotzdem haben Sie mich bei Sørensen damit angeschwärzt?«

»Zu jenem Zeitpunkt war es das geeignete Mittel, um Sie von den Ermittlungen fernzuhalten. Aber trösten Sie sich, in Ihrer Dienstakte wird es keinen Vermerk darüber geben.«

»Meine Akte interessiert mich im Augenblick herzlich wenig«, versicherte Lerby. »Stattdessen frage ich mich, warum Vestergaard nichts gesagt hat, als er mich an der Strippe hatte. Und Nielsen hat mich erst gar nicht angerufen.«

»Wer weiß? Vielleicht ist den beiden irgendwann aufgegangen, was sie diesen Jungen angetan haben? Vielleicht waren sie der Ansicht, Strafe zu verdienen.«

»Ejnari«, flüsterte Lerby erschüttert. »Was hast du nur getan ...«

»Diese Frage wird er Ihnen nicht mehr beantworten können – aber er kann unserem Land einen letzten Dienst erweisen.«

»Indem Sie einem verdienten Polizisten drei Morde in die Schuhe schieben?« Lerbys Stimme überschlug sich beinahe. »Was für eine Strategie soll das sein?«

»Nicht ich habe mir das ausgedacht, werter Kollege, und es ist

alles längst beschlossen«, versicherte der Mann vom Nachrichtendienst und warf Lerby einen vielsagenden Blick zu. »Ich hatte
recht, oder nicht?«

»In welcher Hinsicht?«

»Die Wahrheit hat Ihnen nicht gefallen.«

57

Pallaya Shaa war aufgeregt.

Ihre Handflächen schwitzten, der Kälte zum Trotz, und das Herz schlug ihr bis zum Hals, als sie sich dem Ufer näherten. Jenseits der grauen Kiesbank erhob sich eine schneebedeckte Anhöhe. Darauf thronte ein alter, mit Hilfe von Stahlseilen verankerter Schiffscontainer.

Der signalfarbene Anstrich war zum großen Teil abgeblättert, Rost nagte von allen Seiten an dem alten Stahl. Die Fenster, die man hineingeschnitten hatte, waren teils mit Brettern verschlossen. Dies war Wetterschutzbunker Echo – und wenn der Hinweis richtig war, so benötigte dort jemand dringend ihre Hilfe.

Dass Ejnari Inasson noch am Leben sein sollte, konnte Pally noch immer kaum glauben. Ihren Zweifeln zum Trotz fühlte es sich an, als hätten sich all die Geschichten, die ihr Großvater ihr von Kindesbeinen an über die Ahnen, über die andere Welt und über das Weiterleben nach dem Tod erzählt hatte, auf einen Schlag bewahrheitet.

Ihr Pulsschlag hämmerte, während sie mit Eva am Bug des kleinen Bootes stand und Ausschau hielt. Der Container wirkte verlassen, nichts deutete darauf hin, dass sich jemand dort aufhielt, doch das musste nichts bedeuten …

»Dort vorn ist es tief genug, da können wir anlegen!«, rief sie, auf eine Stelle deutend, wo das Ufer steil zum Wasser abfiel. »Eva und ich werden nur rasch an Land gehen und nachsehen, ob Ejnari dort ist.«

Ajako Hansen stand am Steuer. Er hatte die Fahrt gedrosselt, aber seiner verkniffenen Miene war anzusehen, dass er das Boot nicht in die verlangte Richtung lenken wollte. »Denke nicht sollten tun«, gab er in seinem dänisch-englischen Kauderwelsch bekannt.

»Warum nicht?«, fragte Eva.

»Weil Inasson tot«, erklärte der Jäger, und man konnte erkennen, wie bitterernst es ihm damit war.

»Aber ich habe doch mit ihm gesprochen«, wandte Pally ein, »vorhin über Funk …«

Ajako gab ein knurrendes Geräusch von sich und zuckte mit den breiten Schultern. »Vielleicht Dämon, der uns verderben will«, mutmaßte er düster.

»An so etwas glaube ich nicht«, erklärte Eva kategorisch.

»Es ist kein Dämon, Ajako«, widersprach auch Pally. »Es ist Ejnari, der unsere Hilfe braucht. Nimm Kurs auf das Ufer, ich bitte dich«, fügte sie hinzu und schickte noch ein paar Worte *tunumiutut* hinterher.

Der Inuit schüttelte weiter den Kopf. »Nicht gut«, erklärte er. »Wenigstens Funk an Daavi und Leribi!«

»Das haben wir versucht«, brachte Pally in Erinnerung, »aber wir haben sie nicht erreicht, und bis zu unserer nächsten Kontrollmeldung ist es noch mehr als eine halbe Stunde. So lange können wir nicht warten!«

»Und unsere Smartphones sind nutzlos, weil wir außerhalb der Reichweite des Funkmasts von Illokarfiq sind«, fügte Eva hinzu.

»Pally hat recht. Wenn nur die geringste Aussicht besteht, dass Inasson noch am Leben ist, müssen wir nachsehen.«

Der Jäger schnaubte und sah noch unglücklicher drein als zuvor. »Verderben dort«, bekräftigte er. »Kann fühlen.«

»Und wenn Ejnari wirklich dort oben ist und unsere Hilfe braucht?«, konterte Pally. »Wir müssen dorthin, Ajako, das sind wir ihm schuldig!«

Ob ihre Worte ihn überzeugten, ihr entschlossener Tonfall oder schlicht die Tatsache, dass sie die Enkelin des Schamanen war – Ajako wandte sich mit einem resignierenden Seufzen wieder dem Steuer zu und änderte tatsächlich den Kurs. »Aber mitkomme«, verkündete er grimmig. »Nicht lasse allein.«

Kurz darauf legten sie an. Da das abschüssige Ufer keine Möglichkeit bot, das Boot festzuzurren, warf Ajako kurzerhand den Anker. Dann öffnete er die vor dem Ruderstand angebrachte metallene Kiste und entnahm ihr ein Jagdgewehr, das er kurz prüfte und sich dann am Riemen über die Schulter hängte.

»Wozu das denn?«, wollte Eva wissen.

»*Advarsel*«, sagte der Inuit nur.

Vorsicht …

Sie überwanden die Uferfelsen, wobei sie sich vorsehen mussten, um auf dem frisch gefallenen Schnee nicht auszugleiten. Dann erklommen sie die Anhöhe. Eisiger Wind blies ihnen entgegen, und sie schlugen die Kapuzen ihrer Anoraks hoch. Schritt für Schritt kämpften sie sich gegen den Wind hinauf und erreichten endlich den Container.

Durch das einzige Fenster, das nicht mit Brettern verschlossen war, versuchte Pally einen Blick hineinzuwerfen, aber sie konnte nichts erkennen. Dunkelheit herrschte im Inneren, und die Scheibe war schmutzig.

»Es ist offen!«, meldete Eva plötzlich. Versuchsweise hatte sie gegen die metallene Tür gedrückt und war überrascht, als diese nachgab.

Die beiden Frauen wechselten Blicke.

»Hallo?«, rief Pally in das Halbdunkel, das jenseits des Eingangs herrschte.

Es kam keine Antwort.

Pally fasste sich ein Herz und trat ein, dicht gefolgt von Eva und Ajako, der das Gewehr vom Rücken genommen hatte und es jetzt im Hüftanschlag hielt.

Schlechte, nach Rost und Exkrementen riechende Luft drang ihnen entgegen, und es dauerte einen Moment, bis ihre Augen sich an die spärlichen Lichtverhältnisse gewöhnt hatten.

Eine schäbige, spartanische Einrichtung zeichnete sich im Halbdunkel ab: ein Tisch, eine Truhe und mehrere entlang der Längsseiten aufgestellte Feldbetten. Und auf einem dieser Betten lag eine elende, blutige Gestalt ...

»Ejnari!«

Sofort war Pally bei ihm und beugte sich zu ihm hinab – nur um zu sehen, dass der Mund des Freundes mit Klebeband verschlossen war. Ein dumpfes »Mhmm« war alles, was er zustande brachte, während er Pally aus weit aufgerissenen Augen anstarrte.

»Ejnari, was ...?«

In diesem Moment verdunkelte sich der Eingang.

Die drei Gefährten fuhren herum, nur um eine bedrohlich aussehende Gestalt zu erblicken. Von einem Augenblick zum anderen war sie im Eingang erschienen, so als hätte sie nur auf sie gewartet.

Die Gefährten erschraken. Der Vergleich mit einem lauernden Raubtier drängte sich ihnen auf, zumal angesichts der archaischen Kleidung, die der Fremde trug und die aus Robbenfell und anderen Tierhäuten bestand. Seine Augen blitzten kalt, als er die Hand mit der Pistole hob.

»Nein!«, schrie Eva entsetzt, und Ajako riss sein Gewehr hoch – als bereits ein Schuss krachte.

Die Kugel traf Ajako Hansen und riss ihn mit furchtbarer Gewalt zu Boden.

58

»Und?« Lerby schickte Daavi Keldsen einen gespannten Blick.

Dieser andere drückte ein paar Knöpfe an dem altertümlichen, fest verbauten Funkgerät der Polizeistation, drehte am Frequenzregler und lauschte angespannt.

»Nichts«, erklärte er frustriert und streifte die Kopfhörer wieder ab. »Ich bekomme keine Antwort.«

»Verdammt.« Lerby warf einen nervösen Blick auf die Uhr. Es war vereinbart, dass Eva und Pally sich regelmäßig meldeten, doch inzwischen hatten sie seit beinahe drei Stunden nichts mehr von ihnen gehört. Und, was noch schlimmer war, sie konnten sie über Funk auch nicht mehr erreichen.

»Dafür kann es viele Gründe geben«, hörte er sich selbst sagen, wobei er nicht wusste, ob er wirklich Daavi Keldsen damit beruhigen wollte oder sich selbst. »Wir müssen jetzt einen kühlen Kopf bewahren. Vor allen Dingen darf Beck nichts mitbekommen. So wie ich ihn einschätze, würde er alles nur noch schlimmer machen.«

»Inwiefern, Leribi? Würde er uns nicht helfen?«

»Doch, indem er einen offiziellen Suchtrupp aus Nuuk anfordern würde. Bis der hier ist, vergeht eine halbe Ewigkeit, so viel Zeit haben wir nicht.«

Keldsen schluckte sichtbar. Sein Blick fiel auf den Ausdruck, der vor ihm auf dem Tisch lag, eine Warnung der Wetterstation von Tasiilaq, dass für die kommenden Nacht mit heftigem, andauerndem Schneefall zu rechnen sei.

Keine Frage, Ajako Hansen, mit dem Eva und Pally gefahren waren, war ein erfahrener Jäger und mit dem örtlichen Wetter bestens vertraut. Wenn sein Boot einen Maschinenschaden hatte und sie irgendwo an Land gehen mussten, würde er am besten wissen, was zu tun war. Doch für eine solche Ausnahmesituation war er nicht ausgerüstet, zudem wusste Lerby aus eigener Erfahrung, dass eine Nacht in Eis und Dunkelheit nicht nur eine Herausforderung für Leib und Leben, sondern auch für die Seele bedeutete … und das war noch das freundliche Szenario, das weder Stürme, Eisbruch oder Polarbären beinhaltete.

Oder den Mörder, schoss es ihm durch den Kopf.

Lerby versuchte den Gedanken rasch wieder zu verdrängen, aber der irrationalen Angst, die Hintergrund seines Bewusstseins emporkroch, hatte er kaum etwas entgegenzusetzen. Nicht, wenn es um Eva und Pally ging.

Abermals sah er auf die Uhr.

Bereits nach Mittag …

»Wir müssen jetzt gleich etwas unternehmen, Daavi«, sagte er entschlossen.

»Und Beck?«

»Der ist beschäftigt, solange er bei Anna ist«, war Lerby überzeugt. Der Inspektor war vor einer halben Stunde zur Kühlhalle am Hafen gegangen, um sich von Dr. Persson auf den jüngsten Stand ihrer Untersuchungen bringen zu lassen. Dass Lerby sie auf eigene Faust angefordert hatte, hatte er nicht einmal kritisiert. Vermutlich war er einfach nur froh, eine so kompetente Forensikerin zur Hand zu haben. »Ich werde ihr eine Nachricht aufs Handy schicken, dass sie ihn so lange wie möglich hinhalten soll.«

»Gut.« Keldsen nickte. »Dann mache ich inzwischen das Boot klar.«

»Nein.« Lerby schüttelte den Kopf. »Bis Sonnenuntergang bleiben uns nur wenige Stunden. Wir brauchen einen Hubschrauber.«

»Aber wie …?«

»Ruf in Kulusuk an und sag ihnen, dass du die Maschine dringend brauchst. Sag ihnen, dass es ein Notfall ist.«

»Und wenn sie nach meinem Vorgesetzten fragen?« Der junge Polizist sah ihn zweifelnd an.

»So weit lässt du es erst gar nicht kommen«, beschied Lerby ihm und zückte sein Handy, um Anna Persson zu kontaktieren.

Ein wenig widerwillig nahm Daavi Keldsen den Hörer seines Diensttelefons zur Hand. Seine Stirn lag dabei in tiefen Falten, er schien angestrengt nachzudenken, was er den Leuten von Air Greenland sagen sollte. In einem jähen Entschluss schien er loslegen zu wollen, doch er zögerte abermals.

»Leribi?«, fragte er leise.

»Was?«

»Da ist noch etwas, das ich dir sagen muss. Pally und ich hatten Streit heute Morgen.«

»Weswegen?«

»Uki«, rückte Keldsen kleinlaut heraus. »Wie du weißt, will sie unbedingt das Sorgerecht für das Mädchen.«

»Und du willst das nicht?«

»Ich weiß nicht.« Der Jüngere sah Lerby verzweifelt an. »Ich meine, ich mag Pally wirklich sehr. Aber ich würde lieber eine eigene Familie mit ihr gründen.«

»Dann solltest du ihr das sagen, Daavi.«

»Das habe ich.« Er nickte. »Sie sagt, sie ist noch nicht so weit … wegen ihres Großvaters und allem. Aber warum setzt sie sich dann so für Uki ein? Ich verstehe das nicht, und heute Morgen hatten wir einen schlimmen Streit deswegen. Und jetzt …«

»Hey«, fiel Lerby Keldsen ins Wort, ehe dieser Dinge aussprechen konnte, die im Moment keiner von ihnen hören wollte. »Es geht den beiden gut, okay? Wir müssen nur nach ihnen suchen und sie finden. Darauf müssen wir uns jetzt konzentrieren. Alles andere kommt später, in Ordnung?«

»*Suu*«, bestätigte Keldsen und wirkte für einen Moment beschämt. Dann hob er den Hörer und rief die Nummer des Towers von Kulusuk aus dem Speicher ab.

Jemand ging wohl dran, und Keldsen sagte seinen Standardspruch auf, der von einem Notfall, vermissten Personen und der Anforderung eines Helikopters handelte.

Wer auch immer die Person am anderen Ende sein mochte, sie schien entweder nicht bereit oder nicht in der Lage, seinem Willen zu entsprechen. Offenbar überschüttete sie den armen Keldsen mit einer ganzen Reihe von Ausflüchten und Begründungen, auf die er reagierte, indem er zwar düster dreinblickte, jedoch verständnisvoll nickte. »Natürlich«, sagte er auf Dänisch, »das verstehe ich.« Lerby fürchtete schon, dass aus der erhofften Luftunterstützung auch diesmal nichts werden würde.

»Und jetzt möchte ich, dass Sie etwas verstehen«, sagte Keldsen plötzlich und erhob sich dabei von seinem Sitz. Auf seiner Stirn war eine Zornesfalte. »Es ist mir verdammt nochmal völlig egal, wie viele Buchungen Sie vorliegen haben und ob diese Geschäftsleute wichtig sind oder nicht. Ich brauche diesen verdammten Helikopter, denn es geht um Leben und Tod, und wenn es sein muss, werde ich ihn verdammt nochmal beschlagnahmen!«

Er war lauter geworden, als Lerby ihn je zuvor erlebt hatte, die Hand mit dem Hörer zitterte.

»Wer ich bin?«, blaffte Keldsen hinein. »Der verdammte Leiter der Dienststelle von Illokarfiq! Wenn Sie Beschwerden haben, dann wenden Sie sich verdammt nochmal an meinen Vorgesetzten, aber schicken Sie mir den verdammten Hubschrauber, und zwar sofort!«

Er lauschte kurz, dann knallte er den Hörer zurück auf den Halter. »Sie schicken uns den Helikopter«, berichtete er schnaubend. »In einer halben Stunde ist er da.«

»Wow«, machte Lerby.

»Wie war ich?«, fragte Keldsen, noch immer sichtlich bebend, aber wieder sehr viel leiser.

»Überzeugend«, versicherte Lerby grinsend. »Vielleicht ein bisschen viel ›verdammt‹, aber unterm Strich wirklich sehr überzeugend. Du hast dir wohl den guten Ejnari zum Vorbild genommen?«

»Aber nein, Leribi.« Daavi schüttelte den Kopf und sah ihn seltsam an. »Ich habe dabei an dich gedacht!«

Lerby schnitt eine Grimasse, während er sich gleichzeitig vornahm, in Zukunft ein wenig an seinen Umgangsformen zu arbeiten. »Scheiße nochmal!«, brüllte er erschrocken, als die Eingangstür plötzlich aufplatzte und jemand ins Wachlokal stürmte. Er erschrak beinahe noch mehr, als er sah, dass es der alte Magnus war.

»*Angakkoq*!«, rief Keldsen.

»Magnus!« Lerby, der näher am Eingang stand, war sofort bei ihm. Halb fing er den greisen Schamanen auf, halb stützte er ihn auf dem Weg zum Empfangstresen. »Was ist passiert?«, fragte er, während er verdutzt an Pallys Großvater herabsah, der unter dem Anorak noch seinen Schlafanzug zu tragen schien, in den *kammit* steckten karierte Hosenbeine. »Warum bist du nicht mehr im Krankenhaus?«

»Wegen Pally«, stieß Magnus hervor, während er sich an der abgegriffenen Platte des Empfangstischs festklammerte wie ein Schiffbrüchiger an einem Stück Treibholz. »Sie ist in Gefahr«, fügte er hinzu und sah Lerby dabei aus weit aufgerissenen Augen an. »Genau wie deine Eva.«

Lerby fühlte, wie blankes Entsetzen ihn packte. Dasselbe Entsetzen, das er auch bei Daavi Keldsen sah. Sein Gesicht wurde heiß, die Haare in seinem Nacken sträubten sich. »Was für eine Gefahr, Magnus? Wovon sprichst du?«

»Es … ist passiert«, keuchte der Alte. Lerby mochte gar nicht daran denken, was für einen Kraftaufwand es für ihn bedeutet haben musste, sich den ganzen Weg von der Sanitätsstation hierherzuschleppen. »Genau wie die Ahnen es mir gesagt haben. Der *qivittoq* ist zurückgekehrt und er hat die Frauen in seiner Gewalt.« Er hob den Blick, Tränen glänzten in seinen Augen. »Er wird ihnen weh tun, Leribi«, flüsterte er.

Lerby starrte den alten Mann an. Der Rationalist in ihm hätte gerne widersprochen, hätte gesagt, dass alles nur Zufall sei und es einen solchen Zusammenhang nicht wirklich gebe, dass der Alte unmöglich wissen könne, was vor sich gehe. Doch die Sorge um Eva und Pally überwog in diesem Moment bei weitem. »Wo?«, verlangte Lerby stattdessen zu wissen. »Wo sind sie, Magnus? Kannst du mir das sagen?«

»Deshalb bin hier«, lautete die verblüffende Antwort. »Ich kenne den Ort, habe ihn gesehen …«

Lerby atmete tief ein und aus. Er verkniff sich die Frage, wo und wann der alte Magnus den Aufenthaltsort von Pally und Eva gesehen haben wollte. Die Antwort konnte er sich denken.

»Es ist draußen auf dem Fjord«, fuhr der Alte flüsternd fort. »Sie waren mit einem Boot unterwegs …«

»Das stimmt, Ajako Hansen ist mit ihnen rausgefahren«, bestätigte Keldsen von der anderen Seite des Tresens. »Er sollte sie beschützen.«

»Er ist tot, Daavi«, erklärte Magnus mit einer Stimme, die keinen Widerspruch zuließ und Lerby erneut bis ins Mark erschaudern ließ. »Der *qivittoq* hat ihn geholt.«

Lerby hörte die Worte und sah erneut das Entsetzen in Daavi Keldsens Gesicht – und wusste, dass er eine Entscheidung treffen musste, ein für alle Mal.

Wollte er glauben, dass der alte Magnus krank war und sein mit Blut unterversorgtes Gehirn nur rein zufällig etwas produziert hatte, das der Wirklichkeit erstaunlich nahekam? Oder wollte er endgültig zugestehen, dass es mehr gab, als sich mit dem bloßen Verstand erklären ließ, und der Mensch dies einfach als eine Tatsache hinzunehmen hatte, weil er nichts davon begriff?

Es war ein Glaubenssprung, der ausgerechnet von ihm, dem Skeptiker, in diesem Augenblick verlangt wurde.

»Wo sind Sie, Magnus?«, stieß er endlich hervor. »Kannst du uns das sagen?«

»Ich kenne den Weg«, kam die Antwort schwach. Der *angak-koq* blinzelte, die Erschöpfung drohte ihn zu übermannen. »Kann euch führen ...«

»Wir nehmen aber den Hubschrauber«, wandte Lerby ein, der die Vorbehalte des Alten bezüglich des Fliegens noch lebhaft in Erinnerung hatte.

»Umso besser«, kam es zurück. »Wir dürfen keine Zeit verlieren.« Pallys Großvater schloss erschöpft die Augen, und Lerby stellte sich schon darauf ein, ihn aufzufangen und zu Boden zu betten – da riss der alte Schamane wieder die Augen auf und sah ihn durchdringend an. »Leribi!«

»Ja, Magnus?«

»Es wird Zeit, den *qivittoq* zu stellen ... dem Töten ein Ende ... die Seele erlösen.«

59

Der Anblick des leblosen Ajako, der auf dem rostigen Boden lag, die Augen in namenlosem Entsetzen weit aufgerissen, während sich unter ihm ein immer größer werdender See roten Blutes über das geriffelte Metall ausbreitete, hatte sich unauslöschlich in Evas Gedächtnis eingebrannt.

Die Kugel, die der Fremde auf ihn gefeuert hatte, war in Ajakos Hals gedrungen und hatte ihm die Schlagader zerfetzt, hilflos hatten sie zusehen müssen, wie er vor ihren Augen verblutet war. Inzwischen hatte der Mörder den Leichnam nach draußen geschafft, doch das schreiend rote Blut und die Schleifspuren auf dem Boden waren noch da und erinnerten daran, dass es kein Albtraum war, den sie durchlebten, sondern die harte, schonungslose Wirklichkeit.

Mit vorgehaltener Waffe hatte ihr Häscher sie bedroht und ihnen die Hände auf den Rücken gefesselt – mit Klebeband, das er mehrfach um ihre Gelenke wickelte. Dann hatte er ihnen befohlen, sich auf zwei der freien Feldbetten zu legen, worauf er ihre Beine an die schäbigen Pritschen getapt hatte.

Dann war er gegangen.

Wohin, das wussten sie nicht, so wie sie überhaupt nicht viel über ihn wussten.

Außer, dass er der Mann war, der auch Pfarrer Balling auf dem Gewissen hatte und vermutlich auch die beiden Morde in Kopenhagen begangen hatte.

Dass er sich *qivittoq* nannte.

Und dass in seinen dunklen Augen der gehetzte Glanz des Irrsinns lag …

Von Ejnari Inasson konnten sie keine Auskunft mehr bekommen. So groß ihre Freude darüber gewesen war, dass der Freund wider Erwarten noch lebte, so sehr sorgten sie sich jetzt um ihn. Reglos lag er auf seinem Feldbett, er hatte das Bewusstsein verloren, zusammen mit einer Menge Blut, dass den Bezug der Pritsche tränkte. Abgesehen von einer Wunde an seiner linken Seite, die notdürftig verbunden worden war, schien auch sein linkes Bein gebrochen zu sein. Der Fuß war in unnatürlichem Winkel gedreht und die Schwellung unter dem Hosenbein deutlich zu erkennen. Ejnari Inassons Atem ging unruhig und keuchend.

»Ajako ist tot«, flüsterte Pally zum ungezählten Mal in die unerträgliche Stille. »Und ich bin schuld daran.«

»Nein«, widersprach Eva entschieden. »Ich wollte auch nach Ejnari sehen, es war unser beider Entscheidung. Wenn, dann tragen wir beide Schuld daran.«

Pally schluchzte verhalten. »Er wollte nicht gehen … hat geahnt, dass etwas passieren würde …«

Eva spürte, wie sich etwas in ihr verkrampfte. Denn natürlich hatte Pally recht, und diese Verantwortung würden sie niemals wieder loswerden. Aber vielleicht, sagte sie sich, spielte es schon bald keine Rolle mehr.

»Eva?«

»Ja?« Sie versuchte, sich so zu drehen, dass sie Pally sehen konnte, aber es gelang ihr nicht, die Fesseln hinderten sie daran.

»Du bist eine gute Freundin. Ich hätte an diesem Abend nicht so abweisend zu dir sein dürfen.«

»Darüber haben wir doch schon gesprochen. Es ist okay.«

»Es war, weil ich neidisch gewesen bin«, gab Pally ungefragt zu.

»Pally, du musst mir das nicht sagen.«

»Doch«, beharrte die junge Inuk. Offenbar empfand sie ein tiefes Bedürfnis, diese Dinge loszuwerden. Und Eva brauchte nur einen Blick auf den blutigen Boden zu werfen, um zu begreifen, woher dieses Bedürfnis rührte.

Sie atmete tief ein und aus, um die Angst niederzukämpfen, die plötzlich auch in ihr aufsteigen wollte. »Du warst neidisch?«, fragte sie, um sich davon abzulenken. »Worauf?«

»Auf dich. Auf das Leben, das du in Europa führst, so modern und unabhängig.«

»Das kannst du auch sein, Pally«, versicherte Eva.

Pally lachte, leise und spöttisch. »So habe ich auch einmal gedacht, damals, bevor ich nach Kanada ging. Ich habe mir eingebildet, ich bräuchte nur dort zu studieren, um gleichzeitig eine moderne Frau sein zu können und eine Inuk, die den Traditionen folgt. Ich wollte beide Welten vereinen, aber das war ein Irrtum, Großvater hat es mir immer gesagt. Man kann immer nur zu einer Welt gehören, so wie der *qivittoq* …«

»Der Kerl ist wahnsinnig, Pally«, entgegnete Eva entschieden. »Wenn es stimmt, was wir vermuten, dann ist er damals mit Ejnari in diesem Kinderheim gewesen, wo man ihnen wer weiß was angetan hat. Darüber hat er irgendwann den Verstand verloren und ist zum Mörder geworden. Das hat nichts mit dir zu tun.«

»Aber man kann nicht gleichzeitig frei und gefangen sein«, kam die Antwort leise. »So wie man nicht gleichzeitig glauben und zweifeln kann.«

»Doch, das geht«, versicherte Eva. »Die moderne europäische Frau, die du so sehr bewunderst, steckt voller Widersprüche. Oft genug ist sie zerrissen zwischen dem, was sie gerne tun möchte, und dem, was sie tun muss, weil der Beruf oder die Gesellschaft es erfordert. So unabhängig, wie wir es gerne wären, sind wir nicht. Und wenn wir schon bei Bekenntnissen sind: Ich bin auch auf dich eifersüchtig gewesen«, fügte Eva in einem Anflug von Fatalismus hinzu. »Wegen Jens.«

»Wegen Jens? Aber er hat dir doch hoffentlich gesagt, dass zwischen uns nichts lief.«

»Darum geht es nicht. Ich habe vom ersten Moment an gespürt, dass zwischen euch ein Band besteht, Pally. Eine Verbindung, die sich nur schwer beschreiben lässt. Ich kenne Jens so lange, wir verstehen und ergänzen uns, haben zwei erwachsene Kinder und ein großes Haus, das wir zusammen bewohnen. Aber das, was zwischen dir und ihm ist, werden wir niemals haben«, stellte sie ernüchtert fest. Sie wusste selbst nicht, was sie dazu bewog, diese Dinge, die sie seit dem Abend ihrer Ankunft beschäftigten, laut auszusprechen. Vermutlich lag es an der bedrückenden Aussicht, diesen schäbigen Container nicht mehr lebend zu verlassen.

»Aber Jens ... ich meine Leribi ... liebt dich wirklich.«

»Ich weiß.« Eva rang sich ein Lächeln ab. »So wie Daavi dich liebt.«

»Ja, aber er kennt nur den alten Weg, den unserer Ahnen. Ich glaube, manchmal würde er am liebsten wieder zurück.«

»Und du?«

»Ich weiß es nicht ... ich bin zerrissen. Genau wie Uki.«

Eva nickte nachdenklich. Trotz des Grauens und der Todesangst, die sie bedrückte, hatte sie in diesem Moment das Gefühl, die Dinge ganz klar zu sehen ... oder vielleicht genau deswegen? Die Angst schärfte den Blick.

»Ich fürchte«, entgegnete sie leise, »dass wir alle zerrissen sind. Zwischen dem, was wir uns wünschen, und dem, was wir bekommen. Dem, was wir sind, und was wir gerne wären.«

Erneut trat Stille ein. Nur Ejnari Inassons Atem war weiterhin zu hören, ungleichmäßig und rasselnd.

»Wollen wir uns etwas versprechen?«, flüsterte Pally.

»Was meinst du?«

»Wenn wir es schaffen, hier noch einmal rauszukommen, dann lass uns das tun, was unser Herz will. Keine Lügen mehr. Keine Entschuldigungen.«

»Einverstanden«, erwiderte Eva.

Es ging ihr leicht von den Lippen, denn ihre Aussichten zu überleben standen nicht gut.

Als Strafverteidigerin hatte Eva mehrfach mit Fällen von gewaltsamer Geiselnahme zu tun gehabt, und ganz gleich, ob die Forderungen der Kidnapper erfüllt worden waren oder die Polizei eingegriffen hatte, gut ausgegangen war es selten. Und dabei war keiner der Beteiligten ein psychopathisch veranlagter mehrfacher Killer gewesen.

»Denkst du, dass es eine Chance gibt?«, fragte Pally.

»Ich denke, dass sie nach uns suchen werden«, wich Eva einer direkten Antwort aus. »Schließlich haben wir uns über Funk nicht mehr gemeldet.«

»Er ... wartet«, ließ sich in diesem Moment eine Stimme vernehmen, die brüchig war und leer. Das einstmals so kräftige Organ Ejnari Inassons war kaum wiederzuerkennen.

»Ejnari!« Pally spähte zu dem verwundeten Freund. »Wie geht es dir?«

»Er wartet«, wiederholte Inasson nur. Er lag auf der rechten Seite, das Gesicht zur Wand gedreht, so dass es metallisch widerhallte, wenn er sprach.

»Sprichst du vom Mörder?«, fragte Eva. »Was meinst du damit? Worauf wartet er?«

»Wir alle ... nur Köder«, stieß Inasson hervor. »Der *qivittoq* will Leribi töten.«

60

Innerhalb einer Stunde waren sie in der Luft.

Für detaillierte Vorbereitungen blieb keine Zeit. Sie mussten improvisieren, zumal Lerby nicht wollte, dass Beck von der Sache Wind bekam. Den Mann vom Nachrichtendienst miteinzubeziehen, hätte ihnen zwar schlagartig bessere Ressourcen verschafft, ihnen aber auch die Fesseln einer Bürokratie angelegt, die Lerby während der vergangenen knapp dreißig Dienstjahre nur zu gut kennengelernt hatte. Im Augenblick war Eile das oberste Gebot.

Vom Heliport aus starteten sie mit der in Kulusuk stationierten AS 350. Lerby saß vorn auf dem Co-Pilotensitz, einen Feldstecher in den Händen, Daavi Keldsen und der alte Magnus hinten im Fond. Statt seines Schlafanzugs trug der Schamane jetzt Winterkleidung, und es tat gut, ihn außerhalb des Krankenbetts zu sehen, auch wenn seine faltigen Züge noch immer erschöpft und ausgelaugt wirkten. Aber das mochte auch eine Folge dessen sein, was sein inneres Auge gesehen hatte.

Lerby und Keldsen trugen über ihren Anoraks weiße Overalls, die eigentlich für die Jagd auf Eisbären bestimmt waren, die der Siedlung zu nahe kamen – infolge des Klimawandels leider keine Seltenheit; doch der Tarneffekt würde ihnen womöglich auch hier von Nutzen sein. Zumal, wenn Magnus' düstere Visionen sich tatsächlich bewahrheiteten.

Auch wenn Lerby inständig hoffte, dass es nicht dazu kommen würde, hatten sie sich für den Fall einer Auseinandersetzung entsprechend gerüstet: Keldsen war mit einem Blaser R8-Gewehr aus den Beständen der Polizei bewaffnet, das wie die Tarnanzüge eigentlich der Eisbärenjagd vorbehalten war; dazu hatte er die Heckler & Koch USP Compact am Gürtel, die Standardwaffe sowohl der dänischen als auch der grönländischen Polizei. Auch Lerby hatte sich eine der kurzläufigen 9-Millimeter-Pistolen aus dem Schrank genommen, seine eigene lag in der Waffenkammer des *Politigården* im fernen Kopenhagen.

Zum wiederholten Mal nahm er die Waffe aus dem Holster und prüfte sie. Nicht, weil es unbedingt notwendig gewesen wäre, sondern um sich abzulenken.

Eva und Pally waren in Gefahr.

Der Gedanke, dass einer von ihnen oder gar beiden etwas zugestoßen sein könnte, brachte ihn an den Rand des Verstands. Im Nachhinein verwünschte er sich dafür, dass er sie hatte gehen lassen. Er versuchte sich damit zu beruhigen, dass noch nichts erwiesen war, dass sie sich nur einfach nicht gemeldet hatten und die Gründe dafür auch völlig harmloser Natur sein konnten. Aber er brauchte nur in die düster verkniffene Miene des alten Magnus zu sehen, und die Sorge um die beiden kehrte zurück, noch stärker als zuvor.

»Ist dieser Einsatz eigentlich gefährlich?«, fragte der Pilot über den Bordfunk.

»Was?« Lerby sah zu ihm hinüber, doch da der andere das Visier seines Helmes heruntergeklappt hatte, sah Lerby vor allem sich selbst.

»*Well*«, entgegnete der Pilot auf Englisch – dem Schild auf seinem Overall zufolge war sein Name Stokes, und sein Akzent war britisch –, »die Typen vom Tower haben mich aus dem Schlaf geklingelt und mir gesagt, dass ich sofort zum Flugplatz kommen soll, das klang ziemlich dringlich. Und Sie beide sehen aus, als ob Sie in den Krieg ziehen wollten, also scheint mir die Frage, wie brenzlig die Sache werden kann, nur zu berechtigt. Für sowas werde ich nämlich nicht bezahlt, wenn Sie verstehen.«

»Es geht um zwei Frauen, die vermisst werden«, gab Lerby

tonlos zurück.»Möglicherweise wurden sie entführt und befinden sich in Lebensgefahr. Genügt Ihnen das?«

»Scheiße.« Stokes bärtige Kinnpartie verzog sich missbilligend. »Hab mir fast sowas gedacht. Da hätte ich auch gleich bei der Armee bleiben können.«

»Sie waren beim Militär?«

»Zehn Jahre, einschließlich zweier Einsätze in Afghanistan. Ich hab die Schnauze voll.«

Lerby nickte.»Tut mir leid.«

»Wir sind jetzt auf nordwestlichem Kurs über dem Fjord, so wie Sie es wollten«, wechselte Stokes das Thema.»Und was nun?«

»Magnus?«, fragte Lerby über das Headset des Interkom.

»Weiter«, entgegnete der Schamane nur, während er scheinbar gedankenverloren aus dem Seitenfenster blickte. Das weiß gesäumte Ufer des Fjords fegte unter ihnen dahin.»Nur immer weiter«, murmelte er.

»Was genau hast du gesehen, Magnus?«, erkundigte sich Lerby. »Kannst du es beschreiben?«

»Nicht wirklich«, lautete die wenig befriedigende Antwort. »Aber wenn ich es sehe, werde ich es wissen.«

»Moment mal«, hakte Stokes nach, der zwar kein Dänisch zu sprechen, es aber zumindest zu verstehen schien.»Soll das heißen, dass es keine Koordinaten gibt? Dass mir nur der Methusalem da hinten sagt, wo es langgehen soll?«

»Genau das«, bestätigte Lerby.»Und der Methusalem ist ein ehrwürdiger *angakkoq*, also nehmen Sie sich zusammen und zeigen etwas mehr Respekt.«

»Aye, Sir«, knurrte der Pilot, um ein halblautes»Ich hätte bei der Armee bleiben sollen« hinterherzuschicken.

Sie folgten weiter dem Lauf des Fjords, der sich von Illokarfiq aus in nordwestlicher Richtung erstreckte, ein gigantischer blauer Dolch mit weiß gefleckter Klinge, der tief in die verschneite Landschaft schnitt. Zahlreiche Nebenarme zweigten davon ab, die sie unmöglich alle absuchen konnten, noch nicht einmal aus der Luft.

Hätte jemand Jens Lerby noch vor ein paar Tagen gesagt, dass er sich auf eine solche Suche einlassen würde, mit einem alten Schamanen und dessen Visionen als den einzigen wirklichen Hinweisen, hätte er denjenigen wohl für verrückt erklärt. Aber die Verzweiflung ließ ihm keine Wahl.

»Es ist ein dunkler Ort«, vermeldete Magnus unvermittelt.

»Wunderbar«, knurrte Stokes. »Das hilft uns weiter.«

»Seien Sie still«, beschied Lerby ihm gereizt. »Warum ist es ein dunkler Ort, Magnus? Ist es dort Nacht?«

»Nein, es … es war eine Art von Behausung«, glaubte der Schamane sich zu erinnern.

»Eine Höhle vielleicht?«, riet Keldsen.

»Nein … die Wände waren rostig …«

»Wände aus Metall«, folgerte Lerby. »Ein Schiff vielleicht?« Er hob den Feldstecher an und spähte hindurch, folgte zunächst dem einen und dann dem anderen Ufer des Fjords, der nach Norden hin immer mehr von Fels und Eis bedrängt wurde. Entdecken konnte Lerby zwar nichts. Die dunklen Wolken, die sich über den Bergen ballten, waren dafür umso deutlicher zu sehen.

Und sie verhießen Unheil.

»Das gefällt mir nicht«, sagte Stokes prompt. »Sieht für mich nach einem ausgewachsenen Schneesturm aus, dem möchte ich nicht begegnen, also beeilen Sie sich lieber.«

»Folgen Sie weiter dem Verlauf des Hauptfjords«, wies Lerby ihn an. Er sagte es ruhig und bestimmt, während er gleichzeitig die Unruhe in seinem Inneren niederkämpfte. Die Sorge brachte ihn fast um. Ihm war hundeelend zumute, sein Magen rebellierte, und seine Handflächen schwitzten. Und so angestrengt er auch durch das Fernglas blickte, von einem Schiff oder größeren Boot war weit und breit nichts zu sehen.

Stokes hielt Rücksprache mit dem Tower von Kulusuk.

»Ich hatte recht«, erklärte er dann. »Diese Sturmfront dort ist ein richtiges Monster. Laut Wettervorhersage wurde sie erst für heute Abend erwartet, aber wie es aussieht, wird sie uns wohl schon früher treffen.«

»Er hat recht«, stimmte Magnus von der Rückbank aus zu.

»Danke sehr«, erwiderte der Pilot. »Ich hoffe, Meister Yoda ist nicht der Einzige an Bord, der mir zustimmt?«

Lerby presste die zum Schutz vor der Kälte gefetteten Lippen aneinander. Der gesamte nördliche Horizont war jetzt ein graues Wolkenband, das sich mit jedem Augenblick noch zu verdichten schien und dunkler und drohender wurde. Auch wurde der Flug zunehmend unruhig.

»Wir fliegen weiter«, entschied er dennoch. »Solange es irgendwie geht.«

Wieder durchlief den Eurocopter eine leichte Erschütterung. Lerby war klar, dass die Böen beträchtlich sein mussten, wenn sie in einem Hubschrauber zu spüren waren.

»Der Boden wankt nicht«, bemerkte Magnus plötzlich.

»Ist Ansichtssache«, knurrte Stokes grimmig. Das Visier hatte er inzwischen oben. »Ich würde Ihnen trotzdem raten, die Sicherheitsgurte ein wenig fester zu zurren.«

»Aber er ist dunkel und schmutzig«, fuhr der *angakkoq* unbeirrt fort. »Und es riecht nach Metall.«

»Er spricht nicht vom Hubschrauber«, begriff Lerby und wandte sich zu ihm um. »Wenn der Boden nicht wankt, dann ist es kein Schiff, auf dem sie sich befinden. Aber was ist es dann, Magnus?«

Von unter den Kopfhörern, die auf seinem schmalen ergrauten Haupt fremd und unpassend wirkten, sah der alte Inuk ihn an. Lerby hätte nicht zu sagen vermocht, ob Magnus ihn in diesem Moment wirklich wahrnahm oder ob sein Blick auf etwas völlig anderes gerichtet war, auf einen weit entfernten Ort ...

»Vielleicht ist es ja ein Bunker«, warf Daavi Keldsen ein.

»Was für ein Bunker?« Lerby runzelte die Stirn. »Noch aus dem

Krieg?« Er wusste, dass während des Zweiten Weltkriegs sowohl Truppen der Alliierten als auch der Achsenmächte Stützpunkte auf Grönland unterhalten hatten.

»Nein, ich meine die Wetterschutzbunker, die man entlang der Küste aufgestellt hat«, erklärte Keldsen. »Sie bestehen aus alten Schiffscontainern, die man mit wenig Aufwand umgerüstet hat. Eigentlich waren sie für die Jagd bestimmt, aber seit immer mehr Touristen kommen …« Er verstummte und überlegte. »Eigentlich kommt in dieser Gegend nur ein Container in Frage: Station Echo.«

»Weißt du, wo das ist? Kannst du den Weg beschreiben?«

»Natürlich.«

»Dann los«, meinte Lerby.

»Und der Schneesturm?«, fragte Stokes.

»Ich habe Ihnen schon gesagt, dass es um Leben und Tod geht«, konterte Lerby grimmig, »also zwingen Sie mich nicht, es Ihnen noch einmal zu erklären!«

Der Brite erwiderte nichts, sondern begnügte sich damit, leise Verwünschungen zu murmeln. Nach den Anweisungen, die Daavi Keldsen ihm erteilte, bog er in einen Nebenarm des Fjords, der zwischen steilen Felswänden hindurchführte. Die Böen waren dort noch stärker und rüttelten an der Maschine, was Stokes bitter auflachen ließ. Dann weitete sich das Gelände wieder, und eine weite Hügellandschaft dehnte sich vor ihnen aus. Von den Erhebungen hatte der Wind den Schnee gefegt, so dass sie in der weißen Landschaft wie schwärende Wunden wirkten. Darüber hingen dichte Wolken. Vom fernen Inlandeis war nichts mehr zu erkennen, es war hinter grauen Schleiern versunken.

Als eine erneute Erschütterung den Hubschrauber durchlief, hatte Stokes genug. »In Ordnung, das reicht mir jetzt«, verkündete er. »Wir kehren um.«

»Nein!«, widersprach Lerby. »Wie weit noch, Daavi?«

»Ich weiß nicht genau … noch ein paar Kilometer.«

»Da hören Sie's«, knurrte Lerby.

»Na und? Ich bin der Captain an Bord, und wenn ich entscheide, dass das Risiko zu groß ist, dann ist das so, und wir kehren um!«

»Wenn du das tust, werden die Gefangenen sterben«, rief der alte Magnus entsetzt und beinahe beschwörend. »Der *qivittoq* hat nichts zu verlieren!«

»Okay, ich hab genug von dem Gequatsche«, knurrte Stokes und war schon dabei, den Steuerknüppel umzulegen. »Wenn Sie wollen, kommen wir morgen wieder, wenn sich der Sturm verzogen hat, aber bis dahin ...«

»Morgen ist es zu spät«, hielt Lerby dagegen. »Fliegen Sie weiter, das ist eine direkte polizeiliche Anordnung!«, fügte er in seiner Not hinzu.

»Sie können mich mal! Auch die Polizei kann mich nicht dazu zwingen, ein solches Risiko einzugehen! Wenn wir in diesen Sturm fliegen, werden wir ...«

Plötzlich hatten sie alle ein schrilles Signal auf dem Kopfhörer.

»Was ist das?«, fragte Lerby.

»Ein Notrufsignal.« Stokes prüfte die Anzeige. »Muss ganz aus der Nähe kommen, wenn es so stark ist.«

»Das sind sie«, war Lerby überzeugt. Über die Schulter warf er Magnus einen fragenden Blick zu. Der Schamane nickte.

»Verdammt nochmal«, wetterte Stokes.

In diesem Moment tauchte unter ihnen eine Erhebung auf, die vom Ufer des Fjords steil anstieg. Ein kleines Motorboot lag dort vor Anker und schaukelte heftig in den Wellen, auf der Hügelkuppe stand ein rostiger alter Container. Der signalrote Anstrich war zum größten Teil abgeblättert, dennoch war das hässliche Ding weithin zu sehen, ein Fremdkörper in der eisigen Wildnis.

»Da!«, rief Keldsen und zeigte nach unten. »Station Echo!«

»Scheiße«, wiederholte Stokes, während das Notsignal weiter plärrte.

»Bringen Sie uns runter, bitte«, sprach Lerby ihm zu. »Sie brauchen nicht zu landen. Setzen Sie Daavi und mich einfach nur über dem Boden ab, und dann sehen Sie, dass Sie wegkommen.«

»Und was wird aus Ihnen?«

»Das lassen Sie unsere Sorge sein.«

»Scheiße«, sagte Stokes noch einmal.

Dabei ließ er die Maschine bereits sinken.

61

Wie Lerby es vorgeschlagen hatte, landete der Helikopter gar nicht erst. Ein anderer Pilot wäre hier womöglich an seine Grenzen gestoßen, aber als ehemaliger Heeresflieger hatte Stokes das rasche Absetzen luftbeweglicher Truppen unzählige Male geübt und längst nicht verlernt. In nur einem halben Meter Höhe hielt er die Maschine über dem Boden, so dass Lerby und Keldsen durch das Seitenluk absitzen konnten.

Noch während sie sich unter dem Orkan duckten, den der Rotor über ihnen entfesselte, stieg der Hubschrauber bereits wieder in die Höhe, an Bord auch der alte Magnus. Der Schamane war es gewesen, der sie hergeführt und ihnen den Weg gewiesen hatte. Damit hatte er bereits mehr getan, als irgendein anderer gekonnt hätte. Doch einem weiteren Risiko wollte Lerby ihn nicht aussetzen, ganz abgesehen davon, dass er auch zu schwach dazu gewesen wäre.

»Bereit?«, fragte Lerby.

Daavi nickte nur, die Repetierbüchse beidhändig umklammernd.

»Dann los.«

Die Senke, in der Stokes sie abgesetzt hatte, befand sich im Rücken des Containers, von dort stiegen sie den vom Wind beinahe kahl gefegten Hang hinauf. Zwar besaß die behelfsmäßige Hütte auf ihrer Rückseite keine Fenster, doch mussten Lerby und Keldsen damit rechnen, dass der Helikopter Aufmerksamkeit auf sich gezogen hatte und sie womöglich erwartet wurden, deshalb gingen sie versetzt und sich gegenseitig sichernd.

So erreichten sie die Hügelkuppe.

Vom Container waren sie jetzt vielleicht noch fünfzehn Meter entfernt. Aus dieser Distanz sah das alte Ding noch um vieles schäbiger aus als aus der Ferne.

Mit einem Nicken gab Lerby Keldsen zu verstehen, ihm Deckung zu geben, dann huschte er in gebückter Haltung zum Container, presste sich an dessen kalte Wand.

Mit dem Lauf der Waffe, die er beidhändig im Anschlag hielt, taxierte er die Umgebung, stellte sicher, dass niemand im Hinterhalt lauerte. Dann bedeutete er Daavi nachzukommen.

Gemeinsam umrundeten sie den alten Schiffscontainer, duckten sich unter den straff gespannten Stahlseilen hindurch, die bei einem heftigen Wintersturm die einzigen Garanten dafür waren, dass nicht eine Bö das Ding erfasste und hinab ins Meer fegte. Endlich gelangten sie auf die Vorderseite, wo die Eingangstür in den Stahl geschnitten worden war.

Zu Lerbys Verblüffung stand sie einen Spalt weit offen.

So unerträglich seine innere Anspannung war und so groß sein Verlangen, hineinzuplatzen und zu sehen, ob Eva und Pally dort waren, widerstand er doch der Versuchung, sondern wartete, bis Keldsen zu ihm aufgeschlossen hatte. Sie verharrten und lauschten, dann schlichen sie lautlos weiter, postierten sich beiderseits der Tür – und indem sein junger Kollege hinter ihm sicherte, schlüpfte Lerby hinein, die USP Compact schussbereit im Anschlag.

Im Inneren der Notbehausung herrschte schummriges Halbdunkel. Doch im Tageslicht, das durch die offene Tür einfiel, konnte Lerby alles genau erkennen und erfasste die Situation mit wenigen Blicken.

Die Mitte des schmalen Raumes nahmen ein metallener Tisch und eine ebenfalls aus Metall gefertigte Kiste ein, die vermutlich eine Notfallausrüstung beherbergte; entlang der Wände waren Feldbetten aufgestellt, auf denen Menschen lagen. Zumindest ein paar von ihnen schienen verwundet zu sein, denn am Boden war eine Menge Blut. Im nächsten Moment begriff Lerby, dass eine der

Gestalten kein anderer als Ejnari Inasson war und zwei von ihnen Frauen.

Eva und Pally!

Lerbys Herz hämmerte in seiner Brust, während er die Dienstpistole holsterte und sich hastig zu Eva hinabbückte, die ihn aus weit aufgerissenen Augen ansah. Jemand hatte sie mit Klebeband gefesselt, ein weiteres Stück Tape versiegelte ihr den Mund, so dass sie nicht sprechen konnte.

»Keine Sorge«, versicherte er, während er das Taschenmesser aus seinem Ausrüstungsgürtel aufklappte und damit rasch ihre Fesseln durchtrennte, »jetzt wird alles gut.«

Sofort huschte er weiter zu Pally und befreite auch sie, doch anstelle von Erleichterung sah er nichts als Angst und Panik in ihrer schreckensbleichen Miene.

»Jens«, stieß Eva hervor, die sich das Klebeband vom Mund gerissen hatte, »sieh dich vor, er ist …«

Doch es war bereits zu spät.

Als er hinter sich ein metallisches Poltern hörte, fuhr Lerby in einer kreiselnden Bewegung herum. Daavi Keldsen stand da, wie vom Blitz getroffen. Sein Gewehr lag am Boden, ebenso wie seine Dienstpistole, jemand hatte ihn hinterrücks attackiert und ihn mit wenigen Handgriffen entwaffnet und überwältigt.

Jemand, der eben noch scheinbar verwundet auf einem Feldbett gelegen hatte – und der Daavi jetzt den kurzen Lauf einer Pistole an die Schläfe presste.

Lerby begriff, dass sie in eine Falle getappt waren.

62

Für einen Augenblick war Lerby wie erstarrt.

Der Mann, der Daavi Keldsen mit der Pistole bedrohte, war so groß wie er, jedoch kräftiger gebaut. Er trug traditionelle Inuit-Jagdkleidung, die aus einem Anorak aus Robbenfell und dazugehörigen Hosen und *kamik* bestand, allerdings blutbesudelt war. Das Gesicht des Mannes war von rundlicher Form, doch jeder Eindruck von Leutseligkeit verbot sich. Zum einen wegen der deutlich sichtbaren Narbe, die über die linke Gesichtshälfte verlief, zum anderen wegen der furchtbaren Entschlossenheit, die aus den zur Maske gefrorenen Zügen des Mannes sprach. Und schließlich war da noch der fiebrige Glanz, der in seinen kleinen schwarzen Augen lag und von gefährlicher Unberechenbarkeit zeugte.

Lerby hatte schon früher in solche Augen geblickt: Es waren die Augen von Menschen, deren Verstand kurz davor war, den Bezug zur Realität zu verlieren und in den dunklen Abgrund des Irrsinns zu stürzen.

»Die Waffe weg«, verlangte der Fremde.

Lerby war klar, dass Widerstand im Augenblick sinnlos war. Mit zwei Fingern zog er die USP Compact aus dem Holster und legte sie demonstrativ vor sich auf den Boden. Langsam richtete er sich wieder auf,

»Kommissar Lerby?«, stieß der Fremde hervor.

»Villem Jensen?«, fragte Lerby leise dagegen.

Der andere zuckte merklich zusammen.

»Das ist nicht mein Name, schon lange nicht mehr«, widersprach er. Sein Dänisch war nahezu akzentfrei, aber er spie jedes einzelne Wort aus wie bittere Galle. »Ich bin der *qivittoq*.«

Lerby hielt für einen Moment den Atem an.

So also schloss sich der Kreis, schlagartig wurde ihm alles klar. Der Gepeinigte von einst wurde selbst zum Täter, indem er die Rolle einer nach Rache dürstenden Mythengestalt annahm. Das also war die tiefere Wahrheit hinter Magnus' düsteren Visionen gewesen.

Lerby atmete tief durch und zwang sich zur Ruhe, ließ den Ermittler in ihm die Kontrolle übernehmen, jenseits seines persönlichen Entsetzens, seiner Wut und der Angst um die Frau, die er liebte, und der Menschen, die ihm nahestanden.

»Es ist der Name, unter dem Sie bei der Polizei bekannt sind«, stellte er fest, um Sachlichkeit bemüht. »Ich erkenne Sie wieder«, behauptete er. »Sie sind einer der Jungen auf dem Bild. Einer der Jungen, die in Vildbjerg waren.«

Auch wenn es schlicht gelogen war – Lerby hätte den Mann nicht in hundert Jahren wiedererkannt –, schien es ihm richtig, dies zu erwähnen. Im Augenblick war der Mörder am längeren Hebel, hatte im wahrsten Wortsinn den Finger am Abzug. Dass ein Menschenleben ihm nicht viel bedeutete, hatte er schon mehrfach bewiesen. Wenn Keldsen überleben sollte, musste es Lerby gelingen, den anderen zu beschwichtigen.

»Sie wissen, was damals geschehen ist?«

»Nicht alles«, gab Lerby offen zu. »Aber ich weiß, dass man Ihnen und Ihren Freunden furchtbares Unrecht zugefügt hat.«

»Sie wissen nichts, gar nichts. Nichts von dem Schmerz und der Angst.«

»Das ist wahr«, gestand Lerby ein, bemüht, dem anderen keinen Anlass zur Eskalation zu geben. Der kurze Lauf der USP Compact klebte nach wie vor an Keldsens Schläfe, vermutlich Inassons Dienstwaffe, die sein Entführer erbeutet hatte. Daavi Keldsen hielt seine Augen die meiste Zeit geschlossen, nur hin und wieder öffnete er sie und schickte Lerby Hilfe suchende Blicke.

»Es ist Ihr gutes Recht, deswegen wütend zu sein und diejenigen zu hassen, die Ihnen das angetan haben«, versicherte Lerby.

»Sie sind tot!«, schrie Jensen ihm entgegen, in einem Triumph, den er nicht wirklich zu empfinden schien. »Sie sind alle tot! Sie haben bekommen, was sie verdienten, die Rache des *qivittoq* hat sie ereilt. Mit den Gaben der Menschen hat er sie bestraft. Er hat ihnen das Licht ihrer Augen genommen und ihnen die Münder versiegelt, auf dass sie im Jenseits mit Blindheit geschlagen sind und quälenden Hunger leiden müssen!«

Lerby begriff. Darum also war es gegangen, auch das ergab nun endlich Sinn.

Wenn auch auf eine sehr schräge Art und Weise.

Den Täter selbst immerhin schien die Erinnerung an seine Taten ein wenig zu beruhigen, sein Griff um die Pistole lockerte sich ein wenig. Lerby widerstand jedoch der Versuchung, ihn direkt anzugreifen. Magnus' Warnung, der zufolge der *qivittoq* nichts zu verlieren hatte, hallte mahnend in seinem Bewusstsein nach.

Er musste Ruhe bewahren.

Auf seinen Augenblick warten.

Nur so ließ sich die Katastrophe vielleicht verhindern.

»Was man Ihnen angetan hat, war ein Verbrechen«, räumte er ohne mit der Wimper zu zucken ein, »und ich wünschte, wir könnten es ungeschehen machen. Aber das ist nicht möglich. Wir können nur die Missstände von damals aufdecken und an die Öffentlichkeit bringen.«

Jensen lachte auf, kalt und bitter. »Erwarten Sie wirklich, dass ich Ihnen das glaube? Ihnen? Einem *qalluna*, der noch dazu für die Polizei arbeitet?«

»Er sagt die Wahrheit«, sprang Eva ihrem Mann bei und trat an seine Seite. Lerby bewunderte sie für ihren Mut und die Ruhe, die sie an den Tag legte. »Man hat versucht, alles zu vertuschen, was damals geschehen ist«, bestätigte sie, »aber die Wahrheit lässt sich nicht ewig verstecken. Früher oder später kommt sie ans Licht.«

»Du lügst, Weib!«, herrschte er sie an, dass sie zusammenfuhr. Seine Stimme überschlug sich dabei. »Alles ist Lüge, das Leben eines Inuk ist euch nicht halb so viel wert wie euer eigenes! Wir sind wertlos und entbehrlich.«

»Das ist nicht wahr«, widersprach Lerby, auf Keldsen deutend. »Daavi, dessen Leben Sie gerade bedrohen, ist ein Inuk wie Sie – und mein Freund. Und ich habe in diesem Moment große Angst um ihn.«

»So, Ihr Freund ist er also.« Jensen verstärkte den Druck hinter der Waffe wieder. Pally schrie entsetzt, Keldsen kniff die Augen zusammen in der Befürchtung, sein Peiniger werde jeden Augenblick abdrücken. »Und Ejnari?«, fragte der Mörder, auf den schwer verwundeten Inasson deutend, der inzwischen erwacht war und zu ihnen herüberspähte, dabei aussah wie ein lebender Toter. Infolge des hohen Blutverlusts, den er erlitten haben musste, waren seine Gesichtszüge kreidebleich, und dunkle Ränder lagen um seine tief in ihren Höhlen versunkenen Augen.

»Ist er auch Ihr Freund?«, wollte Jensen wissen.

Lerby sah zu Inasson, ihre Blicke trafen sich für einen Moment. »Allerdings«, bestätigte er ohne Zögern.

Ein böses, kaputtes Lächeln teilte die entstellten Gesichtszüge des Mörders. »Ich verstehe«, versicherte er mit lauerndem Tonfall, »dann war das der Grund, weshalb er Ihnen die Nummern der Opfer zugespielt hat. Er hat darauf vertraut, dass Sie ihnen helfen würden. Und was haben Sie getan? Sie haben versagt, Kommissar Lerby … oder soll ich Sie *Mondmann* nennen?«, fügte er mit vor Sarkasmus triefender Stimme hinzu.

Lerby hatte Mühe, sich seine Bestürzung nicht anmerken zu lassen. Jensen wusste also, dass sein einstiger Freund versucht hatte, die späteren Mordopfer zu warnen. Woher er diese Information hatte, konnte Lerby nur vermuten, aber es erklärte den namenlosen Zorn, den der selbsternannte *qivittoq* nicht nur auf Ejnari Inasson empfand, sondern auch auf ihn, Jens Lerby. Der eine war in seinen Augen ein Verräter, der andere ein Fremder, ein Feind, ein verhasster Däne.

Das war also die Gefahr, vor der Magnus ihn die ganze Zeit über gewarnt hatte. Lerby schauderte.

»Ich habe getan, was ich konnte«, versicherte er, mehr an Inasson als an seinen Peiniger gewandt. »Es tut mir leid.«

»Ich wette, dass es Ihnen leidtun wird, Kommissar, denn Sie werden sterben. Genau wie Ejnari und alle anderen, die versucht haben, mich zu hintergehen!«

In einem plötzlichen Ausbruch stieß er Daavi von sich, der damit nicht rechnete, strauchelte und bäuchlings auf den Metallboden krachte. Pally und Eva waren sofort bei ihm, um ihm wieder aufzuhelfen. Seine Nase blutete, doch in seinen Augen flackerte Hoffnung – die sich jedoch gleich wieder zerschlug.

Auch Lerby, der blitzschnell in die Knie gefedert war, um seine Pistole vom Boden aufzunehmen, ließ schon im nächsten Moment wieder von diesem Vorhaben ab – denn aus der Bauchtasche seines Anoraks hatte Jensen blitzschnell einen eiförmigen Gegenstand gezogen, der gerade so groß war, dass er in seine Faust passte und dessen bloßer Anblick genügte, um Lerby das Blut in den Adern gefrieren zu lassen.

Eine Handgranate!

Entsetzt starrte er auf das hässliche schwarze Ding, das ihnen der Mörder mit triumphierendem Grinsen entgegenhielt. Es war ein Exemplar des jugoslawischen Typs M75, der nach dem Ende des dortigen Bürgerkriegs auf illegalen Wegen massenhaft in Umlauf gekommen war und sich dank des Internets auf den Schwarzmärkten der Welt noch immer großer Beliebtheit erfreute. Fraglos hatte Jensen die Granate von dort, vermutlich war sie die ganze Zeit so etwas wie seine Notfalloption gewesen, seine Rückversicherung für den Fall, dass er der Polizei wie schon einmal ins Netz gehen sollte. Deshalb zweifelte Lerby auch nicht daran, dass er davon Gebrauch machen würde …

»Tun Sie das nicht!«, rief er, die Hände beschwörend erhoben. »Wie Sie vorhin schon sagten, ist dies etwas Persönliches, es geht um Rache an den Menschen, die Sie hintergangen haben. Doch Daavi Keldsen und diese beiden Frauen haben Ihnen nichts getan, Vill! Lassen Sie sie gehen und nehmen Sie stattdessen mich!«

»Nein, Jens!«, widersprach Eva, doch er ließ sich nicht beirren. »Sie wissen besser als jeder andere, was es bedeutet, unschuldig bestraft zu werden«, sprach er weiter auf den Mörder ein. »Sie wollten sich an Ihren Peinigern rächen, und das haben Sie getan. Doch jetzt sind Sie dabei, genauso zu werden wie sie.«

»Das ist nicht wahr!«

»Doch«, widersprach Lerby unbarmherzig. »Sie sind im Begriff, ein schreckliches Unrecht zu begehen! Aber wenn Sie sich ebenfalls an Unschuldigen vergreifen, wie unterscheiden Sie sich dann noch von denen, die Sie Ihr Leben lang bekämpft haben? Wegen derer Sie einen mit Blut besiegelten Eid geschworen haben und zum *qivittoq* wurden?«

Er hatte zuletzt immer lauter gesprochen, seine Worte hallten von der metallenen Decke wider, und einen Moment lang schien es, als würden sie Villem Jensen für einen Moment innehalten und sein Vorgehen überdenken lassen.

Im nächsten Moment fiel der Sicherungssplint der Granate mit einem hässlich profanen Geräusch zu Boden.

Evas Mund öffnete sich zu einem lautlosen Schrei, Pally schlug die Hände vors Gesicht, Lerby wurde speiübel. Das Wissen, dass der Wahnsinnige jetzt nur noch seine Hand zu öffnen brauchte, und nur Augenblicke später würden sie alle zerfetzt, ließ seinen Herzschlag rasen. Dann nahm er im Augenwinkel eine Bewegung wahr.

Inasson.

Lautlos und unter Aufbietung letzter Kräfte war es dem Freund gelungen, sich langsam auf seiner Pritsche aufzurichten. Aus seinen totenbleichen Gesichtszügen sandte er Lerby einen Blick. Ohne ein Wort zu wechseln, verständigten sie sich im Bruchteil eines Augenblicks, nach Art wahrer Inuit. Lerby verstand genau, was Inasson ihm sagen wollte. Es waren Dank, Bitte um Vergebung und Abschied – von dem sie in diesem Moment beide wussten, dass er endgültig sein würde, auf die eine oder andere Weise.

»Wenn Sie das tun«, wandte sich Lerby mit bebender Stimme an Jensen, »wird niemals jemand Ihre Geschichte erfahren, und alles, was Sie getan haben, wird vergeblich gewesen sein!«

»Glauben Sie denn, das interessiert mich?« Der andere lachte und war abgelenkt. Hinter seinem Rücken erhob sich Inasson, die Züge schmerzverzerrt. Sein zerschlissener Pullover war blutdurchtränkt, sein linkes Bein eine einzige Schwellung. Es zu benutzen, musste unsägliche Qualen bedeuten, und doch machte er einen Schritt nach vorn, auf Jensen zu, der nur zwei Armlängen entfernt war.

»Es ist mir egal, was die Menschen von mir denken, der *qivittoq* schert sich nicht darum«, fuhr der Mörder in seiner Rede fort, sich an der Macht über Leben und Tod berauschend, die er in diesem Moment buchstäblich in der Hand hielt. »Schon in wenigen Augenblicken werde ich bei meinen Ahnen sein.«

»Und Sie glauben, Ihre Ahnen heißen gut, was Sie in Ihrem Leben getan haben?«, fragte Lerby provozierend, um die Aufmerksamkeit auf sich zu ziehen. Inasson war unterdessen noch einen Schritt weiter gehumpelt, wankend und unter unsäglichen Qualen. Fast hatte er den anderen erreicht.

In diesem Moment begann Villem Jensen, in jener Sprache zu reden, die man ihm einst verboten hatte. Ein leiser Gesang, vermutlich ein Gebet, der seiner Seele den Weg in die andere Welt bereiten sollte. Inasson war nun direkt hinter ihm.

Die kräftigen Arme nach vorn werfend, stürzte sich Inasson auf seinen einstigen Gefährten und brachte ihn zu Fall. In einer bizarren, tödlichen Umarmung gingen die beiden Männer, die einst wie Brüder gewesen waren, zu Boden. Jensen schrie dabei hysterisch und wie von Sinnen, während Inasson sich auf ihn warf und ihn unter sich begrub.

In diesem Moment ließ er vermutlich die Granate los.

Lerby, der bereits an der Tür war, zählte in Gedanken mit. Die exakte Detonationsverzögerung kannte er nicht, aber keinesfalls waren es mehr als fünf Sekunden.

1 ...

Er riss die Tür auf, doch statt hinauszustürmen, blieb er und streckte die Hände nach Eva aus, die ihm dichtauf folgte.

2 ...

Mit einem Stoß beförderte er sie hinaus, bekam als Nächstes Pallys Hand zu fassen.

3 ...

Mit aller Kraft riss er die junge Inuk an sich heran an und beförderte auch sie ins Freie.

4 ...

Daavi Keldsen taumelte ihr hinterher, das Gesicht blutig und von Schrecken gezeichnet. Lerby packte ihn an den Schultern, und gemeinsam wollten sie durch die metallene Tür hinaus, als die Granate detonierte.

Ein ohrenbetäubender Knall, und aus dem Augenwinkel sah Lerby noch, wie Inassons Körper vom Boden abhob, leblos wie eine Puppe. Dann wurden Keldsen und er auch schon von der Druckwelle erfasst, die sie durch die offene Tür nach draußen schleuderte.

Daavi schrie auf, im nächsten Moment landeten sie im kalten Schnee. Geborstenes Glas prasselte auf sie herab, so gut wie es ging, schirmten sie die Köpfe mit ihren Armen ab. Dann noch ein zweiter Knall, als der Gasbehälter des Ofens explodierte, doch wenn der Stahl des Containers auch alt und rostig war, hielt er der Gewalt doch stand. Im nächsten Moment war es vorbei.

Betretene Stille breitete sich über die Anhöhe, von der Lerby nicht viel mitbekam, weil ein grässliches Pfeifen in seinen Ohren lag, eine Folge des Knalls.

»Eva!«, schrie er, während er sich auf allen Vieren erhob, sich selbst darüber wundernd, dass er noch am Stück war. »Pally! Daavi!«

»Ich … hier«, konnte er Evas Stimme über das Pfeifen hinweg hören. Durch den beißenden, stinkenden Rauch nahm er eine Bewegung wahr und kroch darauf zu.

Es war Eva. Von ein paar Schnittwunden abgesehen schien auch sie unversehrt zu sein. Lerby schlang seine Arme um sie und zog sie an sich heran, beide vergossen bittere Tränen, Tränen der Erleichterung ebenso wie des schieren Schocks, unter dem sie standen.

»Leribi …?«

Pally kam aus den Schwaden gekrochen, Lerby zog sie ebenfalls an sich, und schließlich kam auch noch Daavi hinzu. Ein Splitter schien ihn am Bein getroffen zu haben, denn er zog es hinter sich her und hinterließ dabei eine dunkle Spur im Schnee. Vermutlich spürte er den Schmerz in diesem Moment nicht einmal, war wie sie alle nur erleichtert, noch am Leben zu sein. Gemeinsam kauerten sie am Boden und hielten sich gegenseitig fest, suchten Trost in der Nähe der jeweils anderen, so wie einst Pallys und Daavis Ahnen in den dunkelsten und kältesten Winternächten.

Irgendwann löste sich Lerby und raffte sich auf die Beine. Der Pfeifton in seinem Ohr dauerte an, erst jetzt stellte er fest, dass es zu schneien begonnen hatte und eisiger Wind die Flocken über die Hügel trieb. Es war noch nicht der Sturm, der sich angekündigt hatte, doch dem grauen Himmel nach, der sich jetzt unmittelbar über ihnen ballte, würde es nicht mehr lange dauern.

Durch den vom Ruß schwarz gefärbten Schnee wankte Lerby zum Container. Feuer züngelte hier und dort aus den jetzt offenen Fenstern, was von der Einrichtung brennbar gewesen war, stand jetzt in Flammen. Lerby wollte zum Schott, um es aufzustoßen und einen Blick hineinzuwerfen, doch jemand fasste ihn an der Schulter und hielt ihn zurück. Es war Daavi Keldsen, der ihm hinterhergehumpelt war, das verwundete Bein nach sich ziehend, das Gesicht blutig und rußgeschwärzt.

Er schüttelte nur den Kopf.

»Ich weiß«, versicherte Lerby. »Aber es wird bald dunkel, und wenn wir diese Nacht überstehen wollen, dann …«

In diesem Moment ließ sich dem Pfeifen zum Trotz ein ratterndes Geräusch vernehmen. Im ersten Moment hielt Lerby es für eine Täuschung, aber dann sah er, wie Eva und Pally nach oben blickten. Einen Augenblick später schälten sich die Formen eines grellroten Helikopters aus Wolken und Rauch, der dem Boden entgegensank.

»Aber«, stieß Daavi verblüfft hervor, »ich dachte, er wäre zurück nach Illokarfiq geflogen?«

»Dachte ich auch«, stimmte Lerby zu. »Störrischer Brite.«

Der Hubschrauber landete in der Senke unterhalb des Containers, von dem noch immer schwarzer Rauch in den Himmel stieg, gleich einem Fanal.

Sich gegenseitig stützend, stiegen sie den Hang hinab, während sich die Rotoren der Maschine weiterdrehten, bereit, sie wieder zurück nach Hause zu bringen.

Das Seitenschott wurde geöffnet, und das faltige Gesicht des alten Magnus erschien.

»Großvater!«

Pally kletterte an Bord und umarmte ihn. Lerby half Eva und dem verletzten Daavi noch dabei, in die Fahrgastzelle zu kriechen, dann schleppte er sich selbst hinein und erklomm einen der Sitze, wobei er buchstäblich das Gefühl hatte, dass seine Kräfte ihn verließen.

»Danke!«, rief er über das Dröhnen des Motors hinweg in Stokes' Richtung und reckte einen Daumen hoch.

»Was blieb mir denn anderes übrig?«, maulte der Brite mürrisch zurück, während er die Maschine bereits wieder in den drohend grauen Himmel steigen ließ und auf südöstlichen Kurs ging, um dem Unwetter zu entfliehen. »Meister Yoda hat mir angedroht, mich mit einem üblen Fluch zu belegen, wenn ich nicht ein paar Schleifen drehe und auf euch warte.«

63

Während des Rückflugs nach Illokarfiq sprach niemand ein Wort. Eng aneinander gekauert saßen sie im Fond des Helikopters, froh darüber, noch am Leben zu sein und einander wiederzuhaben. Doch zugleich waren sie voller Trauer über den schweren Verlust, den sie erlitten hatten.

Ejnari war tot.

Die letzten Augenblicke seines Lebens, wie er sich auf den Mörder gestürzt hatte, wohl wissend, dass die explodierende Granate ihn zerfetzen würde, würde Jens Lerby niemals vergessen. Zunächst wollte er Magnus berichten, was geschehen war, aber zum einen war er zu erschöpft dazu und das Grauen noch zu gegenwärtig; zum anderen hatte er das Gefühl, dass der alte Schamane nur in ihre rußgeschwärzten und von Schrecken gezeichneten Mienen zu blicken brauchte, um genau zu wissen, was sich dort unten ereignet hatte.

Sie erreichten Illokarfiq, noch ehe der Schneesturm vollends losbrach, dann allerdings wurde er so heftig, dass Stokes den Weiterflug nach Kulusuk nicht mehr wagen konnte. Der Helikopter wurde in den Hangar verbracht, und für die nächsten fünf Tage saß der streitbare Brite mit der großen Klappe und dem mindestens ebenso großen Herzen in Illokarfiq fest, denn genauso lange tobte der Sturm, der sich über der Ostküste Grönlands entlud.

Unmengen von Schnee stürzten aus den dunkelgrauen Wolken, getrieben von Sturmwind, der so heftig tobte, dass die Bewohner der Region Ammassalik ihre Häuser in diesen fünf Tagen kaum verlassen konnten. Es war der erste große Sturm dieses Winters, und er war früh gekommen.

Lerby und Eva wohnten für die Dauer des Unwetters bei Pally und Daavi. So blieb Zeit, um sich um die Wunden zu kümmern, die sie erlitten hatten – sowohl die physischen wie die Verletzung durch den Granatsplitter, der Daavis rechtes Bein gestreift hatte, als auch jene, die sehr viel tiefer reichten.

Dass sie dem Tod nur mit knapper Not entgangen waren und Inasson sich geopfert hatte, damit sie leben konnten, setzte ihnen allen zu. Zwar sprachen sie viel über das, was geschehen war, doch änderte es nichts daran, dass sie nicht mehr die waren, die sie vorher gewesen waren. Grönland, das war Lerby nur zu bewusst, hatte ihn einmal mehr verändert, ebenso wie Eva, und er konnte sehen, wie es ihr zusetzte. Dies war nichts, was sich innerhalb von ein paar Tagen mit dem Verstand bewältigen ließ, es musste gelebt und verarbeitet werden, erst dann würde man erkennen, was daraus würde.

Die Menschen hier planten nicht, und das aus gutem Grund. Sie lebten mit dem, was das Schicksal ihnen gab.

Dass nach dem Verschwinden von Ejnari Inasson und dem Mord an Pfarrer Balling mit Ajako Hansen ein weiterer Bürger Illokarfiqs den letzten Pfad gegangen war, sprach sich trotz des Sturmes schnell herum. Lerby hatte den alten Magnus im Verdacht, der wieder im Krankenhaus war und dort freimütig weitergab, was er wusste.

Und eigentlich war das gut so.

Zumindest dieses Mal, so hatte Pally beschlossen, sollten Trauer und Bestürzung keine Privatsache bleiben wie so oft bei den Inuit, sondern in der Öffentlichkeit stattfinden. Und so nutzte sie die Tage der zwangsweisen Untätigkeit dazu, einen Bericht zu verfassen, der nicht nur schilderte, was Ejnari Inasson und Ajako Hansen widerfahren war, sondern auch die Herkunft des Mörders und die Vorgänge in Vildbjerg beschrieb. Eva half ihr dabei, aus der kleinen Truhe, die sie in Pfarrer Ballings Haus gefunden haben, alle wichtigen Hinweise zusammenzutragen, Lerby lieferte die entsprechenden Hintergründe bezüglich der Ereignisse von Kopenhagen. Dass er damit gegen dienstliche Anweisungen verstieß, war ihm herzlich egal. Er bezweifelte ohnehin, dass er noch einmal als Polizist arbeiten würde. Und wenn seine Karriere als Ermittler schon enden sollte, dann zumindest mit einem Knall.

Als Lerby am Mittwochmorgen zum ersten Mal nach fünf Tagen wieder vor die Tür trat, bot Illokarfiq wieder den Anblick, den er von seinem letzten Besuch gewohnt gewesen war: Meterhoch lag der Schnee auf Straßen und Dächern, schimmerte geheimnisvoll blau unter dem perlmuttfarbenen Himmel. Die Szenerie war wie erstarrt vor Kälte, die Luft so klar wie das tiefblaue Wasser des Fjords.

Es war der erste November.

Der Tag, an dem Lerby eigentlich seine neue Stelle beim polizeilichen Erkennungsdienst hätte antreten sollen. Als die Kommunikation, die infolge des Sturmes ausgefallen war, wieder funktionierte, informierte er die Dienststelle darüber, dass er in Grönland festsitze und verhindert sei. Daraufhin wurde ihm mitgeteilt, dass seine Versetzung ohnehin auf Eis liege und nach seiner Rückkehr eine Anhörung stattfinden würde, die über seine weitere polizeiliche Laufbahn entscheiden sollte.

An diesem Morgen kehrte auch Bürgermeister Tulimaq nach Illokarfiq zurück. Der Sturm hatte seine Gefährten und ihn gezwungen, in einer geschützten Bucht Zuflucht zu suchen. Wie die Jäger der Inuit, von denen zwei das siebzigste Lebensjahr bereits überschritten hatten, es bei Sturm und Kälte über mehrere Tage dort ausgehalten hatten, konnte Lerby nicht einmal vermuten. Aber als Tulimaq erfuhr, was sich in seiner Abwesenheit zugetragen hatte, berief er für den Abend eine Versammlung im Gemeindehaus ein. Nach einem überstandenen Unwetter zusammenzukommen, war durchaus üblich, zum einen aus praktischen Gründen – auf diese Weise konnten rasch und unkompliziert Hilfe geleistet oder Güter ausgetauscht werden –, zum anderen aber auch, weil die Menschen das verständliche Bedürfnis hatten, nach Tagen unnatürlicher Isolation wieder zusammenzukommen und so wie früher die Gemeinschaft zu fühlen. Und schließlich wollte man auch derer gedenken, die ihr Leben gelassen hatten, um das ihrer Freunde zu bewahren, so wie einst die Jäger der Inuit.

Die Aussicht auf eine solche Veranstaltung stimmte Lerby nicht besonders fröhlich. Er schätzte Empfänge und Ehrungen aller Art nicht besonders und hätte seinen letzten Abend in Illokarfiq lieber ein wenig ruhiger verbracht. Schon morgen würden Eva und er den Rückflug nach Kopenhagen antreten, von Kangerlussuaq aus würden sie mit derselben Maschine reisen, in der auch Mads Beck sitzen würde. Lerby hoffte nur, dass die Spirituosen an Bord für eine solche Gesellschaft ausreichen würden.

Während der vergangenen fünf Tage hatte der Mann vom Nachrichtendienst in seinem Hotelzimmer gesessen und darüber geschmollt, dass der Fall ohne ihn gelöst worden war. Mehr noch: dass sich die Geschehnisse ganz und gar seiner Kontrolle entzogen hatten. Jemand in Becks Position und mit dessen Selbstverständnis konnte darin nur eine Demütigung sehen, und natürlich hatte er Lerby dafür harte Konsequenzen angekündigt. Die Anhörung gehörte wohl in diese Kategorie.

Entsprechend überrascht war Lerby, auch Beck unter den Gästen zu finden, die sich nach Einbruch der Dunkelheit im Gemeindehaus einfanden. Bürgermeister Tulimaq hatte ihm wohl ebenfalls eine Einladung zukommen lassen, und der Inspektor war ihr gefolgt. Überhaupt erschienen zahlreiche bekannte Gesichter zur Versammlung. Lerby fiel auf, wie viele Einwohner von Illokarfiq er nun schon zwar nicht dem Namen nach, aber doch zumindest vom Sehen kannte. Auch Anjij und Uki kamen sowie Anna Persson, die zur Abwechslung einmal keinen blauen Overall trug, sondern einen eleganten Blazer. Auch Marie Lynge und ihr Mann Nuka waren zugegen und hatten ihren Nachwuchs dabei, so dass sich endlich auch Gelegenheit fand, den beiden herzlich zu gratulieren. Der Junge, der inzwischen ein knappes Jahr alt war, krähte fröhlich in seinem Wagen, zur hellen Freude von Eva, die ihn prompt auf den Arm nehmen durfte – und die Lynges bestanden darauf, dass auch Lerby in seiner Eigenschaft als Mondmann das Kind hochheben und mit guten Wünschen segnen solle. Im ersten Moment wollte Lerby nach Ausflüchten suchen, aber dann sah er die hoffnungsvollen Blicke der Freunde und tat, was von ihm verlangt wurde.

Nur der alte Magnus fehlte an diesem Abend.

Nach seinem unerlaubten Ausflug hatte Dr. Abelsen darauf bestanden, ihn noch einige Tage zur Überwachung auf der Sanitätsstation zu behalten. Doch obwohl der Mediziner vom Starrsinn des alten Schamanen nicht begeistert war, musste er einräumen, dass sich dessen Zustand wesentlich gebessert hatte. Ein neues Herz war Magnus nicht gewachsen, aber die Tests, die Abelsen durchführte, zeigten ermutigende Ergebnisse. Offenbar war es wirklich nur die Sorge gewesen, die auf das Herz des Alten gedrückt hatte, die Last dessen, was er in seinen Visionen gesehen hatte.

Und die Bedrohung durch den *qivittoq*.

Hatte Ejnari Inasson dem *angakkoq* doch davon erzählt, so dass er von der Gefahr gewusst hatte? Oder hatte Magnus tatsächlich mit den Ahnen in Kontakt gestanden? Lerby war klar, dass er auf diese Fragen wohl niemals Antwort erhalten würde, aber womöglich spielte es ja auch gar keine Rolle. Fest stand nur, dass bei Magnus nichts aus Zufall geschah – so wie es auch kein Zufall gewesen war, dass es Lerby erneut nach Grönland verschlagen hatte. Noch vom Krankenbett aus hatte der alte Schamane die Fäden gezogen, hatte es darauf angelegt, den Mondmann nach Illokarfiq zurückzuholen. Ob aus Furcht oder aus Voraussicht, wer konnte das schon sagen?

Je länger Lerby darüber nachdachte, desto mehr verwirrte es ihn. Und vielleicht war ja auch das von dem alten Fuchs genauso gedacht.

Jens Lerby schüttelte viele Hände an diesem Abend, sah in viele lachende Gesichter, darunter auch das des Fischers, mit dem er am Hafen gesprochen hatte, nach der fehlgeschlagenen Suche nach Ejnari Inasson.

»Was sagt er?«, wandte sich Lerby an Pally, nachdem der vierschrötige Mann einmal mehr auf ihn eingeredet und seine Hand dabei gar nicht mehr losgelassen hatte.

»Dass du dich geirrt hast«, übersetzte Pally. »Dass du eben doch der Mondmann bist und ein Superheld dazu.«

»Ich weiß nicht.« Lerby zuckte mit den Schultern. »Ich würde sagen, die Helden sind andere gewesen. Ich war nur zufällig zur Stelle.«

Pally übersetzte, worauf der Fischer nur ein paar Worte erwiderte und dann in ein heiteres Kichern verfiel, das sein lückenhaftes Gebiss sehen ließ.

So ließ er Lerby stehen.

»Was ist so komisch?«, fragte dieser verblüfft.

»Er meint, genau das würde ein wahrer Held sagen«, entgegnete Pally, worauf Lerby nur noch verlegener wurde. So sehr, dass es auch Anna Persson auffiel.

»Sachte, Sherlock«, raunte sie ihm von der Seite zu. »Wenn du noch ein wenig röter wirst, werden sie dich ins Meer werfen und dich als Leuchtboje benutzen.«

Ein leises Klingeln erklang in diesem Moment. Knut Tulimaq hatte die kleine Bühne an der Stirnseite des Saales bestiegen und läutete ein Glöckchen. Die Gespräche verstummten, und aller Aufmerksamkeit wandte sich dem Bürgermeister von Illokarfiq zu. Tulimaq, ein stämmiger kleiner Mann mit freundlichen Gesichtszügen, hielt eine Ansprache auf Dänisch, das die meisten Anwesenden verstanden. Darin berichtete er in aller Kürze von den dramatischen Ereignissen, die sich vor dem Sturm abgespielt hatten: vom Mord an Pfarrer Balling und dass dieser nun aufgeklärt sei, von der Entführung Ejnari Inassons und dessen heldenhaftem Opfer. Details ließ er aus, er kannte sie auch gar nicht, Pallys Bericht hatte vorerst noch niemand außerhalb ihres Kreises zu lesen bekommen.

Der Bürgermeister schloss seinen Bericht mit dem Hinweis, dass es dem Mondmann zu verdanken sei, dass der Mordfall gelöst und das Böse besiegt worden sei, und unter allgemeinem Applaus bat er Lerby zu sich empor. Der errötete zwar wiederum, ließ sich dann aber doch erweichen. Allerdings zog er auch Eva, Pally und Daavi Keldsen mit auf die Bühne, wobei Letzterer aufgrund seiner erst notdürftig verheilten Wunde jede Stufe einzeln nehmen musste.

Während Daavi seine Dienstuniform trug, hatte sich Lerby in Ermangelung eines Sakkos, das er erst gar nicht eingepackt hatte, am Morgen im Supermarkt noch einen neuen Pullover gekauft, dunkelblau und mit dem unvermeidlichen Muster. Pally trug wiederum ihr dunkelgrünes Kleid mit den Muschelohrringen dazu, und auch Eva hatte an diesem Abend ein Kleid an, königsblau und mit langen Ärmeln. Es war ein Geschenk von Uki, die während der vergangenen fünf Tage beinahe ununterbrochen daran gearbeitet hatte, als ein Dankeschön dafür, dass Eva sich in ihrer Sache engagieren wollte. Jedem, der auf die Bühne kam, reichte Knut Tulimaq ein Glas, in das er freudestrahlend Sekt goss. Fraglos hatte die Flasche einen weiten Weg zurückgelegt, um nach Illokarfiq zu kommen.

»Vielen Dank«, sagte Lerby, nachdem sich der Beifall wieder ein wenig gelegt hatte. »Immer wenn ich zu den Menschen von Illokarfiq komme, lerne ich hier etwas. Dieses Mal habe ich gelernt, dass man keine Angst davor haben sollte, sich der Vergangenheit zu stellen. Ich weiß, dass einige unter euch sind, die ich enttäuscht habe, und das tut mir leid«, fuhr er fort, wobei er einen Blick in Pallys Richtung schickte. »Ich wollte nicht mehr zurückblicken, sondern nur noch nach vorn, aber natürlich war das Unsinn. Wir alle müssen uns früher oder später mit der Vergangenheit auseinandersetzen, auch wenn sie manchmal vielleicht schmerzlich ist.«

Er blickte auf und sah auf die Bürger Illokarfiqs, die in kleinen Grüppchen beisammenstanden, und jenseits davon Mads Beck, der auch an diesem Ort und zu diesem Anlass einen korrekten Anzug trug. Einsam stand er am anderen Ende des Saals, in der Nähe des Ausgangs.

»Die Gefahr ist gebannt, der Mörder ist nicht mehr unter uns«, fuhr Lerby fort, »doch das ist nicht mir allein zu verdanken. Dr. Anna Persson war ohne Zögern bereit, nach Illokarfiq zu kommen, um mich bei den Ermittlungen zu unterstützen, und Polizeiobermeister Keldsen, den ihr alle kennt und schätzt, ist mir die ganze Zeit nicht von der Seite gewichen, auch dann nicht, als es wirklich gefährlich wurde. Ebenso wenig wie der tapfere Ajako Hansen, der durch die Hand des Mörders sein Leben verlor, als er Pally und meine Frau Eva beschützen wollte. Und wir alle stünden heute nicht hier, wäre Ejnari Inasson nicht gewesen, der uns durch sein tapferes und selbstloses Opfer alle gerettet hat.«

»Auf unsere Helden!«, rief Knut Tulimaq und stieß sein Glas in die Höhe.

»Auf unsere Helden!«, tönte es wieder, und sie alle tranken, auf das Andenken an liebe Freunde und das untrennbare Band, das sie für alle Zeit miteinander verbinden würde.

»Damit die Erinnerung an Ejnari Inassons Opfer und an das, was geschehen ist, nicht verloren geht«, fuhr Lerby schließlich fort, »hat Pallaya Shaa, die Enkelin eures *angakkoq*, einen Bericht verfasst, der die Hintergründe sowohl von Ejnaris Tod als auch die Herkunft des Mörders in allen Einzelheiten darlegt. Ich weiß«, fügte er mit einem Blick in Becks Richtung hinzu, »dass es Parteien gibt, die nicht wollen, dass all diese Dinge ans Licht kommen. Doch ihnen möchte ich sagen, dass es bereits zu spät ist, um es noch zu verhindern.«

Er nickte Pally zu, die daraufhin neben ihn trat. »Kurz bevor ich hierhergekommen bin«, erklärte sie laut und mit fester Stimme, »habe ich meinen Bericht über Internet sowohl an den *Grønlandsposten* nach Nuuk als auch an das dänische *Dagbladet* geschickt. Ich denke, dass sich die Journalisten dort sehr für den Fall interessieren werden.«

»Das nehme ich auch an«, pflichtete Lerby bei, »und ich fürchte, dass danach gegenüber dem stolzen Volk der Inuit wieder einmal ein paar Entschuldigungen fällig sein werden …«

Gemurmel brach im Saal aus, denn natürlich fragten sich die Leute jetzt, was all die dunklen Andeutungen zu bedeuten haben mochten. Lerby bedankte sich für die Aufmerksamkeit und verließ dann die Bühne. Das Sektglas noch in der Hand bahnte er sich einen Weg zur rückwärtigen Seite des Saals, wobei ihm Dutzende von Händen anerkennend auf die Schulter klopften. Er erwischte Beck gerade noch, ehe dieser durch die gläserne Tür des Saales nach draußen verschwinden konnte.

»Inspektor! Auf ein Wort!«

Der PET-Mann, der sich schon abgewandt hatte, ließ resignierend die Schultern sinken und stieß ein Seufzen aus. Dann wandte er sich zu Lerby um.

»Sie haben es also getan«, sagte er nur.

»Es ging nicht anders«, bestätigte Lerby und nahm einen Schluck Sekt.

»Und die Konsequenzen, die ich Ihnen geschildert habe, sind Ihnen völlig egal?«

»Nein. Aber früher oder später kommen solche Dinge immer ans Licht, und ich denke, dass es lieber gleich als später geschehen sollte.«

»So. Denken Sie.« Beck nickte, der Blick, mit dem er Lerby bedachte, war unmöglich zu deuten. »Es ist ohnehin zu spät, nicht wahr? Der Geist ist aus der Flasche, die Presse wird eine Riesensache daraus machen, genau wie damals … und das völlig zu Recht.«

»Wie bitte?« Lerby reckte das Haupt vor. »Ich höre wohl schlecht?«

»Dass ich im Gegensatz zu Ihnen meine dienstlichen Anweisungen befolge, Kommissar Lerby, bedeutet nicht, dass sie auch meine persönlichen Ansichten widerspiegeln. Es gehört zum Jobprofil eines Beamten, im Interesse des Staates die eigenen Ansichten hintanzustellen und dem Gemeinwohl zu dienen, das sollten Sie eigentlich wissen … aber vielleicht sind Sie ja doch kein so guter Polizist, wie mir gesagt wurde.«

»Und Sie vielleicht kein so großes Arschloch, wie ich gedacht habe«, konterte Lerby. Er nahm einen weiteren Schluck und entspannte sich etwas. »Wobei ich noch immer nicht fassen kann, dass Sie ernstlich vorhatten, den armen Inasson zum Sündenbock zu machen.«

»Inasson?« Beck machte ein Gesicht, als hörte er davon zum ersten Mal. »Da haben Sie mich gründlich missverstanden. Im Gegenteil habe ich vor, *Politiassistent* Ejnari Inasson für eine posthume Belobigung vorzuschlagen.«

»Ist das so.« Lerbys Grinsen war so eisig wie das Wasser in der Bucht von Illokarfiq. »Da wird er sich bestimmt freuen.«

»Verstehen Sie es als das, was es ist, nämlich als meine Art, mich zu entschuldigen«, entgegnete Beck, ohne mit der Wimper zu zucken. »Vielleicht kann ich mich ja auch bei Ihnen revanchieren. Zum Beispiel indem ich Ihnen einen neuen Job anbiete.«

»Was soll das heißen?«

Beck grinste. »Wenn ich richtig informiert bin, so hätten Sie heute Ihren neuen Posten beim Erkennungsdienst antreten sollen.«

»Stattdessen bin ich dank Ihres Zutuns vom Dienst suspendiert und habe eine Vorladung zur Anhörung bekommen, bei der über mein weiteres berufliches Schicksal entschieden werden soll.« Lerby schnitt eine Grimasse. »Aber das wissen Sie ja vermutlich längst.«

»So muss es nicht kommen«, versicherte Beck. »Dank meiner

Tätigkeit beim Nachrichtendienst sind meine Verbindungen weit verzweigt. Ich bräuchte nur ein paar Anrufe zu tätigen, und Sie wären rehabilitiert. Aufgrund Ihrer besonderen Verdienste bei der Aufklärung dieses Falles könnte in nächster Zeit durchaus eine Beförderung für Sie drin sein. Wie würde es Ihnen gefallen, Inspektor zu werden?«

In ihrem langen blauen Kleid trat Eva zu ihnen, ihr Sektglas in den Händen. »Hier bist du«, sagte sie, an Lerby gewandt. »Habe ich etwas verpasst?«

»Durchaus nicht, Madame«, versicherte Beck, »ich habe Ihrem Gatten nur gerade eine Beförderung zum Inspektor in Aussicht gestellt.«

»Wirklich?« Sie sah Lerby fragend an. »Das hast du dir immer gewünscht, oder nicht?«

»Stimmt«, gab Lerby offen zu. »Und in welcher Abteilung?«

»Ich bin sicher, dass sich da etwas finden wird. Mir ist zum Beispiel zu Ohren gekommen, dass Ihr ehemaliger Vorgesetzter Birger Sørensen in letzter Zeit zunehmend in die Kritik geraten ist. Nicht nur wegen seines unglücklichen Agierens, was diesen Fall betrifft, offenbar gibt es auch unschöne Vorgänge in seinem Privatleben. Was würden Sie davon halten, an seiner Stelle die Mordkommission zu leiten?«

»Sie bieten mir Birgers Posten an?«

»Natürlich nicht sofort, aber im Verlauf der nächsten sechs Monate wäre es durchaus ...«

»Und was müsste ich dafür tun?«, wollte Lerby indiskret wissen.

»Gar nichts, im wahrsten Sinn des Wortes. Sie würden Ihre Rolle bei den Ermittlungen im aktuellen Fall lediglich verschweigen und zu Protokoll geben, dass es Inspektor Mads Beck vom polizeilichen Nachrichtendienst gewesen ist, der dem Mörder nachgespürt hat, die entführten Frauen aus seiner Gewalt befreit sowie ...«

»Nein danke«, fiel Lerby ihm barsch ins Wort.

»Wie bitte?«

»Birger mag ein narzisstischer Trottel sein, der nur an sich denkt, und wenn die Dinge andersherum lägen, würde er vermutlich ohne Zögern zugreifen«, räumte Lerby ein. »Aber am Schreibtisch macht er ordentliche Arbeit, und wie er seine Freizeit verbringt und von wem er sich Nachhilfe in Sachen Fitness geben lässt und von wem nicht, geht Sie und Ihre Schnüffler einen feuchten Dreck an, Beck. Eva hat recht, es gab eine Zeit, da habe ich mir diese Beförderung wirklich gewünscht. Aber nicht so«, fügte er schnaubend hinzu. »Wenn ich nur weiterkomme, indem ich meinen Vorgesetzten aus dem Weg intrigiere, dann verzichte ich dankend.«

»Ihr letztes Wort?«, fragte Beck mit hochgezogenen Brauen.

»Mein allerletztes.« Lerby leerte sein Glas bis auf den Grund, pflanzte es energisch auf einen benachbarten Beistelltisch und stampfte davon.

»So ist er, mein Jens«, meinte Eva, ehe sie ihr Glas ebenfalls austrank, es neben das von Lerby stellte und Beck mit einem unbestimmten Lächeln stehen ließ. »Und dafür liebe ich ihn.«

64

Sie hatten Sex gehabt.

Den besten, an den sich Lerby seit langer Zeit erinnern konnte, von einer Wildheit und Leidenschaft, die ihn selbst überrascht hatte.

Nicht nur ihn hatte Grönland verändert, auch Eva war nicht mehr die, als die sie vor nunmehr zwei Wochen hierhergekommen war. Die Weite und Freiheit dieses Landes hatten auch in ihr etwas hervorgerufen, von dem sie vermutlich nicht einmal geahnt hatte, dass es in ihr gewesen war.

Als Lerby am Morgen erwachte, erwartete er, sie neben sich liegend zu finden, unter der Decke so nackt wie er selbst und womöglich bereit, noch einmal dorthin aufzubrechen, wo sie gestern Nacht gewesen waren.

Doch das war erkennbar nicht der Fall.

Statt neben ihm zu liegen, stand Eva am Fußende des Bettes. Und nackt war sie zu Lerbys Bedauern auch nicht, sondern vollständig bekleidet, trug sogar schon ihren Anorak.

»Guten Morgen, Liebling.«

»Hab ich was verpasst?« Lerby sah nach seiner Armbanduhr, die auf dem Nachtschrank lag. Erst acht Uhr.

»Du bist zu früh dran«, beschied er ihr. »Stokes holt uns erst gegen Mittag ab.«

»Ich werde eine andere Maschine nehmen«, erwiderte sie. Es klang eher beiläufig, so wie man nebenbei anmerkt, dass man abends erst später nach Hause kommen und noch einen Happen in der Stadt essen wird. Lerbys Verwirrung wurde darüber nur noch größer. Gewiss, sagte er sich, er hatte das eine oder andere Glas Sekt getrunken, aber …

»Ich werde mit Pally und Uki nach Sisimiut fliegen«, erklärte Eva, »um ihnen zu helfen, die Sache mit dem Sorgerecht zu regeln. Knut Tulimaq hat sein Einverständnis gegeben.«

Lerby nickte. Das verstand er. »Wann wirst du wieder zurück sein? Unser Flug nach Kopenhagen geht doch schon heute Abend.«

»Ich weiß«, versicherte sie leise. »Aber ich werde nicht in diesem Flugzeug sitzen ... und du auch nicht, Jens.«

»Was?« Er sah sie an, als hätte sie den Verstand verloren – oder war er es, der nicht mehr alle Sinne beisammenhatte? Träumte er am Ende noch oder bildete er sich das alles nur ein?

Eva sah zur Decke. Tränen glänzten jetzt in ihren Augen. »Oh Gott«, hauchte sie, »ich hatte nicht gedacht, dass es so schwer werden würde.«

»Was meinst du?« Ein ungutes Gefühl begann Lerby zu beschleichen. Er begriff, dass Eva ihm etwas zu sagen versuchte, und es schien sie unendlich traurig zu machen.

»Wenn die Dinge für Pally und Uki geregelt sind«, fuhr sie mit hörbarem Beben in der Stimme fort, »werde ich zurück nach Kopenhagen fliegen – und zwar allein.«

»Was? Wieso das?« Lerby hatte sich aufgesetzt, er verstand die Welt nicht mehr. »Ich dachte, zwischen uns wäre wieder alles gut, so wie früher.«

»Ist es«, versicherte sie. Sie gab ihren Platz am Fußende des Bettes auf und kam zu ihm, setzte sich auf die Kante. »Alles ist gut, aber nicht wie früher«, sagte sie. Tränen rannen über ihre Wangen, während sie ihn aus ihren blauen Augen ansah. »Ich liebe dich, Jens Lerby, und obwohl ich dich schon so lange kenne, durfte ich dich von einer Seite entdecken, die ich noch nicht kannte und die auch für mich ganz neu war. Das hat mir gut gefallen«, fügte sie mit einem leicht frivolen Lächeln hinzu.

»Gleichfalls«, versicherte er, »aber was ...?«

»Dennoch«, fuhr sie fort, »werde ich allein zurück nach Kopenhagen gehen, während du hierbleiben wirst.«

»Aber wieso?« Er sah sie verständnislos an. »Habe ich irgendetwas gesagt oder getan, das …«

»Nein.« Sie lächelte wieder, wehmütig diesmal. »Aber Pally hat etwas gesagt, über das ich seither viel nachdenken musste. Sie meinte, dass nach Auffassung der Inuit Körper und Seele getrennt seien und dass nur derjenige ein wahrhaft glückliches Leben führen könne, der beides am selben Ort vereine.« Sie unterbrach sich und sah ihn an, voller Fürsorge und Liebe. »Als du damals als ein völlig anderer aus Grönland zurückgekehrt bist, stellte ich keine großen Fragen. Ich war nur froh darüber, dich wiederzuhaben und dass wir alles zwischen uns regeln konnten, es keine schlechten Gefühle mehr gab. Aber so wie in den letzten beiden Wochen habe ich dich schon lange nicht mehr erlebt, vielleicht sogar noch nie.«

»Wie denn?«

»So agil, so verletzlich«, entgegnete sie, »so lebendig … und so jung. Es war so schön, dich aufblühen zu sehen, und ich will, dass du dir das bewahrst. Aber ich weiß auch, dass das in Kopenhagen nicht möglich wäre.«

»Einspruch, Frau Anwältin, das ist nicht wahr.«

»Doch, ist es, der Einspruch wird abgelehnt«, erwiderte sie. »Oder, um es noch deutlicher zu sagen: Ich *will nicht*, dass du mit mir nach Kopenhagen zurückgehst.«

»Was?«

»Ich weiß, dass du mit mir nach Dänemark zurückkehren und dich zusammennehmen würdest, um mir ein guter und liebevoller Partner zu sein. Aber nun, wo ich dich hier gesehen habe, so zufrieden und ausgefüllt, hätte ich immer das Gefühl, dass dir etwas fehlt und dass ich der wahre Grund dafür bin. Dann würde ich mich furchtbar fühlen und anfangen, dir gegenüber ein schlechtes Gewissen zu haben, und das will ich nicht. Du gehörst hierher, Jens Lerby. Das habe ich schon an jenem allerersten Abend gemerkt, als wir bei Pally eingeladen waren. Ich habe es dir schon einmal gesagt, und ich sage es dir wieder: Es gibt eine tiefe Verbindung zwischen dir und den Menschen hier, man müsste mit Blindheit geschlagen sein, um das nicht zu sehen. Ich denke, auch du solltest es dir endlich eingestehen und auf dein Herz hören. Dort draußen in der Wildnis hast du mein Leben gerettet, und jetzt rette ich deins«, fügte sie ihrem leidenschaftlichen Plädoyer hinzu. Dann beugte sie sich zu ihm und küsste ihn lange und innig auf den Mund.

Ihre Lippen waren weich, ihr Kuss war zärtlich. Und doch gab sie ihm zu verstehen, dass dies der Abschied war.

In diesem Moment fühlte Lerby den Schmerz und hatte das Gefühl, davon zerrissen zu werden … dennoch widersprach er nicht. Eine innere Stimme hielt ihn davon ab, sagte ihm, dass Eva einmal mehr um so vieles klüger war als er. Er hielt sie in seinen Armen, kostete jeden Augenblick davon aus, spürte ihre Wärme und Nähe, so lange es möglich war.

Dann löste sie sich von ihm und stand auf, und indem sie sich flüchtig über die Augen wischte, nahm sie ihren Koffer und wandte sich zum Gehen. Sie war schon an der Tür, als sie sich noch einmal umwandte.

»Übrigens habe ich Daavi gestern Abend sagen hören, dass er die Leitung der Dienststelle nicht übernehmen will. Damit sucht Illokarfiq ab sofort nach einem neuen Polizeichef. Wie wär's, Mondmann?«, fügte sie mit einem rätselhaften Lächeln hinzu, das er nie vergessen würde.

Dann schlüpfte sie hinaus.

Die Tür des Hotelzimmers fiel hinter ihr ins Schloss, und Jens Lerby war allein.

Ein neuer Tag war draußen angebrochen, Sonnenschein fiel durch die Lamellen der Jalousie und flutete das Zimmer mit hellem Licht. Und während Lerby noch im Bett saß, noch immer völlig überrumpelt und mit einem wahren Chaos an Gefühlen, das in seinem Inneren tobte, fielen ihm die Worte des alten Magnus wieder ein.

Im Schnee des Lebens sehen wir stets nur die Spuren, die hinter uns liegen.

Niemals das, was vor uns liegt.

Und wieder einmal hatte der alte Fuchs recht gehabt.

ENDE

NACHWORT

Der in diesem Roman geschilderte Fall ist fiktiv.
Die ebenfalls geschilderten Hintergründe sind es nicht.

Der Fall der »Kleinen Dänen«, jener zweiundzwanzig im Jahr 1951 von ihren Familien getrennten Inuit-Kinder, auf den im Roman Bezug genommen wird, ist authentisch, ebenso wie der im Rahmen der Godhavn-Untersuchung ans Licht gekommene, über drei Jahrzehnte hinweg bestehende Missbrauch an dänischen Heimkindern, die im Rahmen zahlreicher Versuchsreihen zwangsweise mit Psychopharmaka medikamentiert wurden. Beide Vorfälle stellen dunkle Kapitel europäischer Nachkriegsgeschichte dar und illustrieren, wie sehr kolonialistisches Denken in den Köpfen westlicher Eliten noch bis ins späte 20. Jahrhundert hinein verankert war. Die Auswirkungen sind bis heute zu spüren.

Viele der aktuell schwelenden und sich mitunter auch entzündenden Konflikte gehen auf kolonialistische Verfehlungen von einst zurück, die Klimakrise und die Knappheit von Ressourcen befeuern diese Konflikte noch zusätzlich. Die Aufarbeitung kolonialistischer Verfehlungen verläuft vielfach nur zögerlich, manche Nationen hegen gar neokolonialistische Bestrebungen, denen sich auch die Inuit Grönlands ausgesetzt sehen. Doch sollte das Beispiel dieser alten und stolzen Kultur, die sich über viertausend Jahre hinweg auf ihrem unwirtlichen Eiland behauptet hat, ehe Segen und Fluch der Zivilisation über sie hereinbrachen, uns allen eine Warnung sein und uns lehren, dass sich vor den Launen der Geschichte niemand sicher wähnen sollte.

Auf all meinen Reisen, die mich an Orte führten, an denen einst der Ungeist des Kolonialismus wütete, habe ich – nicht viel anders als Eva im Roman – stets eine gewisse Scham empfunden. Nicht, weil mich unmittelbare Schuld getroffen hätte, sondern weil ich wusste, dass der Wohlstand, in dem ich geboren wurde und aufwachsen durfte, auch auf dem Rücken dieser Länder errichtet wurde, auf Kosten von deren Zukunft, und ich sage das nicht als Kanadier oder Däne, sondern ganz allgemein als Abkömmling einer vom Fortschritt begünstigten Generation.

Haben wir aus den Fehlern der Vergangenheit gelernt und sind wir bereit, Konsequenzen daraus zu ziehen?

Ich hoffe es sehr, denn die Historie hat ein langes Gedächtnis, und bisweilen rächt sie sich.

So wie der *qivittoq*.

F. H.
Herbst 2023